Henry G. Tietze

Das demaskierte Herz

Die wahren Ursachen von
Herz- und Gefäßerkrankungen

Droemer Knaur

CIP-Titelaufnahme der Deutschen Bibliothek

Tietze, Henry G.
Das demaskierte Herz. Die wahren Ursachen von
Herz- und Gefäßerkrankungen. München: Droemer Knaur, 1994
ISBN 3-426-26644-X

Die Folie des Schutzumschlags sowie die Einschweißfolie sind
PE-Folien und biologisch abbaubar.
Dieses Buch wurde auf chlor- und säurefreiem Papier gedruckt.

© Droemersche Verlagsanstalt Th. Knaur Nachf., München 1994
Umschlaggestaltung: Agentur ZERO, München
Satz: Compusatz GmbH, München
Druck und Bindearbeiten: Freiburger Grafische Betriebe
ISBN 3-426-26644-X

2 4 5 3 1

*Dieses Buch widme ich voll Dankbarkeit
Herrn Dr. med. Dominique Malouvier,
Arzt für Innere Medizin, Kardiologie und
Pneumonologie in München, und
Herrn Professor Dr. med. Bruno Reichart,
Direktor der
Herzchirurgischen Universitätsklinik
München, Klinikum Großhadern*

Inhaltsverzeichnis

4. Wenn Streß zur Krankheit wird

5. Wie das Gehirn den Körper steuert

6. Die verklebten Gefäße

7. Die Doppelwirkung des Rauchens

8. Mit Hochdruck in die Krankheit

9. Zucker vor verschlossenen Türen

10. Das Roulette der Übergewichtigen

11. Biologie der entstressenden Bewegung

12. Die Lustunterdrückung

Einführung

»In dir muß brennen, was du in anderen entzünden willst«, sagte einst der Kirchenmann Augustinus (354 bis 430). Interesse wecken für ein großes Thema, sozusagen jeden einzelnen anzünden und brennende Aufmerksamkeit wecken für sich selbst, für das eigene Herz, das ist das Anliegen dieses Buches.

Nichts fesselt den einzelnen Menschen mehr als das Wissen über sich selbst. Laufend vermittelt uns die Wissenschaft neue Erkenntnisse über die menschlichen Grundbedingungen. Mythen werden durch Fakten ersetzt. Immer mehr verlangt auch der medizinische Laie nach Erkenntnissen über die komplexen Zusammenhänge im menschlichen Körper, seiner Funktionen und Funktionsstörungen. Je mehr unser Wissen zunimmt, desto deutlicher wird, daß wir in unserem Befinden von einer großen Anzahl recht unterschiedlicher Wirkmechanismen abhängen, von denen keiner isoliert betrachtet werden darf.

Der Mensch ist sowohl Produkt seiner Vererbung als auch seiner kulturellen, sozialen und emotionalen Umwelt, und jeder dieser Faktoren steht in Wechselwirkung mit dem anderen. Eine Körperreaktion oder ein Körpermerkmal können auf vielfältige Weise zustande kommen. Im Zentrum dieses Geschehens steht das menschliche Herz als Zielorgan für eine Reihe von Krankheitsprozessen.

Während die Theologen und die Juristen den Begriff Gnade kennen, laufen auf unserem gesundheitlichen Schuldenkonto gnadenlos all die Fehler an, die uns als Risikofaktoren allzugut bekannt sind. Sie häufen sich, wenn auch zunächst unbemerkt, zu einer so hohen Hypothek auf, daß ein Herzinfarkt uns scheinbar wie ein Blitz aus heiterem Himmel treffen kann. Wer überlebt, kommt zur Besinnung; er überlegt, was er künftig anders machen kann.

Bei der Suche nach den Hintergründen einer Krankheit muß ein ganzes Ursachenbündel in Betracht gezogen werden. Hirnphysiologie und Immunsystem sind ebenso beteiligt wie psychische Gegebenheiten. Und es reicht nicht aus, nur auf die Risikofaktoren hinzuweisen.

Menschen lassen sich ungern etwas verbieten – es sei denn, sie gewinnen die Einsicht, daß es ihnen von Nutzen sein kann. Einsicht heißt einsehen, hinsehen, sich den eigenen »Naturgesetzen« stellen. Die Risikofaktoren sind hinlänglich bekannt. Wer aber zur Einsicht kommen will, sollte mehr über sie wissen. Gerade Herzrisikopatienten neigen dazu, sich vor sich selbst zu verstecken. Auch ihre oft lebenslangen Depressionen versuchen sie zu verbergen, und diese Depressionen wirken wie eine graue Eminenz in alle anderen Risikofaktoren hinein. Wir finden sie in der Zuckerkrankheit ebenso wie im hohen Cholesterinspiegel. Selbst Rauchen hat etwas mit Depressionen zu tun, wie amerikanische Wissenschaftler kürzlich herausfanden.

Körper oder Psyche? So wird immer wieder gefragt. Es hat sich eingebürgert, in dieser »Schwarz-weiß«-Schablone zu denken. Die Prozesse sind aber komplizierter. Und der viel zu oft gehörte Rat: »Du brauchst nur dieses oder jenes zu tun, deine Risikofaktoren auszuschalten, dann geht's dir besser!« ist nicht nur bloße Teilwahrheit, sondern soll auch die Grenzen einer Wissenschaft verwischen, die zwar per Operation Besserungen verschaffen kann, aber in der Bekämpfung der Krankheitsauslöser nicht wesentlich weitergekommen ist. Verantwortlich sind nicht die Mediziner, eher schon die Kranken selbst, die viel zu spät einsehen, daß sie es sind, die eine Menge hätten tun können.

Die Fixierung auf »Körper oder Psyche« bringt noch ein weiteres Dilemma: Wer sich auf das eine fixiert, verliert das andere aus den Augen. Das spaltet nicht nur die Wissenschaftler untereinander, auch der Laie ist entweder Anhänger einer orthodoxen Medizin, oder er schwört auf den Einfluß seiner Psyche. Wir verlieren dabei allzuoft die Tatsache aus den Augen, daß der Mensch als ein Ganzes angelegt ist. Eine Risikotheorie allein kann uns nicht befriedigen, obgleich nicht zu übersehen ist, daß Zigarettenkonsum, Bluthochdruck und ein hoher Cholesterinspiegel das Herzinfarktrisiko eindeutig erhöhen. Neben diesen Risikofaktoren können Nahrungsmittelallergien und auch Dauerstreß den Cholesterinspiegel erhöhen.

Stoffwechselprozesse sind sehr fein miteinander verknüpft, und es ist nicht immer einfach, die Ursache für Entgleisungen zu finden. Dieses Buch möchte sich mit der Frage auseinandersetzen, ob das Herz nur eine Pumpe ist oder mehr. Welche Prozesse lassen dieses Pumpwerk wie »geschmiert« funktionieren, oder wie entsteht das Chaos in unserem Herzen? Jeder Mensch muß sich mit zwei Realitäten auseinandersetzen: mit seiner Außenwelt und seiner Innenwelt. Ganz im Zentrum seiner Innenwelt versucht das Ich im Gleichgewicht zu bleiben und fest im Sattel zu sitzen. Falsche Lebensweisen, falsche geistige Einstellungen lassen uns aus dem Sattel fallen. Depressionen sind die Folge. Depressionen verändern über den Stoffwechsel die Körperchemie. Es ist ein Inneres-sich-verschließen – bis hin zum Herzinfarkt.

Als die Götter die Wahrheit verstecken wollten, kamen sie nach langem Überlegen auf die Idee, sie in den Herzen der Menschen zu verstecken, weil sie meinten, dort würde niemand sie suchen. Der Mensch kam nie auf die Idee, nachzusehen, was sich in seinem Herzen verborgen hält. Statt dessen versteckte der Mensch die Unwahrheit ebenso in seinem Herzen wie die Wahrheit, und die Wahrheit ist die maskierte Angst, die Vermeidung seiner Gefühle, die Verleugnung seiner Bedürfnisse und die Verdrängung dessen, was ihm Schmerzen bereitet hatte. Und er stopfte seine Depressionen, die daraus folgten, auch in sein Herz. Wen wundert es, wenn das Herz da eines Tages nicht mehr mitmacht?

Wenn wir dieses lebenswichtige Organ unter die Lupe nehmen, lautet die erste Frage: Ist das Herz tatsächlich nur eine Pumpe? Die Erfahrungen mit Herztransplantationen und Bypass-Operationen zeigen deutlich: Herz und Psyche sind untrennbar miteinander verbunden.

Niemand kann es ganz genau sagen, warum es so ist, aber Herzoperierte verlieren in der ersten Zeit nach der Operation zeitweise jegliches Gefühl für jene Menschen, »die ihnen am Herzen liegen«. Sie klagen darüber hinaus, daß sich in ihnen etwas verändert hat.

In den letzten Jahren zeichnete sich in der Forschung ein neues Bild vom Herzen ab. Der Fehler, das Herz nur als eine Pumpe betrachten zu wollen, wurde längst korrigiert. Beim Stichwort Herz geht es um mehr: Es geht um die Frage nach der Identität des Menschen. Herz: Seit Urzeiten gehört dieser Begriff zu den Motiven in Liebesliedern und Liebesromanen. Herz reimt sich auf Schmerz und zeigt deutlich, wie verwundbar dieses eigentlich kräftige Organ sein kann. Es kann bangen und hoffen, trauern und jubeln, treu oder untreu, hart oder weich sein. Das alles ist zwar nur symbolisch gemeint und trifft trotzdem den Kern einer Wahrheit, die kaum zu begreifen ist.

Das Herz ist etwa dreihundert Gramm schwer und kaum

größer als eine nicht allzufest geschlossene Faust. Es zieht sich in vierundzwanzig Stunden rund hunderttausendmal zusammen, in einem etwa siebzigjährigen Leben rund zweieinhalbmilliardenmal. Jeder Pulsschlag schickt einen Viertelliter Blut auf die Reise. Dieser relativ kleine Muskel läßt während eines siebzigjährigen Lebens den Inhalt eines riesigen Tankschiffes voller Blut durch unseren Körper pulsieren.

Gesteuert durch elektrische Impulse, vom Gehirn ausgehend, pulsiert der Herzmuskel. Der Sinusknoten, ein ganz kleines Bündel hochspezialisierter Muskelfasern im rechten Vorhof, ist der Dirigent. Die Pumpwirkung des Herzens entsteht – so glaubte man lange – dadurch, daß sich das Herz rhythmisch zusammenzieht und Blut in den Kreislauf auf die Reise schickt, dann wieder losläßt und dadurch Blut einsaugt. Die Kontraktion des Herzmuskels nennt man Systole, die Erschlaffung des Herzmuskels Diastole. In Wirklichkeit ist es anders.

Das Herz ist keine Druck- und Saugpumpe, wie man immer angenommen hatte. Nach der herkömmlichen Meinung müßte das Herz eine Blutmenge von sechs bis acht Litern durch ein unterschiedlich dickes Adernsystem pressen. Zu einer solchen großen Kraftleistung ist unser Herz nicht fähig.

Dieses System kann bei genauem Hinsehen auch technisch kaum funktionieren. Wie konnten die feinen Kapillaren in den inneren Organen diesem Druck standhalten? Angesichts der feinen Verästelungen und Verzweigungen in unserem Körper ist das kaum möglich.

Um die gewaltige Leistung zu vollbringen, benötigt das Herz die Unterstützung des Blutkreislaufs, konkret: Die Antriebsenergie für den Herzmuskel wird mit dem Blut selbst zum Herzen gebracht. Der Stoffwechsel im Gewebe sorgt über Milliarden von Membranen dafür, daß sich die

Kapillargefäße ganz von selbst auffüllen. Das gesamte Venensystem treibt aktiv den Blutstrom zum Herzen!

Unser Herz ist ein regulierendes Organ, das bei seiner Arbeit auf die Rückmeldung des gesamten Blutkreislaufs angewiesen ist. Es ist an einen energetischen Prozeß angeschlossen. Wenn der Herzmuskel sich zusammenzieht und Blut ausstößt, speichert er gleichzeitig Energie, die er in der folgenden Erschlaffungsphase zum Blutansaugen benötigt. Das Herz ist also keine Batterie, die man immer wieder nachladen muß, sondern es setzt die »Abschußenergie« gleichzeitig wieder zum Laden ein.

Das Herz tut aber noch mehr. Wer bisher glaubte, es sei nur für den Kreislauf zuständig, sieht sich getäuscht. Über seine Pumpleistung hinaus produziert es eine Substanz, die vor zehn Jahren noch unbekannt war. Das Verblüffende ist, daß das Herz chemische Substanzen selbst produzieren kann.

Das Herz ist somit auch eine Hormondrüse! Die Nieren besitzen Rezeptoren für dieses in den Zellen der Vorhöfe synthetisierte und gespeicherte Hormon. Dort wird die Natriumausscheidung reguliert. Aufregend an dieser Entdeckung ist, daß dieser im Herzen produzierte Stoff, ein Peptid, auch in anderen Körperzellen Veränderungen bewirkt. Über dieses sogenannte »atriale natriuretische Peptid« (ANP) reguliert das Herz den Wasserhaushalt des Körpers. Die wichtigsten Zielorgane des ANP sind durch Vermittlung membranständiger Rezeptoren die Nebenniere und das arterielle System. ANP gilt als stärkstes Diuretikum. Nun wissen wir, warum herzkranke Menschen Wasser im Körper anstauen.[1]

Hormone, das ist bekannt, beeinflussen Körperfunktionen. Was ist mit unserer Psyche? Auch sie wird von Hormonen beeinflußt, und ich werde zeigen, wie stark die Psyche an der Entstehung von Herzkrankheiten beteiligt

16

ist. Die Hormondrüsentheorie läßt uns ahnen, wie der Dialog von Herz und Psyche funktionieren kann. Unser Organ Herz reagiert auf zwischenmenschliche Nähe und Liebe. Hat nicht jeder schon einmal erlebt, wie sein Herz plötzlich schneller schlägt, wenn er sich in der Nähe eines geliebten Menschen befindet? Wie der Herzschlag sich erhöht, wenn wir attackiert und verletzt werden?

Wer einen Verlust erlebt, fühlt den Druck, der auf dem Herzen lastet. Täglich erleben wir Verbales und Nonverbales, das in irgendeiner Weise unser Herz berührt. Zwischen den Empfindungen und der Lust oder Last des Herzens gibt es die Hormone, die alles steuern. Wir wissen, welche Kraft Kontakte, Berührungen und Begegnungen haben, aber wir verstehen die Art dieser Kraft nicht. Noch hat man nicht genau untersucht, wie groß die Einflüsse von Beziehungen auf das Herz sind – und vor allem, welche Mechanismen ihnen zugrunde liegen. Wer ahnt schon, daß menschliche Interaktionen die Herztätigkeit ändern können? Manchmal auf kaum meßbare Weise, manchmal so massiv, daß das Herz versagt.

Immer noch rätseln die Wissenschaftler, warum zwei von drei am Herzen operierte Menschen nach der Herzoperation psychopathologisch werden. Man fragt sich natürlich, ob durch eine Operation am Herzen die Produktion der Gefühlshormone gestört wurde. Entpuppt sich am Ende unser Herzmuskel doch als ein Organ, das mehr zu bieten hat als nur seine Pumpleistung? Mit Sicherheit ist alles ganz anders. Und dieses Andere ist eine lebenslange Depression, die der Kranke immer wieder in sein Herz schiebt! Es wird immer deutlicher, daß es zwischen Herzerkrankung und Depression einen deutlichen Zusammenhang gibt.

Das Nachdenken über Krankheit wird hilfreich, wenn wir es unmittelbar mit dem Erleben verbinden: mit dem, was wir leibhaftig an uns erfahren. Erlebnisbedingte Krankheiten können tödlich sein. Dies zeigt der Arzt und Psychoanalytiker René Spitz in seinen Forschungen über das erste Lebensjahr.[2] Neugeborene reagieren auf Mütter, die das Kind aus eigenen Schwierigkeiten heraus ablehnen, mit lebensgefährlichen Zuständen. Besonders bei Kindern, die unverhüllte, aktive Ablehnung erfahren, treten psychosomatische Folgen auf. Noch schlimmer ist es, wenn Kinder kurzfristig oder gar langfristig von den Müttern getrennt werden. Hier entsteht Angst in den Kindern.

Wenn wir Angst einmal »angstfrei« unter die Lupe nehmen, dann zeigt sie uns ihren Januskopf: Einen erwachsenen Menschen kann sie aktiv machen, auf der anderen Seite wirkt sie höchst lähmend. Angst ist immer ein Signal, Warnung bei Gefahren und Aufforderung, den Angstimpuls zu überwinden. Das Annehmen und Meistern der Angst bedeutet einen Entwicklungsschritt, verhilft uns zur Reifung. Das Ausweichen, aber auch die Auseinandersetzung mit ihr bringen Stagnation und Lähmung. Lähmung aber bedeutet Depression. Die Stagnation läßt Erwachsene kindlich bleiben, an der Angstschranke stehenbleiben, vor der sie einst zurückgeschreckt waren.[3]

Am Anfang jeder psychosomatischen Erkrankung steht die Angst. Angst ist Enge – Enge kann in den Herzinfarkt münden oder beschert Angina pectoris. Ein Leben lang leiden Herzkranke unter Bindungs- und Trennungsangst. Dabei ist die Bindungsangst nichts anderes als Hingabeangst. Die Sehnsucht nach Hingabe, die ja auch zu unserem Wesen gehört, staut sich durch die Unterdrückung auf und verstärkt die Angst, so daß Hingabe dann nur noch als völliges Sich-ausliefern, als Ich-Aufgabe und Verschlungenwerden vom Du verstanden werden kann.

Ein Säugling aber kann all das in sich noch nicht erkennen. Er ist seiner Angst ausgeliefert und antwortet mit Depression. Der Wunsch nach Nähe und Geborgenheit, die Sehnsucht, der eigenen Liebe Ausdruck zu verleihen, gehört zu unserem Wesen, und darin zeigt sich vor allem unsere Menschlichkeit. Als Liebender haben wir den Wunsch, einen Menschen glücklich zu machen, ihn so richtig »von Herzen zu lieben«!

Wir fühlen uns in ihn ein, wollen seine Wünsche erraten, denken mehr an ihn als an uns selbst, können uns selbst vergessen. Wir haben unser »Herz verloren«. Der Herzkranke hat nie gelernt, sich von anderen richtig abzugrenzen. Da er sein Ich aufgegeben hat, lebt er quasi durch andere.

Ein von der Mutter abgelehntes Kind oder ein Kind, das schon früh die Mutter verlor, muß zwangsläufig mit Mangelerlebnissen und Versagungen aufwachsen. Es lernt früh – zu früh –, zu verzichten. Es erleidet viel zu früh eine Verwundung an seinem kleinen Herzen, die kaum je ausheilt und letzten Endes in den Herzinfarkt führen muß!

In jedem Herzkranken steckt die Angst, verlassen zu werden, und gerade diese Angst ist es, die ihn in die Herzkrankheit treibt.

Herzkrankheit – Herzinfarkt – ist längst kein spezifisch männliches Krankheitsbild mehr, immer mehr Frauen sind infarktgefährdet bzw. erleiden einen Infarkt. In der Regel reagieren Frauen auf echten oder vermeintlichen Verlust signifikanter mit einer Krebserkrankung. Wenn Frauen mit Herzinfarkt reagieren, dann liegt es häufig daran, daß sie vermehrt über den Weg der Identifikation mit dem Vater oder Brüdern in eine eher männliche Rolle hineinwachsen. Männliches Rollenverhalten soll ihnen helfen, von den Müttern wie von der Gesellschaft achtsamer behandelt, für »voll« genommen zu werden. Auch kann es sein, daß sie unbewußt die weibliche Rolle ablehnen, weil sie nicht wie die Mütter sein wollen, nicht so leben wollen. Und dann gibt es noch Frauen, die von Vater und Mutter bewußt wie Jungen erzogen werden, so wie es Männer gibt,

denen die männliche Geschlechtsrollenidentifikation mißlungen ist und die ihren Konflikt dann in einer Krebserkrankung über Hoden und Prostata ausleben. Beide
Krankheitsbilder haben eine Wurzel: die Depression als
Folge von Verlustängsten.

Eine lebenslange Depression hat ihre Auswirkungen auf
alle Risikofaktoren des herzinfarktgefährdeten Menschen.
Die Depression läßt Zucker und Cholesterinspiegel steigen, sie erhöht den Blutdruck und fördert über ein inneres
Lähmungsgefühl Bewegungsunlust und -armut.

Längst sind wir von der eigentlichen Ursache – von uns
selbst – weggekommen. Wir glauben an die wundertätige
Kraft der Medizin, die ihr Augenmerk auf unseren Körper
und seine Defekte richtet. Wir glauben an Allheilmittel:
Tabletten und Operationen. Manche glauben sogar, daß
der Mensch ein mechanisches Wunderwerk sei.

Wir haben noch nicht richtig angefangen, dem Menschen
eine Psyche zuzugestehen. Wir sehen uns einem Chaos gegenüber, das sich allen schulmedizinischen Theorien zu widersetzen scheint: dem Herzinfarkt! Einen erlebten Herzinfarkt kann man nicht ungeschehen machen, auch eine
Operation kann das nicht. Aber wir können vorbeugen.

Ernährungsumstellung, mehr Bewegung, weg vom Nikotin können helfen, aber einen Herzinfarkt verhindern noch
lange nicht. Den Herzinfarkt müssen wir von tief unten
her ergründen, ihn sozusagen bis zum Zeitpunkt des Ent-
stehens her verfolgen.

Und dieser Zeitpunkt liegt in der Säuglingszeit. Der herzkranke Mensch leidet nicht nur an einer Organstörung, er
ist in seiner ganzen Existenz bedroht, denn das Herz ist
nicht nur eine Pumpe, die den Blutkreislauf in Gang hält,
sondern das Zentrum des Lebens schlechthin.

Henry G. Tietze

1

Die eingesperrte Herzlichkeit

Das akut bedrohte Herz

Ein akuter Herzinfarkt zeigt folgendes Bild: anhaltende, meist heftige Angina-pectoris-Schmerzen, Kreislaufstörungen, Kreislaufversagen. Nach dem Anfall zeigen sich Veränderungen im EKG.

Das von einem Blutgerinnsel verengte Blutgefäß verschließt das betroffene Gefäß ganz. Der von diesem Blutgefäß versorgte Herzmuskel stirbt ganz ab. Dieser Verschluß ist nicht mehr rückgängig zu machen. Die Schmerzen dauern darum auch unvermindert an und sind weder durch Lagewechsel noch durch Medikamente, wie etwa Nitroglyzerin, zu beeinflussen.

In der Frühphase eines Herzinfarktes finden sich oft erhebliche Komplikationen. Herzleistungsschwäche kann auftreten, die zum völligen Herzversagen führen kann, das Risiko von Herzrhythmusstörungen steht im Raum, lebensbedrohendes Kammerflimmern kann folgen. Beide Komplikationen gehen mit einer sogenannten Schocksymptomatik einher: Das Herz ist nicht mehr in der Lage, den Kreislauf aufrechtzuerhalten; der Blutdruck fällt ab, lebenswichtige Organe wie Gehirn, Nieren und die noch intakten Herzmuskelbezirke werden nicht mehr ausreichend durchblutet. Dieser Zustand führt zum Tod. Man spricht dann vom »plötzlichen und unerwarteten Tod«. Aber kam der Tod wirklich plötzlich und unerwartet?

Die meisten Herzkranken nehmen die Gefahr, in der sie schweben, während sie einen Infarkt erleiden, überhaupt nicht wahr. Häufig erleben sie sich als etwas »Besonderes«, mit dem sich nur Professoren und Oberärzte beschäftigen. Jetzt haben sie genau das, wonach sie sich ein Leben lang sehnten: Man kümmert sich um sie, ihnen wird viel Aufmerksamkeit zuteil.

Nach den Lehren Sigmund Freuds sind in unserer Psyche sogenannte Abwehrmechanismen tätig, die sich gegen alles richten, was uns angst macht oder mit belastenden Gefühlen konfrontiert. Der Herzinfarkt ist der letzte Ausdruck einer alten, tiefsitzenden Angst. Herzinfarkt ist Enge, bedeutet sich verschließen. Hier ist der bekannte Mechanismus der Verdrängung am Werk. Er sorgt dafür, daß belastende Gedanken, Erinnerungen und Konflikte vom Bewußten ins Unbewußte verschoben und dort festgehalten werden.

Die Betroffenen sind sich ihres körperlichen Zustandes zwar bewußt, doch sie verleugnen die Bedrohung, indem sie diese gefühlsmäßig nicht zulassen. Herzinfarktpatienten sind Weltmeister im Verleugnen; in vielen Fällen dient Verleugnung nach dem Infarkt dazu, sich eine Normalitätsfassade aufzubauen.

Da das Herz eine große Arbeitsleistung zu vollbringen hat, benötigt es verständlicherweise viel Blut zur Energieversorgung – genauso wie ein Hochleistungsmotor viel Sprit verarbeitet. Das Herz wiegt weniger als ein Prozent der gesamten Körpermasse. Trotzdem braucht es ungefähr zehn Prozent des gesamten im Umlauf befindlichen Blutes. Pro Minute läuft fast ein Liter Blut durch die Herzkranzgefäße.

In ihnen nimmt das Drama seinen Anfang, denn die Herzkranzgefäße verengen sich durch Ablagerungen an den Innenseiten der Gefäßwände. Ist eines oder sind mehrere

Gefäße verengt, so bekommen die zu diesem Versorgungsgebiet gehörenden Herzmuskelteile nicht mehr ausreichend Blut zugeführt; die Herzmuskeln werden nur noch unzureichend mit Sauerstoff und Nährstoffen versorgt. Das Verhältnis von Bedarf und Angebot stimmt nicht mehr – ebenso, wie beim Kleinkind Bedarf und Angebot an Versorgung durch die Mutter nicht gestimmt haben.

So wie die kindliche Seele durch Unterversorgung Schaden genommen hat, wird der Herzmuskel nun ebenfalls durch Unterversorgung geschädigt. Dies äußert sich in Brustschmerzen, dem typischen Angina-pectoris-Anfall. Symbolisch gesprochen sind Angina-pectoris-Anfälle Ausdruck von ungeweinten Tränen.

Der Anatom Johann Friedrich Lobstein prägte vor etwa hundertsechzig Jahren den Begriff Arteriosklerose, um damit die Verhärtung (skleros [griech.] = hart) der Arterien zu kennzeichnen.[4] Auffallend ist die tatsächliche Verhärtung. Der herzkranke Patient hat sein Leben lang einen seelischen Verhärtungsprozeß zugelassen, der ihn veranlaßte, sich immer mehr zu verschließen und zu panzern. Diesen Verhärtungsprozeß erleben wir auf der physiologischen Seite in den Gefäßen.

Die Verhärtung der Gefäße ist die Folge von Umbauvorgängen zum Beispiel in allen Schichten der Schlagadern, die schon im Kleinkindalter (!) beginnen und sich mit zunehmendem Alter verstärken. Die inneren Schichten der Gefäßwände ernähren sich aus dem durchströmenden Blut. Von außen geschieht die Ernährung durch spezielle Zellen, die tief in die Gefäße hineinreichen. Verändert sich der Blutstrom, kommt es zu Ernährungsstörungen der inneren Gefäßwände. Und diese ernährenden Gefäße beeinflussen die äußeren Kontakte.

Das Blut bringt gewebefeindliche Substanzen mit, die wiederum Strukturveränderungen in Gang setzen. Schlacken lagern sich ab. Hinzu kommen lokale Entzündungen. Die Ausscheidung von Faserstoffen und Grundsubstanz bewirkt einen Verlust von natürlicher Elastizität. Die Gefäße verengen sich, und das trägt ebenfalls zum Verlust der natürlichen Elastizität bei. Das allein führt aber noch nicht zum Infarkt. Denn es gibt sehr viele Menschen, die an starker Arteriosklerose leiden, ohne jemals einen Infarkt zu bekommen.

Mit dem Begriff Angina pectoris stoßen wir auf die Enge. Angina pectoris kommt aus dem Lateinischen und bedeutet soviel wie Brustenge (angina = Enge, pectoris = der Brust). Das Leitsymptom ist der Schmerz, der sich hinter dem Brustbein lokalisiert, in die linke Brustseite hinüberstrahlt und sich bis in den linken Arm erstrecken kann. Er kann auch durch den Körper hindurch bis zwischen die Schulterblätter reichen; krampfartig, bohrend, brennend; als Druck und Klammerungsgefühl wird er häufig beschrieben. Manchmal strahlt er auch in den Oberbauch aus, und daher verwechseln viele Kranke ihn mit Magen-, Darm-, Leber- oder Gallenbeschwerden. Es ist, als ob eine eiserne Faust den Brustkorb umklammert; die Gurgel ist wie abgeschnürt. Diese Situation erinnert an ein totales »inneres Zumachen«. Alle Kanäle scheinen verschlossen. Dieses Krankheitsbild ist typisch für Menschen, die total innerlich »zugemacht« haben.

Angina pectoris – In den Klammern der Angst

Der Angina-pectoris-Schmerz ist ein Schmerz, der besonders in kreislaufbelastenden Situationen, bei körperlicher Anstrengung, auch Aufregung und sexueller Erregung auftritt. Das Schmerzgefühl kann so groß sein, daß jede körperliche Anstrengung vermieden werden muß.[5] Meist dauern die Schmerzen nur wenige Minuten an und vergehen wieder bei Ruhe und Entspannung; auch lassen sie nach Einnahme von Nitropräparaten in kurzer Zeit nach. Nehmen allerdings innerhalb von wenigen Wochen die Schmerzen an Intensität zu und vermehren sich die Anfälle, dann spricht man von einer Crescendo-Angina, also einer steigenden Angina. Schon die geringsten Anstrengungen lösen Schmerzanfälle aus. Sogar im Ruhezustand kommt es zu Schmerzattacken. In einem solchen Fall muß man schon von einer fortgeschrittenen Herzerkrankung sprechen.

Bei der »stummen« Angina pectoris handelt es sich um eine verminderte Herzdurchblutung, die nur mit geringen Beschwerden einhergeht. In den meisten Fällen wird sie nur bei Routineuntersuchungen diagnostiziert. Diese Form der Angina pectoris liegt dem urplötzlichen, dem Infarkt ohne Vorwarnung zugrunde. Die Ursache für diese Schmerzlosigkeit kann durch eine gleichzeitige Störung der Nervenfunktionen innerhalb des Herzmuskels bedingt sein.

Als nächstes kennen wir die »sporadische« Angina pectoris, die überwiegend Schmerzen in Ruhe aufkommen läßt, vor allem nachts. Die Anfälle dauern meist länger als bei anderen Erscheinungsformen der Angina pectoris.

Bei der Kälte-Angina treten die Schmerzen spontan bei niedrigen Temperaturen auf, d. h. in diesem Fall löst das Einatmen kalter Luft die Anfälle aus. Die Schmerzen vergehen sofort wieder, wenn der Betroffene sich in einen wärmeren Raum begibt, kommen aber gleich wieder, sobald er wieder kalte Luft einatmet.

Atemnot bei Angina pectoris ist ein sehr ernstzunehmendes Warnsignal. Es zeigt, daß neben einer Herzminderdurchblutung zusätzlich eine Herzmuskelschwäche vorliegt.

Ist das Herz (mit Blut) unterversorgt, treten häufig auch Herzrhythmusstörungen auf. Ursache ist eine Störung des Nervensystems des Herzens, die durch Sauerstoffmangel hervorgerufen wird.

Vor allem bei häufiger auftretenden Herzrhythmusstörungen besteht die Gefahr einer Beeinträchtigung der Pumpleistung, was im sogenannten Kammerflimmern enden kann.

Bis hierher wurden die Dispositionen beschrieben. Um den Infarkt komplett zu machen, muß ein Blutgerinnsel entstehen. Was geht da im Körper vor sich?

Lebensbedrohung Herzinfarkt

Bei über neunzig Prozent aller Herzinfarkte handelt es sich um einen Riß in der durch Stenosen verengten Gefäßwand. Innerhalb von Minuten setzt sich auf die zerstörte Gefäßwand zur Abdichtung des Gefäßschadens oder auch zur Vermeidung von Blutungen ein Gerinnsel; verkleben Blutplättchen, welche die restliche Gefäßweite durch ein rasches Wachstum oft vollständig verschließen. Dadurch wird die Blutzufuhr gestoppt, das führt in kurzer Zeit – in der Regel einer halben bis einer Stunde – zum Absterben der Herzmuskelzellen in der betreffenden Muskelregion. Das Absterben der Muskelzellen im Herzen ist niemals mehr rückgängig zu machen, weil die Herzmuskelzellen wie die Nervenzellen nicht teilbar sind und sich nicht vermehren können. Unser Leben müssen wir mit der Anzahl Muskelzellen bestreiten, mit der wir auf die Welt gekommen sind.[6]

Mittlerweile kennt man Substanzen, die fähig sind, Blutgerinnsel schnell wieder aufzulösen. Werden diese frühzeitig eingesetzt, kann der Infarkt in der Auswirkung eingeschränkt und manchmal sogar noch vermieden werden. Das wohlbekannte Aspirin, die Azetylsalizylsäure, entpuppt sich als leicht verfügbarer Gerinnungshemmer, denn es hindert die Blutplättchen am Verklumpen; der Gerinnselbildung wird entgegengewirkt. Allerdings können bei einer Einnahme über einen längeren Zeitraum Magenbeschwerden auftreten.

Wenn wir uns dieses Einreißen der Gefäßwand unter psychosomatischem Aspekt anschauen, dann können wir auch von einem Brechen der Gefäßwand sprechen, was der Volksmund mit dem »gebrochenen Herzen« beschreibt.

Der Herzinfarkt ist die vorläufig letzte Etappe eines Weges, dessen Anfang in der Säuglingszeit liegt. Der Anfang heißt Angst: Eine Angst, die im frühen Säuglingsalter nicht verarbeitet werden konnte. Zwischen dem Urerlebnis Angst und der Enge des Herzens, dem Infarkt, liegen Jahre voller innerer Sehnsucht nach der eigenen Liebesfähigkeit, nach den eigenen Gefühlen, die einmal weit weggesteckt wurden.

Wie konnte es dazu kommen?

Ursachen sind Lebenskonstellationen, in denen sich jene frühen Konflikte des Menschen aktualisieren. Der Umstand, daß es sich um Konflikte handelt, die in einer Zeit von noch geringer Differenzierung in den psychischen Strukturen erworben wurden, begünstigt, neben konstitutionellen Faktoren, die körperlichen Austragungsweisen. Franz Alexander hat zu diesem Thema gesagt: »Immer dann, wenn die Ausdrucksmöglichkeit von Konkurrenz, Aggressions- und Feindseligkeitsverhaltungen im Willkürverhalten gebremst sind, gerät das sympathisch-adrenerge System in einen Dauererregungszustand. Die vegetativen Symptome entspringen aus der festgehaltenen sympathischen Erregung, die andauert, weil der Vollzug von Kampf und Fluchtreaktion nicht stattfindet.«

Versetzen wir uns einmal in die Lage eines Säuglings in einer solchen Situation: Entweder er spürt, daß seine Mutter ihn in irgendeinem Punkt ablehnt, oder er macht die Erfahrung, daß er für kürzere oder längere Zeit in andere Hände gegeben wird. Die Mutter als Hauptbezugsperson ist nicht anwesend. Panik, Todesangst entsteht in ihm, weil er sich in seiner Versorgung bedroht fühlt. Die Angst verwandelt sich im Laufe der Zeit in Aggression, in Feindseligkeitsverhalten. Er ist viel zu klein, um angreifen oder weglaufen zu können. Er ist diesem ganzen Gefühlsschwulst völlig hilflos ausgeliefert. Seine Sinnesorgane sind zu wenig entwickelt, um zu erfassen, was da vor sich geht. Durch diesen Prozeß kommt es zu einer vegetativen Blockade und zu jenem Dauerstreß, über den der Mensch in Fehlentwicklungen hineinwächst. Diese vegetative Blockade ist es, die dem Herzinfarkt Vorschub leistet.

Wegbereiter der Psychosomatischen Medizin machten die Beobachtung, daß Säuglinge, aufgrund ihrer unentwickelten, nicht ausdifferenzierten psychischen und somatischen Struktur, auf Störungen ihres inneren Gleichgewichtes mit körperlichen Reaktionen gefühlsmäßig reagieren.

Die erste große Wunde, die erste große Verletzung hat sich tief in die Persönlichkeitsstruktur des Säuglings eingegraben und ist impulsgebend für echte und vermeintliche Gefahrensituationen im Leben dieses Menschen. Häufig bleibt das Ich, die Ich-Bildung bei Menschen mit so einer tiefen Verletzung labil, und in belastenden Situationen aktiviert sich diese alte Wunde neu. Wenn es »gut geht«, bis zur Bypass-Operation.

Warum wird eine Bypass-Operation durchgeführt? Eine solche Operation soll Angina-pectoris-Anfälle lindern oder möglichst sogar verhindern; auch soll die Herzleistung verbessert werden. Einem Infarkt soll vorgebeugt und der Betroffene vor dem plötzlichen Herztod bewahrt werden.

Bei der Bypass-Operation wird der Brustkorb geöffnet. Aus den Unter- und Oberschenkeln werden Venenabschnitte entnommen, die für die Umgehungspassage am Herzen benötigt werden. Mit dem so gewonnenen Venenmaterial werden Gefäßverengungen und Verschlüsse an den Herzkranzarterien umgangen. Sie werden an den passenden Stellen in die Kranzgefäße eingenäht. Die andere Seite des Venenabschnitts wird nicht oberhalb der Einengung, sondern in die Aorta eingenäht. Darum lautet die genaue Bezeichnung auch aortakoronarer Venen-Bypass.

Eignen sich die Beinvenen nicht, werden die Armvenen genommen; häufig auch die innere Brustwandarterie (Arteria mammaria interna, kurz AMI). Gerade dieser Arterienabschnitt bringt hervorragende Langzeitergebnisse, weil bei ihm seltener Wandveränderungen auftreten. Auch nach zehn Jahren sind diese Passagen noch offen, während sich bei den Überbrückungen aus den Beinvenen neue Stenosen (Verengungen) bilden können.

Während der Operation wird das Herz stillgelegt und der Kreislauf an eine Herz-Lungen-Maschine angeschlossen. Sie übernimmt für die Zeit der Operation die Tätigkeit des Herzens und pumpt das Blut durch den Organismus. Sie versorgt das Blut mit Sauerstoff, und andererseits befreit sie es von Kohlensäure. Eine Herz-Lungen-Maschine besteht aus vier wesentlichen Teilen:

1. einem Oxygenerator, über den der Gasaustausch vorgenommen wird,
2. drei bis vier elektrisch betriebenen Rollenpumpen, die die Pump- und Saugarbeit verrichten,
3. einem Wärmeaustauscher zur Regelung der Bluttemperatur und
4. einem venösen und arteriellen Schlauchsystem mit Filtern und einem dazwischengeschalteten Blutreservoir.[7]

Alle Teile der Herz-Lungen-Maschine dienen heute mit Ausnahme der Pumpen dem einmaligen Gebrauch.

Das verbrauchte, sauerstoffarme Blut der Venen aus der oberen und unteren Körperhälfte wird aus dem rechten Vorhof, dort, wo es sich sammelt, über zwei Katheter der Herz-Lungen-Maschine zugeführt. Dort wird es mit Sauerstoff angereichert und anschließend zur Aorta geleitet. Damit wird es in die arterielle Bahn geleitet. Dort sind kleine Filter, die eventuelle Blutgerinnsel auffangen sollen. Das Blut wird auf achtundzwanzig Grad C abgekühlt und fließt wieder in den Körper ein. Zwei weitere Pumpen saugen das bei der Operation anfallende Blut aus dem Herzen ab und führen es, nachdem es gefiltert worden ist, dem Kreislauf über die Maschine wieder zu. Das Herz wird für die Operation aus dem Körperkreislauf herausgenommen. Das geschieht durch Abklemmen der Hauptschlagader. Zum »Herzschutz« wird eine vier Grad C kalte Schutzlösung von der Hauptschlagader aus durch die Koronararterien gespült. Die Herzoberfläche wird darüber hinaus mit einer kalten Lösung berieselt und die Herzhinterwand isoliert. Die Herztemperatur beträgt jetzt allgemein nicht mehr als fünfzehn Grad C, wodurch der Herzmuskel unempfindlich gemacht werden soll. Die Chirurgen haben so genügend Zeit, am Herzen zu arbeiten. Wenn die Operation beendet ist, wird der Kreislauf wieder eröffnet, die Aortenklemme wird entfernt.

Nachdem das Herz genügend Zeit hatte, sich von allem zu erholen – während dieser Phase wird das Blut wieder auf normale Temperatur erwärmt –, wird es mit Kontrollmöglichkeiten versehen, so daß man bei Komplikationen sofort wieder eingreifen kann.

Der Frischoperierte kommt nach der Operation auf die Intensivstation und wird dort perfekt versorgt. Nach etwa drei bis fünf Tagen verläßt er die Intensivstation und muß dann noch etwa zwei Wochen zur Nachbehandlung im Krankenhaus verbleiben. Danach folgt gewöhnlich der Aufenthalt in einer Reha-Klinik.

Es gibt noch eine andere Möglichkeit, den Stenosen beizukommen (Stenosen sind angeborene oder erworbene Verengungen eines Körperkanals oder einer Kanalöffnung, im vorliegenden Fall Verengung eines Kranzgefäßes). Das geschieht durch Ballondilatation oder perkutane transluminale koronare Angioplastie. Dabei handelt es sich um ein Katheterverfahren zur Verbesserung der Herzdurchblutung.[8] Weil Herzkranzgefäßeinengungen meist durch verformbares Material, unter anderem fettaktive Ablagerungen, hervorgerufen werden, kann man diese Stenosen in einzelnen Fällen durch den Katheter, der in die Arterie geschoben und aufgeblasen wird, wieder ausdehnen.

Eine Komplikation, die ihre Ursache nicht in der Operation hat, möchte ich hier beschreiben. Auffällig ist, daß Patienten nach Bypass-Operationen unter mittleren bis schweren Depressionen zu leiden beginnen. Wenn wir uns die Schwere dieser Operation vor Augen führen, ist schon aus dieser Sicht verständlich, daß auch die Psyche reagiert. Solche Operationen sind ein gewaltiger Eingriff, nicht nur für den Organismus: Diese Menschen waren einige Stunden tot. Nur eine Maschine hielt sie am Leben. Es gab ein

»Geschehen«, wenn auch während einer Narkose, und dazu muß klar gesagt werden: Es gibt eine Ebene im Menschen, die das wahrnimmt. So darf mit Recht behauptet werden, daß das Aufwachen aus der Narkose als sehr dramatisch erlebt wird. Der Organismus, sicher auch Geist und Psyche wissen, was geschehen ist.

Ich unterhielt mich über dieses von mir beobachtete Phänomen mit Professor Reichart vom Klinikum Großhadern in München. Er meinte dazu: »Depressionen sind sehr häufig nach Herzoperationen, auch nach Herztransplantationen. Soweit ich informiert bin, ist die Depression die häufigste Dysfunktion nach derartigen Operationen.«

Die Patienten brauchen viel Zeit, um das Operationserlebnis verarbeiten zu können. Es braucht Zeit, Operationsschock und Operationsträume zu überwinden. Der Patient merkt es zunächst nicht, aber tatsächlich hat er sich durch die Operation verändert. Neben dieser Tatsache gilt, daß Herzkranke ihr Leben lang an einer sogenannten larvierten (maskierten) Depression gelitten haben. Und sie ist der Kern jeder Herzkrankheit, die mit Verschluß einhergeht. Sein Leben lang hat der Herzkranke innerlich »zugemacht«, hat sich innerlich gepanzert und verhärtet, einschließlich seiner Herzkranzgefäße. Sind nach der Operation der Blutfluß reguliert, die inneren physischen Verhärtungen umgangen, drängt zwangsläufig auch ein Gefühlsfluß wieder an die Oberfläche, und der beinhaltet nicht nur angenehme Gefühle, sondern auch alte verdrängte, die längst vergessen schienen. Nach einer Bypass-Operation ist das Gehirn wieder angemessen durchblutet und der Gehirnstoffwechsel aktiviert.

Wer deprimiert ist, dessen Gehirn setzt eine Reihe von Botenstoffen frei, Botenstoffe, die auch die Immunzellen deprimieren. Das Immunsystem ist ohnehin durch die Operation geschwächt und »deprimiert«. Das Prinzip ist scheinbar einfach: Wenn wir deprimiert sind, »trauert« auch unser Immunsystem. Das Programm in unserem Kopf wirkt sich auf das Immunsystem aus. Auf der anderen Seite: Das Gehirn reagiert auf die Vorgänge im Immunsystem. Gehirn und Immunsystem sprechen die gleiche molekulare Sprache und sind bestens über einander informiert. Das Gehirn hat nämlich bei der Herstellung von Botenstoffen kein Monopol. Auch Immunzellen sind ohne weiteres fähig, Streßhormone zu produzieren, und jede Bypass-Operation schafft einen sehr hohen Streßpegel im Körper. Auch von Darm und Magen oder von den Nieren werden Botenstoffe freigesetzt, die unser Fühlen und Denken beeinflussen können, und die man bisher nur im Gehirn vermutete. Daß Gefühle oft wenig mit dem Kopf und viel mit dem Bauch zu tun haben, kann man durchaus wörtlich nehmen.

Die Entstehung des Kampf- und Fluchtmusters

Den heutigen Herzchirurgen ist längst klar, daß sie bei einer Herzverpflanzung oder einer Bypass-Operation nicht nur an einer Pumpe arbeiten, sondern einen empfindsamen Nerv treffen. Wenn es ums Herz geht, geht es immer auch um die Identität des Menschen. Ganz tief innen wohnt die Angst, die uns allen im Herzen steckt und sich aus den tiefen Schichten des kollektiven Unbewußten nährt. Dort, ganz unten im Urgrund der Seele, hat der Glaube an die Einzigartigkeit des Herzens seine Wurzeln. Das Herz und das zu ihm gehörende Kreislaufsystem unterliegen einer Vielzahl von biochemischen Prozessen, die sich ein Leben lang um das Funktionieren des Organismus kümmern. Ganz allmählich und unbemerkt, mit dem Einsperren der fließenden Gefühle, baut sich auch ein psychologischer Stau auf, der das Entstehen eines Infarkts mitbegünstigt. Das psychische Grundmuster heißt Angriff oder Niederlage, Kampf oder Flucht. Die Risikofaktoren sind allenfalls Hilfstruppen im Selbstzerstörungswerk. Krank ist nicht allein das Herz, es ist nur Zielorgan von Stoffwechselprozessen, die, bedingt durch falsch verarbeiteten Streß, Reaktionen im Körper auslösen. Nicht Streß an sich löst, wie viele meinen, ein falsches Verhalten aus, sondern es ist die Art und Weise, wie wir mit dem Streß umgehen. Angriff oder Flucht war das Verhaltensmuster der frühen Jäger. Der heutige Mensch ist in seinem Angriffs- und Fluchtverhalten blockiert.

Die seelischen Kränkungen und Verletzungen von herzkranken Menschen stammen aus frühesten Kindertagen. Um mit diesen frühen Wunden überleben zu können, schaffen sie sich ein Anpassungsmuster, das ihnen zusätzlich schadet.

Dem realen körperlichen Infarkt geht schon sehr früh ein seelischer voraus. Dieses innere Verschließen geht über viele Entwicklungsstufen hinweg und zeigt sich schließlich auch im Körper mit unter Umständen tödlicher Konsequenz. Die Lebensgeschichten fast aller Infarktpatienten zeigen, daß es frühe Störungen gegeben hat, die im Laufe der Entwicklung zu physischen und psychischen Reaktionsmustern führten, deren letzter Ausdruck der Herzinfarkt ist.

Eine werdende Mutter, die Schwierigkeiten mit sich selbst hat, darum vielleicht kein Kind will, gerät über eine Schwangerschaft in einen enormen Streß und möchte am liebsten davonlaufen. So wird sehr früh auf den Fötus ein Grundmuster von Abwehr und Anpassung übertragen. Auf der anderen Seite können die Organismen von Mutter und Kind versuchen, durch physiologische Ruhigstellung dem Streß zu begegnen, oder die Mutter agiert den Streß durch vermehrte Aktivitäten aus, bis die Anpassungsmuster erschöpft sind. Nach der Geburt zeigen sich diese Grund- und Reaktionsmuster oft noch über Jahre hinweg. Schon die kleinste Störung löst heftige Abwehrreaktionen aus, oder das Kind zieht sich passiv zurück, um den Körper zu schonen. Ob Ruhigstellung oder Aktivität, in beiden Fällen kommt es nicht zur echten Entspannung, da der Streß nicht abgebaut wird, sondern es bleibt eine innere Anspannung erhalten, weil das Gehirn zu diesem Zeitpunkt noch nicht ausgereift ist und Störungen nicht angemessen verarbeiten kann. Nur die Mutter ist in der Lage, über ihre Annahme und Zuwendung dem Kind zu seinem inneren Gleichgewicht zu verhelfen.

In der symbiotischen Lebensphase (die erste Zeit nach der Geburt) sind Mutter und Kind emotional eng miteinander verbunden. Zuwendung, Ruhe und Freude auf seiten der Mutter entspannen das Kind und ermöglichen ihm so, gelassen und freudig auf die Welt zu reagieren. Lehnt die Mutter das Kind ab oder ist aufgrund ihrer eigenen Entwicklung nicht in der Lage, Gefühle des Annehmens und der Zuwendung zu vermitteln, erlebt das Kind die Unausgewogenheit der mütterlichen Gefühle als Bedrohung. Sein Streßniveau steigt, und der kleine Körper versucht sich zu schützen. Über Abwehrreaktionen, wie Schreien, versucht das Kind, die Mutter zur Zuwendung und Hilfe zu zwingen. In diesem Fall spielt die Beruhigung durch Essen oft eine wichtige Rolle. In Streßsituationen zeigt der Säugling als Ausdruck seiner Frustration die gleiche motorische Reaktion, wie er sie beim Hunger vollführt – er führt die geballte Faust an den Mund. Vielen Menschen bleibt dieses Reaktionsmuster erhalten. Die Bedrohung wird noch stärker, wenn die Mutter das Kind innerlich verläßt – also mit ihren Gefühlen nicht bei ihm ist – oder es real zurückstößt. Das Kind verkrampft sich innerlich, gerät in Todesangst und versucht, diese zu bewältigen, indem es durch Schreien Zuwendung zu erhalten sucht. Es schreit seine Ohnmacht heraus oder zieht sich zurück und wird apathisch, wenn es keinen Erfolg hat. Dieses Ruhigwerden ist ein »Sich-tot-stellen«, ein Verleugnen, um nicht mit dem Gefühl des »Nicht-geliebt-werdens« konfrontiert zu werden.

So werden bereits in dieser Lebensphase die ersten Schritte zum Herzinfarkt gelegt: die erhöhte Reaktionsbereitschaft auf Streß und die beginnende Selbstverleugnung.

Sein Leben leben heißt, sich nach seinen Bedürfnissen zu richten und seine Wünsche angemessen in der Gesellschaft zu befriedigen, seine eigene Stimmung halten zu können, unabhängig von äußeren Reaktionen. Gerade diese essentiellen Bedürfnisse hat der Herzkranke schon in seiner Kindheit nicht befriedigen können. Gelingt es ihm nicht, durch andere Bezugspersonen Angenommensein in ausreichendem Maße zu erfahren, bleibt er dem oft sehr verunsichernden Gefühlswirrwarr der Mutter ausgesetzt, und das Grundmuster der Selbstverleugnung muß sich weiter verstärken. Gerade in der Zeit des ersten normalen Ablösungsprozesses von der Mutter, während des Laufenlernens, kommt es erneut zur Krise.

Lebensgestaltung statt Lebensbewältigung

Laufen lernen heißt, die Angst vor dem Versagen zu besiegen und die Lust auf das Leben, das Lernen zu spüren. Hier entwickelt sich Lebenslust. Jeder gelungene Schritt ist ein Gefühl von Grandiosität, von Bewältigenkönnen, von Lebensfreude und Lust. In einer gesunden Mutter-Kind-Beziehung braucht das Kind diese Gefühle, ins Leben gehen zu dürfen und zu können. Die Erfahrung, das Leben gestalten zu können, sind wichtige Anfangserfahrungen. Zu erleben, daß es sich jederzeit zum »emotionalen Auftanken« zur Mutter zurückziehen kann, ist wichtig. Auf diese Weise entwickeln sich Stärke und Schwäche als etwas Reales, Lebensnotwendiges.

Das Kind aber, das mit den ambivalenten Gefühlen von Ablehnung und Zuneigung der Mutter konfrontiert ist, erlebt das Laufenlernen zwiespältig. Laufen lernen gehört zum Programm des Menschen. Kein gesunder Körper kann sich diesem Drang, laufen zu lernen, entziehen. Erlebt das Kind aber nun, daß mit dem Laufenlernen Lust und Freude verbunden sind, sein Erfolg und seine Freude aber nicht die Freude seiner Mutter ist, gerät es in Zwiespalt. Jeder Schritt wird zum Konflikt. Einerseits treibt die Freude über den Erfolg das Kind zum nächsten Schritt, andererseits wächst mit jedem Schritt das Schuldgefühl, etwas zu tun, das die Abhängigkeit von der Mutter mindert. Es spürt die Ängstlichkeit der Mutter. Da das Kind aber seiner körperlichen Entwicklung nur begrenzt entgehen kann, versucht es, das Schuldgefühl in sich zu tilgen, indem es die Gefühle von Freude und Lust weitgehend verdrängt. So wird die Selbstverleugnung noch größer, das Leben gerät unter das Motto: »Das bewältigen wir schon.« Diesem Grundmuster folgt der Herzkranke sein ganzes Leben lang. Immer gibt es etwas zu bewältigen. So lernt er nie, sein Leben zu »gestalten«. Oft beruflich sehr erfolgreich, lebt er in scheinbar harmonischen Beziehungen. Er ist gesellschaftlich angesehen oder zumindest gut integriert. So läßt er das Leben an sich vorbeiziehen. Aus der Verleugnung von Lebensgefühlen und -bedürfnissen ist ein Reaktionsmuster von Anpassung und Unterordnung entstanden, das dem Leben nur noch Ersatzbefriedigung erlaubt. Nicht, weil reale Bedürfnisbefriedigung und damit reale

Lebensgefühle nicht möglich sind, sondern weil sie in ihm nicht wahrgenommen werden dürfen. Darin liegt die eigentliche Tragik des Herzkranken: Solange er seine Sehnsucht nach Nähe, nach echten Gefühlen nicht spüren darf, kann er auch nichts tun, um sie wirklich zu befriedigen, solange ist auch keine Besserung seiner Gesamtsituation möglich.

Diese Fähigkeit, sich in seinen Bedürfnissen zu spüren und sie in Handlungen umzusetzen, entwickelt ein Kind in seinen depressiven Phasen. Mit zunehmendem Alter gewinnt es an Eigenständigkeit, und auch die Mutter beginnt sich zeitweise zurückzuziehen. Es erlebt auch in einer guten Mutter-Kind-Beziehung das Alleinsein als frustrierend, aber auch als Möglichkeit, Ruhe in sich zu spüren. Es beginnt wahrzunehmen, was es will, was es tun könnte und wie es dieses Wollen gestalten kann. So wird aus diesen depressiven Phasen die Chance, sein »Ich« in seinen Tiefen nach Fähigkeiten, Stärken und Schwächen auszuloten und sich weiteren Lernprozessen hinzugeben. Diese Zeit ist eine wichtige Zeit. Sie ist ohne »Lebensgestaltung« nur schwer möglich.

Viele Herzkranke hatten als Kinder einschließende Mütter. Das Hauptmerkmal dieser Mütter ist ihre scheinbar große Liebe zum Kind. Schuldgefühle darüber, daß sie es real nicht oder nur bedingt lieben, lassen sie überbesorgt erscheinen. Unter ihrer Fürsorglichkeit ist aber ständig eine Ablehnung spürbar. Können sich diese Mütter zeitweilig innerlich von ihren Kindern zurückziehen, tun sie es oft mit einem Gefühl der Erleichterung.

Kinder solcher Mütter können Phasen des Alleinseins zwar zulassen, fühlen sich aber frustriert, gelähmt, schuldig. Sie rätseln, was sie falsch gemacht haben könnten. Sie wissen nicht, weshalb man sie ausgrenzt und alleine läßt. Das Ich wird nun nach seinen schlechten Anteilen durchforscht, und das Kind versucht, vermeintliche Mängel durch bessere Anpassung zu bewältigen. Positive und negative Lebensgefühle werden gleichermaßen verleugnet. Es entsteht innere Stagnation, die »Lebensangst« läßt den Betreffenden »die Luft anhalten«, die bereits vorhandene Depression verstärkt sich.

Im Erwachsenenalter erleben sich solche Menschen ständig von den Gefühlen des Ausgegrenztseins bedroht, des nicht mehr Dazugehörendürfens. Sie können nicht wahrnehmen, daß Ausgegrenztsein zu den normalen Lebenssituationen gehören kann. Sie fühlen sich sofort bedroht und reagieren entweder mit aggressiven Bindungswünschen, schweren Depressionen oder absoluter Verleugnung des Bindungswunsches.

Diese Reaktionsmuster sind im privaten und beruflichen Bereich zu finden. Menschen mit dem hier geschilderten Grundmuster nehmen Mängel nur unklar wahr und können mit dem Alleinsein nicht fertig werden. Normales Rückzugsverhalten von Partnern und Freunden, das immer wieder vorkommen kann, erleben sie als Bedrohung und reagieren mit Angina-pectoris-Anfällen. Der Partner umgekehrt zieht sich zurück, überfordert durch die ungesunden Ansprüche des Herzkranken, durch sein Anklammern, seinen Wunsch nach »Da-sein«. Da er aber sein eigenes Dasein nur über Leistung gestalten kann, und seine Schuldgefühle »nicht passend zu sein« abwehren muß, kann er eigene Bedürfnisse nicht spüren. So ist der Herzkranke unfähig zu erfassen, was für sein Leben wichtig ist. Er hat einen Blick für seine Angst, aber nicht für sein Leben entwickelt. Angst lähmt, behindert die Lebensgestaltung.

Als Kind begann der Herzkranke die Mutter zu idealisieren, um so die ablehnende Seite ihres Wesens nicht mehr spüren zu müssen. Seinem Vater verzeiht er nie, daß er nicht den Mut aufgebracht hat, ihn als Kind aus der negativen Mutterbindung zu befreien. Trotzdem wird auch der Vater idealisiert und sein Leistungsprinzip als Ideal übernommen. Das Kind tut das, um sich so dem Vater innerlich nahe zu fühlen. Gleichzeitig übernimmt es die negativen Eigenschaften der Eltern als seine eigene Schattenseite und versucht, diese in sich zu bekämpfen. So werden auch der eigene Schatten, eigene verdrängte Gefühle nie zugänglich. Als Erwachsener lebt er das Schattenleben der Eltern weiter.

So zeigt das Kind nach außen die Fassade des »Ich-will-lieb-seins« und versucht innerlich, »seine böse Seite« zu zähmen. Dieser innere Kampf führt dazu, daß diese Menschen sich im Laufe des Lebens innerlich verhärten, denn »wie es innen aussieht, geht niemanden etwas an«.

Die Blockade zwischen Spannung und Entspannung

Im letzten Akt scheint sich alles zum Positiven zu entwickeln. In der Schule und später im Berufsleben kann dieser Mensch zeigen, was in ihm steckt. Über Leistung holt er sich seine Aufmerksamkeit. Herzkranke sind für ihren Leistungswillen und für ihre Leistungsfähigkeit bekannt. Früher sprach man von Managerkrankheit, weil gerade Menschen in gehobenen Positionen, so schien es, mit Herzinfarkt reagierten. Hinter ihrer Arbeitswut verbergen sie ihre Gefühle, gleichzeitig zeigen sie, »wie lieb« sie sein können, indem sie die Familie gut versorgen.

Die Folge eines Lebensdramas mit einer inneren Verpanzerung und Abkapselung bedeutet im Zusammenspiel von Körper, Geist und Seele eine Blockade jener Kräfte, die ständig im Wechselspiel von Spannung und Entspannung stehen.

Die Blockierung zwischen Spannung und Entspannung ist eines der Bindeglieder im psychosomatischen Krankheitsgeschehen überhaupt, vor allem aber bei Herzkranken. Es handelt sich um die Folge der ständigen körperlichen Panzerung. Das hat auf der somatischen Ebene eine ständige innere Anspannung zur Folge, die dem Angriffs- und Fluchtmuster des Menschen entspringt. Aber weder Angriff noch Flucht passieren tatsächlich. Es ist wie bei einem starken Motor, der »hochgejubelt« wird, ohne daß ein Gang eingelegt wurde. Das Herz läuft auf hohen Touren, der Kreislauf ist zu Höchstleistungen bereit, und ständig werden weitere Energiereserven mobilisiert.

Hinter diesem Geschehen steht die alte Todesangst, die im Säuglingsalter ihren Ursprung hat. Viele Herzkranke fühlen sich ständig angegriffen oder sind permanent bereit, anzugreifen. Die Forderung des Lebens an sie wäre, daß sie sich der Welt, dem Leben und den Mitmenschen vertrauend öffnen, sich einlassen auf das, was ihnen das Leben anbietet. In der Zeit der Symbiose und danach hat der Herzkranke einen großen Teil seines Ichs der Mutter geopfert. Er kann sich deshalb nicht dem Leben hingeben, weil er Angst hat, sich ganz zu verlieren.

Er lebt ständig in innerer Spannung, weil er sich vor Selbsthingabe fürchtet, die er als Ich-Verlust und Abhängigkeit erlebt hat. Weiterhin hat er Angst vor Selbstwerdung, die ja zunächst in Ungeborgenheit und Isolierung zu führen scheint. Und er hat Angst vor der Angst, weil er nicht erkennen kann, daß Angst Wandlung fordert, nämlich, sie einmal bewußt zu erleben und durch sie durchzugehen.[9]

Herzkranke Menschen sind Menschen, die ständig »sauer« sind, sauer im Sinne von beleidigt, gekränkt und verletzt. Es gelingt ihnen nicht, aus dieser Stimmungslage herauszukommen, und tatsächlich ist diese Gestimmtheit Aus-

druck der physiologischen Tatsache der Übersäuerung.
Den Untergang des Herzmuskelgewebes kann man sich
folgendermaßen vorstellen:
Die organische Übersäuerung tritt ein als Folge des Verlusts des vegetativen Gleichgewichts. Das wirkt sich verschieden auf die unterschiedlichen Abschnitte des Herzmuskels aus: Erstaunlich – es trifft immer die linke Herz-
kammer. Links, so sagt man, liegen unsere Gefühle, sitzt
die Weiblichkeit.
Auf der linken Seite läuft der Herzstoffwechsel aufgrund
der ständig hohen Arbeitsleistung schon hochtourig. Und
in der linken Kammer sind es bestimmte Schichten und
Regionen, die unter besonderer Belastung stehen und bei
denen die Übersäuerung am ausgeprägtesten ist. Diese
belastet das Herz und führt zu einer besonders starken
Herabsetzung der Muskelkraft.
Die Übersäuerung kann Folge des durch den blockierten
Parasympathikus hervorgerufenen Verlusts an Ausgewogenheit im hormonellen Zusammenspiel sein.[10] Zu ihm
kommt es vor allem dann, wenn sich das uralte Kindheits-
trauma wiederholt und panische Angst in dem betreffenden Menschen hochkommt. Wenn die alte Wunde aufge-
wühlt wird, werden auch die verdrängten, beiseite gescho-
benen Wünsche und Bedürfnisse wieder wach. Dann lebt
der tiefe Wunsch nach Sicherheit und Geborgenheit, nach
Passivsein, Sich-verwöhnen-lassen auf. Über diese Wünsche aktiviert sich der Entspannungspol; die vegetativen
Entspannungskräfte, die unterdrückten parasympathischen Regulationsimpulse erwachen zu neuem Leben.
Aber der Kontrollmechanismus drückt gewaltsam jene
Emotionen weg, mit denen man schon einmal im Leben
schlechte Erfahrungen gemacht hat. Auch die erneut auf-
brechenden parasympathischen Kräfte werden gewaltsam
abgeblockt.

Wenn wir begreifen, was Kränkungen in uns verursachen, dann haben wir den tiefen Hintergrund von Herzerkrankungen, speziell Herzinfarkt, verstanden. Positive Gefühle lassen sich als Liebe, in dem allumfassenden Sinn des Wortes umschreiben. Sie schließen Dankbarkeit, Achtung, Vertrauen und auch Bewunderung ein, die wir für uns selbst und die anderen Menschen empfinden können. Alles zusammen summiert sich zu Wohlwollen und Freundschaft. Wenn wir Liebe in diesem Zusammenhang verstehen, kann sie unser höchstes Lebensziel werden.

Sie bedeutet Erhaltung des Lebens und Freude am Leben schlechthin. Unsere ausgewogene Sicherheit innerhalb der menschlichen Gesellschaft wird am besten dadurch gewährleistet, daß wir in möglichst vielen Menschen positive Gefühle für uns wachrufen, denn niemand hätte einen persönlichen Grund, einen Menschen anzugreifen, den er mag und achtet. Negative Gefühle schließen Haß, Mißtrauen, Verachtung, Feindseligkeit, Eifersucht, Rachsucht, kurz, alle Regungen ein, die dazu angetan sind, unsere Sicherheit zu gefährden, indem sie in anderen, die sich nun vor uns fürchten, Aggressionen hervorrufen.

Wir müssen uns vollkommen klar darüber sein, daß die positiven und negativen Einstellungen zutiefst im Wesen alles Lebenden verankert sind. Sie steuern die homöostatische Anpassung auf allen Stufen gegenseitiger Beeinflussung zwischen Zelle und Zelle, Mensch und Mensch, Nation und Nation. Erst wenn wir das wirklich begreifen und vollkommen akzeptieren, werden wir besser dafür ausgerüstet sein, den Teil unseres Verhaltens zu lenken, der unter freiwilliger Kontrolle steht oder ihr unterworfen werden kann. Das schließt buchstäblich jede Entscheidung ein.

Infarkt ist Verstopfung; genauso, wie wir die Gefühle immer wieder verdrängt haben, sie weggestopft haben, genauso verstopft verklebtes Blut – unser Lebenssaft – ein

Gefäß. Das Wort Infarkt stammt aus dem Lateinischen und bedeutet soviel wie Verstopfung. Mit Infarkt ist also die Verstopfung eines das Herz versorgenden Blutgefäßes, eines Koronargefäßes gemeint, was die physische Seite der Medaille ist. So ein Mensch hat aber auch innerlich total »zugemacht«, was die psychische Seite der Medaille ist.

2

Gefangene Gefühle

Die Maske des Leistungsmenschen

Der Herzkranke macht nach außen den Eindruck eines dynamischen Menschen, der mit dem Leben besonders gut zurechtkommt.

Doch der Schein trügt. Er ist nicht so ausgeglichen, wie es aussieht. Sein Verhalten ist einer auf Leistung und Arbeit ausgerichteten Welt angepaßt. Er möchte dazugehören, die Anerkennung bekommen, die ihm in der Kindheit versagt blieb. Der Herzkranke bringt aus der Krankheit eine erhöhte Streßreaktionsbereitschaft mit. Da er wenig Ich-Stärke aufbauen konnte, bedeutet Bestätigung über Außenreize eine ständige Bedrohung der Gesamtpersönlichkeit. Denn über die schnellere Auslösung von Streßreaktionen muß der Körper einerseits ständig darauf achten, die physiologischen Abfallprodukte dieser Reaktionen abzubauen. Gleichzeitig vergrößert der Betroffene die Streßbelastung des Körpers oft über scheinbare Entspannungsbringer wie Essen, Koffein, Alkohol oder Rauchen. Der Bedrohung und Verletzung seiner Kindheit konnte der Herzkranke scheinbar nur entgehen, indem er vorwärtsstrebte und lernte, die Bedürfnisse der anderen wahrzunehmen und zu erfüllen, um auf diese Weise zu einem Pseudogefühl von »ich bin in Ordnung« zu kommen. Jeder Erfolg vermittelt ein Gefühl des Dazugehörens bei gleichzeitiger riesiger Angst vor einem Absturz. Das Leben ist geprägt von Dualität und Zwiespältigkeit. Der gesunde Mensch hat gelernt, wechselhafte Gefühle auszuhalten und zu erkennen, daß sie seine Stimmung beherrschen, aber nicht seine Persönlichkeit. So hat der Gesunde auch in schwierigen Zeiten Zugang zu seinen Wünschen und Bedürfnissen, Fähigkeiten und Stärken und kann daraus neue Orientierung und Stabilität entwickeln. Auf diese Weise wird Streß schnell wieder abgebaut und der Körper entspannt sich. Der Herzkranke dagegen kann sich nicht entspannen, sein Denken geht in Richtung Stabilisierung seines »Ich«.

Da er aber aufgrund seiner frühen Selbstverleugnung wenig oder gar keinen Zugang zu seinen Bedürfnissen und Wünschen hat und auch eigene Fähigkeiten und Stärken nur in Bezug setzt zu seiner Umwelt – ist sie zufrieden mit mir –, konnte und kann er keine Ich-Stärke aufbauen. Sein Leben scheint und ist von Überforderung durch die Umwelt einerseits und Mißachtung »seines Selbst« bedroht. Ständig leben in ihm die Verleugnungen, Versagensängste, existentiellen Ängste, Ängste vor dem Ausgegrenztwerden. Die Leistung, die er bringt, befriedigt nur scheinbar. Darum tritt nur selten echte Entspannung ein. Streß und Überlastung bauen sich auch physiologisch langsam ab. Alle anderen scheinbaren Entspannungsmomente sind illusionäre Fluchtstationen. Dazu zählen die gängigsten Ersatzbefriedigungen, manchmal aber auch der eigentlich wichtige Sport. Wer Sport betreibt, weil das eben gesund ist, weil man sich einfach bewegen muß, der ist auf der Flucht vor der Krankheit und läuft ihr trotzdem in die Arme. Wer physiologische Prozesse einerseits über Bewegung, andererseits über seine Angst, zu versagen und ausgegrenzt zu werden, in Gang setzt, ist gleichzeitig wieder physiologisch blokkiert, gerät in ein teuflisches Patt. Wer als Kleinkind keine

Freude und Lust an der Bewegung entwickeln durfte, der wird mit denselben Unlustgefühlen Sport betreiben. Wer Sport nicht als persönliche Bedürfnisbefriedigung erlebt, ist in seiner Wahrnehmung nicht bei sich. So entsteht und aktiviert sich im Herzkranken ständig ein Konflikt. Er beginnt wie ein Vogel seine Flügel zu nutzen und seinen Raum zu erkunden, aber seine Kindheitserfahrung sagt ihm: »Das steht dir nicht zu, man tut das nicht.« Bleibt er aber sitzen und verwendet seine Flügel nicht, so weiß er, daß es ihm wie dem Vogel geht, der am Boden sitzen bleibt, wenn die Katze kommt. Er wird real vom Tod bedroht. Der Herzkranke lebt in einem Vor und Zurück, das ihn gefühlsmäßig handlungsunfähig macht. Schwere depressive Verstimmungen werden verleugnet, und er versucht, sie mit Arbeit zu überwältigen. Sie werden aber sichtbar in seiner Unfähigkeit, über Gefühle und Ängste zu sprechen. Die verleugneten Gefühle, die Depressionen werden eingepanzert, das Herz verhärtet sich. In Konfliktsituationen, bei akutem Streß, in Konfrontationen mit anderen beginnt der Panzer zu knirschen, und es zeigt sich, daß da noch was lebt. So sind es denn auch oft einschneidende Erlebnisse, die häufig dem Herzinfarkt vorausgehen, zum Beispiel Auseinandersetzungen mit dem Sohn, in denen dieser dem Vater möglicherweise »Wahrheiten« sagt, die er nicht gerne hört. Oder die Tochter geht aus dem Haus, zieht zu einem Freund, mit dem die Mutter nicht einverstanden ist. Tod des Partners, Scheidung oder Trennung, kleinere brüske Zurückweisungen durch Menschen, die einem nahestehen, können das letzte innere »Zusammenbrechen« auslösen.

Einen Zusammenhang zwischen plötzlichem Herztod und Depression und den Schwierigkeiten, die der Kranke mit sich selbst und seiner Umwelt hat, sehen immer mehr

Wissenschaftler als gegeben. Der in der medizinischen Fakultät der University of Oklahoma arbeitende Stewart Wolf untersuchte Patienten, die bereits einen Herzinfarkt hinter sich hatten, und eine gleich große Kontrollgruppe von körperlich gesunden Menschen.[11]

Alle hundertdreißig Personen wurden monatlich einmal befragt und psychologischen Tests unterzogen. Depressive Verstimmtheit, soziale Frustrationen und allgemeine Gefühlslage wurden gemessen.

Ziel dieses Tests war, herauszufinden, bei welcher Disposition die Gefahr eines erneuten Herzinfarktes mit Todesfolge am wahrscheinlichsten ist. Die Testergebnisse ergaben einen eindeutigen Zusammenhang zwischen Depression und Herztod.

Man weiß heute, daß persönliche Veränderungen im Leben eines Menschen oft zum Ausbruch von Krankheiten führen. Das ist auch bis zu einem gewissen Grad normal. Schwerwiegende Eingriffe in gewohnte Lebensroutine erfordern alle körperlichen und seelischen Kräfte zur Umstellung. Auch ein seelisch relativ gesunder Mensch kann durch eine solche Attacke krank werden, da das Immunsystem bei Belastung zum Abbau der Abwehrkräfte neigt. Aber im Unterschied zum seelisch schwer verletzten Menschen gelingt es ihm relativ schnell, sich auf eigene Kapazitäten und Möglichkeiten zu besinnen, um neue Lebensfreude zu entwickeln. Der Gesundung steht damit nichts im Wege. Der Herzkranke aber neigt dazu, den Verlust zu zentrieren, ihn an reale und scheinbare Entbehrungen der Kindheit anzukoppeln und zu einem Lebensgefühl aufzubauen, das so deprimierend ist, daß nur die Flucht in Arbeit und Beziehung möglich scheint, um »vergessen« zu können. So kommt die »innere Hölle« nur scheinbar zur Ruhe und der Körper lauert angespannt auf den nächsten Angriff, den es abzuwehren gilt. Der endgültige Zusammenbruch ist programmiert, aber niemand kann vorhersagen, welche Belastung, welche Kränkung, welcher Verlust das endgültige Zuviel ist.

Dem Herzkranken fehlt der Selbstbezug, das tragende Gefühl der Selbstannahme. Die tiefen Unsicherheitsgefühle und Lebensängste entstanden in Familiensituationen, die von sichtbaren oder unsichtbaren Paarproblemen gekennzeichnet waren, und in denen die Beziehung zu den Kindern oft von Ersatzpartneransprüchen, Überforderung, Nichtbeachten, Idealisierung und Leistungsanforderungen geprägt waren. Die Liste muß um die Erlebnisse Heimatverlust, Kriegs- und Nachkriegszeit erweitert werden, die immer noch nicht gesehen werden wollen.

Gestörte Bindungen

Mütter Herzkranker wurden als vernachlässigende bis »fressende« Mütter beschrieben, sie wurden als überbeschützend, moralisch einengend oder als lieblos erlebt und auch als Mütter, die glaubten, die väterliche Strenge über weiche Nachgiebigkeit ausgleichen zu müssen. Derartige Konstellationen lassen Kinder keinen eigenen Standpunkt finden.

In den meisten Fällen fehlte der Vater überhaupt. Die Erziehung war den Müttern überlassen. Entweder war der Vater gestorben, durch Scheidung abwesend, oder er hatte sich über Arbeit zurückgezogen, innerlich aus dem Sozialgefüge der Familie herausgenommen. Vaterverlust ist für heranwachsende Söhne besonders fatal, weil eine gesunde Leitbildorientierung fehlt; die aber auch nicht vorhanden ist, wenn der Vater zu dominant oder zu schwach ist. Die Folgen sind Aggressionshemmung und Ich-Schwäche. Dieses Kindheitsdrama eines solchen Sohnes wiederholt sich nun in seiner Ehe. Die eheliche Situation ist gekennzeichnet durch Anklammern an die Partnerin als Mutterersatz. Außerdem werden starke außereheliche Aktivitäten mit häufig wechselnden Partnerinnen beobachtet.

Wenn wir von Herzkranken sprechen und an die volkstümlichen Wendungen denken wie »ihm hat es das Herz gebrochen«, »sie hat ihr Herz verloren« oder »er hat ein steinernes Herz«, dann müßte man – läßt man den organischen Anteil beiseite – eigentlich mehr von einer Gemütskrankheit sprechen.

Man muß sich fragen, warum sucht sich die wunde Seele gerade das Herz aus, um sich zu beklagen? Vielen Herzkranken ist nicht klar, daß sie sich eigentlich eine Partnerin/Partner gesucht haben, die/der ihnen die Mutter ersetzt. Innerlich sind sie noch tief verbunden mit einer Mutter, die ihnen einiges schuldig geblieben war und von der sie unbewußt immer noch etwas erwarten.

Diese Erwartungshaltung haben sie längst auf den Partner übertragen. Und ein Partner, der sich trennen will oder von dem man durch das Schicksal getrennt wird, reißt die alte Wunde wieder auf. Das Herz des Säuglings gehörte der Mutter und nur ihr allein. Und der Erwachsene erlebt bei Tod, Scheidung oder Trennung intensiv und sehr schmerzhaft diese Trennung. Es würgt ihm das Herz ab. Als Kind lernte er, all seinen Haß, seinen Zorn, seine Rachegelüste hinter einer Gefühlspanzerung zu verstecken. Die Schreie des Kindes wurden zu stummen Anklagen. Genauso spürt der Erwachsene, der seine Empörung in sich zurückhält, wie sein Brustkorb sich immer mehr zusammenzieht, als würde ein eiserner Ring die Brust zusammenschnüren. Erneut in seiner Liebe zutiefst verletzt, wird das Lebensdrama immer wieder inszeniert: Eine Lanze trifft eine Wunde, die nie verheilt war!

Die innere Abkehr der Mutter vom Säugling führt noch zu

einem anderen, sehr schwerwiegenden Erlebnisverlust: Mütter, die nicht in der Lage sind, eine echte innere Bindung zu ihrem Kind herzustellen, sind selbst meist gefühlsarme Frauen, die mehr Frust denn Lust in sich tragen. Wenn eine Frau ihre eigene Lust nicht leben kann, wenn sie das Lebendigste im Menschen nicht zum Ausdruck bringen kann, wenn sie mit ihrem Kind nicht aus frohem Herzen schmusen kann, wenn sie nicht lachend und »lustig« mit ihm sein kann, dann wird sie ihrem Kind niemals Lust vermitteln können. Ja, sie erlebt den Lustausdruck des Kindes als Bedrohung. Das Kind muß folgsamer werden! Lustlosigkeit bremst Lebenskraft und Lebensausdruck, Lustlosigkeit ist Depression! Der Depressive hat zu kaum noch etwas Lust, in schweren Fällen zu gar nichts mehr. Sigmund Freud war auf der richtigen Spur, als er sich den Themen Lust und Unlust widmete. Herzkranke sind Menschen mit Depressionen. Depressionen sind eine weitverbreitete Zeitkrankheit. Wie will man den Kranken aber die Depressionen nehmen, wenn man ihnen nicht die Kanäle für ihre Lust öffnen kann?

Lust zeigt sich z. B. beim Säugling in der Bewegungsfreude und in seinen angeborenen sozialen Fähigkeiten, wie Lächeln. Erhält ein Säugling in einer guten Mutter-Kind-Beziehung eine positive Rückmeldung für seinen Lustausdruck, baut diese positive Zuwendung seine Motivation auf, stärkt und erweitert sie das angeborene Lustpotential. Auf dieses Wissen um lustvolle Lebensfähigkeit und Motivation kann das etwas ältere Kind in der depressiven Phase zurückgreifen, es kann sich seiner lustvollen Potentiale wieder bewußt werden. Eine Mutter, die aufgrund eigener Schwächen nicht in der Lage ist, die angeborenen Lustpotentiale des Kindes wahrzunehmen und sie mit offenem Herzen zu verstärken, bremst kreatives Potential im Kind. Fähigkeiten, die nicht entwickelt werden, kommen zum Stillstand. Motivationen werden nur ungenügend aufgebaut, und gerade die wichtigste Lebensmotivation wird blockiert.

Kann ein erwachsener Mensch Lust nachträglich lernen? Kann er sich diesem wichtigen Lebensbereich öffnen, um endlich seine Depression los-zu-lassen? Präinfarktler erkranken über den Ver-»Lust« eines Menschen. Der tiefe Urgrund unseres Lebens wäre jene Lust, die über das Urvertrauen entsteht.

Der Aggressionstrieb des Menschen entwickelt sich zur selben Zeit wie der Lusttrieb. Unterbindet man bei Kindern den Aggressionstrieb, d. h. das Kind darf seine Aggressionen nicht gesund ausleben, dann unterbindet man auch den Lusttrieb, d. h. das Kind wird auch keine Lust erleben und somit keine Lebensfreude entwickeln.

Bei einer wirklich liebenden Mutter erlebt das Kind nicht nur Schutz, sondern es bekommt auch die notwendige Voraussetzung, sich auf einer »sicheren Basis« des Vertrauens entfalten und ein gesundes Selbstvertrauen aufbauen zu können.[12]

Mutterentzug ist mütterliche Deprivation. Sie wirkt sich nicht nur auf das Bindungsverhalten aus, sondern fatalerweise auch auf die gesamte Entwicklung des Kindes. John Bowlbys Forschungen ergaben eindeutig, daß Trennung von der Mutter ein Kind stark ängstigt, es traurig macht und Ärger auslöst. All das kann sich zwar wieder beruhigen, wenn die Trennung nicht von langer Dauer ist. Bowlby unterscheidet zwei Arten der Deprivation: Eine »partielle« liegt dann vor, wenn dem Kind nicht mit Liebe, sondern mit Ablehnung begegnet wird. Von absoluter oder totaler Deprivation spricht man, wenn die Mutter durch Tod oder anderweitig ganz aus dem Leben des Kindes scheidet. Die Folgen des Mutterentzuges und Mutterverlustes sind von weitreichender Bedeutung und führen zu schweren Störungen. Wie schon beschrieben, entstehen daraus übermäßige Anklammerungen, oder der Mensch bindet sich überhaupt nicht mehr. Was allen diesen Kindern gemeinsam ist: ihnen fehlt weitgehend das Urvertrauen. Schon sehr früh wurde die Lust des Kindes »zu Grabe getragen«. Was bleibt, ist die Sehnsucht nach ihr.

Das Kind hat der Mutter nicht nur sein Ich geopfert, sondern auch seine Lust und seine Freude. Über seine inneren Nöte konnte es zunächst nicht sprechen. Später durfte es nicht sagen, was in ihm vorging. Jahrzehnte später ist aus der Todesangst eine Herzkrankheit geworden.

Der Kranke begibt sich in die Hände der »Magier im weißen Kittel« und muß sich zunächst anhören, was er alles in seinem Leben falsch gemacht hat. Was hat er denn falsch gemacht?

Er hat geraucht, er hat zuviel und zu fett gegessen. Er hat sich zuwenig bewegt. Er war aggressiv und hat seinen Blutdruck in die Höhe gejagt. Seine Liebe hat er kaum zeigen können und sich dafür vielleicht Diabetes mellitus eingehandelt. Ihn beherrscht eine Todesangst, und in ihm lebt das Bedürfnis nach Schutz und Hilfe. Aber damit er medizinische Hilfe bekommen kann, muß er sich genauso verhalten wie als Kleinkind. Er muß sich bedenkenlos einem Medizinbetrieb unterwerfen. Sobald sich Klinikpforten hinter ihm geschlossen haben, ist er nicht mehr der Herr Meier, er ist der Mann mit den vielen Risikofaktoren in Zimmer 311. Er hat sich in seinem Leben schuldig verhalten, das Leben hat ihn mit einem kranken Herzen gestraft. Jetzt ist er der diagnostischen Maschinerie ausgeliefert, in der sich sein Herz in einem Gewirr von mysteriösen Zahlen und Ergebnissen auflöst.

Nachdem die Diagnose feststeht, hat er zu verstummen. Jetzt ist er zu einem Fall geworden und wäre doch so gerne Franz Meier, der auf Verständnis für sich und seine innere

Not hofft. Er hat tatsächlich falsch gelebt. Aber er hat es nie anders gelernt. Das ist seine Lebensgeschichte.

Die andere Seite, der Medizinbetrieb, ist unumgänglich. Nur über dieses Präzisionsräderwerk der Koronarmedizin ist einer Krankheit, die schon so weit fortgeschritten ist, wie eine schwere Koronarerkrankung, beizukommen. Wir haben in der ganzen Welt hervorragende Herzspezialisten, wir haben Stoffwechselexperten. Aber leider können diese auch nur dann etwas tun, wenn das »Kind schon in den Brunnen gefallen ist«. Es gibt keine wirklich vorbeugende Medizin. Der einzige, der beizeiten etwas tun kann, ist der Herzpatient selbst. Aber er müßte mehr Aufklärung darüber haben, wie sich eine solche Herzkrankheit aufbaut. Gleichzeitig sollte er erfahren können, wie man den Krankheitsprozeß unterbinden kann. Mit hochdosierten Medikamenten und mit Bypass-Operationen mag man die Lebensqualität eines Menschen verbessern, seine Krankheit ausheilen kann man damit nicht.

Die heutigen Herzpräparate erzielen bestimmte Effekte im Körper eines Menschen. Ihr entscheidender Effekt liegt in der Verheißung auf Hilfe. Der Herzkranke kann mit Recht hoffen, daß diese Medikamente sein Herz schützen. Aber sie können es weder vor Trennung noch vor Liebesverlust schützen. Sie können ihm kein Gefühl der Geborgenheit vermitteln und auch nicht das Gefühl, »real« in der Welt zu sein.

Das therapeutische Ritual im Medizinbereich kann dem Patienten nicht die Angst und nicht die Depression nehmen. Im Gegenteil, viel eher werden Ängste geschürt, weil der Klinikbetrieb entfremdet und ausgrenzt und so die Urangst des Patienten anspricht. Die zwar zu Recht mahnende Stimme des Arztes spricht das Schuldgefühl des Herzkranken an und verstärkt sein Bedürfnis nach den Ersatzbefriedigungen, die ihn schon fast umgebracht haben. »Wenn Sie nicht das Rauchen aufgeben, wenn Sie dazu nicht mindestens fünfundzwanzig Kilo abnehmen, wenn Sie sich nicht mehr bewegen ... dann bekommen Sie bald einen Re-Infarkt.« Das Schlimme ist, daß sie mit ihren Warnungen sogar recht haben. Aber die Art und Weise, wie diese dem Kranken mitgeteilt werden, erzeugen Schuldgefühle und Angst und Abwehrreaktion. Wo es doch in erster Linie notwendig wäre, Angst abzubauen, denn das ist der wahre Schutz, und er bekommt dem Herzen ausgezeichnet.

Die Risikofaktoren resultieren nicht nur aus falscher Lebensweise. Sicher, wir dürfen sie um keinen Preis außer acht lassen. Mit Pillen und Umstellung der Lebensweise allein ist ihnen aber nicht beizukommen, wie wir noch sehen werden. Denn alle Risikofaktoren unter Kontrolle zu bringen bedeutet auch, das Kontrollverhalten, das beim Herzkranken sowieso schon übermäßig stark ausgeprägt ist, noch zu vergrößern. Auf diese Weise schaffen wir einen kontrollierten Zwangskranken, dem es kaum noch gelingen wird, sich Lust und Freude zu verschaffen. Denn obwohl Mediziner fähige Köpfe und Könner sind, sind sie doch zugleich auch ohnmächtig, wenn sie den Ängsten und Depressionen der Kranken gegenüberstehen. Gelingt es nicht, einen besseren Zugang zu Angst, Aggression und Depression zu bekommen, wäre jede Medizin mit dem Windmühlenkampf eines Don Quichote vergleichbar.

Der Arzt muß seinen Patienten auf die Gefahren, die immer noch im Hintergrund lauern, hinweisen. Das ist seine Pflicht, weil eine fortgeschrittene Herzkrankheit nur über den Medizinbetrieb zu klären ist. Aber medizinische Forscher verfangen sich allzuleicht im Allmachtsgefühl dessen, was ihnen möglich ist, ohne dabei zu bemerken, daß diese Gefühle gleichzeitig auch Grenzen aufzeigen und ihnen gleichsam ihre eigene Ohnmacht vorführen. Denn wer den Überlebenswillen, die Freude am Leben im Patienten nicht wecken kann, wird selbst mit den besten Maschinen den Tod nur hinauszögern können, aber ihn nicht besiegen.

Mangelnde zwischenmenschliche Nähe und Herzkrankheit gehören zusammen. Aber Nähe kann im Medizinbetrieb nicht ausreichend aufgebaut werden. Das bedeutet nicht, daß alle Herzkrankheiten auf den Mangel an Nähe zurückzuführen sind. Eine solche Verallgemeinerung können wir uns nicht leisten. Wenn wir von Nähe sprechen, geht es auch um das Gefühl von Nähe zu sich selbst. Wer als Kind sich selbst nicht spüren durfte und ein Gefühl der Sicherheit und ein Gefühl der Zugehörigkeit zur Welt entwickeln konnte, hat nur ungenügend Ich-Strukturen entwickelt. Ohne ausreichende Ich-Stabilität bleibt ein Mensch verwundbar und ängstlich. Er sehnt sich nach Nähe und fürchtet doch nichts mehr als diese Nähe.

Dieses Grundgefühl ist einfach ständig da, und der Mensch muß damit leben. Es hat ihn geformt, und das elende Gefühl wird zum Grundton des Lebens. Wenn Menschen beispielsweise scheinbar zufrieden leben und ganz urplötzlich von Angstgefühlen übermannt werden, nur weil eventuell der Partner eine Reise macht oder sich aus sonst einem Grund entfernen muß, dann kommen eben Urängste hoch, die in der Kindheit entstanden sind.

In den Klammern der Gefühlsverunsicherung

Verdrängte, geheimgehaltene Gefühle sind ständig in der Gefahr, angerührt zu werden. Sie sind wie »schlafende Hunde«, die urplötzlich geweckt werden. Verlassenheit ist immer gekoppelt mit äußeren traumatischen Erfahrungen. Dabei dürfen wir nicht vergessen, daß es Verlassenheit auch in intakten Familien gibt. Man kann in solchen Fällen von emotionaler Verlassenheit sprechen.

Emotionale Verlassenheit und ständige Zurückweisung, das Gefühl, nicht angenommen zu sein, bedeuten eine Gefühlsverunsicherung, die auch noch im Erwachsenenalter ihr Unwesen treibt. Der Erwachsene erlebt sich dann als ein Mensch, der keinen Zugang zu seinen Gefühlen hat. Er hat sich das Fühlen abgewöhnt, will keinem zeigen, wie es um ihn steht. Er geht nicht aus sich heraus, weil er schon als Kleinkind mit seinen Gefühlsäußerungen Schiffbruch erlitten hat. Die daraus entstandene Leere wird durch andere Ausdrucksmöglichkeiten kompensiert, was dem einzelnen erlaubt, wenigstens zu funktionieren.

Jeder Mensch hat eine unbewußte Vorstellung davon, wie »der andere« sein sollte. Diese Vorstellung lebt als unbewußter Wunschtraum in uns. Genau dieses Ideal stülpen wir nun den anderen Zeitgenossen über, wir »dichten« ihm jene Fähigkeiten an, die er eigentlich nicht hat. Der Präinfarktler stülpt dem Partner die Anteile der nährenden, versorgenden, ihn verwöhnenden Mutter über. Mit ihr verschmilzt er, gibt wieder sein Ich, seine Lust und seine Freude her, damit der Partner nur bei ihm bleibt. Es ist unser eigenes Wunschbild, wie er sein sollte, was wir über den Partner ausgießen, und dann beginnt das zu entstehen, was viele mit Liebe verwechseln.

Der ganze Vorgang vollzieht sich völlig im Unbewußten. Die Projektion, das »Überstülpen« zeigt, warum Menschen sich in jemanden verlieben können, der bei rationaler Betrachtung als Partner überhaupt nicht in Frage kommt. Das heißt, daß in diesem Fall unser Kontrollbewußtsein uns im Stich gelassen hat.

Tatsächlich besteht eine natürliche Beziehung zwischen der Liebesbindung und dem tiefen Selbstbewußtsein des Ich, denn unser Idealbild hat sich gewendet, ins Negative gewandelt, in dem Sinne: »Ich war ja noch nie was wert, ich muß froh sein, wenn mich überhaupt jemand liebt, ich muß froh sein und dankbar sein, daß sich überhaupt jemand für mich interessiert.« Nach dem Motto: »Wenn man nicht hat, was man liebt, liebt man, was man hat.«

Hier zeigt sich ganz deutlich die Gefühlsverunsicherung des herzkranken Menschen. Jeder besitzt in sich selbst ein Bild seiner psychischen Ergänzung durch das andere Geschlecht. Die Aufgabe der Liebe ist es, den »Gegentyp« zu finden, mehr noch, ihn nach dem inneren Bilde zu gestalten. Und hier zeigt sich der positive Aspekt einer Liebesprojektion: Liebe ist die Projektion einer Persönlichkeit, die ihr Spiegelbild in einer anderen Person sucht, ein sinnliches, seelisches oder geistiges Spiegelbild. Ohne Spiegelung im Wasser hätte der Mensch nie sein Gesicht gesehen. Wenn wir das symbolisch nehmen, dann ist das Wasser das Symbol für das Unbewußte. So können wir sagen: Ohne Spiegelung in der Seele des Partners können wir uns selbst niemals entdecken.

Die Spiegelung des Herzkranken ist getrübt, ihm mißlingt eine optimale Partnerprojektion, weil das Urvertrauen, und damit die Spiegelung mit der Mutter, mißlungen ist, weil er, statt sich in der Mutter spiegeln zu können, symbolisch selbst wieder in die Mutter hineingekrochen, ein Teil von ihr geworden ist und dabei sich selbst verloren hat.

Herzkranke sind überaus vorsichtig bei Begegnungen. Würde dieser neue Mensch, wie erwartet, sie ablehnen? Irgend jemand sagte einmal zu mir: »Mein Radar arbeitet immer auf fünfzig Meter Distanz.« Obwohl Herzkranke sich immer vor Ablehnung fürchten, fordern sie eine Zurückweisung geradezu stets heraus. Sie erfinden eine Testsituation nach der anderen. Versagt der andere in diesen Prüfungen, dann ist das Grund genug, seine Ängste als berechtigt zu sehen, der andere »ist wohl doch nicht der Richtige für mich«.

Wirklich gelebtes Leben vollzieht sich in der Wechselwirkung, im Dialog, in der Auseinandersetzung zwischen Mutter und Kind, zwischen Angestellten und dem Chef, zwischen dem, was ein Mensch ist und was er zu tun hat, zwischen ihm und seiner Aufgabe. Wirklich gelebtes Leben heißt, aus dem Leben soviel Erkenntnis, soviel Freude und Lust zu schöpfen, wie es zu geben vermag. Liebe und Leiden stehen nicht im Buch des Schicksals, sondern im Buch der Lebenslügen, sie sind dort, wo wir uns selbst etwas vormachen, wo wir »so als ob« leben.

Die Gefühlsverunsicherung ist eng verbunden mit dem Erziehungsmodell. Aus Unwissenheit über die Zusammenhänge in der inneren Realität flüchten viele Menschen in äußere Begründungsklischees, womit allerdings die inneren Ursachen noch nicht geklärt sind. Eltern signalisieren ihren Kindern, daß bestimmte Gefühlsäußerungen »unschön«, »schlecht«, »falsch«, »gefährlich« oder »böse« sind. Das Kind selbst sei »schlecht« oder »böse«, wenn es solche Gefühle habe.

Das Kind wird letztlich genötigt, Ersatzgefühle zu entwickeln. Durch Ersatzgefühle lassen wir uns ausbeuten und werden selbst zu Gefühlsausbeutern. Wir versuchen mit anderen eine Beziehung einzugehen, die den anderen nicht wieder so leicht losläßt. Wer als Kind sein Ich aufgab, »lieb und brav« wurde, neigt als Erwachsener dazu, »eine große Liebe« zu leben, die bei näherer Betrachtung nichts als eine Selbsttäuschung ist.

Werden etwa im Alter von zwei bis vier Jahren Gefühle und Verhaltensweisen falsch eingeordnet, so entwickelt ein Kind die entsprechende Überlebensstrategie, die das ganze Leben lang als Selbsttäuschung erhalten bleibt. Andern gegenüber äußern sich solche Selbsttäuschungen dann in

Form von Übertragungen. Eine für Herzkranke typische Form der Strategie ist: »Ich werde in mir nie Wut, Haß oder Zorn zulassen. Wenn ich das zulasse, riskiere ich, daß andere mich böse ansehen und sich von mir abwenden.« Folge ist, daß gestaute Emotionen sich in einer unkontrollierten Situation entladen oder sich selbstzerstörerisch gegen das eigene Herz richten. Der Blutdruck steigt, Zucker- und Cholesterinspiegel steigen. So ein Mensch befindet sich in einer immerwährenden unbewußten Kampfstimmung; er zieht sich zurück, macht innerlich zu, bis hin zum Herzinfarkt.

Ersatzgefühle sind Empfindungen mit falschem Ton, einem schalen Beigeschmack. Wer diese lebt, ist immer innerlich »sauer«, was letztlich bei ihm zu Herzmuskel-übersäuerung führt. Die einst erlebte Urangst führt beim zukünftigen Herzkranken zwangsläufig in eine Depression, eine Depression, die er nicht der Welt zeigen möchte, da sie der Umwelt ein falsches Bild von ihm vermitteln würde. Auch Depression und Grandiosität müssen als abwehrende Schutzmechanismen verstanden werden. Dabei ist die Grandiosität – jenes Verhalten, in der sich der Betreffende als toller, leistungsstarker »Kerl« versteht – ein Schutzmechanismus gegen die Depression. Beide zusammen bilden einen Schutz gegen die narzißtische frühe Wunde.

Im Gefängnis der Depression

Die Depression des Herzkranken unterscheidet sich von der »anaklitischen Depression«, wie sie René Spitz beschreibt. Diese äußert sich in einem weinerlichen Verhalten des Kindes, das in einem auffallenden Gegensatz zur früheren Fröhlichkeit steht. Das Syndrom verläuft fortschreitend bis zu einem Zustand, welcher der Depression Erwachsener ähnlich ist.

Sie entsteht über die lange reale Trennung von der Mutter und durch die reizarme Unterbringung in Säuglingsheimen. Der Herzkranke hat Trennung anders erlebt. Seine Mutter war entweder durch eigene Depression unfähig, einen Bezug zum Kind aufzubauen, oder ihr Kinderwunsch entsprach keinem echten Bedürfnis. So ist die Mutter zwar äußerlich da und kümmert sich um das Kind, aber innerlich gelingt es ihr nicht, eine Beziehung aufzubauen. Das Kind mit seinen Bedürfnissen und Wünschen bleibt ihr fremd und wird als Belastung, manchmal sogar als Bedrohung erlebt. So muß die Mutter versuchen, dieses fremde Wesen in den Griff zu bekommen: Es muß erzogen werden. Erziehung in dieser Situation kann nur heißen, Entwertung des Kindes, um es dann nach mütterlichen Zielen und Wünschen aufbauen zu können. So wird das Kind weder über Urvertrauen innere Sicherheit entwikkeln dürfen, geschweige denn das eigene Ich definieren und entwickeln können. Das gesunde Kind hat zum Ende des zweiten Lebensjahres sein Ich so weit stabilisiert, daß es den Schritt in die Individuation, die Gestaltung seines Lebens wagen kann. Es lebt in dem sicheren Gefühl, Gefahren bestehen zu können.

Der Herzkranke erreichte als Kind diesen Individuationsschritt nicht, er ist dem symbiotischen Bezug verhaftet geblieben und bewältigt sein Leben in der unbewußten Steuerung seiner Neurose. Er lebt unter Leistungszwang, Ängsten und enormem Streß. Im Herzinfarkt und im Klinikbetrieb erlebt so ein Mensch extrem bedrohlich sein schwaches Ich und das Ausgeliefertsein an andere. Die Neurose aktiviert sich und kann aufbrechen, bewußt werden, wenn der Herzpatient in dieser Situation nicht lernt, sich selbst an die Hand zu nehmen. Wenn er aus seinem bisherigen Leben lernt, was er falsch gemacht hat, hat er gute Chancen, sich zu erholen. Bearbeitung der Herzneurose und Identitätsaufbau heißt aber immer auch abtrennen von Verlust, von verpaßten Gelegenheiten, um Neubeginn leisten zu können. Denn diese Menschen schützen sich gegen Streß, Ablehnung und Angst durch Rückzug auf sich selbst. Sie beginnen ihre Bedürfnisse auf ein Minimum zu reduzieren und sich mit Ersatztätigkeiten zu befriedigen. Sie protestieren noch gelegentlich, versuchen über »liebes Verhalten« ein Stück Sicherheit und Zufriedenheit zu erreichen. »Mama ist zufrieden, dann darf es mir auch gutgehen.« Die Resignation im Kindesalter blockierte das Streben und Begehren; Erstarrung im Lustempfinden und in der Lebensfreude waren die Folge, ein »seelischer Infarkt« hat stattgefunden, und das Kind ist ab diesem Zeitpunkt emotional sozusagen tot.

Infarktpatienten sind äußerlich aufgeschlossen und kontaktfreudig, sind aber zugleich auch das Gegenteil, vor allem haben sie Ängste. Das scheint widersprüchlich zu sein, was aber nicht der Fall ist, denn gerade diese Überangepaßtheit ist es, die sie in die Krankheit geführt hat. Sie leben nur über Leistung und Arbeit, über die sie sich Anerkennung erhoffen. Ihre Ich-Identität ist bei der Mutter geblieben.

Dieses Leistungsstreben entspringt einer neurotischen Fehlentwicklung und führt dann zur Kompensation. Wenn psychische Dispositionen mit bestimmt gearteten Umweltsituationen korrespondieren, dann ist in psychosomatischer Sicht das Infarktrisiko gehäuft, sofern beim Patienten gleichzeitig ein »somatisches Entgegenkommen« in Form einer latenten oder manifesten Koronarinsuffizienz vorliegt. Diese ist aber nicht nur Folge der aktuellen Übersäuerung des Herzens, sie stammt schon aus früheren Zeiten.[13]

Der Widerspruch ist darin begründet, daß gerade infarktgefährdete Menschen nur dann zum Arzt gehen, wenn es unbedingt erforderlich ist. Wer psychosomatisch erkrankt ist, dem verschlägt es die Sprache regelrecht, wenn er von sich persönlich etwas mitteilen soll. Herzkranke können zwar ausführlich über ihre körperlichen Symptome sprechen, aber auch dabei wirken sie verhältnismäßig unbeteiligt, so, als wären nicht sie erkrankt, sondern eben nur ihr Körper. Da Herzkranke in der zwischenmenschlichen Beziehung eher ausdrucksarm sind, ihre inneren Spannungen und Affekte kaum verbal äußern können, bleibt nur der Körper, über den das Abgewehrte zum Ausdruck kommt. Auf Gefühle angesprochen, reagieren sie hilflos und abwehrend, weil sie spüren, daß es ihnen unmöglich ist, sich spontan auszudrücken. Ihre Aggressionen leben sie nachts in Träumen aus. Auffallend ist, daß Herzinfarktpatienten ihre Krankheit nicht wahrhaben wollen, sie wollen in der Gesellschaft nicht als krank und »defekt« gelten.

Erfolgsstreben und Kontrollbewußtsein

Unter den Menschen, die zum Herzinfarkt neigen, sind viele, die besonders intensiv und ausdauernd nach Erfolgen streben. Sie verfolgen unabweisbar ihre Ziele, sind ungemein ehrgeizig und hungern nach Bestätigung. Ständig laden sie sich Druck auf, glauben aktiv sein zu müssen, zeigen Wesensmerkmale von Ungeduld und möchten möglichst rasch ein großes Arbeitspensum schaffen.
Nicht krank, sondern kraftvoll und dynamisch wollen sie sein. Diese Menschen kehren gerne jene Eigenschaften heraus, die Erfolg und Prestige verheißen.
Von Männern weiß man, daß sie der Tatmensch sein wollen, der sich energiegeladen durchsetzt. Halbheiten wer-

den abgelehnt. Supermännlich wird dauernd Angstfreiheit und Stärke demonstriert, dabei irgendwie wissend, daß ganz tief im Innern ein riesiger Angstballon anschwillt. Dieser innere Kampf, die ständigen inneren Spannungen führen dazu, daß die Herzkranzgefäße über Stoffwechselprozesse immer mehr »zumachen«. Diese Kranken wollen so gerne Männer sein und sind doch weit davon entfernt, denn um wirklich ein Mann zu sein, muß man auch die weichen, femininen Gefühle in sich zulassen können. Für das alte Männlichkeitsideal sind weibliche Gefühle verpönt, sie werden möglichst verdrängt. Das einfühlende, auf Sympathie ausgerichtete Sicheinlassen auf andere Menschen, das Empfängliche und Bewahrende, das nach Ganzheit Strebende, das Intuitive: All das wird der Welt verborgen. Statt dessen wird eine Haltung gezeigt, in der das sogenannte Männliche sich fordernd das anzueignen hat, was »dem Manne zusteht«.

Den Leitsätzen der Leistungsgesellschaft entsprechend gelten vor allem Stärke und Rivalität heute für viele Eltern als dominante Erziehungsziele. Herzinfarktler sind häufig Menschen, die in ihrer Kindheit streng im Sinne des Leistungsprinzips erzogen worden sind, was für Frauen und Männer gleichermaßen gilt. Der Infarktler hat sich eine Scheinwelt aufgebaut, das haben Untersuchungen ganz deutlich ergeben. Untersucht man die Lebensgewohnheiten von Infarktlern genauer, trifft man auf eine Inkonsistenz ihres Verhaltensmusters. Auf der einen Seite zeigen sie ein ausgeprägtes, sehr hartnäckiges, ganz tief verwurzeltes Dominanzstreben, das über ihre »Kontrollinstanz« funktioniert. Dieses Verhalten entspringt der Angst, daß sich jemand von ihnen abwenden könnte.

Lieber haben sie alles »im Griff«, als daß ihnen etwas Unvorhersehbares passiert. Ein tiefer Verlust in ihrem Leben reicht ihnen. Ich kenne einen Mann, der im Alter von vier Jahren seine Mutter verloren hatte und in der Folge seine Ehefrau und seine zwei Töchter stark dominierte. Auf der einen Seite machte er sie ständig klein, zeigte ihnen, wie »nutzlos« sie waren, auf der anderen Seite band er sie ganz eng an sich. Das tat er aber nicht über Gefühle, sondern über eine Art Gesellschaftsvertrag, der immer wieder verworfen, neu definiert und umgemodelt wurde. So zwang er seine Familie dazu, sich ständig mit ihm zu beschäftigen und auseinanderzusetzen. Daß seine Familie sich immer wieder ärgern mußte, verzweifelt war, gehörte mit zu diesem Spiel, mit dem er sich für den frühen Tod seiner Mutter »rächte«. Er tat dies alles zwar völlig unbewußt, aber sehr folgenreich: Dieser Mann bekam einen Herzinfarkt und die Parkinsonsche Krankheit.

Beim Herzinfarktler sind Dominanzstreben und Kontrollbewußtsein immer wieder durchsetzt von Strategien ängstlicher Rücksichtnahme, Anpassung und Konfliktvermeidung. Es scheint so, als ob die Betroffenen weder richtig ja noch richtig nein sagen können. Sie wollen ihre Welt kontrollieren und doch jedes Risiko vermeiden; sie handeln wie ein Autofahrer, der gleichzeitig Gas gibt und bremst.

Auffällig ist die Angst des Herzkranken. Kommunikationsbereitschaft wird signalisiert, freundliches Entgegenkommen und Hilfsbereitschaft werden gezeigt, aber dahinter können Mißtrauen und Vorwurfshaltung lauern. Wirkliche Nähe und Vertrauen können auf diese Weise nicht entstehen. Diese Gefühlsambivalenz wird, wie schon gesagt, durch Ehrgeiz, Arbeit und Leistung überdeckt. Lust- und Unlustgefühle werden weitgehend vermieden, ebenso wie Flucht und Angriff vermieden werden; es bleibt die lauernde Haltung in der Mitte, was zwangsläufig in die Depression führt.

Herzinfarkt ist die letzte Stufe einer lebenslangen Flucht

vor sich selbst. Mehr noch, ein Herzinfarkt ist ein selbst-
mörderischer Prozeß auf Raten. Der gewaltige Stau an Aggression, mit dem Herzkranke ihr Leben lang leben müssen,
mit dem sie ihre Wünsche nach Geborgenheit, nach zärtli-
cher Zuwendung und nach Liebe von sich fernhalten, zerstört ihr Herz. Es scheint, als ob die quälenden, zeitlebens
verdrängten Lebenstriebe in ihrer Sehnsucht nach Ruhe,
nach Ausruhenkönnen, die selbstzerstörerische Gewalt geradezu anziehen. Im tödlichen Herzinfarkt erlischt endlich
und endgültig der endlose Schrei nach Liebe.

Der »kleine« Tod und Depression

Wer seinen Infarkt überlebt hat, ist nur einen »kleinen
Tod« gestorben. Mit dem Riß im Herzen ist ein winziger
Teil der ewigen Panzerung aufgebrochen. Und gerade nach
Infarkt und Bypass-Operationen brechen die Dämonen,
die lange Jahre der Verdrängung anheimgefallen waren,
hervor. Dumpfe Ängste, verzweifelte Trauer durchdringen
dann den Patienten. Jetzt sind sie wieder da, die alten
Gefühle, die man so lange unter Kontrolle hatte. Es ist, als
hätte man diesen Menschen nicht nur das Herz »geöffnet«. Der Kranke erlebt sich zunächst so, als hätte der
Laserstrahl seine Gefühle »zerschnitten«. Menschen, die
ehemals sehr nahe standen, werden häufig als völlig fremd
erlebt. So ist es nicht verwunderlich, wenn es nach Herzoperationen zu Trennungen kommt.
Überlebter Herzinfarkt und Bypass-Operation können
zur Chance werden, zu einem Neubeginn. Sich jetzt mit
dem, was da aus dem Innern hochströmt, auseinandersetzen, die Dinge in sich klären, das bedeutet, neue Lebens-
chancen zu erhalten. In diesen Zeiten braucht der Herzkranke sehr viel Schutz und liebevolle Zuwendung, sonst

drohen die Dämonen der Vergangenheit ihn zu verschlingen.

Nur mit Zuwendung, liebevollem Eingehen, Rücksichtnahme läßt sich der Schrecken über ein verfehltes Leben ertragen. Nur so kommt der Kranke auf den Weg, der ihn zu sich selbst finden läßt. Dazu muß er aber bereit sein, Verantwortung für sich selbst zu übernehmen und Hilfe anzunehmen, die ihn bei der Vergangenheitsbewältigung begleitet.

Von der Medizin kann nur im physischen Bereich Hilfe erwartet werden. Oftmals bietet sie Erklärungen an, die, geht man ihnen lange genug nach, sich als mechanische Konstruktionen erweisen.

Eines ist ganz klar: Ohne die Medizin und ihre großartigen Leistungen geht nichts. Gerade die Herzchirurgie, aber auch die innere Medizin, leisten Großartiges, um herzkranken Menschen zu helfen. Ohne sie wären die Friedhöfe übervoll von Herztoten.

Ebenso ist klar, daß es Ursachen für den Herzinfarkt gibt, die von diesen Disziplinen kaum in Erwägung gezogen werden.

Mediziner arbeiten überwiegend an den Symptomen. Es werden Schmerzen beseitigt, verklebte Gefäße geöffnet oder per Operation umgangen.

Können wir einen Vorwurf erheben? Das können wir nicht! Für die Erkrankung ist in erster Linie der Kranke selbst verantwortlich. Durch seine Lebensgeschichte und das daraus resultierende Verhalten ist die Krankheit »geworden«. Wenn es um die tieferen Ursachen der Erkrankungen geht, sind die meisten Mediziner hilflos. Tiefenpsychologie ist auf dem Ausbildungslehrplan für Mediziner noch immer ein Randthema.

Niemand darf leugnen, daß es diese tiefen Ursachen gibt. Die medizinische Forschung ist aufgerufen, diese Ursachen zu ergründen. Die Depression ist nicht zu übersehen, und man wird sie auch nicht mehr belächeln können, denn die Depression beeinflußt das Stoffwechselgeschehen, das für die Risikofaktoren verantwortlich ist. Physisch gesehen ist Depression eine Stoffwechselerkrankung, und sie geht Hand in Hand mit erhöhten Cholesterinwerten, mit Diabetes mellitus, Bluthochdruck, Bewegungsarmut und Rauchen. Amerikanische Wissenschaftler haben feststellen können, daß Rauchen unbewußt der Depressionsabwehr dient.

Depressionen haben die Medizin schon immer hilflos gemacht. Handelt es sich doch um ein physisch-psychisches Leiden, das Millionen von Menschen lähmt, bremst, blokkiert. Die Geißel Depression ist Ursache für viele Krankheiten: Herzinfarkt, Krebs und andere weitverbreitete Krankheiten nehmen im wesentlichen aufgrund dieses Leidens ihren eigenen Verlauf, unabhängig vom ungeheuren medizinischen Aufwand.

Wie erklärt sich die Hilflosigkeit der Medizin gegenüber einem so gewaltigen Leiden wie Depression? Einfach allein schon dadurch, daß Mediziner auch Menschen sind; Menschen, die oft selbst unter Depressionen zu leiden haben. Bei der Depression versagt der große Medizinapparat. Sie berührt innerlich unangenehm, jeder möchte ihr entrinnen, nichts mit ihr zu tun haben. Am liebsten so tun, als gäbe es sie nicht! Der Patient, der beispielsweise nach einer Bypass-Operation in eine Reha-Klinik kommt, findet dort einen Tagesablauf vor, der eigentlich am Patienten vorbei funktioniert. In der ersten Zeit nach einer Operation werden fast alle Herzkranken von Gemütsschwankungen und Depressionen heimgesucht. Diese haben nicht nur mit der Lebensgeschichte zu tun, sondern sind ein reaktives Geschehen, weil die organische Wunde im Herzen noch frisch ist und der innere Panzer noch nicht wieder fest verschlossen ist. Der Patient fühlt sich hilflos, allein, wund, und er ist körperlich noch extrem geschwächt. Ängste plagen ihn: »Wird die Kraft zurückkommen?«

Bei einer richtigen Organisation könnte so ein Patient in der Reha-Klinik lernen, seinen Gefühlen, die sich hinter der Panzerung verborgen hatten und die ihn jetzt überschwemmen, Luft zu verschaffen. Er bräuchte psychotherapeutische Hilfe, damit er lernt, sich seinem seelischen Schmerz, seinem »heulenden Elend«, zu stellen. Er könnte lernen, was Verzweiflung und Angst in ihm angerichtet haben. Viele Reha-Kliniken beschäftigen einen einzigen Psychologen, oft genug ohne therapeutische Zusatzausbildung und spezielle Kenntnisse über Herzerkrankungen.

Meine Forderung zunächst an alle Krankenhäuser ist: Psychologen einstellen – die nichts anderes tun, als Patienten, die vor der Operation stehen, psychisch darauf vorzubereiten.

Auf diese Weise können Ängste im Vorfeld bearbeitet, der Überlebenswille kann gestärkt und die post-operative Depression in Grenzen gehalten werden. Reha-Maßnahmen können besser greifen.

Wie sieht die Rehabilitation aus? Jeden Tag fünfzehn Minuten rauf auf einen Fahrradergometer, um Kraft und Ausdauer zu trainieren. Der geschwächte Körper hat aber kaum Kraft. Müde und lustlos versucht der Patient, die geforderte Leistung zu erreichen. Er schaut auf eine Wand, sieht eine Uhr. »Immer noch zehn Minuten, dabei bin ich ganz kaputt. Ich schaffe nur dreißig Watt. Der andere da drüben schafft schon hundertzwanzig Watt. Also ist mein Herz doch nicht in Ordnung, die Operation hat nichts gebracht, alles umsonst, bin eben doch ein Herzkrüppel.« Dabei weiß so ein Patient nicht einmal, daß derjenige, der da neben ihm hundertzwanzig Watt schafft, bereits zwei Jahre zuvor operiert worden war, man kommt ja so wenig ins Gespräch. Dann geht's ins Kreislauftraining: Aus der Sicht der Sportmedizin ist das sicher wichtig, und es ist auch wichtig für den Frischoperierten. Sein Herz muß ja wieder in Schwung kommen. Aber eigentlich kann er noch gar nicht, eigentlich will er gar nicht. Er will sich von dieser gewaltigen Operation erholen, will zu sich finden, möchte am liebsten wie ein kleines Kind weinen. Die Seele ist verwundet, und für den Körper war diese Operation ein gewaltiger Schock!

Es gibt diesen Operationsschock, wie ich eingangs sagte, und Körper und Seele brauchen lange, um sich davon zu erholen. Das bringt erneut Depression. Man spricht dann von der Operationsdepression. Dahinter steckt aber mehr, wie wir noch sehen werden. Der Operierte wird in den Reha-Kliniken den ganzen Tag über mit irgendwelchen Maßnahmen beschäftigt. Die innere Not der Menschen ist hier kein zentrales Thema, dafür ist eigentlich niemand zuständig. Der Kranke soll lernen, mit jeder neu erreichten Wattrunde sein Selbstbewußtsein wieder aufzurichten. Dann würden auch die Depressionen verschwinden. Das tun sie aber nicht. Weil die Kranken keine Hilfe finden, kein Verständnis, bildet sich bei ihnen bald wieder eine neue Panzerung, hinter der die Gefühle verschwinden. Die Panzerung verstärkt wiederum die Depression.

Es wäre unendlich wichtig, den Patienten dann zu unterstützen, nichts zu tun, sich tief in die Depression fallen zu lassen, um in längst verschütteten Tiefen ein kleines Stück seines so wenig gepflegten Ich's zu entdecken. Hier in der Reha wäre, fern von Verpflichtung, Leistung und Funktionierenmüssen die Chance, sich selbst ein Stück näherzukommen. Sich vielleicht zum ersten Mal im Leben in Bedürfnissen, Wünschen zu spüren und eine Ahnung davon zu bekommen, welchen Lebensbetrug man an sich selbst begangen hat. Diese Erkenntnis fordert den Raum für

Trauer. Der Herzkranke muß trauern dürfen um seine verpaßten Möglichkeiten. Nur so kann er auch erstmals echten Zugang zu seinen bereits entwickelten Fähigkeiten erhalten. Welcher Wandel wäre es, wenn Arbeit nicht mehr um der Leistung willen erbracht wird, sondern weil man spürt, daß man sie gerne tut, daß sie Freude macht und machen darf.

Wird dieser Mensch aber wieder auf der Leistungsschiene »rehabilitiert«, verstärkt sich die Kernneurose. Um akzeptabel zu sein und überleben zu dürfen, muß man tun, was die Ärzte sagen, sonst hat man keine Chance. Die erlebte Drohung des Elternhauses wird damit aktiviert.

3

Der gebremste Organismus

Wenn das Herz schwer wird

Die Wurzeln vieler Depressionen reichen bis in die frühe Kindheit. Das Kind, das man gezwungen hat, sein angeborenes Recht auf Individualität aufzugeben und im Familienclan das Spiel der anderen mitzuspielen, ist zu einer schlechten Entscheidung getrieben worden. Es kann niemals »gewinnen«, gleichgültig, was es tut. Wie sehr es sich auch bemüht, es kann niemals die Anerkennung bekommen, die es braucht. So entsteht ein Grundmuster, das sich auf Arbeit und Leistung stützt, um doch noch Anerkennung zu bekommen. Eltern, die das Spiel Anerkennung und Leistung mit ihren Kindern spielen, fordern Unmögliches. Ihre unbewußte Motivation besteht darin, die eigenen Schuldgefühle, die sie empfinden, weil sie keine liebenden Eltern sind, auf das Kind zu übertragen. Und das Kind nimmt die Schuldgefühle auf sich, um die Illusion zu nähren, daß die Liebe der Eltern doch noch zu erringen sei.

Jeder Depressive steckt in den Fängen seiner Zwickmühle. Ein Teil von ihm sagt: »Kämpfe, bleib dran, es ist deine einzige Chance.« Der andere Teil sagt: »Gib auf, du wirst dein Ziel niemals erreichen.«

Wie kann einer aufgeben, wenn die Folge Verlassenheit und Einsamkeit ist? Wenn er nicht aufgibt, verausgabt er seine Energie in einem Kampf, der schon verloren war, bevor er begonnen hat, und die unvermeidlichen Folgen davon sind Depression und Tod.

Tod deshalb, weil die Depression, die längst chronisch geworden ist, den gesamten Stoffwechsel beeinflußt. Die Depression finden wir im Zucker- und Fettstoffwechsel wie in der Bewegungsarmut. Depression lähmt. Wir finden sie sogar im Rauchen, denn das Rauchen ist der Tröster bei Einsamkeit und Verlassenheit. Ein Teufelskreis, der nur unterbrochen werden kann, wenn man die Depression als Risikofaktor erkennt und in eine Therapie mit einbezieht.

Dem depressiven Herzkranken ist das »Herz schwer«. Er erhebt sich kaum zu geistigen Höhenflügen, er fühlt sich angekettet, niedergedrückt.

Der herzkranke Mensch lebt ständig in dem Gefühl, einen bestimmten anderen Menschen »dringend« zu brauchen. Dieses Gefühl läßt ihn danach streben, die trennende Distanz zwischen sich und dem anderen aufzuheben. Eine gähnende Kluft zwischen Ich und Du quält ihn. Der Herzkranke und der depressive Mensch wollen dem Du so nahe wie möglich sein und bleiben. Distanz bedeutet Entfernung und Trennung vom Partner, verbunden mit einer Angst, die er schon lange kennt. Sein Problem ist jedoch, daß Entfernung und Trennung vom Partner in ihm selbst passieren. Seine Schuldgefühle lassen ihn mit seinen Sensoren auf die Umwelt reagieren, um zu erspüren, wer mit ihm unzufrieden sein könnte. So entsteht die Verlustangst, die ihn sich an den Partner klammern läßt, begleitet von dem Gefühl des Ausgegrenztseins, der Angst, eigentlich will ihn keiner haben. Aus diesem Grund werden Konflikte in der Familie oft vermieden, um das Gefühl aufrechtzuerhalten: »Es ist alles in Ordnung, wir mögen uns alle.« Oder der Herzkranke versucht unter Rückzug in seine Krankheit die Umwelt zur Zuwendung und Rücksichtnahme zu zwingen.

Wer könnte schon so gefühlskalt sein, einen Herzkranken zu verlassen?

Bei depressiven Menschen ist die Verlustangst dominant. Verlustangst ist die Angst vor isolierender Distanz und Trennung, vor fehlender Geborgenheit, Einsamkeit und Verlassenwerden. Gesucht wird größtmögliche Nähe und Bindung. Je weniger ein Mensch sein »Ich-selbst-sein«, seine Selbständigkeit entwickelt, um so mehr braucht er andere. So betrachtet ist Verlustangst die andere Seite seiner Ich-Schwäche. Jeder Versuch, sich gegen die Verlustangst dadurch zu sichern, daß man immer mehr von sich aufgibt, muß scheitern.

Es gibt nur einen Weg zu sich selbst: sich aus den Abhängigkeiten von anderen lösen.

Ein depressiver Mensch idealisiert nahestehende Menschen. Er verharmlost sie, entschuldigt ihre Schwächen und will ihre dunklen Seiten überhaupt nicht wahrhaben. Nichts, was ihn erschrecken könnte oder gar beunruhigt, will er an ihnen wahrnehmen. Beunruhigung könnte eine vertraute Beziehung in Gefahr bringen.

Zweifel und Kritik unterdrückt er, läßt sie gar nicht erst ins Bewußtsein kommen. Er geht Spannungen möglichst aus dem Weg, vermeidet Auseinandersetzungen, nur um seinen Frieden zu behalten, eine Entfremdung vom Partner könnte drohen. Da er die Menschen seiner Umgebung als gut sehen will, bewegt er sich in der ständigen Gefahr, ausgenutzt zu werden. Wie der Vogel Strauß, steckt er den Kopf tief in den Sand (die »Wüste« ist ein tiefenpsychologisches Symbol für Depression) und tut so, als sei die Welt in Ordnung und als seien alle Menschen in ihr »gute Menschen«, nur mit ihm selbst ist irgend etwas nicht in Ordnung. Aber diese Weltsicht zwingt ihn dazu, seinerseits auch »gut« zu sein. Er muß darum bescheiden auftreten, er muß der Umwelt gegenüber Verzicht zeigen. Er »beweist«, daß er friedfertig und selbstlos ist. Daher gehört er zu jenen Menschen, die scheinbar wenig für sich fordern. Überangepaßtheit und Unterordnung sind die Zwangsjacken depressiver Herzkranker. Das geht bis zur Selbstaufgabe.

Der Pferdefuß ist, daß sie nicht nur die Verlustangst verbergen, sondern auch die Ursache der Verlustangst. Außerdem fühlen sie sich denen gegenüber moralisch überlegen, die weniger bescheiden, friedfertig und selbstlos sind. Sie haben gelernt, aus der Not eine Tugend zu machen, weil sie glauben, etwas zu »opfern«, was sie nicht in ausreichendem Maße besitzen: ein Ich.

Daraus folgt die Erwartung, daß andere immer wieder auf sie und ihre Krankheit eingehen. Tun sie es nicht, entstehen Enttäuschungen. Die Folge davon ist: Sie rutschen wieder in die Depression ab.

Das Karussell der Depressionen und der Schuldgefühle

Depressive Herzkranke geraten immer wieder in einen Teufelskreis: Sie sehen das, was ihnen Lust verschaffen könnte, vor sich, die Lustmotivationen entziehen sich ihnen aber immer wieder, weil sie nicht gelernt haben zuzugreifen. Oder sie können es sich nicht erlauben zuzugreifen. Oft wissen sie auch nicht, was sie eigentlich haben wollen. Sich etwas nehmen, etwas Leben zu fordern, das können sie deshalb nicht, weil sie nicht auf gesunde Weise aggressiv sein können.

Aggression ist etwas Böses für sie, das sie tief in sich verstecken müssen. Das hat die Mutter das Kind gelehrt. Heute kann das »große« Kind keinen Verlust akzeptieren und betrauern, das käme seinem eigenen Tod gleich. Gesundheit und Lebensfähigkeit fordern, daß ein Kind seine Mutter in positivem Licht sieht. Das gelingt nur, wenn es destruktive Verhaltensweisen von der »guten« Mutter abtrennt und diese auf eine »böse« Mutter projiziert.

Das Kind erfährt eine »gute« Mutter und eine »böse« Mutter; die »Hure und die Heilige«. Später, wenn das Kind größer ist, nimmt es auch den negativen Mutteranteil in sich hinein. Da es aber mit seinem Ich in der Mutter lebt, sieht es sich selbst nun als den »Schurken«, als den »Bösen«: das Schuldgefühl ist entstanden.

Wenn ein Erwachsener später unter Schmerzen leidet, dann ist auch gleich das Grundgefühl da: »So bin ich eben, ich habe es nicht besser verdient«, was dazu führt, daß ein ungeliebtes Kind sich nicht als liebenswert fühlt.

Jeder dieser Kranken schleppt eine ungemeine Last an Schuldgefühlen mit sich herum. Sie fühlen sich schuldig, weil sie depressiv und herzkrank sind. Sie können nicht richtig funktionieren. Sie sind anderen eine Last und trüben deren Stimmung. Sie haben offensichtlich allen Grund, sich schuldig zu fühlen.

Da Schuldgefühle nicht in ihr Konzept von Ich- und Weltverständnis passen, müssen sie sie vor sich selbst und der Welt verstecken.

Damit beginnen sie gleichzeitig, die Depression wegzuschieben. Sie wollen ja tolle Menschen sein, die alles packen, die lieb und nett sind. Darum können sie diese Gefühle nicht gebrauchen.

Ein solcher Fall bedeutet für die Diagnose zweierlei: Einmal bedeutet es, daß die Depression hinter der Maske von Freundlichkeit, Fröhlichkeit und Draufgängertum versteckt wird. Zum anderen zeigt es, daß sich etwas »verpuppt«, »eingeigelt« hat, wie eine Larve, und sich nicht befreien kann. Es fehlt die Möglichkeit zur Veränderung.

Der notwendige Wandlungsprozeß findet beim Depressiven nicht statt. Diese Persönlichkeitsstrukturen müssen aber einem Wachstumsprozeß zugeführt werden, damit der Herzkranke sich befreien kann, damit »sein Herz wieder lachen lernt«.

Depression ist nicht als pathologische Traurigkeit zu verstehen, sie ist die Antwort auf eine katastrophale Situation. In unserem Fall sagt sie: »Meine Liebe, meine Liebesfähigkeit, mein Herz sind in Gefahr.« Das wäre eine reaktive Depression. Bei einer endogenen Depression hat dieses Ereignis viel früher stattgefunden und geriet in »Vergessenheit«.

Der Wunsch nach vertrautem Nahkontakt, die Sehnsucht, lieben zu können und geliebt zu werden, gehören zu unserem Wesen. Die Fähigkeit zur liebevollen Identifikation und die Fähigkeit, den anderen liebevoll, mit Geist, Seele und Körper umfassen zu können, gehören zu unserem tiefen Menschsein. Der Depressive hat alle Grenzen zwischen sich und dem Partner aufgehoben.

Er möchte in der Verschmelzung den frühen Zustand des Geliebt- und Angenommenseins erreichen. Er ahnt, daß es das gibt, bekommen hat er es nie. Er überfordert aus diesem Bedürfnis heraus sich und den Partner. Anpassung und Geben stehen in keinem ausgewogenen Verhältnis zueinander. Um dieses äußerst labile Gleichgewicht nicht zu gefährden, müssen beide sämtliche negativen Gefühle und eigenen Bedürfnisse verleugnen. So entsteht eine Fassade und hinter ihr ein äußerst ungesundes Beziehungsklima. Der Depressive muß lernen, sich abzugrenzen und zuzulassen, daß der Partner oder die Kinder sich abgrenzen. Sein Lernschritt heißt: eigene Identität entwickeln. Bei depressiv Gestörten ist allerdings die Verlustangst so groß, daß ein Aussteigen, eine Weiterentwicklung, sehr schmerzhaft ist.

Wenn sich ein Herzkranker völlig mit dem Partner identifiziert hat, ermöglicht ihm das tatsächlich große Nähe. Er ist zum Wir geworden, ein Ich gibt es nicht. Er ist kein eigenständiger, individueller Mensch mit einem Eigenleben. Dasselbe fordert er auch vom Partner.

Mancher Herzkranke denkt, fühlt wie der Partner, er errät dessen Gedanken und Wünsche, liest ihm alles von den Augen ab. Er weiß, was den anderen stört, und räumt es ihm aus dem Weg. Er übernimmt die Ansichten des anderen und teilt dessen Meinung. Er hat den anderen auf einen Sockel gehoben und betrachtet ihn wie ein Standbild: »Meine große Liebe!« Wenn ich aber einen Menschen auf den Sockel hebe, liebe ich ihn nicht wirklich. Ehrfurchtsvoll habe ich ihn hoch vor mich aufgebaut.

Wehe, das Standbild schaut einmal woandershin, versucht ein paar Schritte weit »sein eigenes Leben« zu führen, schon schießt die Verlustangst wie eine riesige Fontäne nach oben. Todesängste, verbunden mit mächtigen, ehemals verdrängten Aggressionen, kommen hoch, und die Angst legt sich erst wieder, wenn der Partner geistig niedergeknüppelt zu Füßen liegt. Jetzt strengt sich der Herzkranke besonders an, um den anderen wieder von seiner Liebesfähigkeit, von seinem »guten Willen« zu überzeugen: Es gibt doch keinen Besseren als ihn, oder?

Aber der Einbruch in die Psyche eines solchen Herzkranken hat noch etwas anderes bewirkt und macht ihn kränker als zuvor: »Wenn du mich nicht mehr willst, mag ich nicht mehr leben!« Und diese geistige Einstellung bewirkt, daß er über die Depression seinem Körper weiteren Schaden zufügt. Wie er das macht, zeige ich in den Kapiteln über die Risikofaktoren.

Wenn wir den Menschen mit einer Geige vergleichen, dann können wir sagen, daß ein ausgeglichener Mensch sich »als Geige« zum Vibrieren, zum Schwingen bringen kann. Er

kann seinem »Geigenkörper« ein fröhliches oder ein trau-
riges Lied entlocken, es kann ein Klagelied sein oder ein
hochschießender Jubelgesang.

Die verlorene Lust

Ob fröhlich oder traurig, die Saiten sind richtig gespannt.
Wenn sie nicht richtig gespannt und gestimmt sind, dann
kommt der Katzenjammer einer Depression heraus. Wenn
die Saiten schlaff und spannungslos sind, kommt überhaupt kein richtiger Ton zustande. Das Instrument ist
»tot«, kann nicht richtig reagieren. Es ist »sang- und klang-
los«.

Bei einem solchen Menschen erleben wir dann eine tiefe
Depression. Depressionen sind keine Gefühle, da sie ja
gerade durch die Unterdrückung von Gefühlen zustande
kommen. Gefühle und Gemütsbewegungen sind organis-
mische Reaktionen auf Ereignisse in der Umwelt. Der
depressive Zustand ist ein Fehlen der Reaktionsbereitschaft. Gefühle verändern sich, wie sich die äußere Situation verändern kann, die dann wieder andere Reaktionen
des Organismus hervorruft. Die richtige Gesellschaft kann
einen Menschen aus seiner düsteren Stimmung herausho-
len, einen Depressiven aber kann man nicht einfach hoch-
holen.

Um aus der Depression herauszukommen, muß am
Energiepegel etwas geschehen. Menschliche Energie bietet uns die Fähigkeit, Arbeit zu leisten, die man an
erbrachten Leistungen mißt. Das soll aber nicht bedeuten, daß die an Lebensprozessen beteiligte Energie etwas
rein Mechanisches sei. Unsere Lebensenergie benötigen
wir außerdem für Wachstum, Fortpflanzung, Erregbarkeit und emotionale Reaktionsbereitschaft. Sie bewegt

den Organismus auf die Erfüllung seiner Bedürfnisse, auf Selbstausdruck hin und führt im kreativen Prozeß zu unserer Lust. Unser Organismus ist ein abgeschlossenes System und hängt von der richtigen Funktionsweise der Erregbarkeit, besser ausgedrückt: von unserer Lebendigkeit, ab.

Erregung und Depression sind zwei entgegengesetzte Pole. Bei Depressiven ist der Erregungspegel herabgesetzt. Ein Mensch ohne Depression hält seinen Erregungspegel auf einer bestimmten Höhe. Der Stoffwechsel funktioniert gut, und er ist angemessen aktiv.

Die Leistungsfähigkeit des Körpers wird durch das Lustprinzip motiviert. Jede Tätigkeit zielt letzten Endes auf Lust ab, entweder auf sofortigen oder späteren Lustgewinn.

Der Lust entgegengesetzt steht das Leiden. Wenn wir den Menschen in seiner gesamten Erlebnisfähigkeit betrachten, dann müssen wir Hunger und Durst mit einbeziehen, die an die Bedürfnisse des Körpers gekoppelt sind. Wir müssen anschauen, was er an Schmerz und Freude erlebt und was ihm sein Gefühlsleben an Lust und Enttäuschung bietet. So betrachtet sind die »Leidenschaften« all das, was wir in Passivform im Sinne der Leideform er-leiden. Im Leiden und damit auch in der Depression drückt sich eine passive Natur aus, die der Bewegung und der Betätigung unserer Willenskraft entgegengesetzt ist. Was Philosophen in früheren Zeiten Leidenschaften nannten, beschreiben wir heute mit dem Begriff »Emotionen«.

Es wäre leicht, Depression gegen Lust und gegen andere Gefühle auszutauschen. Das täuscht. Als Begriff verschwommen und als Gefühl unverkennbar, ist die Lust zugleich Zustand und Handlung, ein Affekt, der nicht von dem ihn hervorrufenden Verhalten zu trennen ist. Sie ist, wie bereits erwähnt, die Antriebskraft der Lebensenergie. Da Depressive stets mit einem Gefühl innerer Lähmung leben, kann die Lust nicht an sie herankommen. Lust ist immer aktive Aufmerksamkeit und damit auch immer Zustand und Akt. Ohne Handlung, die Lust verschaffen könnte, ist Lust nicht denkbar. Nehmen wir das Essen: Der gesunde Mensch ißt, um zu leben, und mancher Herzkranke lebt, um zu essen. Er verschafft sich über das Essen Ersatzgefühle, die mit eigentlicher Lust nichts zu tun haben. Immer befriedigt der Trieb das Bedürfnis, während die Lust die »einschmeichelnde« Musik am Rande ist. Lust ist konditionierbar. Wer sich keine Gedanken über die Lust macht, der kann sie kaum wahrnehmen. Lust ist eine Pflanze, die gegossen werden will, damit sie wachsen kann. Lust beinhaltet unsere Triebe, unsere Wünsche, unser Begehren. Abgewürgt wird sie über Erwartungen, über Beurteilen und Verurteilen, über Vergleichen, eben über unser Kontrollsystem. Darüber hinaus haben wir über die Verdrängung des psychischen Schmerzes, über die Verleugnung und Verschiebung der Aggressionen, über das Nicht-wahrhaben-wollen der Angst auch die Lust mit vertrieben. Und wenn wir beginnen, Lust zu suchen und zuzulassen, dann kommt am Anfang nicht einfach nur Freude auf, dann öffnen wir auch die Tore, um Angst, Aggression und Traurigkeit herauszulassen. Aber dahinter kommt dann irgendwann auch die Freude.

Die innere Lähmung als motorische Bremse

Eine Depression ist durch zwei fundamentale Eigenschaften gekennzeichnet: die Traurigkeit und die psychomotorische Verlangsamung. Die Traurigkeit ist nicht im eigentlichen Sinne als Traurigkeit zu verstehen. Denn Traurigkeit ist ein Gefühl, und das Wesen der Depression ist es ja gerade, kein Gefühl aufkommen zu lassen.

Ein Zustand von Niedergedrücktheit und Erschlagensein, ein Zustand von Dumpfheit und innerer Leere charakterisiert die Depression; da ist kein Raum für Lust. Die motorische Verlangsamung schlägt sich in Gang und Mimik nieder; die Bewegungen sind träge, stereotyp, und auch das Gesicht wirkt wie eine Maske. Der Redefluß ist häufig von längeren Pausen unterbrochen. Denkblockaden zeigen sich, wenn man genau hinhört, Gedanken werden häufig aus dem Zusammenhang gerissen, sie kommen schleppend wie ein Lastkahn, der mühselig gezogen wird.

Subjektiv erweckt dies alles den Eindruck von Interesselosigkeit. Das ist auch so. Der Depressive zeigt wenig Interesse an seiner Welt. Depressive sind antriebsgestört. Sie verlieren gelegentlich das Gefühl für Zeit und Raum. Alles kommt ihnen verlangsamt vor. Darüber hinaus sind sie meist grüblerische Menschen.

Beim Herzkranken ist die Depression nicht so offensichtlich. Nach Infarkt und Bypass-Operationen tritt sie häufig deutlich zutage.

Herzinfarkt und Depression haben eines gemeinsam: den alten Verlustschmerz aus der frühen Kindheit.

Verluste bringen immer Trauer mit sich. Trauer muß verarbeitet werden, damit der Patient aus der Krise eine Chance machen kann. Aber ein Säugling kann Trauer nicht verarbeiten. So bleibt ein Leben lang das Grundgefühl von Trauer erhalten, und der Kranke weiß nicht, woher diese Trauer rührt. Depressive haben tief in sich das Gefühl, etwas verloren zu haben, aber sie wissen nicht, was sie verloren haben. Sie bleiben sich ewig darüber im unklaren, worum sie trauern. Dieses Trauergefühl wird begleitet von einem Gefühl des Ich-Verlustes, verbunden mit einer gegen das Ich gerichteten Aggression.

Affekte und Aggressionen, die man nicht äußern kann

oder darf, finden kein Ventil und werden quälend erlebt. Sie führen zu Antriebsschwäche, die sich bis zur Passivität steigern kann.

Der Betroffene fühlt sich »niedergeschlagen« und weiß nicht, warum. Ohnmächtige Wut, frustrierte Aggression, Haß- und Neidgefühle können, wann immer sie auch unterdrückt wurden, noch im späteren Leben depressiv machen. Nur ein Kind, das lernt, Affekte und Aggression zu äußern, kann lernen, mit ihnen umzugehen.

Der Herzkranke hat nie gelernt, mit seinen Affekten umzugehen. Er nimmt seine Möglichkeiten zum aggressiven Ausdruck nicht wahr. Wo er sich durchsetzen, sich auseinandersetzen sollte, wo er sich eigentlich wehren müßte, entschärft er die Situation, indem er sie umdeutet und verharmlost.

Je mehr man sich auf diese Weise zurückzieht, sich kränken läßt, ohne sich zu wehren, sich eigene Affekte nicht erlaubt, um so mehr muß man kompensieren und auf moralische Überlegenheit umsteigen – ohne dabei allerdings zu erkennen, daß es sich um eine passive Form der Aggression handelt. Eine andere Form, tief verborgene Aggressionen auszuleben, ist das Jammern und Klagen. Solche Formen wirken auf den Partner destruktiv, aber das ist dem Depressiven kaum bewußt. Alles scheint ihm zuviel. Andere Menschen sind bös, rücksichtslos, gemein, einfach widerwärtig.

Die Miene, die dabei zur Schau gestellt wird, ist anklagend, und auf diese Weise werden im anderen Schuldgefühle geweckt. So wird der Partner zu immer größerer Rücksichtnahme und Anteilnahme gezwungen. Oder aber der Partner durchschaut das Spiel, er zieht sich vom Kranken zurück oder verläßt ihn gar, und der Kranke empfindet sich erneut als »böse«, weil die Verlustangst wieder aktiviert wird. Eine andere Form, passive Aggression zu zeigen, ist Selbstmitleid. Hier richtet sich die Aggression schließlich gegen den Betroffenen selbst. Aus Angst, den Partner zu verlieren und aus dem Konflikt zwischen seinen Aggressionen und seinen Schuldgefühlen, verbunden mit gleichzeitiger Angst vor Liebesverlust, richtet er die Aggressionen gegen sich selbst. Seine Vorwürfe und seinen Haß lebt er nun gegen sich selbst gerichtet aus, im Extremfall bis zum Selbsthaß und zur bewußten und unbewußten Selbstzerstörung.

Wer nie gelernt hat, seine Emotionen in angemessenem Maße zu äußern, negative Gefühle zuzulassen, hat auch den richtigen Umgang mit ihnen nie gelernt, und dem fehlt auch in der Gegenwart die Vorstellung, wie und wo und in welchem Maße er sich durchsetzen kann und soll. Solche Menschen leiden unter Versagensängsten, haben Angst vor ihrer gewaltigen, eigenen, destruktiven Aggression und befürchten insgeheim, daß sie die eigene Aggression wie ein Bumerang trifft. Lieber schauen sie beiseite, wollen Gefahren und Angriffe anderer nicht erkennen oder ihnen nicht begegnen. Wer ahnt schon, daß es überhaupt nicht notwendig ist, einen »Sack voll Wut« herauszulassen, sondern daß es in den meisten Situationen genügt, anderen mit fester Haltung, mit festem Blick entgegenzutreten.

Wer Gegnern mit einer festen inneren Haltung begegnet, der steht hinter sich selbst, der begegnet Kampfsituationen nicht als kleines Kind, sondern als selbstbewußter Erwachsener.

Ein Kind, das frühe Verlusterlebnisse hatte, wächst mit Mangelgefühlen und inneren Versagungen auf. Aus ihm wird ein stilles, anspruchsloses Kind. Schüchtern, angepaßt, wird es für die Eltern zum »bequemen« Kind.

Diese frühkindlichen Verhaltensweisen haben zur Folge, daß der Heranwachsende auch später die Forderungen und Erwartungen anderer Menschen zu erfüllen versucht und an sich selbst am allerwenigsten denkt. So ein Mensch hat der Welt ein zu schwaches Ich entgegenzusetzen, ist zuviel »Amboß« und hat nie gelernt, »Hammer« zu sein. Es ist unmöglich, die Forderungen anderer stets zu erfüllen.

Amboß oder Hammer sein?

Vom Kranken wird alles, was von den anderen kommt, als Forderung erlebt. Die Erfüllung bedeutet, sein Ich ganz aufzugeben. Und so gerät er immer tiefer in Gefühle vermeintlicher Schuld und muß schließlich resigniert den Rückzug in die Depression antreten. Das Lebensgefühl vieler Depressiver ist Hoffnungslosigkeit. Sie haben das Gefühl, die Zukunft würde wie die Vergangenheit sein. Sie können ebensowenig an sich selbst glauben wie an die Möglichkeiten, die sie real hätten, um ihr Leben mit Lust und Freude umzugestalten. Ganz tief in ihnen sitzt ein Gefühl von Aussichtslosigkeit, und so werden sie Personen, die »gut« sind im Erleiden und Ertragen. Vor allem haben sie gelernt zu verzichten. Erwartungsvoll und hoffend der Welt zu begegnen, wäre ein erster Schritt für sie, um aus der Depression herauszukommen. Sie können sich einfach nicht vorstellen, daß das Leben auch für sie etwas Lustvolles, Freudvolles parat hätte. Sie können einfach nicht glauben, daß auch ihr Leben einmal leicht und beglückend sein könnte. Dabei ist es gerade ihre Erwartungshaltung, die ihnen alles kaputtmacht. Viele Menschen kennen einfach nicht die Kraft, die in den Erwartungen steckt. Der »Geist« der Erwartung lähmt oder beflügelt die Menschen. Sie leben in der Enttäuschungshaltung und ahnen nicht, daß sie selbst es sind, die sich täuschen. Enttäuschung setzt immer eine falsche Erwartungshaltung voraus. Sie versuchen gar nicht erst, in eine positive Richtung zu wachsen, weil sie befürchten, daß das Mißlingen einer Sache nur noch schmerzlicher wäre. Wer nichts »Gutes« erwartet, kann auch nicht ent-»täuscht« werden.

Ich fragte einmal einen Patienten in einer Reha-Klinik, was denn nun nach seinem Infarkterlebnis sein Leben am meisten beeinflussen würde. Seine Antwort lautete: »Ich spüre Angst und Grauen in mir.« Damit sagte er das, was alle empfinden und doch nicht über die Lippen bringen. Es ist die Angst vor einem Re-Infarkt und davor, letztendlich doch noch zu sterben.

Die meisten Menschen, die einen Herzinfarkt erlitten haben, leben fortan mit Angst. Sie haben die mörderischen Todestriebe in sich zu spüren bekommen. Und das Gefühl tödlicher Bedrohung verläßt sie nie mehr, solange es in ihnen ein Übermaß an selbstzerstörerischer Aggression gibt. Eine solche Todesangst kann nur vergehen, wenn man sich ihr stellt, soweit es gelingt, die auslösenden Ursachen zu beseitigen. Wer wegsieht, wird zeitlebens von ihr beherrscht.

Es ist zwar eine Tatsache, daß der Verschleiß der Herzkranzgefäße nicht mehr rückgängig gemacht werden kann, aber Bypass-Operationen können eine neue Lebensqualität bieten. Wer danach aber immer noch glaubt, daß er nichts tun müsse, der irrt sich ganz gewaltig. Damit die Bypässe auch sauber bleiben, muß eine ganze Menge getan werden.

Ernährungsumstellung, Aufgabe des Rauchens, mehr Bewegung reichen allerdings nicht. Es wird schon notwendig sein, die psychischen Faktoren der Lebensgeschichte neu zu verarbeiten, die letztlich als Quelle des Leidens anzusehen sind.

Damit überhaupt nach Infarkt und Bypass-Operation ein »neuer Zug« ins Leben kommt, wird wichtig sein, daß schon in den Krankenhäusern, aber auch in den Reha-Kliniken darauf hingearbeitet wird, daß der Patient aus seiner passiven Lebensgrundhaltung herauskommt. Solange ihm das Gefühl vermittelt wird, daß er nunmehr ein »Herzkrüppel« sei, wird sich bei ihm nichts ändern können. Er gehört unterstützt, damit er in eine neue, aktive Lebensgestaltung hineinwachsen kann. Es muß ihm auch geholfen werden, am Arbeitsleben teilnehmen zu können. Wer nur zu Hause herumsitzt, vereinsamt. Vereinsamung und Sinnlosigkeitsgefühle hat der Kranke zur Genüge erlebt, er muß da heraus. Dazu gehört, daß er sich selbst eingestehen muß, daß er nach der Bypass-Operation gesund und leistungsfähig ist. Das ist der entscheidende Lernschritt.

Die alte Herzwunde mit ihren Narben kann man nicht mehr heilen. Über die Bypässe gewinnt das Herz aber so viel Lebenskraft zurück, daß man mit diesem Herzen für eine lange Zukunft noch recht gut leben kann.

Daß unser Geist fähig ist, uns in neue Lernschritte hineinzuführen, ist sogar beweisbar. Die Psychoneuroimmunologie hat das geschafft.

Die Immundepression und die emotionale Verkettung

Schon vor zwanzig Jahren entdeckten Wissenschaftler im Gehirn chemische Stoffe, die heute als Neuropeptide bekannt sind. Sie heißen Neuro, weil sie im Gehirn angesiedelt sind und Peptide, weil es sich um proteinhaltige Moleküle handelt. Gedanken, ein Gefühl, ein Verlangen oder Lustgefühl beeinflussen unser Nervensystem mittels spezifischer Botenmoleküle, nämlich der Neuropeptide.

Wir haben für diese Neuropeptide ganz spezielle Rezeptoren, aber nicht nur innerhalb des Gehirns, sondern – und das ist die neue Erkenntnis – auch in den Zellen des Immunsystems. Das ist das große Ergebnis der Immunforschung, die nach der Entdeckung des Aidsvirus weltweit eingesetzt hatte.

Neuropeptide beschränken sich nicht allein auf das Gehirn. Sie befinden sich überall im Blutstrom und gelangen so zu allen Organen. Auf diese Weise erfährt sozusagen unser gesamter Organismus, was wir denken und fühlen, wie wir denken und fühlen.

Man könnte sagen, daß das Immunsystem auch wie eine »Abhöranlage« funktioniert. Wenn wir trauern, dann haben wir auch trauernde Immunzellen. Und wenn wir sehr lange trauern, dann reagiert das Immunsystem mit depressivem Verhalten. Das Immunsystem wird sozusagen selbst depressiv.

Wenn ein Säugling ein Trennungserlebnis hat oder sich von der Mutter nicht angenommen fühlt, ist das eine erste Erfahrung. Damit wir uns ganz genau verstehen: Dies ist wirklich das allererste Mal, daß eine Erfahrung stattfindet, oder anders gesagt: Das Ereignis ist die Wurzel einer Erfahrung. Dieses Ereignis ist gekoppelt an vegetative Reaktionen, es ist auch ein Erlebnis mit hochemotional belegten Erlebnisinhalten, und es schafft eine emotionale Verkettung.

Eine emotionale Verkettung ist ein Prozeß, den das Unbewußte benutzt, um Erfahrungen von ähnlicher Art miteinander zu verbinden. An diesem Prozeß sind die Neuropeptide beteiligt, aber auch noch andere Botenstoffe, die das Stoffwechselgeschehen beeinflussen. Von der Mutter im Stich gelassen worden zu sein ist also eine negative Erfahrung, die langfristig Depression und Krankheit erzeugen kann. Diese Krankheit basiert auf den eingesperrten Emotionen, auf der vegetativen Blockade. Und diese bleibt im Körper gespeichert!

Das bedeutet – wie wir noch sehen werden –, daß wir es bei Menschen, die seit früher Kindheit an einer Depression leiden, mit einer krankhaft veränderten Stoffwechsellage zu tun haben. Psychoneuroimmunologen fanden nun heraus, daß die gefangenen Emotionen möglicherweise den Fluß neuraler Informationen durch die »Pfade« des neurologischen Netzwerkes behindern.

Dieses Phänomen kann jeder Herzkranke an sich selbst beobachten. Er braucht nur intensiv an ein Trennungserlebnis zu denken, sich gefühlsmäßig in diese Erinnerung hineinfallen zu lassen. Wenn nun negative Emotionen wie Wut, Trauer in Bewegung geraten, dann hat diese Erinnerung einen negativen emotionalen Inhalt. Die im Körper eingeschlossenen Gefühle müssen befreit und einer Neuverarbeitung zugeführt werden. Nur auf diese Weise läßt sich die vegetative Blockade aufheben.

Mit anderen Worten: In Form der eingesperrten Emotion, verbunden mit der vegetativen Blockade, ist die Grundlage der Krankheit von Kindheit an vorhanden. Man ist prädisponiert.

Irgendwann hat der Herzkranke vielleicht gedacht: »Ich werde es nie mehr in meinem Leben zulassen, daß mich jemand verletzt, mir weh tut, mich gar verläßt.« Dieser Mensch wird sich mit einer der ihm bekannten Strategien zu schützen versuchen. Er wird alles aufbieten, damit diese Emotionen nicht wie »Dämonen« aufsteigen können. Er wird sein Spiel als toller Bursche spielen. Er wird sich noch mehr in die Arbeit vertiefen oder wendet sich vermehrt kulinarischen Genüssen zu, oder er raucht unter Umständen vermehrt. Denn die Erinnerung an das Urdrama verstärkt sofort die Depression und die will er nicht wahrhaben. Das Verheerende ist: Das Unbewußte unterdrückt ständig die Erinnerung mit den daran gekoppelten negativen Emotionen. Dadurch werden die Emotionen weiterhin blockiert und nicht losgelassen.

Wie schon mehrfach gesagt, hat jede Depression etwas mit Verlust zu tun, auch wenn dieser Verlust schon Jahre zurückliegt. Der Verlust eines Menschen zum Beispiel kann zweierlei bewirken. Einerseits kann man sich die Illusion bewahren, daß einem dieser Mensch erhalten bleibt. Er lebt sozusagen in einem weiter. Auf der anderen Seite zeigen uns die alltäglichen Begebenheiten, daß der Verlust real ist. Das bezieht sich beispielsweise auch auf den Verlust von Gesundheit, wie es nach einem Herzinfarkt der Fall ist.

Die Illusion muß der Tatsache weichen. Doch diese Konfrontation, die stets Anlaß schmerzhafter Erregung ist, dauert ihre Zeit, bis die Systeme sich wieder beruhigt haben. Unter Schmerzen macht Trauerarbeit allmählich Fortschritte, bis der Glaube an den realen Verlust dem Bewußtsein voll gegenwärtig ist. Erinnerung und Sehnsucht treten an die Stelle der Illusion.

Das Ich kann sich anderen Aufgaben zuwenden. Da dem Säugling diese Aufarbeitung nicht möglich ist, entsteht eine lebenslange Depression. Und so gesehen ist die Herzkrankheit eine Folgeerkrankung.

4

Wenn Streß zur Krankheit wird

Streß und die verschiedenen Bewältigungsmuster

Die alten Fragen sind auch heute noch aktuell: Wie werden
Gedanken, Gefühle und Erfahrungen eines Menschen in
körperliche Reaktionen übersetzt? Warum machen manche Menschen den Eindruck, als würde sie der durch
Krisen ausgelöste Streß beflügeln und kreative Lösungen
sogar fördern, während andere der Streß lähmt und Depressionen bringt?

Durch Blockaden gerät der Körper in einen Hochspan-
nungszustand. Schauen wir dazu noch einmal in die Ent-
wicklungspsychologie. Im Laufe seiner Entwicklung lernt
der Mensch, auf Krisensituationen und den damit verbundenen Streß mit verschiedenen Bewältigungsstrategien zu
reagieren. Dazu gehören Verleugnungen, Verschiebungen,
Verdrängungen und Rationalisierungen. Verletzungen ru-
fen häufig einen ganzen Abwehrkomplex auf den Plan; was
keine echte Bewältigung bedeutet. Mit wachsender Ich-
Stabilität lernt das gesunde Kind seine Abwehrmechanismen als Bewältigungsstrategien aufzugeben und neue, an-
gemessene, das heißt, an den realen Möglichkeiten orien-
tierte Handlungsmuster als Bewältigungsstrategien zu entwickeln. In Krisenzeiten bedeutet das, daß die eigenen
Fähigkeiten zur Bewältigung frei zur Verfügung stehen,
aber auch Ängste, die sich als reale Grenzen zeigen. Durch
das Wahrnehmen von Ängsten und Abwehrmechanismen

wird es möglich, Lösungen zur Bewältigung zu entwikkeln. Bewältigung heißt in diesem Sinne, aus der Situation lernen zu können, weiterzukommen und innerlich neue Sicherheit zu gewinnen.

Warum gelingt es manchen Menschen nicht, dieses Muster aufzubauen, was ist in ihrem inneren Lebensgefühl anders? Welche Entwicklungsschritte wurden nicht richtig vollzogen, auf welche Weise wurde die Identitätsfindung gestört? Bei diesen Menschen wurden die Bereiche Sicherheit und Vertrauen schon sehr früh ungenügend befriedigt. Ein Säugling, der mit dem Gefühl lebt, sich selbst nicht schützen zu können, für seine eigene Sicherheit nicht sorgen zu können, weil die wichtigste Bezugsperson, die Mutter, die Befriedigung dieser Bedürfnisse nicht garantiert, wird zutiefst verunsichert. Wenn ein Kind spürt, daß es seinen nächsten Menschen, Eltern und Geschwistern, nicht vertrauen kann, wächst es voller Mißtrauen auf. Um zu überleben, wird es diese Wahrnehmung verleugnen. Es darf die Ablehnung nicht real wahrnehmen, weil es nicht in der Lage ist, diese Tatsache und seine damit verbundenen Gefühle angemessen zu verarbeiten. Verdrängung und Verleugnung bewahren es vor größerem Schaden. Störungen im Vertrauensbereich können unter Umständen die Beziehungsfähigkeit eines Menschen lebenslang beeinträchtigen. Ängstlich und unsicher, von Verlassensängsten gequält, gehen solche Menschen durch das Leben. Gelingt es ihnen nicht, die frühkindlichen Verleugnungsmechanismen als Bewältigungsstrategie aufzugeben, führt sie das unter Umständen zum Herzinfarkt. Das Verleugnungsmuster zeigt sich in der Angepaßtheit, hinter der sich die Depression verbirgt. Reaktionen aber, die von riesigen Verlustängsten und Selbstentbehrung gekennzeichnet sind, führen in belastende Beziehungen. Diese Menschen leben andauernd in einer latent vorhandenen Dauerkrise.

Streß kann nicht abgebaut werden, Traumatisierungen führen zu Kontrollverlust. Man verliert den Glauben daran, Gedanken, Gefühle und Handlungen kontrollieren zu können. Vorherrschend ist das Gefühl des Ausgeliefertseins; psychisch führt dies zu Resignation und Depression. Der Herzkranke bekämpft ständig in sich das Gefühl der Hoffnungslosigkeit und versucht durch Leistung ein Pseudogefühl von Kontrollfähigkeit aufzubauen. Gefährlich wird dies, wenn er sich durch destruktives Verhalten die Richtigkeit seiner Überzeugungen immer wieder beweisen muß. So versucht er sich durch Alkohol, Arbeitsüberlastung, mit übermäßigem Essen und zuwenig Bewegung zu beweisen, daß er alles im Griff hat. In diesem destruktiven Verhalten wird auch ein Entwicklungsschritt im Bereich der Wertschätzung und des Selbstwertgefühls sichtbar. Wer sich als Kind in seinem Entwicklungsstreben nach Identität als böse erlebt, als schlechter Mensch, der es nicht besser verdient, der es nicht wert ist, geliebt zu werden, entwickelt ein schwaches Ich und neigt zur Selbstverleugnung seiner Bedürfnisse. Kinder neigen dazu, die negativen Haltungen der Bezugspersonen zu übernehmen. Auf der psychischen Ebene entstehen Schuldgefühle und Depressionen. Das Gefühl der eigenen Minderwertigkeit wird oft nach außen projiziert. Es kommt zu Verachtungsgefühlen und innerer Verbitterung.

So gerät der Herzkranke in Leistungsbereichen unter Druck, da er tief in sich unsicher ist. Über den Mechanismus der Projektion mißtraut er anderen und wird unfähig, eine echte Beziehung zu dem, was er tut, herzustellen. Auch sein Privatleben ist voller Mißtrauen. Er belauert seinen Partner, seine Kinder und lebt ständig in der Angst, nicht geliebt zu werden. Wie soll er da Zeit finden, sich in vertrauensvoller Umgebung zu entspannen, da er selbst die Atmosphäre mit seinem Mißtrauen vergiftet? Auf diese

Weise wird auch die Verletzlichkeit und Brüchigkeit im letzten wichtigen Entwicklungsbereich sichtbar, dem Bereich der Intimität. Hier geht es um die Fähigkeit, echte Bindungen und Partnerschaft einzugehen, aber auch um die Fähigkeit, alleine sein zu können ohne sich einsam zu fühlen, sich selbst Trost spenden zu können und seinen inneren Frieden zu finden. Der Herzkranke ist bedürftig nach Nähe und meidet sie doch gleichzeitig.

Verheerend ist für ihn das Gefühl der inneren Leere, gegen das er verzweifelt ankämpft oder das er vor sich und anderen verleugnet. Dabei ist die innere Leere ein sicheres Zeichen für verleugnete Gefühle und Emotionen. So steht der Herzkranke durch die Defizite, die er verspürt und zu bewältigen sucht, ständig unter Streß. Seine Energien verbraucht er, um Affekte, Emotionen und die Depression abzuwehren. Das hat natürlich seine Auswirkungen auf körperliche Prozesse. Was sagt der Körper, wenn alles Weggeschobene in ihm abgelagert wird? Sowie der Kranke sich psychisch verschließt, so verschließen sich seine Herzkranzgefäße. So wie er innerlich unter Druck leidet, geht der Blutdruck hoch. So wie er Liebe in sich eingesperrt hat, die Süße des Lebens vermißt, bekommt er Zucker. Die alten Chinesen, die nicht viel von Psychosomatik hielten, wußten zumindest ganz klar: Lustgefühle und Freude sind dem Herzen zugeordnet. Wer sein Herz verschließt, kann Lust und Freude nicht mehr wahrnehmen.

Der Hypothalamus und die durch Streß ausgelöste Kettenreaktion

Streß bringt die inneren Rhythmen des Körpers durcheinander. Er sendet falsche Botschaften an das Gehirn mit der Folge, daß unser Gehirn bestimmte Substanzen zu unerwarteten Zeiten oder in größeren Mengen als sonst in den Körper ausschüttet. Das gilt besonders für eine Substanz, die man Kortikotropin nennt. Diese Substanz wird im Hypothalamus erzeugt und löst im Körper eine Kettenreaktion aus, die schließlich zur Ausschüttung des Hormons Kortisol in den Blutstrom führt. Kortisol aber versetzt den Körper in einen allgemeinen Erregungszustand, damit er gewappnet ist, mit allem fertig zu werden, was uns so im Tagesablauf bedrängt. Kortisol unterliegt dem Tagesrhythmus: Den höchsten Stand haben wir morgens und den niedrigsten am späten Abend.

Verlustangst kann das Gehirn jedoch zu jeder Tageszeit veranlassen, das Kortikotropin freisetzende Hormon auszuschütten, das dann die Kortisolproduktion steigert. Ist der Streß von längerer Dauer, wie es vor allem bei Menschen voller Verlustangst der Fall ist, bleibt der Kortisolspiegel erhöht. Bislang glaubte man, daß das Kortisol an der Entstehung der Depressionen direkt beteiligt sei; mittlerweile ist man eher der Ansicht, daß das Kortikotropin freisetzende Hormon selbst Mitverursacher ist, weil es im Hypothalamus ausgeschüttet wird, dem Teil des Gehirns, der für unsere Emotionen zuständig ist.

Die amerikanische Periodic Health Checkup Study hat an dreitausendfünfhundert Versuchspersonen im Alter von vierzig bis fünfundsechzig Jahren das sogenannte Erschöpfungssyndrom, das den Begriff Depression umschreibt, untersucht. Es handelte sich bei den Versuchspersonen um Verwaltungsangestellte. Zu Beginn der Untersuchungen zeigten diese Leute keinerlei Symptome, die auf eine Herzkrankheit hätten hinweisen können. Trotzdem erlitten in einem Zeitraum von dreieinhalb Jahren vierundsechzig Männer einen Infarkt, der in einigen Fällen zum Tode führte.

Man ging in der Diskussion zunächst vom klassischen

Streßkonzept aus und glaubte, wenn eine Diskrepanz zwischen den Anforderungen an einen Menschen und seinen Bewältigungsmöglichkeiten besteht, würde die Infarktgefahr steigen. Richtig ist, daß es in der Zeit um den Infarkt herum Ereignisse gegeben hatte, die diese Männer nicht hatten verkraften können, und die eine alte Angst wieder aktivierten. Diese Angstsituationen waren gekoppelt an Gefühle von Ambivalenz und Versagen, an Gefühle von Selbstbestrafung und Feindseligkeit gegenüber der Außenwelt. Einige von ihnen hatte zwar die hohe Anforderung, die das Leben in dieser besagten Zeit an sie stellte, erkannt, waren aber nicht in der Lage gewesen, ihre Kräfte real einzuschätzen.

Ein anderer Teil hatte eine extreme Anforderungssituation total verkannt, sie einfach unterschätzt und gleichzeitig die Reaktionsmöglichkeit überschätzt. Das bedeutet, daß diese Menschen sich nicht über das Verhältnis von Arbeit und Leistung im klaren waren. Irgendwo spürten sie, daß sie sich mit dem, was sie taten, überforderten. Hinzu kam ein starkes Bedürfnis nach sozialer Akzeptanz. Fühlten diese Menschen sich nicht recht angenommen, kamen sie erneut mit ihrer Verlustangst in Berührung und entsprechend standen sie ständig unter einem erhöhten Kortisolspiegel. Die infarktbegleitenden Lebensumstände dürfen wir nicht unterschätzen. 1976 wurde eine Gruppe von zweihundertfünfunddreißig fünfundfünfzigjährigen Männern untersucht, die nach den Lebensumständen um den Infarkt herum befragt wurden.[14] Es wurde festgestellt, daß einschneidende Lebensumstände, wie Verlust des Arbeitsplatzes, Mißerfolg im Beruf oder Trennungen aufgrund äußerer Ereignisse, vorgelegen hatten. Das Gemeinsame dieser Lebensereignisse bestand darin, daß sie sich der Kontrolle der Betroffenen entzogen und sich in einem Zeitraum von etwa ein bis zwei Jahren vor dem Infarkt abspielten. Die Reaktionen auf diese Ereignisse waren: Schlafstörungen, Nervosität, vermehrte Ängste und weiteres Absinken in die Depression.

Die Streßsituationen eines Menschen, besonders des Herzkranken, greifen auch in die Risikofaktoren ein, von denen ständig die Rede ist. Ich werde das noch ausführlich behandeln. Frühe Studien, wie etwa die Framingham-Studie, die als Modell für Untersuchungen des Krankheitsbildes Herzinfarkt galt, spalteten die Forscher in zwei Lager: Man weiß längst, daß der erhöhte Cholesterinspiegel nicht nur eine Folge der Ernährung, sondern auch eine Folge von emotionalem Streß ist. Trotzdem wird in der Öffentlichkeit immer noch eine falsche Ernährung allein für einen erhöhten Blutfettspiegel verantwortlich gemacht, obwohl das nur die halbe Wahrheit ist. Das gleiche gilt für erhöhten Blutdruck, für Rauchen und Fettleibigkeit.[15]

Der Alarm und die hormonelle Reaktion

Es ist ganz gleich, was den Alarm in unserem Körper auslöst, ob es sich um eine konkrete physische Gefahr handelt oder um eine abstrakte, ob nur die unbewußte Angst, es könnte etwas passieren, Alarm schlägt. Die Reaktion des Körpers ist immer dieselbe: Die Wahrnehmung einer konkreten oder vermeintlichen Gefahr aktiviert über bestimmte Gehirnbahnen das vegetative Nervensystem, vor allem den Sympathikus, sowie die Hypophyse. Der Sympathikus gibt seine Impulse an das Mark der Nebenniere, die Adrenalin und Noradrenalin in den Blutstrom ausschüttet. Die Hypophyse gibt das Hormon ACTH hinzu, welches direkt über die Blutbahn in der Nebenniere landet. Das führt zu einer Ausschüttung von kortikoiden Hormonen, etwa dem Hydrokortison.

In Sekundenschnelle befinden sich diese Hormone im gesamten Organismus, um jeweils an bestimmten Organen ganz spezifische Wirkungen zu erzeugen: Der Herzschlag wird beschleunigt, der Puls verstärkt sich, Muskeln werden besser durchblutet, Fettreserven und Zucker mobilisiert. Die Geschwindigkeit der Muskelreaktionen erhöht sich, die Blutgerinnung steigt an. Hier haben wir einen Hinweis auf Herzinfarkt in Streßsituationen!

Auf der anderen Seite werden alle im Augenblick der Bedrohung nicht benötigten Vorgänge im Körper gedrosselt. Eingeweide und Haut werden schlechter durchblutet, die Verdauung überläßt der Organismus sich selber. Weiterhin wird der Aufbau hochwertiger Stoffe, wie der Proteine, verhindert. Die Sexualfunktionen schalten sich im Augenblick der Bedrohung selbst aus.

Weil der moderne Mensch auch die starken Streßreaktionen in relativer Bewegungslosigkeit durchlebt, kann er diese gefährlichen Streßhormone nicht angemessen abbauen. Da die Energien nicht verbraucht werden, sondern sich ablagern, wird unser Verteidigungsmechanismus, der – sinnvoll eingesetzt – zu unserem Schutz dient, zum Aggressor: Er wird zum Instrument der Selbstzerstörung.

Wir wollen jetzt einmal unsere Emotionen in Streßsituationen untersuchen und uns mit ihrer Herkunft beschäftigen. Nach neueren Erkenntnissen der Gehirnforschung sind wir selbst diejenigen, die Emotionen auslösen können. Das Gehirn ist so angelegt, daß wir imstande wären, unsere Empfindungen mit Hilfe des Verstandes zu beherrschen. Denken wir wieder einmal an die Verlustangst, die ja von Wut, Trauer, auch Haßgefühlen begleitet sein kann. Immer wenn eine alte Verletzung aktiviert wird, sausen genau definierte Impulsfolgen von unserer Großhirnrinde bis zu den »Mandelkernen« und weiter zu der Schaltstelle Hypothalamus und zum Sympathikus. Wir werden das im nächsten Kapitel genauer untersuchen. Jetzt nur soviel: Um die sympathische Reaktion in unserem Organismus in Gang zu setzen, müssen wir eine Gefahr erfaßt haben, dann verlassen entsprechende Reaktionsbefehle das Gehirn. Vom Hypothalamus eilen sie in verschiedene Ganglien, kleine weiße Knoten von Nervenzellen, die als Schaltstellen für die Informationsströme von Gehirn und Rückenmark dienen.

Von diesen Ganglien, Überbleibseln aus unserer stammesgeschichtlichen Frühzeit, führen Nervenbahnen zu allen Organen, die im Augenblick der Gefahr vom Sympathikus angeregt werden.

Wenn also unser Körper sich in einer Streßreaktion befindet, checkt unser Gehirn die Gefahrenquelle ab und vergleicht diese mit früheren Gefahren. Die Adrenalinreaktion wirkt im ganzen Körper so, als gingen Millionen Gewehrschüsse oder Nadelstiche genau an die richtigen Stellen. Sie sorgen dafür, daß aus einem ruhigen Menschen in Sekundenschnelle ein »wilder Kobold« werden kann.

Jetzt fühlen wir uns kampfbereit, machtvoll, manchmal auch aufgeblasen. Der Körper fühlt Aggression. Es ist erstaunlich, daß in solchen Momenten Depressionen wie weggeblasen sind.

Es gibt aber auch eine umgekehrte Zornesreaktion. Nämlich dann, wenn aus dem »gerechten Zorn« eine blinde, unbeherrschte Wut wird. Die Alarmbereitschaft kann sich in einem solchen Fall umkehren. Sie läßt sich nicht steigern. Statt dessen verkrampfen sich die Muskeln, die Blutgefäße unserer Netzhaut schwellen an, sie verlagern sich so, daß der Betroffene regelrecht »rot sieht«. Keine dieser Veränderungen hat irgendeinen Nutzen. Oberhalb einer gewissen Schlagfrequenz des Herzens besteht nicht einmal die Aussicht, daß es mehr Kraft als zuvor erzeugt.

Seine inneren Ventile, feine Segel, Gewebe aus elastischen Fasern, werden durch die anströmenden Blutströme einfach gedehnt und verlieren ihre Form, während sich der dicke Herzmuskel bemüht, seine Pumpbewegungen aufrechtzuerhalten. Das Herz fördert weniger Blut, als es bei einer geringeren Schlagfrequenz könnte. Die zusätzliche Beschleunigung sorgt nur dafür, daß der Tobende noch länger in seinem Zustand verbleibt.

In der Streßreaktion geraten unsere Hormone auf Trab. Hormone sind Signalstoffe, die die Reaktionen und die Empfindungen eines Menschen entscheidend beeinflussen. Das gilt nicht nur für die beschriebenen Gefahrensituationen, sondern auch für unsere Entwicklungsprozesse, wie die der Pubertät, für unsere Mechanismen, die Essen, Trinken und Schlafen regulieren. Das Wort Hormon kommt vom griechischen Verb *hormao*, was antreiben, bewegen, anregen heißt.

Nach Beendigung einer Streßsituation reguliert sich das Hormongeschehen im Körper von selbst. Bei depressiven Menschen ist dieser Regelkreis der Selbstregulierung unterbrochen. Das Kortisol wirkt nicht mehr bremsend auf die Biosynthese wie beim Gesunden. Das hat man in Testverfahren nachweisen können.[16]

Verabreicht man gesunden Menschen abends ein bis zwei Milligramm Dexamethason – das ist ein synthetisches Glukokortikoid –, wird für den folgenden Tag die gesamte Kortisolproduktion gebremst. Das Gehirn nimmt diese Botschaft dahingehend auf, daß es meint, es seien genügend Streßhormone im Körper vorhanden und es müßten nicht mehr produziert werden. Bei Menschen mit Depression findet diese Unterdrückung nicht statt. Die Gehirne dieser Patienten produzieren weiter Kortisol. Der Einfachheit halber bleibe ich bei diesem Beispiel, weil natürlich bei Depressiven eine ganze Reihe von Hormonen, die auch den Stoffwechsel beeinflussen, mit im Spiel sind. Das Ausführen aller Hormonkombinationen würde zumindest den Laien verwirren.

Es gibt noch einen anderen Weg der Streßreaktion, der etwas länger ist. Dieser zweite Weg führt ebenfalls über den Hypothalamus. Er dauert länger, weil über eine Kettenreaktion verschiedene Hormone aktiviert werden müssen. Der Hypothalamus schickt einen chemischen Botenstoff – das Neuropeptid CRF – zur benachbarten Hirnanhangdrüse, der Hypophyse. Dieses Organ, erbsengroß, liegt an der Unterseite des Gehirns. Es spielt für den Hormonhaushalt eine bedeutende Rolle. Von hier aus wird das ACTH, wie schon erwähnt, ebenfalls ein Neuropeptid, über das Blut auf die Reise in die Nebenniere geschickt.

Der schnelle erste Weg, der direkt über das sympathische Nervensystem führt, wird bei akutem Streß aktiviert. Bei Dauerstreß kommt es zu einer stärkeren Stimulierung der Hormonausschüttung, was auch bei Depressionen der Fall ist. Angeregt durch die Botenstoffe der Hypophyse setzt die Nebennierenrinde ihre Hormone, die Kortikosteroide, frei, vor allem das Kortisol.

Die Kortikosteroide wirken entzündungshemmend und erhöhen zur Bereitstellung von Lebensenergie den Blutzuckerspiegel und den Gehalt an freien Fettsäuren. Hier haben wir einen konkreten Hinweis, warum bei Dauerstreß Diabetes mellitus und veränderte Fettsäuregehalte auftreten können, dazu ausführlich später.

Die Streßreaktion führt auf jeden Fall zur Freisetzung der drei wichtigsten Streßhormone: Adrenalin, Noradrenalin und Kortisol. Es ist allgemein bekannt, welche Auswirkungen diese Hormone auf das Herz-Kreislauf-System haben. Vor allem spielen Adrenalin und Noradrenalin bei der Entstehung des Herzinfarktes eine wesentliche Rolle.

Sie erhöhen den Blutdruck und den Cholesterinspiegel (!),
fördern die Blutgerinnung und begünstigen so die gefährliche Arteriosklerose der Herzkranzgefäße.
Ebenso hemmen Streßhormone das Immunsystem. Das
Immunsystem reduziert die Lymphozyten, jene weißen
Blutkörperchen, die eine zentrale Rolle bei der körper-
eigenen Abwehr spielen.
Welche große Bedeutung das Blut für unseren Organismus
hat, dürfte bekannt sein. Es befördert Nahrungsstoffe und
Sauerstoff zu allen Geweben und transportiert die Abfall-
stoffe wieder weg. Außerdem sorgt es für die Verteilung
der Hormone, es baut über das Immunsystem Schutz
gegen giftige Stoffe auf. Dieser kostbare Saft muß ge-
schützt werden. Das tut er selbst, indem er sich beispielsweise bei Verletzungen in der Nähe der Wunde in eine
gallertartige Masse verwandelt. Diese Verdickung sorgt
dafür, daß das Blut nicht wahllos abfließen kann, sondern
die Wunde verschließt. Adrenalin beschleunigt also den
Prozeß der Blutverklebung, und das, was von der Natur
weise geplant ist, richtet sich beim Infarktler gegen sich
selbst. Adrenalin sorgt für das Ansteigen und Abfallen des
Blutzuckers. Erhöhter Blutzucker steigert die Gerin-
nungsfähigkeit des Blutes. Aus diesem Grund nehmen die
Ärzte einen erhöhten Blutzuckerspiegel so ernst. Heute
neigt man dazu, Gewebeschädigungen als das Ergebnis
eines fehlgeleiteten oder gestörten normalen körperlichen
Prozesses zu sehen.

Dauerstreß und das innere Aufgeben

All diese Prozesse sind Folgen von fehlender Ausgewogenheit innerhalb unserer Körperchemie. Am Ende steht
die Erkrankung. So können die exzessiven Streßhormone

– Kortisol und Katecholamine – Arterienschäden und, wie bereits erwähnt, eine Erhöhung des Cholesterinspiegels verursachen.

Daß gerade Menschen, die bereits einen Infarkt erlitten haben, sich unter Dauerstreß begeben, ist bekannt. An der Universität von Rochester im Staate New York hat man untersucht, was geschieht, wenn Menschen sich innerlich aufgegeben haben. Was bedeutet dieses Aufgeben für die Gesundheit?

Man erkennt diese Menschen bereits an ihren Äußerungen. Sie sagen: »Ich weiß nicht mehr, was ich tun soll.« – »Es hat doch alles keinen Sinn mehr, wozu soll ich mich noch anstrengen?« – »Ich komme mir vor wie ein Tier im Käfig.« – »Am liebsten würde ich weglaufen, aber wohin soll ich gehen?«

Das sind typische Bemerkungen von Menschen, die in ihrer Depression gefangen sind. Sie sehen keine Lösungsmöglichkeiten mehr für sich, haben längst aufgegeben, noch etwas im Leben zu erreichen: Das Risiko einer Erkrankung ist offensichtlich.

Das Risiko erhöht sich bei jenen Verzweifelten, die ihren Glauben an die eigene Kraft verloren haben. Außerdem sind sie überzeugt: Nichts und niemand kann ihnen mehr helfen. Sie geben sich auf und werden – als Folge davon – auch von anderen aufgegeben.

Ob Belastungen und Krisen, mit denen wir im Leben konfrontiert werden, unsere Gesundheit schädigen, ist letzten Endes nicht eine Streßfrage, sondern eine Frage unserer psychischen Bewältigungsmechanismen. Zu allen Zeiten konnten die Ärzte beobachten, daß der Beginn einer Krankheit häufig mit Veränderungen der Lebensumstände des Betroffenen einhergeht. Der Psychosomatischen Medizin ist bekannt, daß Reaktionen auf Lebensereignisse schwere Krankheiten auslösen können, was Adolf Meyer schon 1910 erkannte und das Lebensdiagramm eines Patienten nannte.[17]

Es kommt immer darauf an, wie ein Mensch in belastenden Lebenssituationen mit sich umgeht. So gibt es Menschen, bei denen die gesunde Alarmreaktion nicht stattfindet, im Gegenteil, der Betroffene kann sich weder aufraffen, um sich zu widersetzen, noch um sich mit der Gefahrensituation auseinanderzusetzen. Er ist ein Mensch, der sich innerlich weder zum Kampf noch zur Flucht entschließen kann. Er begegnet der Situation wie der (Angst-)Hase der Schlange. Hilflosigkeit, Schwäche und Angstzustände beherrschen ihn.

In dieser Situation »sacken« alle vegetativen Reaktionen ab. Dazu gehört vor allem auch das Kreislaufversagen, das Nachlassen der Herztätigkeit etwa in dem Sinn: »Das Herz bleibt mir vor Schreck stehen.« Der Blutdruck kann ebenfalls absinken mit Ohnmacht in der Folge. Es kann in einer Schocksituation sogar zum Tod kommen, weil Sauerstoffmangel alle Körperfunktionen lahmlegt.

Eine solche Reaktion ist das genaue Gegenteil der Streßreaktion, es ist anzunehmen, daß sie im wesentlichen durch innere Überspannung gesteuert ist; der Patient befindet sich nicht im gesunden Rhythmus von Spannung und Erholung. Die Reaktionen des Sympathikus sind verlängert und treten häufiger auf, die Phase der Erholung kommt wesentlich zu kurz. So ein Mensch kann überhaupt nicht mehr abschalten und sich erholen.

Angriff oder Flucht und die Alarmreaktion im Körper

Unsere vegetativen Reaktionen dienen der Anpassung an Anforderungen. Wir können auf sie mit Angriff oder

Flucht reagieren. Entscheidend ist nicht, ob wir angreifen oder fliehen, in jedem Falle geraten wir in Bewegung. Durch Bewegung bauen sich die Streßhormone, Glukose und Cholesterin ab; aus diesem Grund wird dem Herzkranken viel Bewegung verordnet und ans Herz gelegt. Ist der Körper in Alarmbereitschaft versetzt, stellt er sich auf jeden Fall auf Aktivität ein.

Wir atmen tief durch, bekommen Herzklopfen. Plötzlich sind Kraft und Energie da, weil Atmung und Herztätigkeit angeregt werden und der Blutdruck steigt. Alle Muskeln spannen sich an. Man weiß heute sogar, daß man anhand der Veränderung im Sympathikusbereich unterscheiden kann, ob ein Flucht- oder Kampfimpuls vorliegt. Der Fluchtimpuls bedarf des Adrenalins, das bekanntlich die Blutgefäße verengt, die Freisetzung von Blutzucker bewirkt und die Blutgerinnungsfähigkeit fördert, während gleichzeitig die Immunreaktion geschwächt wird. Das erklärt, warum Herzkranke eher das Gefühl haben, weglaufen zu müssen, sich ständig innerlich auf der Flucht zu befinden.

Wer auf Kampf eingerichtet ist, wird mehr Noradrenalin produzieren. Das bewirkt eine Beschleunigung des Herzschlages, Blutdruckanstieg und Freisetzung von Blutfetten. Bei Menschen, die sich zwischen Angriff oder Flucht nicht entscheiden können, kommt es zum Streßreaktionsstau.

Angreifen oder fliehen, das ist die Frage: Fliehen geht nicht immer, schließlich leben wir nicht im Wald. Die Adrenalinreaktion stagniert. Angreifen geht nicht immer, wer kann es sich schon leisten, dem Chef einfach eine zu kleben? Grund für hohen Blutdruck. Mancher Herzinfarktler wundert sich, daß er einen Infarkt bekam, obwohl er nie einen zu hohen Blutdruck hatte. Er gehört eben zu den fluchtwilligen Kranken, denen aber die Möglichkeit zu fliehen fehlte. Er wirkt verkrampft und ängstlich, während der Angriffsmensch eher ständig mit einer Überladung an Aggression herumläuft, die er nicht herauslassen kann, sonst würde man ihm ja die Beachtung entziehen. Man weiß heute, daß gerade Menschen mit geblocktem Feindseligkeitsverhalten besonders zur Arterienverkalkung und Blockade der Herzkranzgefäße neigen.

Es gibt eine Studie, die über einen Zeitraum von fünfundzwanzig Jahren lief und die an zweihundertfünfundfünfzig Ärzten vorgenommen worden war, die sehr aufschlußreich ist. Die Testreihen hatten während ihrer Studienzeit begonnen. Bei der Auswertung zeigte sich, daß das Auftreten von Herzkrankheiten bei den Probanden mit stark verdrängter Aggression viermal und die Sterblichkeitsziffer sechsmal höher lag als bei denen mit weniger verdrängten Aggressionen.

Wer also in chronischer Kampfstimmung ist, wer Dominanz und Kontrolle ausüben muß, kann zu Herzkrankheiten neigen, besonders dann, wenn zur Aggression auch noch tiefverwurzelte Feindseligkeitsgefühle hinzukommen, die mit Verletzungen der Selbstwertgefühle einhergehen.

Streßsituationen, die mit Schreck und Schock verbunden sind, führen zunächst zu einer Art innerer Lähmung. Man ist »erstarrt vor Schreck«. Wenn die Schrecksituation nicht mehr als bedrohlich erlebt wird, Passivität, Erstarrung und Lähmungsgefühle allmählich verschwinden, erfolgt die vom Sympathikus ausgehende Gegenreaktion: die Einstellung auf Kampf oder Flucht. Diese folgt dabei einem Erfahrungsmuster. Kampf bedeutet, sich der Situation stellen, innerlich nicht ausweichen, auf die Gefahr zugehen, sich aktiv damit auseinandersetzen.

Flucht ist der Rückzug aus einer belastenden Situation. Es geht hier nicht um ein reales Weglaufen, sondern um einen inneren Rückzug vom Ich in Richtung Selbstentwertung und Schuldgefühle. Der Betroffene gerät in innere Anspannung. Im Grunde möchte er sich wehren und sich nicht alles gefallen lassen. Wer dann, wie so oft im Leben, der inneren Entscheidung aufgrund von Schuld- und Minderwertigkeitsgefühlen aus dem Wege geht, bei dem wird die innere Anspannung zu einem Dauerzustand. Das führt dann in jene Dauerspannung, die sich in körperlicher Verkrampfung, wie Muskel- und Rückenschmerzen, ausdrückt. In unserem Zusammenhang kommt es zu Angina-pectoris-Beschwerden, begleitet von innerer Unruhe. Hinzu kommt das Gefühl innerer Lähmung, Blockierung und Depression.

Diese Grundhaltungen entwickeln sich häufig schon beim Fötus, wenn die werdende Mutter sich durch die Schwangerschaft belastet fühlt, nicht weiß, ob sie das Kind annehmen will oder nicht, nicht mit Freude, sondern in Ergebenheit der Niederkunft entgegensieht.

Was macht das Kind? Das eine reagiert absolut passiv, stellt sich sozusagen tot. In dem Sinne: Wenn die nicht merken, daß ich lebe, dann tun die mir nichts. Das andere, der Gegentyp, reagiert mit Kampf. Es zeigt eine Haltung: »Denen werde ich es zeigen, wie lebendig ich bin.« Diese Grundhaltung für dauernde innere Spannung entwickelt sich in der Kindheit weiter. Solche Kinder machen früh die Erfahrung: Leben ist Kampf. Über die Persönlichkeitsstruktur der Mutter erleben sie schon sehr früh, ob es besser ist, sich still zu verhalten, sich passiv anzupassen oder sich aktiv zu wehren.

Das Wort passiv kommt vom lateinischen Verb *pati*, das übersetzt erdulden, erleiden, zulassen, sich zurückhalten, untätig, teilnahmslos sein heißt. Passiva sind Schulden, Verbindlichkeiten. Obwohl dieser Begriff überwiegend im Bereich der Wirtschaft gebräuchlich ist, paßt er doch auch hier, wenn es um die Ökonomie in unserem Leben geht: über die Passivität bleiben wir uns selbst etwas schuldig: das Leben nämlich, die Lebendigkeit, die aktive Auseinandersetzung mit dem Leben. Das Wort aktiv stammt ebenfalls aus dem Lateinischen. Es kommt vom Verb *agere*, was treiben, handeln, tätig sein heißt. Die Aktiva sind Guthaben; in unserem Kontext die »inneren Guthaben«, die in uns »aktive Kraft«. Und etwas aktivieren bedeutet, etwas in Gang setzen, in Bewegung kommen, unseren Unternehmungsgeist aktivieren. Kampf, dem man sich stellt, bedeutet also immer Gewinn.

Er gibt uns die Möglichkeit, neue Erfahrungen zu sammeln und dem schwachen Ich die Chancen zu geben nachzureifen, neue Reaktionsmuster zu schaffen und so alte Traumen langsam bewältigen zu können. Das ist Lebensgewinn.

Wenn ich mich im Leben durchsetzen darf, habe ich keine Minderwertigkeitsgefühle, ich habe ein positives Selbstwertgefühl, und meine inneren Energien können fließen. Ein Leben passiv leben dagegen bedeutet, »minderwertig« leben; ich bin voller Schuld- und Schamgefühle mir selbst gegenüber, und das Selbstwertgefühl steht auf schwachen Füßen.

Beide, Fluchtmensch und Kämpfer, können aber in ihren Reaktionen geblockt sein, überreagieren in einer Art, in der zuviel Kampf und zuviel Flucht angeboten werden.

Denken wir an jene Menschen, die nach Dienstschluß schlecht abschalten können. Sie beschäftigen sich in Gedanken immer wieder mit Situationen des Berufsalltags, weil sie unsicher sind, ob sie diese bewältigen werden, oder weil sie mit sich selbst nicht hundertprozentig zufrieden sind.

Gerade der Kämpfertyp stellt ungemein hohe Ansprüche an sich selbst. Meist schafft er es nicht, sich innerlich nach

Feierabend aus dem Arbeitsprozeß gedanklich herauszunehmen. Dadurch vermiest er sich seine Freizeit, kann sich selbst im Urlaub nicht entspannen und läuft so mit einer Dauerüberreaktion seiner Streßhormone herum. Das kennzeichnet jene Herzinfarktmenschen, deren Leben ganz auf Leistung ausgerichtet ist. In allem sehen sie Wettbewerb, Konkurrenz, sie kämpfen in allen Lebenslagen, selbst da, wo sie es gar nicht müßten. Sie wollen immer gewinnen, ganz gleich, ob im Beruf oder bei Spielen in der Freizeit. Sie sind übermäßig aggressiv, oft sogar offen feindselig. Sie finden genügend Gründe in sich, worüber sie sich selbst ärgern können. Nie haben sie Zeit, statt dessen hasten sie von Termin zu Termin und versuchen, mehrere Dinge auf einmal zu erledigen.

Das alles geht so weit, daß sie häufig auch nachts nicht abschalten können. Sie fragen sich: »Wie ist der Tag heute verlaufen?« – »Was hätte ich besser machen können?« – »Habe ich Fehler gemacht?« – »Wie wird der morgige Tag, wird er besser als der heutige?« – »Werde ich konkurrenzfähig bleiben oder sägt schon jemand an meinem Ast?« – »Was wohl der Chef über mich denkt?«

Vom vernünftigen Nachdenken unterscheidet sich das Grübeln dadurch, daß es einen nicht weiterbringt, sondern ein Problem eher vergrößert als löst.

Der Kämpfer, der sich nicht realistisch mit seiner Umwelt auseinandersetzt, gerät immer wieder durch Signale seiner Umwelt in eine Kampfposition. Durch das Grübeln laviert er sich selbst in sein Problem so hinein, daß allein seine Gedanken ausreichen, innere Anspannung auszulösen.

Dieses Phänomen kennt man aus Prüfungssituationen. Man kann nicht klar denken, solange man aufgeregt ist. Aufgrund der höheren Adrenalinkonzentration im Blut, wie sie für Streßsituationen typisch ist, ist unser klares Denken eingeschränkt. Damit gerät man in einen Teufelskreis und ist nicht mehr in der Lage, Situationen realistisch zu sehen und Lösungen zu finden.

Der Fluchtmensch hat eine ganz andere Art, sich »verrückt« zu machen. Er steigert sich in Gedanken darüber hinein, was ihm im Leben noch alles bevorsteht. Grundthema ist die Angst, man könnte verlassen werden oder den Partner durch den Tod verlieren. Der Partner könnte auf dem Weg zur Arbeit verunglücken, Krebs bekommen. Dahinter steht die Angst vor dem Alleinsein. Aber auch die Angst vor eigenen Krankheiten schwirrt in ihm herum. Die Medien verstärken solche Ängste noch. Überall begegnen wir Berichten über Gewalt, über Verlust und Leid. Durch derartige Grübeleien kann der Kopf nicht frei sein für kreative, schöpferische Gedanken.

Geist und chemische Reaktion

Auf die Art und Weise, wie wir Situationen definieren, können wir unangemessene Reaktionen in unserem chemischen System und unserem Nervensystem auslösen. Haben wir, wie bestimmte Herzkranke, eine Lebenseinstellung, die uns permanent abverlangt, andere Menschen oder Dinge zu beherrschen, dann wird diese Haltung unweigerlich zu einer chronischen Verwirrung und Unordnung unserer inneren Prozesse beitragen: exzessive Ausschüttung von Cholesterin, Triglyzeriden, Noradrenalin, ACTH und Insulin auf der einen Seite und ein mangelndes Zirkulationsniveau des von der Hypophyse stammenden Wachstumshormons STH auf der anderen Seite.

Menschen, die ihre Situation als hoffnungslos erleben, reagieren mit einem übermäßigen Konservieren von Sauerstoff. Es ist, als würden sie versuchen, ihren Atem so lange anzuhalten oder »tot« zu spielen, bis ihre Hoffnung wiederkehrt. Die hierdurch gehemmte Nervenfunktion kann das Herz bis zum Punkt des Herzstillstandes verlangsamen, was zum plötzlichen Herztod führen kann.[18]

Wenn wir uns die Wirkungen in unserem Körper noch genauer ansehen wollen, dann dürfen wir die Arbeiten von Solomon Snyder und Candace Pert nicht übersehen. Sie forschten beide an der Johns Hopkins University Medical School. Dort konnten sie erfolgreich Rezeptoren lokalisieren und markieren, die das Gehirn für die Kommunikation zwischen Zellen benutzt. Danach steht fest, daß von Gehirnzellen in Form von Neurotransmittern und Hormonen ausgesandte Botschaften von Aufnahmezellen »gehört« werden, deren Oberflächenmembranen gänzlich mit Rezeptoren bedeckt sind. Abhängig von dem jeweiligen Knopf (Rezeptor), der »gedrückt« wird, werden im Körper oder im Gehirn unterschiedliche Reaktionen ausgelöst. Manchmal ist das ein Gefühl, ein anderes Mal ist es das Zusammenziehen der Blutgefäße, oder die Magensaftproduktion wird gesteigert.

Es sind nur unsere Gedanken und Wahrnehmungen, die mittels Freisetzung verschiedener Neurochemikalien jene Knöpfe drücken können. So können zum Beispiel Glukokortikoide – Hormone, die Einfluß auf den Kohlenhydrat- und Eiweißstoffwechsel haben – einschließlich der Streßhormone, Veränderungen der Zellrezeptoren für Serotonin bewirken. Dieser Neurotransmitter ist am psychischen und physischen Schmerzgeschehen, aber auch an Depressionen beteiligt. Das neue Wissen um den tiefgreifenden Einfluß des Gehirns auf die Funktionen und Fehlfunktionen unserer inneren Organe läßt uns Krankheit und Gesundheit in einem anderen Licht erscheinen. Eine Schlüsselrolle kommt der Art und Weise zu, wie Gehirn und Körper eine Vielzahl chemischer Botenstoffe, die zwischen unseren hundert Billionen Zellen pendeln, dazu benutzen, etwas in uns zu bewirken.

Jeder geht mit seinem Streß spezifisch um, und jeder hat seinen spezifischen Streß. Mit der Wahrnehmung beginnt es schon. Einem Kämpfertyp beispielsweise ist nicht bewußt, daß er seine Aggressionen ständig vor sich selbst verleugnet, der andere leidet und kämpft gegen sie an. Er will einfach nicht aggressiv sein, er will nicht »bös« sein, er will, daß man ihn annimmt, ihn akzeptiert und so »verniedlicht« er seinen Aggressionstrieb. Auf solche Weise wird das Grundmuster, werden Fehlsteuerungen und Fehlanpassungen überlagert. Der Kämpfer beherrscht sich ständig, zeigt sich loyal und hilfsbereit, selbst dort, wo er am liebsten »aus der Haut« fahren möchte. Der Flüchter, der Hilflose zwingt sich, etwas zu tun, er geht in Überaktivität, ist ständig beschäftigt und merkt nicht, daß vieles von dem, was er tut, völlig sinnlos ist und ihm allein dazu dient, sich selbst, seiner Wahrheit, nicht ins Gesicht sehen zu müssen. Er spürt nicht, daß er eigentlich vor sich selbst flüchten und der Welt mit ihrem Leid entrinnen möchte.

Wenn einem aber das Sinnlose des eigenen Tuns bewußt wird, das Leiden beginnt, dann kann Bilanz gezogen werden, der bisherige Lebensstil überdacht und neue Verhaltensweisen überlegt werden. Beginnt dieser Prozeß, kommt man schon darauf, wieviel Geistesgut man mit sich herumschleppt, das man von seinen Eltern übernommen hat, ohne es jemals dahingehend überprüft zu haben, ob es für das eigene Leben noch paßt.

Vor vielen Jahren war der Kranke sicherlich als ein hilfloses Kind der Willkür seiner Bezugspersonen ausgeliefert gewesen. Seine Ängste und Bedrohungen hatten einen ganz realen Hintergrund. Passen diese Gefühle zu einem Erwachsenenleben? Die Fragen müssen lauten: »Vor wem bin ich auf der Flucht, was bedroht mich derart, daß ich am liebsten immer fortlaufen möchte?« Oder: »Muß es immer Kampf sein? Kann ich nicht ruhiger und gelassener an eine Sache herangehen?«

Für eine derartige Auseinandersetzung mit uns selbst benötigen wir jede Menge Mut. Mancher hat allein viel zu viele Hemmungen, sich auf diese Weise mit sich selbst auseinanderzusetzen. Aber warum vertraut man sich nicht einem Psychotherapeuten an, der den geschulten Blick für Lebenskonstellationen hat und weiß, wie man aus ihnen herauswächst?

Dem Gang zum Psychotherapeuten steht allerdings etwas im Wege, was gerade herzkranke Menschen und besonders Männer speziell an sich haben: ihre Überkontrolle!

Überkontrolle kennzeichnet ein Bedürfnis, die eigene Umwelt und das ureigene Verhalten ständig »im Griff« zu haben. Spontaneität ist ein Fremdwort, die Gewohnheiten sind fester Bestandteil des Lebens. Auf jeden Fall darf nichts passieren, auf das man innerlich nicht eingestellt ist. Genauigkeit, Pünktlichkeit, Ordnungsliebe bis hin zu zwanghafter Verhaltensweise, so weit geht dieser zum Perfektionismus neigende Hang. Jeder braucht sein Maß an Ordnung. Schließlich ist Ordnung jene Selbstorganisation, die unsere Arbeit, unser Handeln erleichtert. Es gibt allerdings eine Grenze, wo wir in die Überorganisation hineinkommen, wo Ordnung und Genauigkeit zum Selbstzweck werden und uns eher daran hindern, das Wesentliche zu tun. Jeder weiß, daß man es Perfektionisten selten recht machen kann.

Perfektionismus ist eine Geisteshaltung, die man bei vielen Herzinfarktlern antrifft. Er hat etwas mit der Leistungsanforderung an sich selbst (und an andere) zu tun.

Der Perfektionist verlangt von sich Vollkommenheit – und von anderen vielleicht auch. Er strengt sich mächtig an, um diese Vollkommenheit zu erreichen. Sozial gesehen ist er meist erfolgreich, materiell gut gestellt und gesellschaftlich anerkannt. Aber sein Leistungsstreben läßt nur ein Gefühl der Leere und des Unbefriedigtseins in ihm zu und die Empfindung, ein »erfolgreicher Versager« zu sein.

Fragt man ihn nach der Ursache seines ständigen Strebens, wird er erwidern, daß man nur durch solch eifriges, unnachgiebiges Streben Großes erreichen kann. Viele Menschen streben nach Erfolg, ohne dabei Perfektionisten zu sein. Das Streben dieses herzkranken Typs begleitet das nagende Gefühl: »Ich bin nicht gut genug«, so wie er schon als Kind das Gefühl hatte: »Ich bin nicht gut genug, um Liebe und Zuwendung zu bekommen.«

»Ich muß es noch besser machen«: Dahinter verbirgt sich die Angst, nie richtig anerkannt zu werden. Das beraubt ihn seiner Befriedigung, die sein eifriger Einsatz ihm bringen sollte.

Ob Leistungsstreben, ob Angriffs- oder Fluchtmuster, der Herzinfarktler ist ein Mensch, der sich ständig streßt. Im Grunde tut er nichts anderes, als die Depressionen, die seit seiner Kindheit auf der Lauer liegen, in sich abzuwehren. Tief in sich spürt der Herzkranke Trauer und Trübsal, ein unbegreifliches Unbehagen. Die Vorstellung, das Ganze mit einigen einfachen Gehirnmechanismen erklären zu können, wäre eine verlockende Lösung. Eine große Anzahl gegenwärtig tätiger Forscher vertritt die Ansicht, Depressionen würden dadurch ausgelöst, daß Transmittersubstanzen, die im Gehirn Nervenimpulse übertragen sollen, aus dem Takt geraten. Da eine einzige Nervenzelle im Gehirn über Verzweigungen insgesamt zweihundertfünfzigtausend Zellen im Körper steuern kann, läßt sich leicht ausmalen, wozu es kommen kann, wenn da oben nur die kleinste chemische Störung auftritt.

Die Molekularbiologie hat uns in den letzten Jahren den Weg zum besseren Verständnis gewiesen.

5

Wie das Gehirn den Körper steuert

Die Kommunikation zwischen Hormonen,
Nerven und Immunsystem

In früheren Streß- und Trauerstudien wurde jeweils nur ein Phänomen erfaßt. Entweder widmete man sich der Trauerarbeit oder den körperlichen Krankheiten. Hier Psyche und dort Soma. Aber eine Korrelation, ein gleichzeitiges Auftreten zweier Effekte, bedeutet nicht zwangsläufig, daß eine ursächliche Beziehung besteht. Da die meisten Trauernden während ihrer seelischen Krise meist auch krank wurden, ging man in neuerer Zeit dazu über, sie auf Krankheiten und Immunreaktionen hin zu untersuchen. Die moderne Molekularbiologie, Immunologie und Neurowissenschaften konnten die Verbindung zwischen Gefühlen und mentalen Prozessen und biochemischen Veränderungen in Zellen aufdecken.

Auf welche Weise kommunizieren Nervensystem, Hormonsystem und Immunsystem miteinander? Wie senden und empfangen sie gegenseitig Informationen? 1977 untersuchte man das Blut von sechsundzwanzig Witwern immunologisch. Der Test ergab: Die Aktivität der T-Lymphozyten war deutlich eingeschränkt. Durch ein Schockerlebnis, wie zum Beispiel Tod des Ehepartners, wird das Immunsystem geschwächt. Die Ursache der Immunschwäche dieser sechsundzwanzig Probanden war die emotionale Belastung, die das erzwungene Alleinsein mit sich brachte. Den Veränderungen des Immunsystems folgten die Krankheiten.

Außergewöhnliche Umstände erfordern außergewöhnliche Reaktionen. Wir müssen schon sehr stabil sein, um alle Lebensereignisse verkraften zu können. Nicht der Schicksalsschlag selbst wirft unsere Gesundheit aus der Bahn, sondern die Art und Weise, wie wir auf den Schicksalsschlag reagieren: mit Hoffnungslosigkeit, Lähmung, Depression. Das Gehirn setzt in Wechselwirkung mit dem Immunsystem eine Reihe von biochemischen Prozessen in Gang, die dann in Krankheit münden.

Alle körperlichen Risikofaktoren zusammen können uns trotz aller Gefahren überleben lassen. Erst eine tiefgreifende seelische Erschütterung oder eine Krise lösen eine Akutsituation aus, die in den Tod führen kann.

Da unser Immunsystem weder zu sehen noch zu fühlen ist, haben die meisten Menschen eine unklare Vorstellung vom Wesen und Wirken des Immunsystems. Bei Freude und Leid können wir unser Herz spüren. Wir fühlen sofort, wenn mit unserem Magen etwas nicht stimmt. Und die Galle können wir sehr schmerzhaft bei einer Gallenkolik erfahren. Das Immunsystem befindet sich auch nicht an einer einzigen Stelle in uns, sondern bildet ein Netzwerk von Drüsen und Geweben, die im ganzen Organismus verteilt sind. Seine Zellen und Moleküle fließen vom Scheitel bis zur Sohle in Blut- und Lymphbahnen, wandern geschickt durch die Gefäßwände und strömen durch das angrenzende Gewebe.

Die körperlichen Folgen des emotionalen Hin- und Hergeworfenseins in Streßsituationen wurden erst nachweisbar, seit es Instrumente und Techniken gibt, die die täglichen Hormonschwankungen und Reaktionen des Immunsystems messen können. Um einen Zusammenhang zwischen der aggressiven Grundhaltung eines Menschen und dem Blockieren seiner Herzkranzgefäße herstellen zu können, mußten zunächst Angiographie und psychologische Bestandsaufnahme miteinander verknüpft werden. Die Folgen einer mangelnden Aktivierung der natürlichen Killerzellen, die im Kampf gegen den Krebs helfen, konnten erst erkannt werden, nachdem man entdeckt hatte, daß diese Zellen überhaupt existieren und überdies durch belastende Chemikalien gefährdet werden können. Dank der monoklonalen Antikörper können spezifische »Untereinheiten« des Immunsystems identifiziert und qualifiziert werden. Dazu gehören beispielsweise Helfer- und Suppressor-Zellen, die durch unsere depressiven oder auch emotionsgeladenen Seinsweisen aktiviert werden.

Die neue Möglichkeit, Speichel anstelle von Blut zur Ermittlung und Messung unserer Streßhormone heranzuziehen, hat die Forschungsarbeiten ganz erheblich erleichtert. So ist es inzwischen möglich, die unterschiedlichen direkten Auswirkungen von Gefühlen wie Liebe, Intimität und Bindungsbereitschaft – im Vergleich zu denen von Macht- und Dominanzstreben – auf bestimmten Antikörperebenen zu beweisen.

Schauen wir uns zunächst einmal die einzelnen Organe und Organsysteme an, die an unserem Immunsystem beteiligt sind. Im Knochenmark werden alle Blutzellen »geboren«, Freßzellen und Lymphozyten kommen ebenfalls aus dem Knochenmark. Die Freßzellen greifen alle Fremdstoffe an und arbeiten ebenfalls als »Putzfrauen«. Sie gehen mit altem, totem und verbrauchtem Material im Körper um. Die neuen, speziellen Verteidigungskräfte sind Spezialisten, die ein besonderes Training in Organen, wie der Thymusdrüse, dem Lymphgewebe, dem Darm und der Leber, erhalten. Drei von der Thymusdrüse ausgehende »Wege« zeigen, daß es verschiedene Arten von T-Lympho-

zyten gibt, unter anderen aggressive Killerzellen, Helfer-
zellen und Suppressorzellen. In den Lymphgeweben werden die B-Lymphozyten gebildet. Sie sind eine Art Vorstufe der großen Plasmazellen; sie liefern dem Körper die
Antizellen.

Zur allgemeinen Verteidigung gehören Makrophagen, die
Granulozyten und die Monozyten. Daneben gibt es das
wichtige Komplementsystem, das auf die Bakterien zu-
steuert. Diese Moleküle spielen eine große Rolle bei der
Erhöhung der Effizienz sowohl der Antikörper als auch
der Freßzellen. Weiter haben sie die Fähigkeit, Bakterien
zu zerstören, indem sie Löcher in diese »stanzen«. Insgesamt gehören zu unserem Immunsystem die Thymusdrüse, das Lymphgewebe, die Milz, die Leber, der Darm und
das Knochenmark.

Daß Kummer krank macht und Lachen die beste Medizin
ist, ist hinlänglich bekannt. Mittlerweile hat es sich herum-
gesprochen, daß Emotionen *irgendwie* unsere Gesundheit
beeinflussen. Fast jeder hat das schon erlebt: Ärger im
Büro, Ärger in der Partnerschaft, und zu guter Letzt
kommt eine Grippe mit hohem Fieber. Eigentlich wollte
man gerade ein paar Tage Urlaub machen. Jetzt bricht es
von allen Seiten auf uns herein. William Shakespeare läßt
seinen »König Heinrich« sagen: »Kummer und Sorgen
schwellen den Leib auf.« Und Mark Twain riet: »Reiß
deine Gedanken von deinen Problemen fort – an den
Ohren, an den Fersen oder wie immer. Das ist das Beste,
was der Mensch für seine Gesundheit tun kann.«

Psychiater, Psychologen, Gehirnexperten und Immunolo-
gen haben sich in den letzten Jahren zusammengetan, um
zu ergründen, was krank macht. So entstand der neue
Wissenschaftszweig der Psychoneuroimmunologie.

Krankheiten nur im Psychischen sehen zu wollen, wie es
viele Gesundheitsapostel tun, wäre ebenso falsch, wie die

Ursache der Krankheiten nur in der falschen Lebensweise zu suchen, wie es wiederum andere tun. Zu viele Einflüsse sind heutzutage für die Entstehung von Krankheiten zu berücksichtigen. Bei den Ursachen der Krankheit reicht das Spektrum von den Genen bis zu den Umwelteinflüssen. Hormone und Ernährung spielen ebenfalls eine Rolle. Krankheit entsteht ursächlich im Zusammenwirken von biologischen, psychischen und sozialen Einflüssen. Ein bereits geschwächtes Organ ist ebenso daran beteiligt wie Stoffwechselstörungen. Aktive Erreger sind beteiligt wie der altersgemäße Abbau der Zellen.

Aber all diese Fakten scheinen eine gemeinsame Begegnungsstätte zu haben: das Immunsystem. Das Immunsystem wird über Hormone beeinflußt, vor allem bei Streß. Doch weder der Streß noch das Immunsystem sind für die Krankheit verantwortlich, sondern einzig und allein die Art, wie wir mit dem Streß umgehen.

Streß dämpft das Immunsystem. Aber noch etwas anderes dämpft unser Immunsystem: Depression! Seit einigen Jahren wissen wir, daß Menschen mit Depressionen an einer Immunschwäche leiden. Eine konstante Erhöhung der Kortikosteroide gehört zum Befund einer schweren Depression, bei der die Funktion der gesamten Achse, vom Hypothalamus über die Hypophyse bis zur Nebenniere gestört ist.

Der Tanz der Hormone
und der ihnen ausgelieferte Mensch

Es sind aber nicht nur die Stoffe Adrenalin, Noradrenalin und Kortisol alleine, die den »Tanz der Hormone« veranstalten. Es ist, als wären alle »Hexen vom Blocksberg« mit von der Partie: Es wurden bis zu vierzig verschiedene

Neurotransmitter, Peptide und Hormone festgestellt, darunter auch die bekannten Endorphine. Und sie alle haben ihre spezifischen Wirkungen auf unser Immunsystem, die sich in gegenseitigen Verstärkungen und Hemmungen und positiven oder negativen Rückmeldungen zeigen.

Schon in der Wiege wird der Grundstein für Kompetenz und Selbstvertrauen gelegt. Idealerweise spiegelt die Mutter das Verhalten des Babys wider: Das Baby lächelt, die Mutter lächelt zurück. Das Baby macht Geräusche, die Mutter antwortet. Das Baby hat Hunger, die Mutter gibt ihm Milch. Durch dieses Zusammenspiel, durch dieses Geben und Nehmen werden die Bedürfnisse des Kindes erfüllt, und es macht die wichtige Erfahrung, daß es Einfluß auf seine Welt nehmen kann und daß es kompetent ist. Diese fehlende frühe Erfahrung kann später nur sehr schwer nachgeholt werden. Es kommt zu einem Teufelskreis: Die Gewißheit, hilflos zu sein, führt in die frühkindliche reaktive Depression. Hilflos sein wird immer wieder durch neue Mißerfolge bestätigt. Werden einmal positive Erfahrungen gemacht – und natürlich kommen auch diese immer wieder einmal im Leben eines hilflosen Menschen vor –, so werden sie ausgeblendet und höchstens als Ausnahme von sonst miesen Regeln angesehen. Solch ein Mensch entwickelt sich zum Pessimisten, gequält und verfolgt von seinen Depressionen. Der Mangel an Selbstvertrauen wird zu einem grundsätzlichen Verhaltensmuster.

In Forschungslabors wurden Ehemänner beobachtet, deren Frauen an Krebs litten. Das Immunsystem dieser Ehemänner blieb stabil, solange sie am Kampf der Frauen innerlich teilnahmen. Sofort aber nach dem Tod des Ehepartners veränderte es sich. Sie bekamen schwere Depressionen, und mit der Schwere der Depression korrelierte der Zustand des Immunsystems. Je älter und je schwerer die Depression, desto schwerer sind die Auswirkungen auf das Immunsystem. Erst nach einem Jahr normalisierten sich die Werte wieder: »Wenn der eine stirbt, stirbt der andere mit«, diese traurige Weisheit des Volksmundes scheint sich hier zu bestätigen.

Noch etwas verrät uns das Immunsystem: Die Beziehung von zwei Menschen. Forscher haben feststellen können, daß auch in anderen Lebenssituationen die Immunsysteme miteinander kommunizieren. Das beste Beispiel ist die große Verliebtheit in der Jugend, wo alles »rosarot« aussieht. Da kommt ein gewaltiger »Tanz der Hormone« in Gang, und bei beiden Verliebten steigen die Pegel der Immunsysteme. Da ist keine Depression, da ist Lachen, Frohsinn, Energieaustausch.

Das Gegenteil ist dann der Fall, wenn ein Paar sich trennt. Solche Menschen sind nicht nur traurig, sondern sie fühlen sich auch körperlich schlecht, und dafür ist das Immunsystem zuständig.

Das Immunsystem ist nicht nur mit dem Gehirn, sondern auch mit den Hormonen »vernetzt«. An den Außenseiten der Immunzellen befinden sich sogenannte Landeplätze, Rezeptoren, für fast alle Körperhormone. Über diese Rezeptoren wirken unter anderem Streß-, Schilddrüsen- und Sexualhormone. Wir können daher das Immunsystem als hochspezialisiert bezeichnen. Trotzdem ist es nicht autonom. Es ist ein wichtiger Teil eines gewaltigen Netzwerkes und durch viele Informationskanäle und Rückkoppelungsmöglichkeiten über Nervenimpulse und biochemisch über Botenstoffe – Neurotransmitter, Peptide und Hormone – mit dem Gesamtorganismus »verzahnt«.

Psyche, Gehirn, Hormone und Immunsystem bilden eine Verbundeinheit. Dieses System steht im Dienste unserer Gesundheit. Wie bereits gesagt, sind die Kortikosteroide Hormone, die aus der Rinde der Nebenniere hervorgehen. Genau wie das Adrenalin bewirken sie eine Dämpfung des

Immunsystems. Diese Unterdrückung spielt nicht nur beim Streß, sondern auch bei den Depressionen eine bedeutsame Rolle. Eine konstante Erhöhung der Kortikosteroide nämlich gehört zum Befund der Depression. Die bekannte Tatsache, daß Menschen, die depressiv sind, ein geschwächtes Immunsystem haben und für viele Krankheiten anfälliger sind, ist auf die Überproduktion von Kortikosteroiden zurückzuführen.

Es gibt eine ganze Reihe von Kranken, die sich von Gefahren bedroht fühlen, die überhaupt nicht existieren. Über eine negative Grundeinstellung sind sie dauernd darauf erpicht, sich immer und überall das Schlimmste vorzustellen. Auf die innere Panik reagiert der Körper genauso wie auf echte Gefahren. Das führt dazu, daß diese Patienten sich ständig gestreßt fühlen, die Kortikosteroidhormone sind ständig erhöht. Das hat zur Folge, daß diese Menschen sich depressiv fühlen, obwohl kein aktueller Grund vorliegt. Sie haben eher in der Kindheit gelernt, negativ auf ihre Umwelt zu reagieren und sind daher »chronisch depressiv«.

Auch das Gehirn ist an unserer depressiven Immunreaktion beteiligt. Botenstoffe machen uns nicht nur glücklich oder traurig, sie beeinflussen auch unseren Gesundheitszustand, wie wir sehen konnten. Wer unter Depressionen leidet, dessen Gehirn setzt eine Reihe deprimierender Transmitter frei. Darum »fühlen« wir die Depression nicht nur im Kopf, sondern im ganzen Körper, nämlich dort, wo es Rezeptoren für ganz bestimmte Transmitter gibt. So können wir im Falle von Herzkrankheiten sagen, das Herz sei nicht nur »sauer«, es ist auch deprimiert. Unsere Gefühle sind immer an Peptide oder Neurotransmitter gekoppelt. Wenn das Herz traurig ist, dann sind auch unsere Immunzellen traurig. Wer sich in seiner Haut wohl fühlt und wem das Leben Spaß macht, der tut auch etwas für seine körperliche Gesundheit. Wer sein Leben lang eine unterschwellige, larvierte Depression in sich trägt, der kann nicht gesund sein, der kann sich in seinem Körper nicht wohl fühlen.

Die von Gehirn und Immunsystem produzierten Informationsträger und ihre »Ankerplätze«, die Rezeptoren, bilden die Fäden eines gewaltigen Netzes. Das einwandfreie Funktionieren unseres Immunsystems ist zwar verantwortlich für unseren Gesundheitszustand, es muß aber nicht allein die vielfältigen Aufgaben erfüllen. Hinter ihm steht ein ganzes »Team«. Ständig steht es in Kommunikation mit dem Gehirn und ist auch, wie wir schon sehen konnten, mit dem Hormonsystem eng verbunden. Früher wurden Nerven, Hormone und Immunsystem streng unterschieden, in Wirklichkeit arbeiten sie aber eng zusammen.

Immer und überall zeigt sich, daß Streß, Einsamkeit, Depression und Hoffnungslosigkeit sich im Gehirn in ein bestimmtes Muster von Neurotransmittern und Peptiden übersetzen.

Über unser Blut und die Nervenbahnen erreichen sie Gehirn und Immunsystem und docken dort an. Da die bei Resignation freigesetzten Botenstoffe die Immunzellen schwächen, nimmt die Widerstandskraft des Organismus ab und das Krankheitsrisiko zu.

Wenn wir diesen Vorgang genauer betrachten, ergibt sich folgendes Bild: Der Hypothalamus ist jene Steuerungszentrale im Gehirn, von wo aus alles in Szene gesetzt wird. Zwei wichtige Steuerungssysteme unseres Körpers laufen hier zusammen. Zum einen das vegetative Nervensystem, es regelt die vegetativen Prozesse in unserem Körper und weiterhin unser Hormonsystem, welches Releasinghormone freisetzt. Diese Peptide veranlassen den Hypophysenvorderlappen, eine Reihe von stimulierenden Hormonen zu produzieren. Auch alle hormonproduzierenden Drüsen werden von dieser »Zentrale« gesteuert.

Um alles »auf die Reihe zu bringen«, verarbeitet der Hypothalamus mehrere Informationen. Die Nerven- und Hormonsysteme halten den Hypothalamus ständig auf dem laufenden. Außerdem erfährt er, was in unserer Umwelt geschieht. Alles, was unsere Sinnesorgane in der Außenwelt wahrnehmen, wird über den Hypothalamus an den Körper weitergegeben. Ebenso beeinflussen unsere Emotionen dieses Organ. Das limbische System, von dem unsere Gefühle ausgehen, »wohnt« gleich nebenan.

All diese Informationen – von innen und außen – werden von den Zellen des Hypothalamus verarbeitet. Die Informationen beeinflussen die Hormone und Neurotransmitter. Alles ist eben miteinander verzahnt.

Diese Erkenntnisse und Theorien über das Regulationsgefüge unseres Organsystems haben zu einem neuen Verständnis von der Entstehung von Krankheiten geführt.

Das limbische System und die geistige Verarbeitung

Bei Depressionen liegt eine Fehlsteuerung der Hypothalamus-Hypophysen-Nebennieren-Achse vor, was ein hoher Kortisolspiegel beweist. Tieruntersuchungen zeigten, daß sich ein bestimmtes Stoffwechselprodukt des Kortisols wie ein Beruhigungsmittel verhalten und die Aktionen von Nervenzellen im Gehirn unterdrücken kann. Obgleich andere Steroidhormone Nervenzellen anregen können, scheint doch das Kortisol-Stoffwechselprodukt – THDOC – die Wirkungen von Gammaaminobuttersäure nachzuahmen und zu fördern. Es handelt sich dabei um einen Neurotransmitter, der Zellaktivitäten unterbindet oder hemmt. Ist davon nun eine große Zahl von Gehirnzellen betroffen, so führt das zu einer Depression des Zentralnervensystems.

Wir können allerdings nicht davon ausgehen, daß diese Stoffwechselstörung allein für Depressionen verantwortlich ist.

Auch wenn wir sagen können, daß die Depression auf eine Änderung des Gleichgewichts innerhalb einer bisher noch nicht festgestellten Zahl von Neurotransmittern zurückzuführen ist, kann es kaum Aufgabe der Psychiatrie sein, diese Stoffe zu finden. Vielmehr muß es Aufgabe jedes einzelnen sein, zu erspüren, wie er über Denkstrukturen die Physiologie seines Gehirns beeinflußt.

Das Gehirn, dieses durch und durch organisierte Steuerungssystem, hat nicht nur die Aufgabe, Sinneswahrnehmungen zu verarbeiten und irgendwann wieder abzurufen. Es ist auch nicht nur dazu da, »vernünftig« zu denken oder Innen- und Außenwelt zu registrieren, ihm kommt die überhaupt wichtigste Aufgabe zu, nämlich für die Sicherung unseres Überlebens zu sorgen. Wie gut das Gehirn das schafft, zeigt die gesamte Evolution des Menschen. In Millionen von Jahren hat es sich ständig verändert und sich immer wieder den wechselnden Lebensbedingungen angepaßt.

Der wohl »älteste« Gehirnteil, der Hirnstamm, ist mehr als fünfhundert Millionen Jahre »alt«. Er schließt sich direkt an das Rückenmark an, sieht aus wie ein Reptil und wird auch Reptilgehirn genannt. Von ihm werden Atmung, Kreislauf und Herzschlag reguliert. Auf den Hirnstamm hat sich sozusagen das limbische System aufgepflanzt.

In den letzten fünfundzwanzig Jahren hat die Hirnforschung ihre Kenntnisse über das limbische System erweitern können. Obwohl dieses nur das untere Fünftel des Hirns ausmacht, übt es doch auf das Verhalten einen unglaublich großen Einfluß aus, da seine sämtlichen Teile in zwei Richtungen mit dem Hypothalamus, einer Anhäufung von Zellgruppen, verbunden sind, die ihrerseits mit »Außenposten« in Verbindung stehen: vorn mit den Septalregionen und seitlich mit den Amygdalae, auch Mandelkerne genannt. Welche Rolle diese bei einer geistigen Verarbeitung spielen, werden wir noch sehen.

Man könnte sich das limbische System wie ein Rad vorstellen, bei dem der Kortex den Radkranz und der Hypothalamus mit seinen beiden Außenposten die Nabe und die Speichen bildet. Hirn- und Verhaltensspezialisten meinen, daß hier auch unsere Belohnungs- und Bestrafungszentren liegen.

Es handelt sich um einen Regelkreis, mit dessen Hilfe Botschaften durch fünf limbische Strukturen laufen können: das Ammonshorn, die Corpora mamilaria, den vorderen Thalamus, das Cingulum und den Hypothalamus. Die Hirnforscher haben beweisen können, daß durch Änderungen im limbischen System tiefgreifende Veränderungen im Verhalten und dem emotionalen Erleben bewirkt werden können. Von hier aus werden genau jene Verhaltensweisen gesteuert, die zu Risikofaktoren beim Herzkranken führen können: das Essen, der Flucht- und Angriffsmechanismus und unsere Sexualhormone, die einen Einfluß auf den Cholesterinspiegel haben.

Erst vor fünfzig Millionen Jahren entwickelte sich das Großhirn. Es ist jener Gehirnbereich, der den Menschen menschlich macht. Seine beiden Hälften umhüllen die älteren Gehirnteile und machen sie fast unsichtbar. Mit seiner Hilfe empfangen wir Sinneseindrücke. Hier spielt sich das Denken ab, hier treffen wir unsere Entscheidungen, von hier kommen die Signale für unser Handeln, und hier werden Gedächtnisinhalte registriert. Im Großhirn zeigt sich, ob wir logisch sind oder irrational denken und handeln, ob wir Ideen haben oder ob uns nichts einfällt.

Es wurde bereits dargelegt, daß unter anderem auch Wut und Zorn sich in der Depression verborgen halten. Wir wissen, welche Teile des Gehirns den Hypothalamus steuern können. Werfen wir einen Blick auf den wichtigsten Teil, den Mandelkern. Das lateinische Wort dafür heißt Corpus amygdaloideum, zu deutsch: mandelförmiges Organ.

Genauso sieht das paarige Organ auch aus. Früher hielt man die Mandelkerne für Zorneszentren. Forschungsarbeiten über die Mandelkerne haben allerdings zutage gefördert, daß sie zwar Impulse aussenden, wenn wir uns ärgern, das bedeutet aber nicht, daß in ihnen der Ursprung für unseren Ärger liegt. In den letzten Jahren hat man sich die Nervenfasern genauer angesehen, die sich aus den Tiefen des Gehirns bis in die Mandelkerne erstrecken. Dabei entdeckte man, daß sie weder aus anderen emotionalen Zentren kommen noch sich mit ihnen verknüpfen, sondern mit unserer Großhirnrinde in Verbindung stehen, die für unser rationales Denken und für unser Gedächtnis zuständig ist. Das sagt uns eindeutig: Wir, die denkenden Menschen, sind es selbst, die Wut und Zorn zulassen. Diese Gefühle unterliegen, wenn unser Kontrollsystem gut genug ausgebildet ist, unserer Kontrolle.

Unsere Gehirne sind derart strukturiert, daß wir in der Lage sind, unsere Empfindungen mittels unseres Verstandes zu beherrschen. Das bedeutet, über Verleugnung von Angst, Schmerz, Wut und Haß entsteht eine Depression. Wenn wir uns an unsere Emotionen näher heranwagen, lassen sie sich lösen. Heilen kann man sie nicht. Sie entstehen über einen Verdrängungs- und Verleugnungsprozeß. Der Patient will nicht wahrhaben, was ihm weh tut. Medikamente können nur helfen, eine Depression wegzuschieben. Erst unter Einwirkung von psychoanalytischen Praktiken können wir an die Wurzeln der Depression herankommen. Auf der anderen Seite wäre es vermessen, dem Betroffenen eine Schuld in die Schuhe schieben zu wollen, handelt es sich doch um sehr frühe Konditionierungsprozesse. Unser Gehirn ist also so angelegt, daß wir imstande wären, unsere Empfindungen mit Hilfe des Verstandes zu beherrschen. Das besorgen die Verbindungen zwischen Großhirnrinde und den Mandelkernen, Hypothalamus und Sympathikus. Immer, wenn wir uns ärgern, sausen genau definierte Impulsserien in den Mandelkernen hinter unserer Nase rum, damit wir Entscheidungen treffen können, wie wir uns fühlen wollen.[19]

Psychisch gesehen läßt sich aber sagen, daß es schwer ist, Gefühle zu steuern, jene nämlich, die ich als negative Urgefühle bezeichnen möchte, die schon sehr früh in unserem Leben von großer Bedeutung waren. Wir entwickeln Abwehrmechanismen, die verhindern sollen, daß wir unsere innersten Gefühle von Ungeliebtsein und Einsamkeit spüren. Da das Fühlen ein Gesamtprozeß des Organismus ist, verhindern wir, indem wir diesen uralten Schmerz in uns abschließen, daß wir überhaupt zu fühlen vermögen.

Urgefühle sind wie ein Riesenbehälter, aus dem wir schöpfen. Die Depression ist der Deckel dieses Behälters. Sie dient dazu, fast alle Gefühle niederzuhalten, Freude ebenso wie Schmerz.

Die Lust- und Schmerzzentren liegen im Gehirn nah beieinander, aber im realen Erleben sind sie weit voneinander getrennt. Lust und Unlust haben ihre Wirkungen auf das Immunsystem. Die Wissenschaft weiß heute, daß der Hypothalamus im Gehirn mit dem Immunsystem kommuniziert. Bei Versuchstieren hat man die Kommunikationswege ausgeschaltet und festgestellt, daß die B- und auch die T-Lymphozyten geschwächt wurden und die Versuchstiere krankheitsanfälliger wurden. Dabei scheint die Thymusdrüse eine Vermittlerrolle zu spielen. Ein Eingriff in den Hypothalamus schwächt ihre Aktivität.

Ist diese Drüse geschwächt, hat das weitreichende Folgen. Die Reifung der T-Lymphozyten, die hier vorbereitet wird, wird dadurch beeinträchtigt. Sind sie geschwächt, können sie das Immunsystem nicht mehr effektiv genug alarmieren, die übrigen Immunzellen werden nicht mehr regelrecht alarmiert; die B-Lymphozyten werden nicht ausreichend zu Antikörperproduktion angeregt, und die T-Killerzellen, die für die Abwehr von Viren und für die Entdeckung krebsartig entarteter Körperzellen sorgen, sind dann nicht voll funktionsfähig.

Auf welche Weise kommunizieren Hypothalamus, Thymusdrüse und Immunsystem miteinander? Wissenschaftler an der Universität San Diego machten die entscheidende Entdeckung. Sie verwendeten bei ihren Forschungsarbeiten ganz bestimmte Färbemethoden und fanden dabei heraus, daß der Thymus von Fasern eines Hirnnervs, des sogenannten Vagus, durchsetzt ist. Der Hypothalamus kann der Thymusdrüse also direkt Botschaften übermitteln.

Die Wissenschaft konnte ebenfalls beweisen, wie wichtig die Signale aus dem Gehirn schon bei der vorgeburtlichen Entwicklung sind. Die Thymusdrüse des Ungeborenen kann erst dann mit dem Reifungsprozeß der T-Lymphozyten beginnen, wenn sich die entsprechenden Nervenfasern entwickelt haben. Das bedeutet, die Reifung der Immunzellen beginnt per Kommando aus dem Gehirn. Inzwischen weiß man, daß alle Organe des Immunsystems von den Lymphknoten über die Milz bis zum Knochenmark von Nerven durchzogen werden.

Unser Gehirn und die körperliche Abwehr haben also einen »direkten Draht« über das vegetative Nervensystem. Alle Immunzellen sind bestens informiert, wenn unser

Organismus sich gestreßt fühlt. Glaubte man früher, die Nervenimpulse würden via elektrischer Impulse weitergeleitet, so weiß man heute, daß das durch chemische Botenstoffe, die Neurotransmitter, geschieht. Sie übertragen Nervenimpulse von einer Nervenzelle zu anderen.

Immunsystem und Gehirnstoffwechsel

Gibt das Gehirn »Alarm« durch, kündigt es Streß an, wird vom Hypothalamus aus das sympathische Nervensystem in Aktion gesetzt: Die zum sympathischen System gehörenden Nervenfasern münden in die Organe, Drüsen und Gefäße. Adrenalin wird in Sekundenschnelle freigesetzt. Das Adrenalin dockt sich an die entsprechenden Körperzellen an und aktiviert sie. Jetzt schlägt das Herz plötzlich schneller, die Gefäße verengen sich, der Blutdruck steigt.

Bei Menschen, die bereits vorgeschädigt sind, wird diese Situation zur Gefahr: Was eigentlich dem Körper dazu verhelfen sollte, Bedrohungen gut zu überstehen, wird zur Falle. Ein schon erhöhter Blutdruck kann lebensgefährlich ansteigen, bereits durch Stenosen verengte Kranzgefäße verschließen sich unter Umständen ganz.

Das Gehirn gibt aber nicht nur den Alarmruf durch, es ist auf der anderen Seite genauestens informiert, was gerade im Immunsystem passiert. Während der Alarmreaktion steigt die Aktivität im Gehirn an. Die Signale werden im Hypothalamus empfangen. In der Streßsituation, in der das Immunsystem hochtourig arbeitet, ist die Zahl der Zellen des Hypothalamus stark erhöht.

Die Aktivitäten des Immunsystems führen zu einer Veränderung des Gehirnstoffwechsels. Je mehr das Immunsystem also beschäftigt ist – vor allem auch bei Dauergestreßten –, um so mehr verringert sich im Gehirn der Gehalt des Neurotransmitters Noradrenalin.

Man weiß schon lange, daß die Thymusdrüse Einfluß auf das Gehirn hat; man wußte nur nicht genau, auf welche Art und Weise. Tiere, denen man diese Drüse operativ herausgenommen hatte, entwickelten sich sexuell sehr träge. Die Sexualhormone werden ebenfalls vom Hypothalamus gesteuert. Wie wir im nächsten Kapitel noch sehen werden, spielen diese aber beim Anstieg und Abfall des Cholesterinspiegels eine große Rolle. Inzwischen weiß man, wie die Botschaften übermittelt werden. Die Thymusdrüse sendet Botenstoffe aus, über die Blutbahn landen diese im Gehirn. Diese Botenstoffe ließen sich in hohen Konzentrationen an den Rezeptoren des Hypothalamus nachweisen.[20] Man fand bislang mehr als vierzig solcher Botenstoffe am Hypothalamus. Die Thymusdrüse hat dem Gehirn also etwas mitzuteilen.

Man weiß heute, daß es Streßsituationen gibt, die den Menschen in seiner Existenz besonders bedrohen. Die Folgen dieser Streßsituationen sind aber gerade bei jenen Herzkranken von Einfluß, deren Persönlichkeit durch Dominanzstreben und Machtbedürfnisse gekennzeichnet ist. Streß, der die Fähigkeiten und Möglichkeiten eines Menschen bedroht, wird verleugnet. Dazu gehört auch die Potenzangst.

Existenz- und Potenzängste liegen immer sehr nahe beieinander. Macht- und Dominanzstreben sind oft mit Herzproblemen und Blutdruckproblemen verbunden. Das Machtstreben ist vorrangig, Existenz- und Potenzängste werden verleugnet, beiseite geschoben. Aufgrund des Kontrollbedürfnisses stellt sich eine chronische Aktivität des sympathischen Nervensystems ein, und die Aktivitäten des Immunsystems »ermüden«, haben also Depression zur Folge. David McClelland, Professor der Psychologie an der Havard and Tufts University School of Medicine, Boston, hat nachgewiesen, daß Menschen mit Machtstreben besonders krankheitsanfällig sind.[21] Ähnlich ergeht es Menschen, die Sehnsucht nach Liebe und Akzeptanz und warmherzigen Beziehungen haben. Durch diese tiefverwurzelte Sehnsucht sind sie dann Streßsituationen ausgesetzt, wenn sie auf Ablehnung stoßen oder Verluste erleiden.

Obwohl das gesamte Immunsystem noch nicht einmal ein Kilo wiegt, enthält es mehr als zehn Milliarden ständig zur Verteidigung bereitstehende weiße Blutzellen sowie eine weit größere, geradezu ungeheuer anmutende Anzahl an Antikörpern. Da diese ständigen Wächter absterben und erneuert werden müssen, in Streßsituationen sich diese Produktion verlangsamt, erkranken wir besonders in Streßsituationen. Eine Erkältungskrankheit oder eine Grippe in Streßzeiten sind also aus dieser Sicht verständlich.

Depressive Menschen und auch Herzkranke haben in der Regel einen ständig hohen Kortisolspiegel. Das Steroid Kortisol kann unser Immunsystem derart schwächen, daß Krankheiten jeglicher Art die Folge sein können.

Das Kortisol wirkt auf die Thymusdrüse und läßt sie kleiner werden, spürt hilfreiche weiße Blutzellen auf, die sich davongemacht haben, und löst sie auf. Diese Wirkung des Kortisols macht sich die Medizin bei Herztransplantationen zunutze. Durch Gaben von Kortisol wird das Immunsystem gehindert, das eingepflanzte Organ wieder abzustoßen.[22]

Wenn wir uns diese ganzen Streßmechanismen anschauen, könnte man leicht den Eindruck bekommen, wir müßten so etwas Gefährlichem wie dem Streß aus dem Weg gehen. Das wäre aber fatal. Denn ohne Streß könnten wir gar nicht leben. Das, was wir für unser Leben tun können, ist, mit dem Streß richtig umzugehen oder besser noch, mit uns selbst richtig umzugehen. Wenn wir aber Dinge, die uns unangenehm sind, verdrängen, verleugnen, beiseite schieben, dann stressen wir den Körper zusätzlich, wir geraten in den Dauerstreß.

Viele – zu viele – Menschen werden immer wieder im Alltagsleben von Angst geplagt. Jeder weiß, wie kleine und große Ängste uns jegliche Kraft rauben, so daß man wünscht, Angst gäbe es nicht. Vielem haften tiefe Trauer, Gram, Kummer, unbegreifliches Unbehagen an. Dieser undefinierbare Zustand ist die Depression. Das Verheerende ist aber, daß diese Depression nicht nur die Streßhormone beeinflußt, sie wirkt sich auch auf unseren Zuckerspiegel, den Blutdruck und den Fettstoffwechsel aus. Vor allem wird das Cholesterin wie alle anderen an diesem Krankheitsprozeß beteiligten Hormone, Nerven und Transmitter beeinflußt.

Jetzt möchte ich den Hirnstamm vorstellen. Die Forscher sprechen von »retikulärer Formation«. Mit diesem Begriff beschreibt man ein Netz aus feinen grauen Nervenzellen. Sie bilden im Hirnstamm eine Säule aus schmalen, senkrechten Nervenzellenfilzen und zwar genau dort, wo unsere Nackenmuskeln sitzen. Von unten kommen Sinnesnerven und münden in sie. Im Gehirn senden sie von ihnen gelieferte »Nachrichten« in höhere Bereiche des Gehirns weiter. Alle unsere feinen Sinneswahrnehmungen durchlaufen diese Station, werden aber nicht unverändert weitertransportiert. Zu vieles stürmt auf uns ein, Wichtiges und Unwichtiges.

Wenn hier nicht ein »Ausleseverfahren« stattfände, könnten wichtige Informationen verlorengehen. Es entstünde ein Chaos, wenn unser Gehirn nicht die Fähigkeit zur Unterscheidung hätte, und genau das ist die Aufgabe der retikularen Formation.

Sie drückt den eingehenden Signalen einen »Stempel« auf, der »darf passieren« heißen könnte. Diese zusätzliche Kennzeichnung lenkt die Aufmerksamkeit der höheren Gehirnbereiche auf sie. Das Ganze könnten wir mit einem Zensor vergleichen, mit einem »inneren Richter«, einem »Polizisten«, der nur jene Signale durchläßt, die ihm »in den Kram passen«. Man könnte die retikuläre Formation auch mit der Feinabstimmung eines Fernsehers vergleichen. Um eine solche Feinabstimmung zu erreichen, hat die Natur uns mit vielen unglaublich langen gestreckten Zellen, die in nahezu alle Teile des Gehirns reichen, ausgestattet.

Wie soll nun die Unterscheidung stattfinden? Schließlich handelt es sich um ein Netz von Zellen, die nicht denken und unterscheiden können. Das Großhirn, in dem die Informationen ankommen sollen, verfügt über jene Verstandeskräfte, die es zur Unterscheidung gebraucht, während nun die retikuläre Formation im Hirnstamm aussortiert, was ins Großhirn kommen soll. Dabei hat sie selbst kein Bewußtsein.

Die retikuläre Formation hätte allerdings zuviel zu tun, um das allein zu bewerkstelligen. Vieles haben wir ja schon über den Gencode mitbekommen, anderes haben wir über Erfahrungen gespeichert, so daß Informationen nur dann das Etikett »darf passieren« aufgeklebt bekommen, wenn es sich um starke Reize handelt, die etwas Neues, noch nicht Erfahrenes oder eine Veränderung anzeigen.

Diesen inneren Wachhund »schläfern« wir ein, wenn wir Menschen in Trance versetzen. Auch bei Depressionen wird die retikuläre Formation umgangen. Der Depressive schluckt vieles mehr als andere Menschen. Depressive haben kein ausgeprägtes Kontrollbewußtsein mehr, und so werden Situationen, die kaum ängstlich gestimmt machen können, sehr angstbesetzt vom Großhirn aufgenommen.

6

Die verklebten Gefäße

Psychische Belastungen und Cholesterinspiegel

Eine Wende kommt nie ganz plötzlich. Die Ernährungswende ist nicht zu übersehen. Wir ernähren uns gesundheitsbewußter. Weniger Fett, mehr Frischkost, überhaupt tendiert alles hin in jene Richtung, die von Ärzten immer wieder propagiert wurde. Man sollte meinen, das würde die Cholesterinspiegel dafür anfälliger Menschen längst gesenkt haben. Die Tatsache ist, daß trotz gesunder Ernährung die Blutfettwerte bei vielen kaum gesunken sind. Die Wissenschaftler reden von Erbfaktoren. Man kann ihnen glauben oder nicht. Der Schwarze Peter wird dem Kranken zugeschoben. Die verordneten Lipidsenker schaffen dann zwei Dinge: Ganz allmählich sinken die Fettstoffwerte, und ebenso allmählich zeigt sich immer deutlicher jene Depression, die immer versteckt gehalten worden war. Es gibt Arbeiten, die berichten, daß Depressionen und Aggressionen unter dem Einfluß von Lipidsenkern zunehmen. Selbst Suizidversuche kommen vor. Es gibt einen Zusammenhang zwischen Fettstoffwechsel, Zuckerkrankheit, Depression und manchmal auch akutem Streß. Gerade vor Herzoperationen steigen die Fettstoffwerte des Kranken rapide an. Zeigt dies doch, wie Streßsituationen den Cholesterinspiegel beeinflussen. Streß und Cholesterin, gesteuert über die Schilddrüse, schränken die Ernährungstheorie ein. Die Frage lautet also: Wie verklebt die Psyche die Gefäße?

Sich nur auf Ernährungsumstellung zu verlassen hieße, auf einem Auge blind zu sein. Die Grundlagen jeder menschlichen Homöostase sind: Gesunder Körper – gesunde Seele und gesunder Geist.

Auf einen Aspekt bei psychosomatischen Krankheiten möchte ich besonders hinweisen: Immer wieder fallen Kranke auf, die unter Asthma, Magengeschwür, Herz- und Kreislaufkrankheiten zu leiden haben, bei denen seelische Hintergründe auch bei intensiver Befragung kaum zu ermitteln sind. Das Verständnis für psychosomatische Zusammenhänge ist selbst für den Fachmann nicht immer einfach. Unsere unbewußten Bereiche verstehen es, Informationen zu verbergen. Jeder Mensch trägt Erinnerungen, Gefühle, Phantasien, Handlungsimpulse, Erlebnis- und Verhaltensweisen, von denen er sehr wenig und manchmal überhaupt nichts weiß, in sich.

Es handelt sich um nicht erinnerte Dinge der frühen Kindheit, verbunden mit Triebimpulsen, die entweder wegen einer stark verwöhnenden Erziehung oder über frühe Verbote nicht zur gesunden Entfaltung gekommen sind. Kleinere oder größere Reste solcher Impulse bleiben so in einer Form weiterbestehen, die für bestimmte Entwicklungsphasen des Kindes eigentümlich sind. Sie liegen aber nicht wie uralte Steine in der Tiefe, sondern sind wie eingeschlossenes Vulkanmagma unter der Erdoberfläche und können jederzeit hervorbrechen. Wir können aber auch von unsichtbaren Fäden sprechen, an denen Betroffene wie eine Marionette hängen, die von der Hand eines unbekannten Spielers geführt wird. Die Oberfläche solcher Menschen kann ganz intakt aussehen, erst über tiefenpsychologisch ausgerichtete Therapien kommt man an diese Ebenen heran. Hinter all dem steht beim Herzkranken die Urangst.

Wenn die im Unbewußten ruhenden Triebimpulse sich

regen, dem Betroffenen selbst nicht bewußtwerdend, und diese mit Angst beantwortet werden, ist es verständlich, daß ein Herz mit seiner physiologischen Ausdrucksweise antwortet. Denn für das Herz bedeutet es keinen Unterschied, ob die Angst vor etwas besteht, was innen oder außen ist. Es reagiert in festgelegter Weise. Seelische Belastungen und frühe Triebimpulse können auf diese Weise den Cholesterinhaushalt beeinflussen.

Die bisherige Cholesterintheorie geht davon aus, daß der Cholesterinspiegel sich vorwiegend über unsere Ernährung reguliert. Dabei handelt es sich – gelinde gesagt – um eine Halbwahrheit. Bisher wurden wir darüber aufgeklärt, daß die Aufnahme von gesättigten Fettsäuren einen Anstieg der Blutfettwerte, besonders des Cholesterins mit ungünstigem HDL/LDL-Verhältnis bewirkt. Ungesättigte, besonders mehrfach ungesättigte Fettsäuren verhalten sich entsprechend neutral.

Man kann durch sie sogar den Cholesterinspiegel senken. Ich werde im Kapitel Ernährung noch darauf zurückkommen.

Für einen Menschen mit hohem Cholesterinspiegel wäre es unklug, jetzt einfach ohne Überlegung draufloszuessen, auch dann, wenn sich herausstellt, daß die Ursachen für einen erhöhten Cholesterinspiegel ganz woanders liegen können. Es ist auf jeden Fall empfehlenswert, die Cholesterinwerte unten zu halten.

Cholesterin und Streß

Folgen wir zunächst den herkömmlichen Cholesterintheorien, um von hier zu neueren Erkenntnissen zu gelangen. Noch vor einigen Jahren sprach man schlechthin nur vom Cholesterin. Fettartige Stoffe sind im Blut unlöslich.

Sie müssen sich an Eiweißmoleküle andocken, um transportiert werden zu können. Diese Eiweißmoleküle heißen Lipoproteine.

Es gibt in unserem Blut vier Gruppen von Lipoproteinen: Chylomikronen, sie setzen sich hauptsächlich aus den mit der Nahrung aufgenommenen Fetten zusammen. Sie sind stark fettreich, aber eiweißarm.

Dann gibt es die sog. »very low density«-Lipoproteine (VLDL). Das sind die in der Leber aus Kohlenhydraten hergestellten Neutralfette – auch Triglyzeride genannt. Sie enthalten sehr wenig Cholesterin.

Die »low density«-Lipoproteine (LDL) haben eine geringe Dichte, schleppen aber eine große Ladung voll »ungutem« Cholesterin mit sich. Sie sorgen für den Transport des Cholesterins in die Zellen.

Die vierte Gruppe stellen die »high density«-Lipoproteine (HDL). Sie befördern die »guten« Cholesterine. Wenn ausreichend von diesen Cholesterinen vorhanden sind, kann uns das »böse« Cholesterin (LDL) nicht soviel anhaben.

Nach Meinung der Ärzte kommen die hohen LDL-Werte aus einer falschen Ernährung. Wegen ihrer Aggressivität machen die LDL die inneren Schichten der Arterienwände transparent und dringen auch tiefer in die Gefäßmuskulatur ein.

Die Zusammenhänge zwischen LDL-Blutwerten und Arterienverkalkung sind wissenschaftlich erwiesen. Darum ist es sicherlich wichtig, sich gesund zu ernähren. Häufig ist es auch möglich, durch Diätmaßnahmen die Cholesterineinlagerungen in unseren Gefäßen abzubauen.

Neben den LDL spielen auch die Triglyzeride bei der Entstehung der Arterienverkalkung eine große Rolle, weil sie im Körper zu LDL umgewandelt werden können. Dabei durchlaufen sie ein Zwischenstadium (IDL), wobei sie in diesem Stadium die Arterienwände selbst schädigen. Hinzu kommt, daß die in den VLDL transportierten Triglyzeride, die auch aus der Nahrung kommen, zur Arterienverkalkung beitragen. Das HDL ist der Gegenspieler vom LDL, es sorgt für einen beschleunigten Abtransport und Transport zur Leber, wo das Cholesterin abgebaut wird. Es wäre also unklug, sich falsch zu ernähren und sich damit in Gefahr zu bringen. Trotzdem, irgend etwas ist an der Geschichte nicht so schlüssig, wie wir es gerne hätten. Man warnt Herzkranke mit hohem Cholesterinspiegel meist davor, zu viele Eier und sonstige Nahrung, die viel Cholesterin enthält, zu essen.

In einer medizinischen Zeitschrift[23] war aber von einem achtundachtzigjährigen Mann zu lesen, der täglich fünfundzwanzig Eier aß und kerngesund war. Dieser Fall ist gar nicht außergewöhnlich. Es gibt genügend Menschen, auch ältere, die essen, was ihnen schmeckt, und trotzdem einen normalen Cholesterinspiegel haben. Auf der anderen Seite gibt es Menschen, die essen sehr gesundheitsbewußt und haben trotzdem einen hohen Cholesterinspiegel.

Es gibt mittlerweile eine ganze Menge Ärzte, die zugeben, daß der erhöhte Cholesterinspiegel etwas mit Streß zu tun hat. Aber auch das ist nur eine halbe Wahrheit. Erinnern wir uns an das Kapitel Hormone. Dort haben wir von den Steroidhormonen als Streßhormonen gesprochen.

Wir müssen das genauer definieren: Steroidhormone sind vom Cholesterin abgeleitete Hormone, deren Grundgerüst aus siebzehn Kohlenstoffatomen besteht, die zu einem kompakten Viererring verbunden sind. Die wichtigsten sind die Hormone der Nebenniere, woher das bereits besprochene Kortisol kommt. Weiterhin sind an diesem Viererring die Sexualhormone wie Östrogene und Testosteron beteiligt (!).[24]

Wir können also nicht davon ausgehen, daß das Cholesterin nur bei der Streßreaktion beteiligt sei, sondern es ist einer der Hauptakteure. Die Cholesterine und die Sexualhormone stehen demnach in einer Stoffwechselbeziehung. Alle Steroidhormone weisen Cholesterinmoleküle auf, von denen sie sich schließlich herleiten. Merkmale der Steroide sind ihre Fettlöslichkeit und ihre Wandlungsfähigkeit.

Wegen ihrer Fettlöslichkeit können sie spielend leicht durch Membranen dringen, die am Aufbau von Fettmolekülen beteiligt sind, und so auch ohne Schwierigkeiten ins Gehirn gelangen. Die Wandlungsfähigkeit zeigt die Möglichkeit des Übergangs von einem Steroid zum anderen. Das ist aber nur möglich, wenn ein entsprechendes Enzym in einer bestimmten Drüse vorhanden ist.

Die weiblichen Hormone entstehen aus den männlichen (!). Andersherum leiten sich auch die männlichen Hormone aus den weiblichen ab. Das männliche Hormon Testosteron läßt sich in das weibliche Hormon Östradiol umwandeln. Es ist überhaupt nicht paradox, wenn das Testosteron, um auf das Gehirn einwirken zu können, dort zunächst in Östradiol transformiert werden muß. Wie wir noch sehen werden, sind diese Prozesse äußerst wichtig.[25]

Cholesterin ist eine fettartige Substanz, die im Wasser unlöslich ist. Besonders viel Cholesterin finden wir in der Haut – etwa bis zu vierundzwanzig Prozent. Zehn Prozent befinden sich in unserem Gehirn.

Wir finden es in den Nebennieren, in den Eierstöcken, in der Milz, den roten Blutkörperchen und im Blutserum. Cholesterin bildet die Vorstufen der Gallensäuren und der Steroidhormone. Bei den Gallensäuren muß ich an Galen (129 bis 199), den römischen Arzt und Behandler des Kaisers Mark Aurel, denken, der die Depression von der »schwarzen Galle« ableitete.

Herzkranke hören immer wieder, wie »bös« es sei, von einem hohen Cholesterinspiegel geplagt zu sein. Vergegenwärtigen wir uns aber auch, daß das Cholesterin lebenswichtige Aufgaben zu erfüllen hat.

Es schützt unsere Leberzellen gegen allerlei Infektionen und Krankheiten. Ein zu niedriger Cholesterinspiegel – und das gibt es auch – kann auf Lebererkrankungen hindeuten. Da es Bestandteil der roten Blutkörperchen ist, kann ein Mangel an Cholesterin zur Blutarmut führen. Fehlt das Cholesterin in den weißen Blutkörperchen, werden unsere Abwehrkräfte nachhaltig geschwächt.

Es hilft uns bei der Aufnahme von Kalzium und der fettlöslichen Vitamine A, D und E. Haben wir zu wenig Cholesterin, kann es zu Mangelerkrankungen kommen. Ebenso kann ein Fehlen an Cholesterin zu Muskelschwäche führen. Das Cholesterin ist Vorstufe der Geschlechts- und Nebennierenhormone. Bei Mangel drohen Potenzschwierigkeiten, es kann zu Störungen in der Streßsituation kommen. Schließlich kann ein zu niedriger Cholesterinspiegel zu einer Übersäuerung des gesamten Organismus führen.[26] Wenn wir hier von Mangel sprechen, dann vor allem von dem Mangel an HDL. Das ist ein sehr wichtiger Punkt. Ich werde das noch ausführlich behandeln.

So umstritten die Cholesterinfrage ist, zunächst ist einmal festzuhalten, daß nach wie vor unter den Experten größte Einigkeit über die Grundlagen eines gesunden Lebensstils herrscht. Nach wie vor gelten als klassische Risikofaktoren für koronare Herzkrankheit Zigarettenrauchen, Hochdruck, Fettstoffwechselstörungen, Zuckerkrankheit.[27]

Dem möchte ich mich anschließen. Allerdings sind die Ursachen der Fettstoffwechselstörungen nicht allein in falscher Ernährung zu suchen. Die eigentliche Frage ist nicht, wie schaffe ich es, nicht soviel Cholesterin aufzunehmen, sondern, warum baut mein Organismus das Cholesterin so schlecht ab?

Der Streit der Wissenschaftler ging um den Stellenwert, den das Cholesterin als Risikofaktor für koronare Herzkrankheiten einnimmt. Vor allem Forschergruppen in USA und Europa, wie zum Beispiel die American Heart Association und die European Artherosklerosis Society, sind der Meinung, daß der hohe Cholesterinspiegel der wichtigste Faktor bei der Entstehung von Herzkranzgefäßkrankheiten ist. Sie fordern, daß alle Bürger regelmäßig untersucht werden. Der »Normalwert« liegt dabei bei zweihundert Milligramm. Ganz Furchtsame gehen sogar noch weiter und möchten den Wert bei hundertsechzig Milligramm ansiedeln.

Da kämen wir aber in untere Bereiche, die andere gesundheitliche Schäden nach sich ziehen könnten. Tatsache ist: Je niedriger der Cholesterinspiegel, desto weniger besteht die Gefahr für einen Herzinfarkt. Allerdings ist noch nicht bewiesen, daß durch eine Senkung des Cholesterinspiegels das Leben verlängert werden kann.

Nach Ansicht der Mediziner hat eine Senkung des Cholesterinspiegels bei Patienten über fünfundsechzig Jahre keine Auswirkung mehr.

Wenn man der Ernährungstheorie nicht mehr die Alleinherrschaft überläßt, sondern andere Parameter mit einbezieht, sieht die Sache anders aus.

Wie hoch wäre nun ein »normaler« Cholesterinspiegel? Von den meisten Experten werden Gesamtcholesterinwerte von etwa zweihundert Milligramm als gesund angesehen. Werte darüber, besonders bei hohem LDL-Anteil, gelten als zu hoch.

»Es ist unsinnig, hier Hausnummern zu nennen«, stellt Professor Dieter Mertz fest, der sich seit 1977 mit Cholesterin beschäftigt. Und besonders ungünstig ist es dann auch, so Mertz, für die Bevölkerung allgemeine Richtlinien zu erlassen, die auf eine Absenkung des Cholesterinwertes unter zweihundert Milligramm abzielen.

Auch Professor Peter Schwandt, Vorstand der Lipid-Liga, ist der Meinung, daß Cholesterinwerte von zweihundert bis zweihundertfünfzig Milligramm nur unbedenklich bei Patienten sind, die keine weiteren Risikofaktoren haben. Das heißt aber auch andererseits, daß Werte von zweihundert Milligramm und darüber bei Patienten mit Übergewicht, die dann noch rauchen, sich zu wenig bewegen, eventuell noch Diabetes haben, bedenklich werden.

Im Rahmen der bayerischen Cholesterinaktion wurden von ca. hunderttausend Erwachsenen die Cholesterinwerte bestimmt. Nur etwa zehn Prozent der Männer und Frauen wiesen Werte unter zweihundert Milligramm auf. Zwanzig Prozent lagen zwischen zweihundert Milligramm, über dreihundertzwanzig Milligramm lagen viereinhalb Prozent der Männer und ein Drittel Prozent der Frauen.[28] Es ist sicher nicht verkehrt, wenn jeder seinen Cholesterinspiegel kennt.

Daß auch andere Krankheiten den Fettstoffwechsel stören und beeinflussen, ist wenig bekannt. Das Pankreas zum Beispiel, die Bauchspeicheldrüse, sorgt nicht nur für unseren Zuckerstoffwechsel. Ihrer Arbeit entspringen auch bestimmte Enzyme, die wir für die Verdauung unserer Nahrung benötigen. Dazu zählen Lipasen für die Fettverdauung. Wenn nun die Bauchspeicheldrüse erkrankt, meist handelt es sich um Entzündungen, können sich die Blutfettwerte erhöhen und dadurch mit zur Entwicklung von Koronarerkrankungen beitragen.

Solche Entzündungen können durch zu hohen Alkoholgenuß hervorgerufen werden. (Alkohol ist auch einer der Risikofaktoren für Herz und Gefäße.) Solche Entzündungen kommen aber auch von Gallensteinen, von bestimmten Arzneimitteln, wie Kortison oder harntreibenden Mitteln. Allergische Faktoren, Virusinfektionen oder Parasitenbefall des Pankreas können ebenfalls zum Anstieg des Cholesterinspiegels beitragen. Darum empfiehlt es sich bei Patienten, die an Erkrankungen der Bauchspeicheldrüse leiden, immer auch den Cholesterinwert bestimmen zu lassen.

Viele Menschen leiden an leichteren Unterfunktionen der Schilddrüse, weil die übliche Ernährung zuwenig Jod enthält. Schon ein kleiner Jodmangelkropf, der überhaupt nicht sichtbar sein muß, erhöht die Tendenz zum erhöhten Cholesterinspiegel beträchtlich. Das gehäufte Auftreten von erhöhten Cholesterinwerten bei leichter Unterfunktion der Schilddrüse zeigt recht deutlich auch psychosomatische Zusammenhänge, weil die Schilddrüse ein Organ ist, das mit ständigen Schwankungen auf seelisches Befinden reagiert.

Dennoch sollte man keine Schilddrüsenhormone geben. Durch Gaben von Schilddrüsenhormonen baut sich das lästige LDL zwar ab, die Senkung des Cholesterins hält aber nicht lange an. Außerdem gibt es Nebenwirkungen, wie Erhöhung der Herzfrequenz, Gewichtsabnahme und Anfälle von Angina pectoris.

Mit der Unterfunktion der Schilddrüse begegnen wir einer Nahtstelle für das psychosomatische Geschehen im Bereich der Herzerkrankungen. Bekannt ist: Menschen mit Unterfunktion der Schilddrüse sind dicker! Siehe Risikofaktor Übergewicht (!). Sie sind träger, schwerfälliger und unlustiger. Somit sind nicht nur die Herzerkrankungen selbst, auch nicht die erhöhten Cholesterinwerte, Risikofaktoren in sich, sondern: Depressionen vermindern die HDL-Werte. Sie lähmen die Betroffenen innerlich, was zu Bewegungsarmut führt. Die Risikofaktoren sind die Folgen emotionaler Störungen. Hier begegnen sich Depression, erhöhter Cholesterinspiegel und Herz-gefäßerkrankungen.[29] Somit kann auch Schilddrüsenun-terfunktion einen erhöhten Cholesterinspiegel herbeifüh-ren.

Es gab schon in den Jahren 1959 bis 1962 wissenschaftliche Untersuchungen, aus denen hervorging, daß unter emotio-nal akuten und chronischen Belastungen ein Anstieg des Cholesterinspiegels beobachtet wurde. Bei entsprechen-den Patienten wurde in einem Zeitraum von drei bis sechs Monaten der Cholesterinspiegel gemessen. Gleichzeitig wurden die Lebenssituationen der Patienten einbezogen. Der Cholesterinspiegel stieg signifikant vor und während beruflicher Belastungen an und besonders dann, wenn die Testpersonen beruflichen Mißerfolg hatten, vor allem auch in Zeiten, in denen sie über Depressionen klagten. Auch bei Personen mit koronarer Herzerkrankung stieg der Cholesterinspiegel vor und während besonders belasten-den Lebenssituationen an.

1962 stellten Wissenschaftler bei Nachuntersuchungen von Infarktpatienten einen engen Zusammenhang zwi-schen der Erkrankung und belastenden Situationen im Zeitraum vor und nach dem Infarkt fest. Besonders auffäl-lig war, daß sich der Cholesterinspiegel am deutlichsten bei denen erhöhte, die depressiv waren, sich niedergeschlagen fühlten und gleichzeitig ihre Aggressionen zu verdrängen versuchten.

Erinnern wir uns an den Anfang dieses Kapitels, wo die Aktivitäten des LDL als aggressiv geschildert wurden. Die Cholesterinwerte waren dagegen niedrig, wenn die Ver-suchspersonen zufrieden und ausgeglichen erschienen. Bei zwanzig Testpersonen wurden 1971 die Beziehungen von Cholesterinspiegel und Gefühlen und Stimmungszustän-den mittels einer Selbsteinschätzungsskala untersucht. Da-bei fanden sich positive Zusammenhänge zwischen hohen,

depressiven Skalenwerten und einem hohen Cholesterinspiegel.

In einer anderen Studie 1961 wurden Studenten untersucht, von denen die eine Gruppe hohe Cholesterinwerte,
die andere Gruppe niedrige Cholesterinwerte aufwies. Die
Studenten mit den hohen Werten zeigten sich dominie-
rend, leistungs- und normorientiert, aggressiv, verdeckt
ängstlich, rigide und ehrgeizig. Diese Merkmale wurden
als Reaktion auf abgewehrte oder abgespaltene Ängste
gewertet. Menschen, die mit ihren Aggressionen freier und
ungehemmter umgehen, neigen zu einer Erhöhung der
endogenen Triglyzeride. Fest steht: Der Cholesterinspiegel wird durch große Ängste, die jedoch aufgrund bestimmter Charakterstrukturen verdrängt oder abgespalten
werden, mit beeinflußt. Hier können wir uns an die großen
Verlustängste jener Menschen erinnern, die schon im Säuglingsalter Todesängste ausgestanden hatten, die aber im
Laufe der Kleinkindphase lernten, sich anzupassen. Walter
B. Cannon wies schon 1927 (!) auf psychosomatische Einflüsse bei diesem Symptomenkomplex hin.[30]

Durch diese wissenschaftlichen Arbeiten über Depression
und Cholesterin zeigt sich auf eindrucksvolle Weise, daß
die Behauptung, das Grundübel der Herzkrankheiten sei-
en Angst und Depression, nicht nur blanke Theorie ist.

Der Engländer Michael M. Oliver machte die Feststellung,
daß Menschen mit einem zu niedrigen Cholesterinspiegel
relativ häufig durch Unfälle, Selbstmord und Gewalttaten
sterben. Er bot auch eine mögliche Erklärung an:

Durch die Intervention bei mäßig erhöhten Cholesterinwerten entzieht man eventuell den Gehirnzellen, die am
meisten vom Cholesterin abhängig sind, zuviel von diesem
wichtigen Stoff – die biologische Membranfunktion kann
nicht mehr aufrechterhalten werden.[31]

Epidemiologische Untersuchungen, die in England durchgeführt wurden, endeten mit einem Paukenschlag: Die sorgfältige Analyse von sechs Studien zur Prävention des Herzinfarktes durch diätetische oder medikamentöse Cholesterinsenkung an insgesamt vierundzwanzigtausendachthundertsiebenundvierzig (!) Männern erbrachte, bei einer durchschnittlichen Senkung um etwa zehn Prozent, eine Abnahme der Sterberate durch koronare Herzkrankheiten um fünfzehn Prozent. Auffällig war aber die Zunahme der unnatürlichen Todesfälle, wie durch Selbstmord, Unfälle oder Gewaltverbrechen, die bei den Behandelten doppelt so hoch war wie bei den Nichtbehandelten, und zwar unabhängig davon, ob medikamentös oder diätetisch behandelt worden war. Als Ursache wurden Störungen neurobiochemischer Vorgänge durch die Cholesterinsenkung mit erhöhter Aggressionsbereitschaft genannt.[32] Aggression und Depression waren also in Bewegung geraten.

Daß lipidsenkende Medikamente nicht nur sehr teuer sind, sondern eine ganze Reihe gesundheitsschädlicher Nebenwirkungen haben, ist hinlänglich bekannt. Der Nachweis, daß Arzneimittel zur Senkung des Cholesterinspiegels das Herzinfarktrisiko verringern, ist nach den Ergebnissen einer britischen Studie bisher nicht gelungen.

Im Gegenteil: Die mehrere Untersuchungen zu diesem Thema zusammenfassende Analyse zeigte, daß es nach Einnahme solcher Präparate teilweise oder sogar häufiger zu Infarkten kam als bei Versuchspersonen, die keine Arzneien gegen ihren erhöhten Blutfettspiegel schluckten.[33]

In einer Studie der Weltgesundheitsorganisation (WHO), an der einundsechzigtausend Männer teilnahmen, zeigte sich, daß sich die Anzahl der tödlichen Herzinfarkte trotz

Verordnung von Medikamenten nicht verminderte. Bei den Personen, die fünf Jahre lang ein bestimmtes cholesterinsenkendes Mittel genommen hatten, traten sogar siebenundvierzig Prozent mehr Todesfälle auf als bei den unbehandelten Probanden mit vergleichbaren Blutfettwerten.

Versuchsreihen mit anderen cholesterinsenkenden Medikamenten erzielten nicht viel bessere Resultate. So verwendete Tatu Miettinen[34] in einem klinischen Experiment an insgesamt tausendzweihundertzweiundzwanzig Geschäftsleuten bestimmte cholesterinsenkende Medikamente. Alle Teilnehmer dieser finnischen Studie hatten zu hohe Cholesterinwerte oder zu hohen Blutdruck, waren aber sonst körperlich gesund. Am Ende der fünfjährigen Versuchsperiode hatte das mathematisch errechnete Infarktrisiko der Männer um sechsundvierzig Prozent abgenommen. Blutdruck und Cholesterinspiegel konnten erfolgreich gesenkt werden. Dennoch erlagen aus dieser Gruppe mehr Personen einem Herzinfarkt als aus der unbehandelten Vergleichsgruppe. Es gibt noch eine ganze Reihe solcher Untersuchungen mit immer dem gleichen Ergebnis.[35]

Auf der anderen Seite: Viele Forscher sind heute der Meinung, daß erst durch erhöhte Fett- und Cholesterinwerte die Arteriosklerose entstehen kann. Für die Änderung der Eßgewohnheiten spricht natürlich vieles. Aber häufig gelingt es nicht, durch Diät den Cholesterinspiegel zu senken. Die Depression, die einen veränderten Gehirnstoffwechsel mit sich bringt, läßt sich durch Diäten nicht beeinflussen. Ein erhöhter Cholesterinspiegel muß aber gesenkt werden, dann können sich auch die Stenosen zurückbilden.

Der größte Teil des Cholesterins wird in der Leber produziert, daneben sind die Darmschleimhäute, die Nebennieren und die Hoden (!) als Syntheseort zu nennen. Im Darm wird das Cholesterin im wesentlichen durch die Gallensäure reguliert. Erinnern wir uns an Galenus, der im 2. Jahrhundert schon von der schwarzen Galle als Ursache für die Melancholie sprach. Gibt es hier tatsächlich einen Zusammenhang?

Wie wir bereits sehen konnten, haben viele Hormone eine Doppelfunktion. Eine Doppelfunktion hat zum Beispiel das Vasopressin. Es kommt aus dem Hypothalamus und gelangt über die Hypophyse in den Blutkreislauf. Es kann die Harnproduktion hemmen und unseren Blutdruck steigen lassen. Im Gehirn wirkt es als Neurotransmitter an den Nervenenden und spielt sicherlich bei der Gedächtnisbildung mit.

Cholesterin und Sexualhormone

Daß gerade unsere Sexualhormone und besonders das männliche Sexualhormon Testosteron eine große Rolle in unserem »Cholesterinkarussell« spielen, wurde mehrfach angedeutet. Männliches und weibliches Sexualverhalten sind immer von einer intakten Hypothalamus-Hypophysen-Keimdrüsen-Achse abhängig. Neueste Erkenntnisse zeigen, daß dabei nicht nur die Sexualhormone entscheidend sind, sondern auch Substanzen wie das Neurosekret GnRH, die Neurohormone Vasopressin und Oxytozin, das Kortikotropin-Releasing-Hormon CRH und Opiate. Forschungen haben gezeigt, daß Sportler, die siegreich aus einem Match hervorgehen, einen erhöhten Testosteronspiegel haben.

Ich habe oft und deutlich von der Persönlichkeitsstruktur der Herzkranken gesprochen. Sie sind leistungsorientiert, Mißerfolg macht sie krank. Das Leben bringt es aber nun einmal mit sich, daß wir altern. Die Leistungen lassen nach. Viele Leute bringen Altern mit Rigidität in Verbindung. Dem Alter wird Starrheit vorgeworfen. Rigidität ist die allgemeine und umfassende Bezeichnung für die Unfähigkeit oder eingeschränkte Fähigkeit eines Menschen, sich angesichts von Veränderungen von einmal eingeschlagenen Handlungs- und Denkweisen zu lösen. Rigidität definiert die Neigung zu depressiven Stimmungen, zunehmender Egozentrik, zur Abnahme von Selbstkritik, Wehleidigkeit und zu vielem mehr.

Wenn wir uns die Lebenssituation vieler (älterer) Herzkranker anschauen, dann ergibt sich folgendes Bild: Sie sind nicht mehr so leistungsstark wie jüngere Leute, machen sich aber häufig vor, sie seien es. Manche von ihnen haben den Ehepartner verloren. Einige sind pensioniert, haben also ihre Lebensaufgabe verloren. Sie haben alle ein wenig Angst vor dem Altwerden!

Mit zunehmendem Alter aber sinkt der Testosteronspiegel! An diesem Punkt kommt kein Mann vorbei, wenn er älter wird. Ein neu gewonnener Sozialstatus führt zu einer positiven Änderung im Hormonstatus. Das Gegenteil von Depression ist Lust – Lebenslust.

Man vermutet, daß Menschen mit hohem Testosteronspiegel sehr aggressiv werden können, und ist deshalb sparsam mit Gaben von männlichen Sexualhormonen. Die aggressionssteigernde Wirkung des Testosterons kommt aber nur in wenigen Fällen in Betracht. Trotzdem hat Testosteron auf unser Verhalten keinen geringen Einfluß. Im Nachlaß des verstorbenen Arztes Leo Krutoff, Initiator und Gründer der deutschen Klinik für Diagnostik in Wiesbaden, fand ich folgenden Hinweis:

»Die Produktion der männlichen Hormone erreicht mit dem 25./26. Lebensjahr den Höhepunkt. Dann vermindert sich die Produktion dieser Hormone, um im Alter ganz zu versiegen. So ist es vollkommen natürlich, wenn wir diese Hormone ersetzen. Wir können durch Gaben dieses Hormons jünger aussehen. Sechzig- bis Siebzigjährige erreichen eine psychische Einstellung zum Leben, die der eines Vierzigjährigen entspricht.«

Testosteron wirkt ausgezeichnet bei Störungen des Gedächtnisses und der Konzentration, bei verminderter Leistungsfähigkeit, rascher Ermüdbarkeit, Störung von Libido und Potenz – und bei Depressionen! Außerdem wirkt es bei Reizbarkeit, Schlafstörungen, vegetativen Beschwerden und Kreislaufstörungen.

Ein Ordinarius für Urologie in München empfahl, daß jeder Mann ab fünfundvierzig Jahren ein Präparat mit männlichen Sexualhormonen nehmen solle. Das männliche Sexualhormon hat stimmungsverbessernde Effekte, es bewirkt eine emotionelle Stabilität und ein auf andere Menschen zugewendetes Leben. Aktivitäten und Leistungsfähigkeiten werden verbessert.[36]

Das Großartige dieser Geschichte ist: Gaben von Testosteron senken den Cholesterinspiegel!

Das müssen wir uns genauer anschauen: Alles passiert im Hypothalamus. Der bildet eine Art kleines Lager für den Botenstoff LH-RH, auch LH-Releasing-Hormon genannt, also ein Hormon zur Freisetzung von luteinisierendem Hormon.

Dieser Stoff wartet geduldig, bis er von anderen Stoffen durch eine Reihe enger abwärtsführender Kanäle geleitet wird und dann in der Hypophyse landet. Da sie sehr klein ist, kann sie von diesem Hormon nicht viel speichern. Statt es zu behalten, drückt sie einen anderen Stoff durch die engen Blutgefäße, die praktischerweise um ihre Oberfläche herum verlaufen.

Der andere Botenstoff kann sich seinen Weg nicht aussuchen, sondern treibt den Blutstrom entlang, bis er bei der

Frau in den Eierstöcken oder beim Mann in den Hoden angelangt ist. Dort lagert er sich ein. Nicht nur, daß er dort das gesamte eingelagerte Testosteron freisetzt, er bringt die Zellen auch dazu, von diesem wunderbaren Hormon mehr zu produzieren. Und dieses Testosteron besteht in erster Linie aus Cholesterin!

Sobald das Testosteron in die Tausende von Blutgefäßen und Lymphbahnen gelangt, die sich durch die Hoden winden, sucht es sich auf eigene Faust seinen Weg durch den Körper. Dabei steigert es die geschlechtliche Leistung und hilft, Gefäße, Gewebe und Organe in Bereitschaft zu setzen. Umgekehrt leidet ein depressiver Mensch unter Leistungsschwäche bis hin zur Leistungsunfähigkeit. Depressive sind häufig impotent. Tierexperimente und klinische Erfahrungen zeigen, daß Testosteron gebraucht wird, um beim Mann die normalen sexuellen Funktionen, Libido und Potenz, aufrechtzuerhalten.[37]

Testosteron wird nicht in einem gleichbleibenden Strom produziert, sondern in kurzen sekretorischen Intervallen, etwa sechs- bis siebenmal am Tag. Diesen Schüben geht etwa drei Stunden vorher eine höhere Ausschüttung von luteinisierendem Hormon (LH) im Hypothalamus voraus. Die durchschnittlichen Testosteronwerte unterliegen Tagesschwankungen. Morgens sind sie höher als mittags und abends; das Absinken hängt sicherlich auch mit dem Arbeitstag zusammen. Im Blut ist Testosteron an geschlechtshormonbindendes Globulin gebunden, nur ein winziger Teil ist für die Rezeptoren verfügbar und damit biologisch aktiv. Die männliche Aktivität scheint normalerweise unabhängig von der normalen Konzentration des Testosterons zu sein. Wenn der Testosteronspiegel zu niedrig ist, sinkt die sexuelle Aktivität drastisch.[38]

Diese Testosteronkurve der täglichen Schwankungen wird durch die Depressionskurve beeinflußt. Bekanntlich zeigt sich der Grad der Depression morgens am deutlichsten. Im Laufe des Tages bessert sich das »Depressionsniveau« etwas, um am Abend wieder abzusinken. Das bedeutet, daß auch der Testosteronspiegel sich diesem »Depressionszyklus« beugt.

Zu Beginn der Pubertät – also in einer Zeit, da der Testosteronspiegel bei Jugendlichen eine besondere Rolle zu spielen beginnt – nimmt bei den Pubertierenden der Cholesterinspiegel ab. Zwischen dem zehnten und dem vierzehnten Lebensjahr fällt der Cholesterinspiegel zunächst drastisch ab, bei Jungen mehr als bei Mädchen. Danach regulieren sich die Werte allmählich auf die Pegel der Erwachsenen ein. Während bei der Frau die Ovarialfunktion allmählich erlischt, wenn sie in die Menopause kommt, bleiben die Keimdrüsen des Mannes weiterhin aktiv. Jedoch nimmt die Samenqualität allmählich ab.

Ältere Männer produzieren weniger Testosteron. Zwischen dem zwanzigsten und vierzigsten Lebensjahr bleibt der Testosteronspiegel relativ konstant. Kommt der Mann in die Vierziger, sinkt die Testosteronkonzentration im Blutplasma langsam, und noch mehr nach dem sechzigsten Lebensjahr. Das bedeutet, daß ab diesem Zeitpunkt auch die Hoden das biologisch aktive Testosteron in geringeren Mengen produzieren. Jetzt treten häufig erste Anzeichen nachlassender Leistungsfähigkeit auf, die sich durch extreme körperliche oder seelische Belastungen verstärken können. Das mit den Jahren immer größer werdende Defizit von Androgenen kann Ursache oder Mitursache zahlreicher Beschwerden oder Störungen werden, die unter dem Begriff »Climacterium virile« zusammengefaßt sind. Es handelt sich dabei vor allem um Ermüdungserscheinungen und verminderte Leistungsfähigkeit, Störungen im Geschlechtstrieb und in der Potenz sowie um depressive Verstimmungen, die sich abwechseln mit Verhaltensweisen, die man eher von Jugendlichen erwartet. Bei älteren Herzinfarktlern war der Testosteronspiegel längst abgesunken.

Zum einen als biologische Folge des Alterns, zum anderen machte ihnen häufig die Sexualität mit ihren Ehefrauen keinen Spaß mehr. Viele von ihnen sind nicht nur ehemüde, sie sind auch infolge des niedrigen Testosteronspiegels sexmüde. Nicht jeder ist ein Erfolgsmensch! Von Versagensängsten geplagt, ziehen sich so manche innerlich zurück.

Man müßte eigentlich alle herzkranken Männer auf ihren Testosteronspiegel hin untersuchen; denn fest steht, daß Gaben dieses männlichen Hormons die depressive Stimmung aufhellen und den Cholesterinspiegel senken.

Ich bin kein Arzt, ich bin klinischer Psychologe und Psychotherapeut, der hauptsächlich auf dem psychosomatischen Sektor tätig ist. Mir ist es nicht möglich, Forschungen anzustellen, die nur von den Wissenschaftlern betrieben werden können, die entsprechende Labors zur Verfügung haben. Es wäre ratsam, diesen Dingen mehr nachzugehen.

Da es auch jüngere Herzinfarktler gibt, meint man natürlich, daß diese Ergebnisse nicht stimmen könnten. Wir vergessen dabei aber, daß das Grundübel nicht Hormonmangel heißt, sondern Depression. Und über die Depression kann sich auch bei jüngeren Männern der Testosteronspiegel verändern.

Die Dopamin- und Serotoninschiene

Um mit Depressionen fertig zu werden, das heißt, sie zum Verschwinden zu bringen, müssen wir uns die Wechselwirkung zwischen den Neurotransmittern Dopamin und

Serotonin anschauen. Während depressiver Zeiten ist die Dopaminproduktion blockiert, weil ein dopaminähnlicher Stoff die Dopaminrezeptoren an der postsynaptischen Membran besetzt hält. Der Körper bekommt durch diesen »künstlichen Irrtum« nicht genügend Dopamin. Der Stoff, der die Rezeptoren besetzt hält, heißt Chlorpromazin und ist der molekularen Struktur des Dopamins zum Verwechseln ähnlich. Depression ist unter anderem auch Folge von Dopaminmangel. Man behandelt Depression heute erfolgreich mit Mitteln, die mit den Katecholaminen Noradrenalin und Dopamin sowie mit einer anderen chemischen Substanz, dem Serotonin, arbeiten.[39]

Der Neurotransmitter Dopamin steuert emotionale und kognitive Reaktionen, er kann bei dem einen beispielsweise Depressionen hervorrufen und bei anderen zur Parkinsonschen Krankheit führen oder zu beiden.

In Tierexperimenten hat man nachgewiesen, daß im Hirnstamm größere Umbrüche passieren. Große Angst zum Beispiel aktiviert im Kerngebiet des Locus coeruleus im Hirnstamm die Hormone.

Die Neurotransmitter stammen meist von einer speziellen Aminosäure ab, darum werden sie auch unter der Bezeichnung Aminosäureabkömmlinge zusammengefaßt. Aus der Aminosäure Tyrosin, die wir mit der Nahrung aufnehmen, werden durch verschiedene chemische Prozesse die Neurotransmitter Dopamin, Noradrenalin und Adrenalin. Dopamin ist darüber hinaus ein Botenstoff im Gehirn, der zum Beispiel im Belohnungszentrum des Gehirns als Kommunikationsmittel zwischen den Zellen dient.[40]

Serotonin wird von Zellen im Hirnstamm und im Hypothalamus gebraucht. Dieser Neurotransmitter regelt die Körpertemperatur, den Schlaf und vor allem unsere Empfindungen. Die Verwandtschaft zu bestimmten Drogen ist dabei auffallend. Unser schon häufig zitiertes Streßhormon Kortisol beeinflußt beispielsweise die Übertragung von Nervensignalen an den Synapsen. Es kann die Rezeptoren für Serotonin und Noradrenalin ebenso verändern wie die Produktionsrate dieser Neurotransmitter. Damit wird verständlich, wie das Hormon Einfluß auf unsere Gefühle nehmen kann.

Bislang hat man über Psychopharmaka den Dopamin- und Serotoninstoffwechsel zu beeinflussen versucht. Damit ist das »Schloß-Schlüssel«-Problem aber nicht gelöst. Das Schloß ist die Dopamin-Serotonin-Schranke und die passenden Schlüssel sind Testosteron und Östrogene!

Die Serotonin- und Dopaminstörung hat eine hemmende Wirkung auf die Sexualfunktionen und auf die Produktion von Testosteron und Östrogenen. Gibt man Männern Testosteronpräparate und Frauen Östrogene, dann bessert sich nicht nur die Depression, auch die Stimmung hellt sich auf. Bei Frauen sinkt im zunehmenden Alter der Östrogenspiegel. Das kann ebenfalls Depressionen zur Folge haben. Es kommt zur Hemmung der Sexualhormonproduktion, und diese erhöht den Cholesterinspiegel![41]

Verwundert war ich zunächst, daß unser Kater Charly einen viel zu hohen Cholesterinspiegel haben sollte. Charly hat einen großen Garten zur Verfügung, in dem er sich ausreichend bewegt, er bekommt eine gesunde Ernährung, und der dreijährige Kater ist schlank. Bis mir einfiel, daß Charly ja kastriert ist und deshalb zuwenig Sexualhormone produziert. Damit war das Rätsel gelöst.

Unsere Fragestellung sollte nicht heißen: Warum hatte ich einen zu hohen LDL-Spiegel, sondern: Warum ist der HDL-Wert, der ja LDL ausscheiden läßt, zu niedrig? Neben der Wirkung des Rauchens auf den HDL-Spiegel gilt: Zu wenig Testosteron bewirkt einen zu geringen HDL-Spiegel. Gibt man männliche Sexualhormone, steigt der

Testosteronspiegel und damit auch der HDL-Wert. Jetzt kann endlich das »böse« LDL abgebaut werden.

Wenn man heute von einem guten Cholesterinwert von etwa zweihundert Milligramm spricht, so ist das nur die halbe Wahrheit. Der Cholesterinwert steigt im gleichen Maße, wie die Testosteronwerte bei Männern und die Östrogenwerte bei Frauen ab einem bestimmten Alter abnehmen.[42/43]

Wenn älteren Männern die Einnahme von Testosteronpräparaten geraten und den Frauen empfohlen wird, sich Östrogene von ihrem Arzt verschreiben zu lassen, dann muß ich warnen. Hände weg von Anabolika! In einigen Kreisen sind die anabolen Hormone sehr beliebt geworden, die einen enormen Muskelzuwachs ermöglichen und bei vielen Sportarten regen Gebrauch finden, vor allem dort, wo Kraft eine große Rolle spielt. Ausgangspunkt war die Suche nach Testosteronderivaten, deren androgene Aktivität möglichst reduziert und deren anabole, das heißt eiweißaufbauende, Potenz isoliert und verstärkt werden sollte. Diese Präparate gehören zu den Dopingmitteln und stehen seit 1976 auf der Dopingliste der Sportverbände. Männer und Frauen, die Androgene oder Östrogene nehmen sollen, können sich diese vom Arzt verschreiben lassen. Jeder Arzt kennt das richtige Medikament, das aufbauend, leistungssteigernd und stimmungsverbessernd wirkt.[44]

Es besteht kein Zweifel darüber, daß Todesfälle, Scheidungen und Trennungen und die daraus folgenden Verlustängste zu den am stärksten belastenden Lebensereignissen gehören. Neuere Forschungsergebnisse erbrachten, daß derartige Ereignisse meßbare immunologische Veränderungen bewirken; und in diesen Fällen hat man hohe bis mittlere Depressionszustände im Immunsystem messen können.[45]

Die Wirkungen, die zu einem Umschalten im Immunsystem führen, sind die Effekte der Hormone der Hypothalamus-Hypophysen-Nebennierenrinden-Achse auf das Immunsystem. Die Immunwirkung, das heißt die stabilisierende Wirkung auf das Immunsystem, ist heute bekannt und geht auf Glukokortikoide, Östradiol und Testosteron zurück. Generell stimulieren Glukokortikoide, Androgene, Östrogene und Progesteron die Immunabwehr.

Eine Studie mit depressiven Patienten dokumentierte unter anderem eine Erhöhung des Prozentsatzes zirkulierender neurophiler Leukozyten und eine Erniedrigung der Zellstoffwechselstimulierbarkeit. Man fand auch eine signifikante Abnahme der Zellstoffstimulierbarkeit von Lymphozyten und eine starke Beziehung zwischen dieser und dem Schweregrad der Depression, sowie dem Grad an Einsamkeit.[46]

Einsamkeit, Depression, Trauer, Wut und Angst sind die ständigen inneren Begleiter herzkranker Menschen.

Nach allerneuesten Meldungen läßt sich ein Herzinfarkt sehr viel einfacher und wirksamer verhüten als dies bisher möglich war. Denn ein bedeutender Risikofaktor, der Eiweißstoff Homozystein, ist wiederentdeckt worden. Und das Besondere: Es läßt sich voraussichtlich schon durch eine speziell darauf abgestimmte Vitaminkombination fast völlig beseitigen. Eine starke Erhöhung von Homozystein im Blut bedeutet eine drei- bis vierfach erhöhte Herzinfarktgefährdung. Dieses Risiko ist völlig unabhängig davon, ob der Blutdruck oder die Blutfette ebenfalls erhöht sind oder ob man zuckerkrank ist. Das ergab eine Studie mit vierzehntausendneunhundertsechzehn amerikanischen Ärzten im Alter zwischen vierzig und vierundachtzig Jahren.[47]

Das Homozystein ist eine schwefelhaltige Aminosäure, welche die Wände der Blutgefäße schädigt. Die Ursache soll einerseits eine erbliche Stoffwechselstörung, in vielen

Fällen aber auch nur eine bestimmte Vitaminstoffwechsel-störung sein.

Die Homozysteintheorie wird bereits seit den siebziger Jahren diskutiert. Das im Vitaminstoffwechsel entstehende Homozystein soll die Arteriosklerose in Gang setzen, bevor es zu den Cholesterinkalkablagerungen in den Arterienwänden kommt. Das heißt: Nicht die Fettstoffwechselstörung im Blut steht am Anfang der Verkalkung und damit des Herzinfarktes, sondern das Homozystein, das nicht ausreichend abgebaut wird. Die neue Studie zeigt aber auch, daß der Risikofaktor einfach zu behandeln ist. Verschiedene Vitamine können nämlich in geeigneter Kombination das Homozystein nachhaltig normalisieren!

Die Senkung des Cholesterins im Blut verlängert nicht das Leben, und es ist unwahrscheinlich, daß sie der koronaren Herzerkrankung vorbeugt. Das fanden schwedische Forscher heraus,[48] die die zweiundzwanzig bedeutendsten internationalen Cholesterinherzstudien analysiert hatten. Die Anzahl der Studien, die einen positiven Effekt der Cholesterinsenkung ergeben hätten, sei etwa ebenso groß wie die Anzahl jener Untersuchungen mit negativen Ergebnissen. Wenn trotzdem in der Öffentlichkeit, bei Medizinern und vor allem bei betroffenen Patienten, der Eindruck vorherrscht, daß die Cholesterinsenkung das Herz schützt, so liegt das daran, daß entgegengesetzte Forschungsergebnisse nicht diskutiert werden. Ergebnisse, die für eine Cholesterinsenkung durch Diät und Medikamente sprechen, werden in der wissenschaftlichen Literatur bevorzugt beachtet.

7

Die Doppelwirkung des Rauchens

Der Hunger nach dem Nervengift Nikotin

Eines Tages werde ich das Rauchen aufgeben …
Die Raucher erklären, daß sie sich verwirrt und zerrissen fühlen angesichts der Rolle, die das Rauchen in ihrem Leben spielt. Einerseits sehen sie das Rauchen als angenehmes, entspannendes und hilfreiches, persönliches Ritual, das ihnen ein nicht zu leugnendes Wohlbefinden verschafft. Andererseits wissen sie, daß Rauchen das Risiko, krank zu werden, erhöht und aller Wahrscheinlichkeit nach auch ihr Leben verkürzen wird. Es ist einer Beziehung vergleichbar, in der man in den falschen Partner verliebt ist. Man weiß, es ist völlig verrückt, und man kann scheinbar nichts ändern.
Welche verheerenden Wirkungen das Rauchen durch seine vielfältigen Gifte im Körper anrichten kann, mag erschrekkend sein. Auf der anderen Seite fehlen manchem Raucher die richtigen Motivationen, Einstellungen, um mit seiner Sucht fertig zu werden. Im Grunde hat sie sich depressionsbegleitend auf irgendeine Weise durch sein ganzes Leben gequält. Amerikanische Wissenschaftler fanden heraus, daß das Rauchen vor allem dazu dient, Depressionen zu unterdrücken. Verständlich wird diese Theorie, wenn man bedenkt, daß die Depression meist in der »oralen« Phase der Betreffenden ihren Anfang nahm.
Die Risikofaktoren Fettstoffwechsel, Zucker, Rauchen ha-

ben alle etwas mit der oralen Phase zu tun. Das durch die Depression entstandene Lähmungs- und Müdigkeitsgefühl verhindert Bewegung, das Rauchen macht zusätzlich schlapp, und somit schließt sich der Teufelskreis. Der erhobene Zeigefinger bringt Raucher kaum dazu, das Rauchen aufzugeben. Einfühlsame Aufklärungsarbeit, Entwöhnungsprogramme, die sich auch praktisch durchführen lassen, helfen, Risiken zu verringern.

Alles fängt mit der ersten Zigarette an. Die Motivation dazu mag vielfältig sein. Der eine fühlt sich überredet, der andere möchte aus einer Gruppe nicht ausgeschlossen sein, möchte dazugehören. Es fängt meist in einem Alter an, in dem das Rauchen noch verboten ist. Nach der ersten Zigarette wurde vielen schlecht. Das hätte ein Warnsignal sein können, wie giftig Zigaretten wirklich sind und wie sehr sie der Gesundheit schaden können.

Nach der ersten gerauchten Zigarette erleidet der Mensch Vergiftungserscheinungen. Das Gesicht wird blaß und fahl, der Blutdruck verändert sich, Übelkeit und Schweißausbruch können die Folge sein. Man fühlt sich schwindelig, der Puls geht unregelmäßig. Würde ein junger Mensch vier bis fünf Zigaretten nacheinander rauchen, könnte die Dosis tödlich sein.

Nikotin ist ein Nervengift! Es wirkt auf das autonome – unserem Willen nicht unterworfene – Nervensystem, da es auf der einen Seite die Körperfunktionen anregt und gleichzeitig auf der anderen Seite bremst. Darum wird so gerne geraucht: Zum einen beruhigt die Zigarette, andererseits kann sie anregend wirken. Ist man aufgeregt, wirkt der Tabak beruhigend. Der depressive oder müde Mensch wird vorübergehend vom Tabakgenuß stimuliert. Steigert sich der Nikotinkonsum allmählich, währen die angenehmen Empfindungen immer kürzer; was wiederum dazu anregt, mehr zu rauchen. Das kann so weit gehen, daß sich

Pulsunregelmäßigkeiten zeigen, Atemnot, und am Ende stehen Herzbeschwerden verbunden mit Atemnot.

Diese Krankheitssymptome sind von der aufgenommenen Nikotinmenge abhängig, die sich nicht nur aus der inhalierten Menge, quantitativ, ergibt, sondern auch, qualitativ, daraus, wie hastig die einzelnen Züge inhaliert werden. Drei bis vier Schachteln Zigaretten täglich zu rauchen ist nur möglich, weil der Körper den größten Teil des Nikotins wieder abbaut und ausscheidet. Die verbleibenden Schadstoffmengen summieren sich und rächen sich in Form von erhöhten Risikofaktoren. Das autonome Nervensystem beherrscht den Tonus der Blutgefäße und die Arbeit des Herzens. Das Nikotin bewirkt zuerst eine Verlangsamung, dann eine erhebliche Beschleunigung des Pulsschlages, es verengt die Blutgefäße, und der Blutdruck steigt an.

Es wird immer wieder behauptet, daß Rauchen etwas mit der Mutterbrust zu tun habe. Die Depressionen begannen in der Säuglingszeit, als der Säugling noch von der Mutter gestillt wurde. Das erste Verlusterlebnis kann ein zu schnelles, zu rasches Abstillen gewesen sein. Ebenso ist möglich, daß der Säugling sich in seiner Lebenssicherheit bedroht fühlte, weil das Stillen urplötzlich beendet wurde.

Der Hunger ist das erste Begehren des Menschen. Man wird wohl nie genau wissen, ob das erste Gefühl, das der Säugling mit seinem Schrei nach der Geburt ausstößt, das Nachlassen des Geburtsschmerzes ist oder der Hunger, der ihn an die Mutterbrust treibt. Es gibt sicher keinen Zweifel darüber, daß vom Moment der Geburt an sich eigene, neurophysiologische Mechanismen in Gang setzen, die den Hunger des Menschen hervorrufen oder ihn beenden.

Im Hunger finden sich die drei Dimensionen des fließenden Körpergeschehens: der innere Körperprozeß, die äußere Welt und die Zeit. Die körperinneren Prozesse sind belebt durch die Stoffwechselprozesse mit den energieliefernden Stoffen Zucker, Fetten und Proteinen, den Produkten des Zellstoffwechsels und den Hormonen – Insulin und Glukagon –, die diesen Stoffwechsel regeln. Mittels besonderer Rezeptoren und endogener Sekretion schafft das Gehirn eine ständige Repräsentation des biologischen Geschehens im übrigen Körper. Die Dinge der Außenwelt sind alles Eßbare oder als Ersatz – das Rauchen. Das Bedürfnis nach Nahrungsmitteln, wie das Bedürfnis nach Rauchen, hängt von unserer Lebensgeschichte ab. Derjenige, dessen Bedürfnisse in der Säuglingszeit ständig reichlich erfüllt wurden, lebt mehr oder weniger zufrieden. Anders ist es bei denen, die schon im Säuglingsalter einen Verlust erlitten haben. Dieser Verlust bringt einen ständigen, unstillbaren Hunger nach Liebe und Geborgenheit, nach Versorgtwerden.

Wer an diesen Tatsachen zweifelt, mag sich an Zeiten und Ereignisse erinnern, in denen er in den Armen eines geliebten Menschen lag, an Zeiten, in denen er Hautkontakt spürte, in denen er sich geliebt und angenommen fühlte. In solchen Momenten verschwindet das Rauchbedürfnis fast vollständig. Erst danach greift man zur Zigarette – oder zur Flasche –, um den aufgewühlten Körper zu entspannen. Mancher schafft es nicht, in den Armen des liebespendenden Partners zu verweilen. Gewohnheitsmäßig greift er zur Ersatzbefriedigung, weil er verlernt hat, Gefühle wirklich anzunehmen und zu erwidern. »Rauchverhalten« ist somit nichts anderes als »Eßverhalten«. Viele Kinder bekommen keine Mutterbrust, damit auch keinen Hautkontakt. Ihr Leben beginnt mit dem Ersatz »Flasche«.

Die Zeit zeigt uns die Anzeichen der Sucht. Der Säugling bekam zu bestimmten Zeiten seine Mahlzeiten, bis der

Hunger gestillt war. Die Sucht verlangt immer mehr. Der Begriff Stillen bedeutet letztlich, das Kind »still machen«, beruhigen. Und hier zeigt sich die Verwandtschaft mit dem Rauchen: Der Raucher »stillt« sich, er wurde nie aus der Symbiose entlassen.

Im Raucher lebt noch die alte Angst des Verlassenseins. Für viele ergibt sich folgende Reaktionskette: Daumenlutschen, danach onanieren (während der Pubertät), und dann folgt das Rauchen. Daumenlutschen ist ein Beruhigungsmittel, das »still« macht. Für viele ist das Onanieren nicht ein Umgang mit Lust, sondern dient der inneren Spannungsabfuhr, und das Rauchen setzt diesen Prozeß fort. Das Rauchen ist ein Betäubungs- und Suchtverhalten. Man greift zur Zigarette, wenn man das Gefühl hat, ohne diese Hilfe mit den anderen nicht mehr mithalten zu können oder gestellten Anforderungen nicht mehr gerecht werden zu können. Starke Raucher tragen in sich das Gefühl, sie müßten übermäßig viel leisten, um anerkannt zu werden. Der Leistungsweg ist aber immer begleitet von Mißerfolgen und Schwächen, von Selbstzweifeln und Angst.

Aber man kann ja an der augenblicklichen Situation – den beruflichen Anforderungen, Problemen im Partnerbereich, Kontaktarmut, allgemeiner Unzufriedenheit, dem Gefühl der Leere und Sinnlosigkeit des Lebens – im Moment nichts ändern. Das sind aber auch alles Parameter für Depression. Und so ist die Zigarette ein Instrument, um sich zu betäuben, die Depression nicht zu fühlen.

Auffallend in der Vielfalt der mit Risikofaktoren behafteten Menschen ist die Zwanghaftigkeit in der Lebensführung. Mit einer zwanghaften Betriebsamkeit bekämpfen herzinfarktgefährdete Menschen vorrangig Depressionen und ihr verstecktes Verlangen nach Versorgung und Zuwendung. Viele fürchten sich unbewußt vor unerfüllten Wünschen, vor Geborgenheit und Bemutterung, weil sie glauben, sie würden ihnen erneut verwehrt. So schützen sie sich dadurch, daß sie in die Leistung fliehen. Das tun sie, weil sie die Wiederholung eines früh erlebten Traumas fürchten.

In scheinbarem Gegensatz zu der Zwanghaftigkeit der Herzkranken steht das durchaus »soziale Verhalten« dieser Menschen, das Infarktgefährdete als gesellig, neugierig, aufgeschlossen und auch als übermäßig angepaßt erscheinen läßt. Auch Raucher passen in dieses Verhaltensmuster. Wir verstehen das, wenn wir bedenken, daß diese Patienten besser verleugnen können, was in ihrem Innern vorgeht, als andere. In dem Widerstreit zwischen Zwanghaftigkeit und Anpassungsbereitschaft bietet die Zigarette den Schnuller, den der Patient zur Beruhigung braucht.

In einer Zigarettenwerbung heißt es: »Ich rauche gern!« Sicherlich gibt es genügend Menschen, vor allem jene, die sich noch nicht gesundheitlich gefährdet fühlen, die gerne rauchen. Aber sehr viele Raucher fühlen sich hin und her gerissen zwischen der Sucht und dem Bedürfnis, das Rauchen loszuwerden. Auf der einen Seite erleben sie das Rauchen als angenehm, wohltuend, entspannend, aber genauso wissen sie, daß Rauchen Risikobereitschaft für Krankheiten schafft.

Sucht ist Suchen nach Geborgenheit

Wenn Mark Twain einmal gesagt hat, es wäre nichts leichter, als das Rauchen aufzugeben, er hätte es schon tausendfach gemacht, so zeigt dieser Spruch das Dilemma des Rauchers: Wer nur einmal versucht hat, das Rauchen aufzugeben, und mit diesem Versuch fehlgeschlagen ist, empfindet fortan Schuldgefühle. Wer es nicht schaffte, das Rauchen aufzugeben, lebt fortan mit Versagensgefühlen.

Er hat Schuldgefühle vor sich selbst und vor anderen, denn natürlich möchte er auch seine Familienmitglieder vor diesem »Giftzeugs« bewahren. Aber er schafft es nicht.

Seit die Nichtraucher sich erhoben haben und in großangelegten Kampagnen gegen die Raucher vorgehen, gibt das den Rauchern das Gefühl, einer verfolgten »Minderheit« anzugehören. Wieder einmal fühlen sie sich nicht angenommen, sondern weggestoßen, alleingelassen. Daß sie selbst etwas tun könnten oder müßten, kommt ihnen kaum in den Sinn.

Warum fällt es denn den Rauchern schwer, mit dem Rauchen aufzuhören? Es sind vor allem die positiven Faktoren des Rauchens, die die Raucher immer wieder rückfällig werden lassen. Die Raucher meinen, mit Streß besser umgehen zu können, wenn sie eine »Beruhigungszigarette« rauchen. Man kann die Arbeit dabei unterbrechen und einen kleinen »Ratsch« halten (Bedürfnis nach Kommunikation und Aufmerksamkeit). Solange man raucht, hat man keine Entzugserscheinungen, die einerseits auf die Sucht zurückzuführen sind und andererseits den inneren Hunger offenbar machen, wobei uns der Begriff Sucht einen deutlichen Hinweis gibt, daß der Betreffende auf der »Suche« nach etwas ist: Er ist auf der Suche nach Sicherheit und Geborgenheit. Mit dem Rauchen wird auch jene innere Leere überbrückt, die seit dem frühen Verlust in den Betroffenen entstanden ist.

Wenn Freunde und Verwandte hilfreich eingreifen möchten, passiert etwas Seltsames: Zunächst scheint der Raucher »vernünftig« zu sein, er bemüht sich wirklich, die Sache in den »Griff«, das heißt unter Kontrolle zu bekommen. Sich bemühen heißt, sich anstrengen, sich plagen. Der Versuch ist schmerzlich, schwierig, er wird zur Last. In dem Begriff »bemühen« liegt nun einmal dieses Sich-abmühen und -plagen. Man sollte meinen, es wäre doch ganz einfach, die Zigarette wegzulegen und zu anderem Verhalten überzugehen.

Es wäre auch ganz leicht, wenn Rauchen nicht eine »Sucht« wäre. Vom Raucher wird gefordert, etwas herzugeben, was ihm längst zu einem »großen Tröster« geworden ist. Wieder soll er auf etwas verzichten, soll einen »Verlust« akzeptieren, man will ihm etwas wegnehmen. Dagegen lehnt er sich innerlich auf, reagiert mit einer Trotzreaktion. Das heißt, viele Raucher beginnen bei dem Gedanken, das Rauchen aufzugeben, noch mehr zu rauchen. Nach den Maßstäben des Unbewußten will man ihm wieder einmal die »Mutterbrust« oder den dafür geschaffenen Ersatz nehmen, und damit hat er die schlimmste Erfahrung gemacht.

Daß Raucher offenbar weniger Schmerz empfinden als Nichtraucher, fiel einer Gruppe von Herzspezialisten an der University of North Carolina auf, als sie Angina-pectoris-Patienten beobachteten. Sie unterzogen zwanzig gesunde männliche Gewohnheitsraucher und fünf gesunde Nichtraucher im selben Alter nach einer zwölfstündigen Nikotin- und Koffeinpause einem Hitze-Schmerz-Test. Anschließend durften die Raucher drei Zigaretten rauchen.[49] Dann wurden beide Gruppen mit Schmerzreizen traktiert. Die Wirkung war erstaunlich: Die Nichtraucher bemerkten keinen Unterschied zwischen dem ersten und dem zweiten Schmerz. Natürlich gab es, objektiv betrachtet, auch keinen. Aber die Raucher spürten beim zweiten Versuch weitaus weniger. Die Zigaretten hatten die Empfindlichkeit für Schmerz weit herabgesetzt.

Dieser Befund bestätigt eine Reihe von Tierversuchen, in denen der schmerzstillende Effekt von Nikotin bereits nachgewiesen worden war. Für Raucher mit Angina pectoris bedeutet das unter Umständen, daß sie die Signale ihrer Krankheit nicht bemerken. Es wäre jedoch ein – unter

Umständen tödlicher – Irrtum zu glauben, als Raucher käme man bei dieser Krankheit schmerz- und folgelos davon. Raucher bemerken oft zu spät, daß ihr Herz streikt, und werden häufiger vom plötzlichen Herztod überrascht. Rauchen bedeutet ein großes Gesundheitsrisiko. Das Beweismaterial ist erdrückend. Hunderte von klinischen Studien zeigen immer wieder, wie gefährlich das Rauchen ist. Aber die Raucher leben nach dem Lied: »Das Leben ist ein Würfelspiel, wir würfeln alle Tage. Dem einen bringt das Schicksal viel, dem andern Müh und Plage!«

Ein tiefer Zug aus der Zigarette wirkt sich unmittelbar auf das Gefäßsystem aus. Beim Inhalieren erreichen zahllose Schadstoffe über die Lunge den Kreislauf, breiten sich über das gut organisierte Transportsystem ungehindert im ganzen Körper aus. Insgesamt sind es an die dreitausend Chemikalien, vom Formaldehyd über Blausäure bis zum Kohlenmonoxyd, die in die Lunge gepafft werden. Folge: Die feinen Haargefäße ziehen sich zusammen, lassen Blut und damit den Sauerstoff nicht passieren. So setzen sich die Schadstoffe selbst anstelle des Sauerstoffs auf die »Transportschiffe«, die roten Blutkörperchen, um durch den Körper zu reisen. Kein Wunder, wenn die Zellen auf Dauer schlapp machen, wenn sie mit Kohlenmonoxyd statt mit Sauerstoff aufgetankt werden.

Obwohl durch das Rauchen weniger Sauerstoff transportiert wird, steigert das Nikotin im Rauch den Herzschlag. Das erfordert wiederum einen erhöhten Sauerstoffbedarf. Das ist der Grund, warum Raucher schneller außer Atem kommen als Nichtraucher.

Wissenschaftler prüften die Fitneß von Rauchern und Nichtrauchern und stellten fest, daß Raucher eine konsequente Verschlechterung der Trainingsleistungen zeigten.[50]

Jeder Nikotinschub erreicht das Gehirn des Rauchers in wenigen Sekunden. Das über die Lungen mit Nikotin angereicherte Blut gelangt direkt ins Gehirn. Wissenschaftler meinen, daß es dort den Überträgerstoff Azetylcholin zu imitieren scheint. Außerdem regt es die Produktion von Adrenalin, Noradrenalin, Dopamin, Arginin, Vasopressin und Betaendorphin an – alles Stoffe, die an der Depressionsreaktion beteiligt sind.

Azetylcholin bewirkt Aufmerksamkeit und Schmerzreduzierung, auch ist es für unser Lernen und für unser Gedächtnis zuständig. Noradrenalin reguliert Aufmerksamkeit und Wachzustand. Dopamin ist einer der Stoffe, die uns Freude bringen können. Wie schon gesagt, dieses ist bei Depressionen geblockt. Betaendorphin, ein körpereigenes Hormon, kann Angst und Schmerz verringern.[51]

Der Gesamteffekt ist eine zeitweilige Veränderung des biochemischen Stoffwechselzustandes im Gehirn. In dieser Reaktion empfinden Raucher eine Entspannung. Sie spüren dabei weniger Angst, wirken hin und wieder optimistisch, spüren ihre Depression weniger.

Vielleicht kommen Raucher deshalb von der Zigarette nicht los, weil sie ihre Depressionen unterdrücken wollen. Wissenschaftler einer psychiatrischen Klinik im US-Staat New York wollen herausgefunden haben, daß Nikotin als Stimmungsaufheller auf die oben genannten Stoffwechselvorgänge wirkt. Alexander Glassmann, der die Untersuchungen leitete, hat darüber hinaus festgestellt, daß Menschen mit Depressionen eher zu Rauchern werden und größere Probleme beim Aufhören haben als andere.[52]

Nikotin gehört zu den stärksten Giften. Es ist ein Gefäßkrampfgift. Wenn man den Nikotingehalt einer Zigarette einem Menschen in die Armvene spritzte, käme es zu einem Herzstillstand. Wenn man es durch die Lunge inhaliert, wird es auch schnell, aber mit geringem Soforteffekt in das Blut aufgenommen und verteilt. Nikotin führt zu Blutdrucksteigerung, Herzschlagbeschleunigung und Überaktivität der Nebennierenrinde. Rauchen verstärkt also die innere Streßsituation – als Gegenpol zur beruhigenden Wirkung in bestimmten Situationen. Es kommt immer auf die Gesamtstimmungslage des einzelnen an. Die Verengung der Herzkranzgefäße durch die ständige Nikotineinwirkung wirkt sich fatal aus: Der Herzmuskel wird schlechter durchblutet, und es kommt zu Funktionsstörungen von Angina pectoris bis zum Herzinfarkt.

Raucher von vierzig Zigaretten täglich erleiden um siebzig Prozent häufiger Herzkrankheiten als Nichtraucher. Die Todesursache Herzinfarkt wurde bei Männern im mittleren Alter, die stark rauchten, um bis zu hundertfünfzig Prozent häufiger festgestellt als bei Nichtrauchern. Wie wir im vorherigen Kapitel sehen konnten, ist die Kombination Testosteron und HDL ein wichtiger Faktor, der beachtet werden muß. Was unterscheidet nun die Raucher, die nie einen Herzinfarkt erlitten haben oder erleiden werden von den Rauchern, die einen Herzinfarkt bekamen bzw. bekommen werden?

Die San-Antonio-Herzstudie,[53] die mehrfach dreitausend Amerikaner mexikanischer Abstammung und Nichtlatinos erfaßte, ergab, daß alleinstehende Männer (!) niedrigere Triglyzerid-, Gesamtcholesterin- und LDL-Werte haben als männliche Personen, die mit anderen Menschen zusammenleben. Zwei Tatbestände kamen heraus:

Ledige Männer müssen nicht unter Verlustängsten leiden. Obwohl sie Raucher waren, gab es nicht die belastende Situation von Verlustangst. Sie fühlten sich sicher und geborgen in einem Kreis von bestimmten Menschen und hatten dadurch weniger Streß.

Die weitere Aussage ist die, daß nicht jede Ehe Geborgenheit liefert. Wer vielleicht schon jahrzehntelang verheiratet ist, kann in einer Ehe leben, die sich »abgeschliffen« hat. Die Beziehungen in sich sind voller Spannungen, Sexualität ist längst kein Thema mehr, Hormonwerte sind abgesunken und damit auch die HDL-Werte.

Zudem ist wohl anzunehmen, daß Männer, die sich in ihrem Freundeskreis geborgen fühlen, auch ein gut funktionierendes Immunsystem haben. Ich will damit nicht die Gefährlichkeit des Rauchens bagatellisieren. Aber grundsätzlich alles auf das Rauchen zu schieben, scheint mir zu einseitig zu sein. Das beweisen jene starken Raucher, die trotz ihres Nikotinkonsums gesund alt werden. Meinen Großvater habe ich niemals ohne Zigarre erlebt. Er wurde sechsundneunzig Jahre alt. Aber er genoß ein Privileg: Er hatte elf Kinder gezeugt, die ihm wiederum achtundzwanzig Enkelkinder beschert hatten, und die ihn alle verehrten. Er fühlte sich in seiner Großfamilie geborgen!

Nikotin regt die Produktion bestimmter adrenalinähnlicher Körpersubstanzen an, was wiederum zur Aktivierung verschiedener Stoffwechselvorgänge führt. Die gleichen Substanzen befinden sich zwar auch im Körper des Nichtrauchers, können aber, wenn sie, wie beim Raucher, in größeren Konzentrationen auftreten, Herz und Blutgefäße beeinflussen. Sie steigern die Herzfrequenz, den Blutdruck und damit den Sauerstoffverbrauch des Herzens. Gerade beim vorgeschädigten Herzen kann das gefährliche Folgen haben.[54]

Wenn wir uns die giftige Wirkung des Rauchens vor Augen

führen wollen, dann ist es interessant zu wissen, daß Nikotin zwar das Hauptalkaloid des Tabaks ist, aber damit nur eine von vielen chemischen Verbindungen im Tabakrauch. Aber Nikotin ist für die akuten Wirkungen des Zigarettenrauchens verantwortlich. Nikotin ist die süchtigmachende Substanz.

Schauen wir uns einmal an, wie das Nikotin in den Stoffwechsel eingreift. Die strukturelle Basis des Nikotins dürfte seine Ähnlichkeit mit dem Neurotransmitter Azetylcholin sein. Nikotin wirkt auf alle Cholinozeptoren mit Ausnahme der »muskarinen« wie Azetylcholin, welches in niedrigen Dosen erregend und in großen Dosen lähmend wirkt. Diese lähmende Wirkung verstärkt latent vorhandene Depressionen.[55] Wenn man Zigaretten raucht, um die Depression wegzuschieben, tut man sich nichts Gutes an, denn Zigaretten können die Depression unter Umständen verstärken. In den autonomen Ganglien und an den neuromuskulären Übergängen erleichtert Nikotin die Impulsübertragung, um sie dann zu blockieren. Azetylcholin hat die gleiche zweiphasige Wirkung, wenn sein Abbau über bestimmte Stoffwechselvorgänge gehemmt wird.

Als cholinerger Agonist imitiert Nikotin die Azetylcholinwirkung auf bestimmte postsynaptische Rezeptoren. Dies bewirkt die Freisetzung von verschiedenen Transmittern, je nach Art des aktivierten Neurons Noradrenalin, Dopamin, Serotonin. Hier können wir wieder deutlich eine Einwirkung auf jenen Stoffwechsel beobachten, der im Zusammenhang mit der Depression festgestellt wurde. Wir können nicht behaupten, Nikotin sei somit Verursacher der Depression, aber es kann maßgeblich an ihr beteiligt sein. Schließlich gibt es genügend Nichtraucher, die ebenfalls depressiv sind.

Wissenschaftler sind der Meinung, daß Nikotin wahrscheinlich auch präsynaptisch an den Nervenenden wirkt. So soll die durch dieses Gift im Hypothalamus bewirkte Noradrenalinfreisetzung durch präsynaptischen Angriff zustande kommen. Intravenös zugeführtes Nikotin kann die Sekretion von ACTH, Vasopressin und Prolaktin in Minutenschnelle ansteigen lassen. Dabei kommt es zu einer rapiden Noradrenalinabnahme in verschiedenen Teilen des Hypothalamus.

Nikotin wirkt also in fast allen Teilen des Nervensystems. Es ist nicht vorherzusagen, wie es insgesamt wirkt. Je nach zeitlicher Länge der Rauchgewohnheit können einige Wirkorte oder Erfolgsorgane noch erregt werden, während andere bereits Lähmungen zeigen. Darüber hinaus stört Nikotin das Gleichgewicht zwischen Sympathikus und Parasympathikus, was bedeutet, daß das Nikotin die Streßreaktion des Körpers aufrechterhalten kann.

Ratschläge für die Rauchentwöhnung

Einer Zeitschrift entnahm ich folgenden Artikel »Rauchentwöhnung durch Sojaeiweiß«:

»Während unserer mehrjährigen Beschäftigung mit Pflanzeneiweiß, speziell rein isoliertem Sojaprotein als gut bekömmlichem Diätmittel, machten wir interessante Beobachtungen: Ein Mitarbeiter beobachtete, daß die Lust zum Rauchen mit der Testung der Produkte zurückging. Er selbst hatte täglich 25 Zigaretten geraucht. Während der Einnahme des Sojaproteins (20 bis 50 g täglich) – ging langsam, aber eindeutig der Verbrauch der Zigaretten zurück.

Auffallend war für ihn, daß er die bisherigen Gewohnheiten des regelmäßigen Rauchens einfach vergessen hatte und den fast automatischen Griff zur Zigarette in unangenehmen Situationen, wie Ärger, Sorgen oder dem Gefühl einer inneren Leere, unterließ. Interessant scheint hierbei, daß er während der Einnahme des Sojapräparates nie das Gefühl einer inneren Leere und vor allem nie emotionale Gefühle irgendwelcher Art von Lebensunlust (!) (Depression) verspürt hatte. Nach Beendigung der Testarbeiten nahm er das herausexperimentierte Diätprodukt täglich zu 30 g anstelle des Frühstückseis mit Kaffee ein. Er rauchte nach zwei Monaten überhaupt nicht mehr, weil er keine Lust dazu verspürte. Irgendwelche anderen Gründe, wie Gesundheitsrisiken des Rauchens, waren zur Abgewöhnung des Rauchens nicht vorhanden, er war ein Lustraucher gewesen.

Durch das Sojaeiweiß, welches inzwischen als ALMased im Handel bekannt ist, wurde ihm das Rauchen zum unnötigen Zeitvertreib.

Wir prüften das ALMased bei fünf Rauchern – Gewohnheitsrauchern mit etwa 20 bis 30 Zigaretten täglich – zur Kontrolle. Sie mußten täglich 30 bis 50 g ALMased, das sind etwa sieben volle Teelöffel, einnehmen. Von diesen Rauchern wurden innerhalb von zwei Monaten drei Nichtraucher, und zwei rauchten noch fünf bis zehn Zigaretten. Als Genußraucher wollten sie nicht ganz aufgeben.«[56]

Forscher konnten in jüngster Zeit nachweisen, welche spezifischen Bestandteile der Nahrung welche spezifischen Wirkungen hervorrufen können. Da einige Nährstoffe, wie beispielsweise Tyrosin, Tryptophan und Cholin, scheinbar Einflüsse auf das Gehirn haben – sie können auf Stimmungen, sogar auf Depressionen einwirken –, wollen wir einige dieser Stoffe in unserem Kontext betrachten. Sie bewirken genau wie Drogen oder Medikamente im Gehirn neurochemische Reaktionen. Dies geschieht, indem sie bei wichtigen Transmittern Veränderungen herbeiführen.

Zum Beispiel kommt in vielen proteinhaltigen Nahrungsmitteln Tyrosin vor, es wurde im Zusammenhang mit Depressionen getestet. Es führt Noradrenalin zu. Nikotin senkt Noradrenalin – und es trägt zur Erhöhung von Dopamin bei, jenen Substanzen also, die bei Depressiven Mangelware sind. Eine Pilotstudie ergab, daß sich bei siebenundsechzig Prozent der depressiven Patienten, denen man Tyrosin verabreicht hatte, Verbesserungen eingestellt hatten. Dem standen achtundzwanzig Prozent gegenüber, denen man Placebos gegeben hatte. Übrigens kann Tyrosin auch zur Senkung des Blutdrucks eingesetzt werden.

Auch Cholin spielt seinen Part. Es ist in Lezithin enthalten, und man findet es im Eigelb, in der Leber und in Sojabohnen. Eigelb und Leber sind für Kranke mit hohem Cholesterinspiegel nicht zu empfehlen, aber wie die Sojabohne wirkt, konnte ich am obigen Beispiel zeigen. Dieses Cholin wird in den Umschlagplätzen bestimmter Gehirnzellen in Azetylcholin umgewandelt, das beim Rauchen vermindert auftritt. Damit füllt das Sojaeiweiß ein Defizit auf, und das macht den Verlust des Rauchverlangens verständlich.[57]

Meiner Ansicht nach wäre es allerdings ein Fehler, sich ganz auf Sojaeiweiß zu verlassen. Es hat sich immer wieder erwiesen, daß Nikotinentwöhnung ohne innere Vorbereitung kaum klappt. Man sollte sich schon die richtige Einstellung und Motivation erarbeiten, damit man nicht rückfällig wird. Daher empfehle ich, die hier gemachten Vorschläge ernst zu nehmen, damit Sie eines Tages sagen können: »Ich habe es geschafft.«

Wie lange die Vorbereitungsphase dauert, kommt ganz darauf an, wie stark man bereits motiviert ist. Wer zu dem Entschluß gelangt, »jetzt ist aber Feierabend«, wer dann auch diese Entscheidung für sich selbst, für die eigene Gesundung trifft, der ist nicht von anderen abhängig, und der fällt nicht so leicht um.

Überstürzen Sie nichts. Der Entschluß muß sich in Ihnen allmählich »verankern«, muß »Fuß fassen«. Wer allzuschnell aufhört, der fängt auch bald wieder an. Zu glauben, alles sei ganz einfach, kann zur Selbsttäuschung werden. Jeder, der einmal mit dem Rauchen aufgehört hat, hat die Erfahrung machen müssen, daß viel Selbstüberwindung dazu gehört. Nur »dumme« Nichtraucher glauben, es sei so leicht, man brauche doch einfach nur die Zigarette wegzulassen. Aber um Nichtraucher zu werden, müssen wir radikal unser Denken ändern. Wie wir bereits sehen konnten, fällt es gerade dem Herzkranken mit seiner Persönlichkeitsstruktur schwer, etwas herzugeben, von etwas Abschied zu nehmen. Und Abschied nehmen gilt es, wenn die Rauchgewohnheit vielleicht schon zig Jahre alt ist. Ob mit medikamentöser Begleitung oder mit Therapiegruppe, keiner sollte glauben, daß ihm die eigene Arbeit abgenommen wird. Viele Raucher haben einen gewaltigen Widerstand, etwas so Liebgewonnenes wie das Rauchen aufzugeben. Menschen, die das alles schon hinter sich gebracht haben, machen diejenigen nicht selten mutlos, die kurz davor stehen. Da werden die Entzugserscheinungen in den schwärzesten Farben geschildert, oder kognitive Einflüsse, wie diese, werden laut: »Das schaffst du nie, du doch nicht!«

Aber da immer mehr Raucher zu Nichtrauchern werden, muß es wohl zu schaffen sein, denn die anderen haben es ja auch geschafft. Alles, was man sich einmal angewöhnt hat, kann man sich auch abgewöhnen. Denken Sie nur daran, daß prozentual mehr Raucher an den Folgen ihrer Sucht sterben als Drogenabhängige. So gesehen ist es schon befremdend, wenn man daran denkt, daß die EG den Tabakanbau subventioniert.

Durch das Rauchen wird der Anteil des »guten« HDL gesenkt. Man hat allerdings noch nicht konkret nachweisen können, ob der HDL-Wert nun über das Rauchen oder über verminderte Testosteronwerte gesenkt wird. Es kann ebensogut sein, daß HDL bereits über den Testosteronmangel gesenkt ist und dem Rauchen hier ein Schwarzer Peter zugeschrieben wird, der ihm nicht zukommt. Es wird Aufgabe von zukünftigen Forschungsarbeiten sein, diesen Punkt zu klären. Es kann aber auch ebensogut sein, daß das Nikotin auf den Stoffwechsel der Sexualhormone einwirkt.

Erinnern wir uns daran, daß Rauchen schlapp macht, Leistungen vermindert und die Reaktionskette eher über diesen Kanal läuft. Das Rauchen ist so oder so schädlich wegen der vielen Schadstoffe, die im Tabak enthalten sind. Zigarre- und Pfeifenrauchen sollen angeblich weniger bedenklich sein, weil man glaubt, daß weit weniger Rauch inhaliert wird.

Gelingt es einem Raucher, sich aus dem Abhängigkeitsverhältnis Zigarette-Mensch zu lösen, verringert sich das Infarktrisiko. Bis man von ihm wirklich als von einem Nichtraucher sprechen kann, wird es allerdings Jahre brauchen; eher sollte man von einem nichtrauchenden Raucher sprechen. Seine Lebenserwartung kann sich jedenfalls erheblich verbessern. Auch die Reinfarkthäufigkeit nimmt ab, wenn das Rauchen aufgegeben wird. Aber was leistet sich der Staat? Auf jeder Zigarettenpackung wird zwar per Verordnung von oben von der Gefährlichkeit des Rauchens gesprochen, nur, was nutzt das, wenn die EG an einem Programm arbeitet, die Zigarettenwerbung ganz zu verbieten, wenn dieselbe EG den Tabakanbau finanziell fördert!

Die Aufgabe des Rauchens wird durch die Projektion von Schuldgefühlen erschwert. Solange der Gesundheitsschaden vom einzelnen bagatellisiert wird, kann er wohl kaum Erfolg haben. Oft sagt jemand: »Ich will das Rauchen aufgeben, weil meine Garderobe nach Rauch stinkt«, oder die Freundin wird vorgeschoben, und es heißt: »Meine Frau oder Freundin will nicht, daß ich rauche, weil die Gardinen so stinken«, oder »Ich verliere durch das Rauchen die Lust am Sex!« Das zeigt deutlich, daß Rauchen allgemein an den Kräften zehrt. Hier könnte ein Betroffener innehalten und sich überlegen, ob Rauchen impotent macht! Dann hätte der Zigarettenrauch nicht eine Wirkung auf das HDL, sondern eher auf das Testosteron! Wie wir sehen konnten, stehen verminderte Testosteronproduktion und ein verminderter HDL-Anteil in Verbindung.

Andere wollen das Rauchen aufgeben, weil sie von der Umwelt negativ motiviert werden. Etwa durch die Antiraucherliga: »Wir wollen mit einem Raucher nichts zu tun haben!« Hier wird der Raucher an seiner Verlustangst gepackt. Verlust von Freunden und Partnern ist schlimmer für ihn als Rauchen. Das alles sind aber keine Motive, die wirklich Veränderung bewirken.

Solange man sich nicht bewußtmacht, daß Rauchen den eigenen Organismus, den Körper, das Herz schädigt, solange kann das Vorhaben nicht zum Erfolg führen. Wer das Rauchen aufgeben will, darf als einziges Motiv gelten lassen: »Ich tue etwas für meine Gesundheit. Ich nehme dieses Gift, das meine Gesundheit zerstört, nicht mehr zu mir. Ich möchte hoffnungsvoll und zuversichtlich in die Zukunft schauen können.«

Jeder, der das Rauchen aufgeben will, sollte den richtigen Moment abwarten. Suchen Sie sich den Zeitpunkt dazu aus, an dem Sie wirklich dazu bereit sind. Bereiten Sie sich innerlich darauf vor und machen Sie sich klar, was es für Sie bedeutet, irgendwann ein Nichtraucher zu sein. Bauen Sie sich ein inneres Unterstützungsgefüge auf und eignen Sie sich neue Verhaltensweisen an, die Ihnen zum Erfolg verhelfen werden. Allein der Gedanke: »Ob ich es wohl

schaffen werde«, beinhaltet jenen Zweifel, der den Erfolg
ausschließt.

Das Verständnis für sich selbst
bei der Rauchentwöhnung

Gehen Sie geduldig mit sich um und seien Sie sich im
klaren, daß Entwöhnung für Sie Hergeben von etwas bedeutet, das Sie jahrelang gerne gemacht haben. Wenn es für
Sie ganz deutlich ist und es sich Ihnen »eingebrannt« hat,
daß Rauchen Ihrer Gesundheit schadet und daß Sie künftig
anders, besser, verständnisvoller mit sich umgehen möchten, dann ist der richtige Zeitpunkt erreicht.
Lassen Sie sich Zeit, den eigenen, Ihnen gemäßen Weg zu
finden. Man weiß heute, daß diejenigen eher zum Erfolg
kommen, Nichtraucher zu werden, die sich einige Strategien entwickelt haben wie sie mit sich umgehen wollen.
Fangen Sie nicht gleich morgen an, sondern lassen Sie die
Entscheidung in sich reifen. Vor allem richten Sie Ihre
Aufmerksamkeit auf jene Punkte, die Ihrem Leben mehr
Wert, Bedeutung und Freude bringen. Nicht klagen, jammern, seufzen, wie schwer es ist, das Rauchen aufzugeben,
sondern sich freuen, was Sie alles gewinnen werden.
Denken Sie an jene Dinge, die Sie gerne tun möchten, und
meiden Sie die Vorstellung von etwas, das Sie tun müssen.
Ein Muß bedeutet immer Zwang. Mit dem Muß fühlen Sie
sich überfordert, und so kommt es leicht zu Rückfällen.
»Ich werde es tun«, setzt immer einen Entscheidungspro-
zeß voraus und beinhaltet eine Überzeugung. »Ich will es
tun«, ist eine reine Kopfentscheidung und bedeutet: »Eines
Tages will ich es tun.« Vielleicht schaffen Sie es sogar, auf
Kosten Ihrer Anspannung, auf Kosten Ihrer Nervosität,
die Sie dann auf andere übertragen.

Einer meiner Bekannten gab eines Tages das Rauchen auf und war voller Zwänge. Er verlangte, daß niemand in seiner Nähe rauchen durfte, auch seine Ehefrau nicht. Er verbannte jeden Raucher nach draußen, wurde aggressiv, sogar bösartig. Das zeigte deutlich, daß seine Entwöhnung einen Zwang zum Ausdruck brachte.

Viele heutige Nichtraucher haben sich diesem Zwang unterworfen. Aus starken Rauchern wurden quengelige Nichtraucher, die ihre Umgebung tyrannisieren. Ihnen fällt dabei nicht auf, daß sie niemals echte Nichtraucher wurden, sondern höchstens »verhinderte« Raucher. Ganz tief in sich verspüren sie Neid, daß andere noch rauchen dürfen oder sich die »Frechheit« herausnehmen, einfach zu rauchen, während sie sich doch täglich gegen die Sucht zu behaupten versuchen.

Die Nichtraucherliga erwartet von den Rauchern Toleranz ihnen gegenüber, ohne selbst eine eigene Toleranz gegenüber den Rauchern aufzubringen. In Wirklichkeit fürchten sie nur, rückfällig zu werden.

Wenn Sie sich wirklich auf die Rauchentwöhnung vorbereiten, schaffen Sie es vielleicht, die Sache gelassen und mit einer gewissen Freude anzugehen. Freuen Sie sich darauf, was sich alles in Ihrem Leben verändern wird. Sie haben mehr Geld für andere schöne Dinge zur Verfügung, mit denen Sie sich »belohnen« können. Freuen Sie sich darauf, die Kurzatmigkeit zu verlieren. Gönnen Sie sich die Genugtuung, daß Sie wirklich etwas zu einem ausgewogenen Cholesterinspiegel, einem ausgewogenen Verhältnis von LDL und HDL beigetragen haben. Die Zufriedenheit, daß Sie künftig mehr Sauerstoff im Blut haben werden, und die allergrößte Freude, daß Sie selbst einmal etwas für Ihr Herz getan haben! Ihre Körperchemie wird ab sofort ausgewogener sein.

Schaffen Sie sich eine Erfolgserwartung. Denken Sie daran,

daß sich Ihr Selbstvertrauen und Ihr Sicherheitsgefühl steigern werden, wenn Sie etwas Eigenes für Ihre Gesundheit getan haben, anstatt sich auf das nächste Rezept Ihres Arztes zu verlassen.

Alle Studien zeigen, daß die Raucher, die von ihrer Fähigkeit aufzuhören überzeugt waren, auch wirklich am erfolgreichsten waren.[58]

Die Stolpersteine bei der Rauchentwöhnung

Ich möchte Sie noch auf einige Rückfallfallen aufmerksam machen, auf die Sie sich vorbereiten können. Wenn Sie in eine solche Situation kommen, sollten Sie schon vorher wissen, was auf Sie zukommt.

Wenn Sie eingeladen sind oder sich sonstwie in Gesellschaft befinden, kommen Sie oft in eine Situation, in der Alkohol angeboten wird, in der andere rauchen und die Luft rauchgeschwängert ist. Meiden Sie in der Anfangsphase solche Gelegenheiten.

Eine Gefahr dabei ist, daß es Raucher geben wird, die Sie von Ihrer Bereitschaft, das Rauchen aufzugeben, »loseisen« wollen. Man wird Ihnen mit der Begründung »eine ist keine« Zigaretten anbieten, um Sie zum Umfallen zu bringen. Insgeheim sind manche Raucher neidisch, daß Sie schon so weit sind, oder sie entwickeln Schuldgefühle, daß sie selbst es noch nicht geschafft haben, weil ihnen die Courage fehlt.

Eine weitere Gefahr sind Partnerschaftskrisen, in denen Sie sich innerlich aufregen. In solchen Krisenzeiten greift man leichter zu einer Zigarette. Machen Sie sich bewußt, daß Sie die Krise auch ohne Zigarette überwinden können. Das wäre dann eine neue Erfahrung für Sie, daß Sie auch ohne »Tröster« durchs Leben gehen können.

Aufregungen, Kummer, Verzweiflung sind weitere Gefahrenquellen. Sie sind häufig von innerer Leere und von einer Depression begleitet. Das ist das größte Risiko. Gerade, weil Verlusterlebnisse Ihr Leben stark beeinträchtigt haben, könnten Sie schnell das Bedürfnis nach »Mutterbrust« – nach einer Zigarette haben. Erinnern Sie sich aber daran, daß der Griff zur Zigarette die Depression verstärken kann.

Ein gutes Essen kann ebenfalls ein Verführer sein. Sie waren ja daran gewöhnt, eine lustvolle Mahlzeit mit einer Zigarette abzurunden.

Auch Druck und Frustration im Beruf können dazu verführen, eine Zigarette zu rauchen. Die Situation verschärft sich möglicherweise dadurch, daß Kollegen dann spöttische Bemerkungen wie »Ich hab's ja gewußt, der schafft es nie« machen. Weitere Möglichkeiten, rückfällig zu werden, sind die Tasse Kaffee, lange Autofahrten, Telefonieren, Arbeitspausen und so weiter.

Wenn Sie Ihre Entwöhnungsvorbereitungen treffen, dann überlegen Sie sich also ganz genau, was auf Sie zukommt, und holen Sie sich jene Situationen vor Augen, in denen Sie gewohnheitsmäßig leichter zur Zigarette gegriffen haben. Ihre Sexualität könnten Sie beispielsweise derart genießen, daß sie einen »Höhepunkt« in Ihrem Leben darstellt, ohne daß die Beruhigungszigarette die überwältigenden Gefühle wieder wegdrückt.

Wenn Sie sich unglücklich fühlen, dann lassen Sie es zu, daß Ihr Gefühlspegel auf einem Tiefstand ist, Zigaretten können Sie vom Unglücklichsein nicht befreien.

Häufig werden vom Arzt Nikotinkaugummi oder Nikotinpflaster empfohlen. Berliner Wissenschaftler haben aber herausgefunden, daß diese das Herzinfarktrisiko erhöhen können. Wenn Sie an die veränderte Körperchemie denken, dann ist das einleuchtend.

Umgekehrt tut sich etwas in Ihrem Körper, wenn Sie nicht mehr rauchen. Schon an einem einzigen Tag normalisiert sich der Kohlenmonoxydgehalt in Ihrem Blut. Der Puls sinkt, und die Hauttemperatur steigt an. Herzfunktion, peripherer Kreislauf und die feinmotorische Koordination verbessern sich schon in den ersten Tagen.[59]

Der Tag, an dem Sie beginnen, Ihre Bronchien nicht mehr mit Qualm zu reizen, ist der Tag, an dem sich Ihre Gesundheit verbessern wird. Herzen von ehemaligen Rauchern können sich innerhalb eines Jahres regenerieren. Das erste, was sich nach dem Rauchentzug verbessert, ist die Atemluft.

Geschmackssinn und Geruchssinn verbessern sich. Auch der eigene Atem und der Körpergeruch werden angenehmer. Und das Allerwichtigste: Innerhalb von drei Monaten funktioniert das Immunsystem besser.[60]

Die körperliche Leistungsfähigkeit steigert sich in weiteren drei Monaten. Als Nichtraucher ist man einfach ein neuer Mensch, und der Blutdruck wird sich ebenfalls dankbar zeigen.

8

Mit Hochdruck in die Krankheit

Kreislauf und Blutdruck

Warum, so fragt man sich, können bestimmte Menschen ihre Aggressionen nicht äußern? Haben sie etwa keine, sind sie besonders sanfte Menschen? Als Kinder waren sie besonders lebhaft und wild oder von normaler Aggressivität. Irgendwann hat es dann eine einschneidende Temperamentsänderung gegeben. Auffallend bleiben gelegentlich Wutausbrüche, die aber immer seltener werden und einem angepaßten Verhalten Platz machen. Der Betreffende hat zwangsläufig gelernt, »lieb« zu sein.

Daß Menschen mit hohem Blutdruck ihre Aggressionen nicht äußern können, liegt in der Regel an bestimmten Erlebnissen, welche die ursprüngliche Selbstbehauptungskraft untergraben haben. Meist hängen solche Erlebnisse mit erzieherischer Härte zusammen.

Immer wieder machen psychosomatische Fachleute die Erfahrung, daß der Blutdruck wieder sinkt, sobald man die Aggressionen abfließen läßt.

Auch bei erhöhtem Blutdruck spielen Streßhormone mit. Rund um die Herzkrankheit begegnen wir immer wieder der Unfähigkeit des einzelnen, sich entweder auf Kampf oder Flucht einzulassen. Diese Unfähigkeit läßt den Menschen innerlich stagnieren, es kommt zu inneren Staus, und damit können die Streßhormone nicht abgebaut werden. Gerade die Hypertonie kommuniziert mit vielen anderen

Risikofaktoren. Wir finden Bluthochdruck in Verbindung mit Diabetes, mit Fettstoffwechselstörung, bei Herzmuskelschwäche und Drucküberlastung.

Blutdruck ist eine bedarfsabhängige Größe, die ständig schwanken kann. Eines ist augenfällig: Hypertoniker sind nicht besonders belastbar. Bereits mit mittleren Aufregungen steigt der Blutdruck an. Menschen mit hohem Blutdruck empfinden sich als die Lastesel der anderen und lassen sich vieles aufbürden, wobei die eigenen Bedürfnisse unterdrückt bleiben.

Wie kommt es organisch zu Bluthochdruck? Die meisten der verschiedenen Gewebe – ob sie sich im Gehirn befinden, im Darm oder im Herzen oder ob es sich um die Blutgefäße selbst handelt – sind von einem gewaltigen Kapillarennetz durchzogen, so daß keine Zelle mehr als fünfundzwanzig Millionstel Millimeter vom nächsten Blutgefäß entfernt ist. Die Wände der Kapillaren sind hauchdünn, nicht dicker als eine einzige Zelle. Auch die kleinsten roten Blutkörperchen müssen sich winden, um hindurchzukommen.

Aber gerade in diesen Gefäßen erfüllt unser Kreislaufsystem seine wichtigste Aufgabe: den Austausch von Stoffwechselschlacken gegen Sauerstoff und Nährstoffe, die der einzelnen Zelle die nötige Energie bringen.

Dieser Austausch setzt ein bestimmtes Verhältnis zwischen dem Druck des Blutes in den Kapillaren und dem der Flüssigkeit in den Gewebezellen voraus. Der Druck in den Kapillaren ist groß genug, um das Plasma mit den Nährstoffen durch die porösen Wände zu drücken. Wegen Verbrennung der Nährstoffe herrscht in den Zellen eine geringe Sauerstoffkonzentration. Daher entzieht die Gewebsflüssigkeit den Sauerstoff dem »eisernen Griff« der roten Blutkörperchen und saugt ihn gierig ein. In den Kapillaren setzen die Blutzellen und Plasmaproteine, die wegen ihrer Größe nicht durch die Gefäßwände dringen können, ihre Reise als dickflüssiger Strom fort.

Nun beginnt ein Vorgang, den man Osmose nennt. Mit Kohlendioxyd angereichertes Wasser dringt vom umgebenden Gewebe in das wasserarme Plasma innerhalb der Kapillaren ein. Binnen einer Minute wird das gesamte Wasser im Blutplasma fünfundvierzigmal gegen Gewebsflüssigkeit ausgetauscht. Daß unser Blutvolumen trotzdem konstant bleibt, ist zurückzuführen auf das Gleichgewicht zwischen dem Blutdruck, der die Flüssigkeit aus den Kapillaren treibt, und dem osmotischen Druck, der sie einsaugt.

Wenn das Blut die Kapillaren wieder verläßt, strömt es nicht, wie zu Beginn der Reise, schnell dahin, sondern fließt träge mit einer Geschwindigkeit von weniger als einem Zentimeter pro Sekunde. Bläuliches Blut mit Kohlendioxyd und anderen Abfallstoffen beladen, sammelt sich langsam in den Venen, um den Rückweg zu Herz und Lunge anzutreten. Da Venen über weit weniger Muskeln verfügen als Arterien, bringen sie nicht die gleiche Pumpleistung auf. Das gilt insbesondere für jene Gefäße, die das Blut aus den unteren Körperregionen herausbefördern müssen. Die dünnwandigen elastischen Venen nehmen die umgebende Muskulatur zu Hilfe, um die Schwerkraft zu überwinden:

Bei jeder unserer Bewegungen drücken die Muskeln der Arme, der Beine, ja selbst des Magens gegen die Venen und befördern das Blut auf diese Weise weiter. Venenklappen verhindern, daß das Blut zurückfließt. Werden sie jedoch, etwa in einer Beinvene, beschädigt, so entsteht ein Stau, der zu einer Krampfader führt.

Bluthochdruck ist ein Risikofaktor erster Ordnung bei Herz- und Gefäßerkrankungen. Die Ärzte nennen ihn Hypertonie. Das Blut kann nur dann ständig durch die zahllosen Blutgefäße fließen, wenn es unter ausreichendem Druck steht. Unser Blutdruck verändert sich ständig. Er ist an zahllose Faktoren, wie etwa unsere Körperhaltung, Atmung und auch Belastungssituation, angepaßt.

Der Blutdruck ist außerdem sogenannten zirkadianen Rhythmen unseres Körpers unterworfen. Schon am Anfang des 19. Jahrhunderts wurden zirkadiane Rhythmen für die verschiedenen Funktionen des Körpers beschrieben. So weiß man heute, daß der Puls und die Körpertemperatur am Nachmittag ansteigen und in der Nacht wieder abfallen. Aufgrund der in den vergangenen Jahrzehnten erarbeiteten Ergebnisse wissen wir heute, daß nahezu alle physiologischen Parameter beim Menschen eine Rhythmik aufweisen. Diese kann entweder als zirkadian (vierundzwanzig Stunden), infradian (kürzer als vierundzwanzig Stunden), ultradian (länger als vierundzwanzig Stunden) oder von der Jahreszeit abhängig angesehen werden. Aus evolutionstheoretischen Überlegungen läßt sich ableiten, daß wir offenbar durch das Leben auf einem rotierenden Planeten einer zeitlichen Organisation unterworfen sind. Neben den vitalen Lebensfunktionen wie Blutdruck, Herzfrequenz, Lungenfunktion oder Körpertemperatur, die den Messungen leichter zugänglich sind, unterliegen auch eine Vielzahl von Parametern, die im Blut und Urin bestimmt werden können, dieser Rhythmik.[61]

Warum ist hoher Blutdruck gefährlich?

Bei einem hohen Blutdruck wird es für das Herz schwierig, gegen den permanent gesteigerten Widerstand anzupumpen. Bei Herzkranken erlahmt im Laufe der Jahre die Kraft des Herzens, und es kann zu Herzschwäche und Herzversagen kommen. Bluthochdruck verstärkt zusätzlich die ständige Druckbelastung und damit den Verschleiß der Schlagadern, der Hirngefäße, aber auch der Herzkranz-

und Nierengefäße. So gesehen ist der Bluthochdruck an Herzinfarkten und Gehirnschäden beteiligt.

An anderer Stelle wurde bereits gesagt, daß unser Herz gewissermaßen als Doppelpumpe funktioniert. Tatsächlich haben wir in unserem linken und rechten Herzteil zwei mechanisch völlig unabhängige Pumpsysteme. Ebenso wie das Herz ist der Kreislauf zweigeteilt und umfaßt einmal den kleinen Kreislauf, den man auch Lungenkreislauf nennt, der von der rechten Herzseite versorgt wird, zum zweiten den Körperkreislauf, den die linke Seite des Herzens versorgt. Dieses zweigeteilte System hängt mit dem Gasaustausch zwischen Luft, Blut und Zellgeweben zusammen. Bekanntlich können die Zellen nur aktiv sein, wenn sie ständig mit Sauerstoff versorgt und von Kohlendioxyd befreit werden.

Transport und Austausch passieren auf folgende Weise: Die rechte Herzseite bekommt aus den Hohlvenen das mit Kohlendioxyd angereicherte Blut und pumpt es in den Lungenkreislauf. Das hier befindliche Kapillarnetz besorgt den raschen Gasaustausch zwischen der Luft und den Lungenbläschen. Es ist verständlich, daß der Gasaustausch wie ein Uhrwerk funktionieren muß. Darum müssen alle Herzteile funktionell aufeinander abgestimmt sein. Aus diesem Grunde entleeren beide Vorhöfe ihr Blut gleichzeitig in die »Auswurfkammern«, die es danach gleichzeitig in die Lungen- beziehungsweise Körperschlagadern pumpen. Ihr Teamwork wird durch ein Reizbildungs- und Reizleitungssystem kontrolliert. Dadurch reguliert sich gleichzeitig die Herzschlagfolge. Wir können also gewissermaßen von einer Verteileranlage reden. Das Triebwerk sitzt im Bereich der Vorhöfe. Rhythmisch-elektrische Impulse regen zunächst die Herzvorhöfe an, sich zusammenzuziehen, und veranlassen sie, das Blut in die Kammern zu pumpen. Über die Verteileranlage laufen die Impulse mit minimaler zeitlicher Verzögerung zu den jetzt gefüllten Kammern weiter und regen deren Blutauswurf an. Leider ist dieser elektrische Steuerungsmechanismus störanfällig. Darum sind Unregelmäßigkeiten der Herzschlagfolge – sogenannte Herzrhythmusstörungen – oft ein Symptom von Erkrankungen des Herzmuskels.

Wenn der Arzt den Blutdruck mißt, wird gleichzeitig ein oberer – der systolische – und ein unterer – der diastolische – Blutdruck gemessen.

Das Herz stößt über sein Steuerungssystem Blut aus. Dadurch entsteht eine sogenannte Blutwelle – auch Pulswelle genannt. Diese Welle läuft weiter vom Herzen in die peripheren Arterien und kann dort als Puls erfühlt werden. Wenn sich nun das Herz zusammenzieht und schlaff wird, wird der Druck in den Arterien höher oder niedriger sein. Diese Welle hat, wie alle Wellen, ihren Gipfel, dem ein Tal nachfolgt. Der durch das Zusammenziehen entstandene Gipfelwert heißt also Systole und der der Kammererschlaffung folgende Talwert heißt Diastole. Die Höhe dieser beiden Blutdruckwerte – auch ihr Verhältnis zueinander – liefert dem Arzt die Informationen, ob unser Blutdruck normal oder erhöht ist.

Die Schlagadern haben neben der Aufgabe der Blutleitung auch die der Blutverteilung. Wegen ihrer kräftigen Wandmuskulatur sind sie in der Lage, ihren Querschnitt zu verengen oder zu erweitern. Auf diese Weise wird der Blutstrom entweder gestärkt oder verlangsamt. Durch diese Veränderungen wandelt sich auch der Widerstand, den ihre Wände dem Blutstrom entgegensetzen. Die Summe der von allen peripheren, muskulären Arterien aufgebauten Widerstände bezeichnet die Medizin als »peripheren arteriellen Strömungswiderstand.«[62]

Wozu brauchen wir überhaupt so etwas wie einen Blutdruck?

Jeder weiß, daß das Herz die Aufgabe hat, unseren Organismus ausreichend mit Blut zu versorgen. Dazu muß erst
mal genügend Blut vorhanden sein, aber auch ein ausrei-
chender Blutdruck, der das Blut durch den Organismus
treibt. Die verfügbare Blutmenge ist ständig die gleiche,
etwa fünf Liter beim Erwachsenen. Der Blutdruck muß
sich den wechselnden Bedürfnissen und Situationen des
Menschen anpassen können. Dabei darf ein Minimum
nicht unterschritten werden – wir hätten dann einen Un-
terdruck, die Hypotonie. Aber auch bei erhöhten Anforderungen, wie sie der Streß beispielsweise mit sich bringt,
muß etwas getan werden. Das regelt unser Organismus mit
Hilfe von zwei einfachen Anpassungsmechanismen. Er
schafft es einmal durch die Zu- oder Abnahme der vom
Herzen pro Minute in den großen Kreislauf gepumpten
Blutmenge oder auch durch die Erhöhung oder Erniedrigung des Strömungswiderstandes. Somit ist der Blutdruck
eine Größe, die je nach Bedarf höher oder niedriger sein
kann.

In der Gesamtheit definieren die regulierenden Größen die
Beständigkeit des inneren Milieus. Die wichtigsten sind,
wie bereits besprochen, der Gasgehalt des Blutes, das Blut
und der osmotische Druck. Als regulierende Variable
bleibt der osmotische Druck. Er ist eine beispielhafte Konstante. Je salziger eine Lösung ist, desto höher ihr Druck.
Wenn wir aus irgendeinem Grund Wasser verlieren, dann
steigt die Salzkonzentration in unserem inneren Milieu
und damit auch der Druck. Als regulierte Variable sinkt
der Druck bei Drosselung des Wasseraustritts und/oder
Steigerung der Wasserzufuhr. Drosselung bedeutet vor

allem Verringerung der Nierenausscheidung. Dafür sorgt das Hormon, von dem wir öfter sprachen: das Vasopressin, auch antidiuretisches Hormon (ADH) genannt. Die Konzentration des Vasopressins im Blut ist eine kontrollierte Variable, die mit Erhöhung des osmotischen Drucks ansteigt – hier zeigt sich wieder deutlich, wie stark Hormone den Stoffwechsel und das innere Milieu beeinflussen.

Die Zufuhr erhöhen heißt trinken. Wenn der osmotische Druck des Blutes ansteigt, stellt sich sofort Durstempfinden ein, das dringende Bedürfnis zu trinken. Das ist ein gutes Beispiel für eine Verhaltensregulation und zeigt die Vielfalt der regulatorischen Mechanismen.

Da der Blutdruck sich durch äußere Eindrücke beeinflussen läßt, ergibt das einfache Blutdruckmessen nicht immer ein genaues Bild.

Schon der Arztbesuch, und die damit verbundene Tatsache, daß dieser eine Krankheit »entdecken« könnte, lassen den Blutdruck in die Höhe schießen. Eine Testgruppe von achtundvierzig Probanden – Männer und Frauen mit Bluthochdruck und Normaldruck – wurden vierundzwanzig Stunden lang getestet, um die Höhe des durchschnittlichen Blutdrucks zu ermitteln. Anschließend machten alle einen fünfzehnminütigen Besuch bei einem Arzt. Sofort stieg der systolische Druck um siebenundzwanzig Millimeter, und auch der untere, diastolische Wert lag höher. Auch zehn Minuten nach dem Arztbesuch war der Blutdruck immer noch leicht erhöht. Bei einem zweiten Arztbesuch stieg der Blutdruck im gleichen Ausmaß an.[63] Hier zeigt sich deutlich, wie sehr unsere Psyche und vor allem Erwartungshaltungen Einfluß auf wichtige körperliche Funktionen haben können.

Wir benötigen Zeit, um uns auf andere einzustellen. Diese innere »Abtastphase« kann den Blutdruck beeinflussen. Auch beim stationären Aufenthalt in der Klinik kommt es zu dieser Erscheinung, vor allem dann, wenn uns die Ärzte und das Pflegepersonal noch fremd sind, aber auch wenn wir ihnen wenig Sympathie entgegenbringen. Diese Beispiele zeigen, daß der Blutdruck ein sehr feinsinniges Instrument ist, das sehr rasch psychosomatisch reagieren kann.

Konflikte und Probleme klar zu erkennen ist nicht gerade eine Stärke von Menschen, die an Bluthochdruck leiden. Sechskommadrei Millionen Menschen haben eine »essentielle Hypertonie«. Oft sind die Kranken beschwerdefrei und unterschätzen deshalb die Gefahren dieser Störung, die zu Herzinfarkt und Gehirnschlag führen kann.

Doch nicht nur körperliche Faktoren, wie etwa Übergewicht, Bewegungsarmut und Nikotinverbrauch treiben auf Dauer den Blutdruck hoch. Aus psychosomatischer Sicht haben auch Gefühle, wie Angst und Wut, Einfluß – wenn sie ins Unbewußte verdrängt werden und dort bedrohlich weiterwirken. Die Sorglosigkeit gegenüber der Krankheit steht im krassen Gegensatz zu den Gefahren, die ein hoher Blutdruck mit sich bringt.

Bluthochdruck und die Verhärtung der Gefäße

Der Zustand ist lebensgefährlich, wenn sich durch eine dauerhafte Überlastung die Blutgefäße verhärten – sklerotisch werden. Die mangelhafte Geschmeidigkeit der Gefäßwände läßt den Blutdruck weiter ansteigen. Gefäßschäden, wie Schlaganfall, sind die Folgen.

Vor allem aber verursacht die essentielle Hypertonie bei rund zweikommaacht Millionen Bundesbürgern mehr oder weniger bedrohliche Herzleiden. Sie kann zu Durchblutungsstörungen im Herzmuskel bis hin zum tödlichen

Infarkt führen. Vom fünfunddreißigsten Lebensjahr an nimmt die Gefahr der Hypertonie ständig zu.

Ein Mensch leidet an Hypertonie, wenn die Messungen über mehrere Wochen hinweg die Werte von hundertsechzig zu fünfundneunzig Millimeter Quecksilbersäule übersteigen. Dabei ist vor allem der zweite Wert wichtig. Er signalisiert dem Arzt, ob die kleinen Schlagaderäste, die besonders leicht an Elastizität einbüßen, sich verengen und dem Druck des aus dem Herzen strömenden Blutes einen erhöhten Widerstand entgegensetzen.

Von der Persönlichkeitsstruktur her könnte man den Hypertoniker mit einem Tiger vergleichen, der im Käfig sitzt und seine Beute nicht angreifen kann. Mit anderen Worten, diese Patienten werden von einem »Gitter« innerer Hemmungen gefangengehalten, die sie weitgehend an jenen Gefühlsäußerungen und -handlungen hindern, die psychosomatische Fachleute als Kampf- und Fluchtreaktionen bezeichnen.

Hoher Blutdruck scheint darüber hinaus eine bis jetzt unbekannte Folgeerscheinung zu haben: Wissenschaftler fanden heraus, daß bei Hypertonikern sich im Alter zwischen fünfzig und achtzig Jahren die höchsten Blutdruckwerte ergeben. Die Forscher hatten bei dieser Gruppe kernspintomographische Aufnahmen vom Gehirn angefertigt. Die strahlenfreie Methode ermöglicht es, mit Hilfe magnetischer Felder die verschiedenen Regionen des Gehirns Kubikzentimeter für Kubikzentimeter sichtbar zu machen und die Anteile von Gehirnmasse und -flüssigkeit zu messen.

Bei allen Betroffenen fand sich eine deutliche Abnahme des Volumens in der linken Hirnhälfte. Auf beiden Seiten war der Flüssigkeitsanteil erhöht. Die Veränderungen zeigten sich bei den Hypertonikern unabhängig davon, ob sie Arzneien einnahmen oder nicht. Die Forscher vermuten jedoch, daß die Auswirkungen um so geringer sind, je besser der Hochdruck kontrolliert werden kann. In erster Linie zeigen sich Verluste an weißer Hirnsubstanz, während bei der Alzheimerschen Krankheit vornehmlich graue Substanz verlorengeht, die höhere Funktionen koordiniert. Die Ärzte befürchten jedoch, daß übermäßiges Zurückgehen der weißen Substanz zu Gedächtnisstörungen oder Problemen mit mathematischen Aufgaben führen kann. Entsprechende Folgebeobachtungen sind im Gang.[64]

Akute körperliche und seelische Belastungen führen fast immer zu einer Blutdruckerhöhung. Wie lange der Druck erhöht bleibt, hängt von der Fähigkeit ab, seelische Belastungen zu verarbeiten. Hypertoniker haben Schwierigkeiten mit der Verarbeitung aggressiver Antriebserlebnisse. Sie leben gewissermaßen unter einer Dauerspannung von unterdrückter Angst und Wut. Häufig sind sie »Fassadenmenschen«. Hinter der gleichmütigen Fassade eines beherrschten, gewissenhaften und zuverlässigen Menschen verbirgt sich nicht selten ein Mensch, der innerlich durch Unsicherheit, Sensibilität, Abhängigkeit und Unausgeglichenheit gekennzeichnet ist.[65]

Bluthochdruck ist eine Störung, deren Behandlung von der Korrektur einer Gleichgewichtsstörung der Neurotransmitter und deren Rezeptoren abhängig sein kann. Streß löst eine Reaktion des sympathischen Nervensystems aus, und es werden Neurotransmitter freigesetzt, die zu hohem Blutdruck führen. Winzige Thermostate in den Wänden der Blutgefäße und des Herzens informieren das Gehirn bei Beendigung des Stresses, das Abfeuern sympathischer Neuronen einzustellen und den Blutdruck wieder auf Normalniveau zu bringen. Die Nerven von diesen Thermostaten – Barorezeptoren – befinden sich im unteren Hirnstamm, wo die Aminosäure Glutamat als Hauptneurotransmitter wirkt. Wird dieser chemische Botschafter gestört oder gespalten, kann der durch die Streßreaktion bedingte erhöhte Blutdruck fortbestehen und im Ergebnis zur Hypertonie führen.

Der über den Geist beeinflußte Blutdruck

Amerikanische Wissenschaftler, die sich mit der Rolle von Glutamat und Barorezeptoren beschäftigen, stellten fest, daß es Verbindungen zwischen Blutdruck und unseren Gedanken und Emotionen gibt. Dabei wird jener Pfad mit einbezogen, der zwischen dem Vorderhirn, mit dem wir unsere äußere Umwelt wahrnehmen und bewerten, und einem komplexen Kreislauf im unteren Hirnstamm (der Medulla oblongata) verläuft. Hier befindet sich der Sitz des Blutdruckkontrollzentrums.[66]

Das Problem eines hohen Blutdrucks kann folglich in Teilbereichen durch unsere Wahrnehmungen, Gedanken und Emotionen wie auch durch jene maßgebenden Neuronen an der Gehirnbasis verursacht werden, die Streßhormone enthalten und im Zusammenwirken mit anderen Transmittern unangemessen aktiviert werden.

Es erhebt sich deshalb die Frage: Warum können Hypertoniker ihre Aggressionen und Feindseligkeitsgefühle nicht äußern? Diese Unfähigkeit resultiert aus der Lebensgeschichte der Betroffenen. Als Kinder waren sie lebhaft, wild und von normaler Aggressivität. Bei fast allen hat es dann eines Tages eine Temperamentsveränderung gegeben. Plötzlich verhalten diese Kinder sich verschüchtert. Auffallend bleiben nur gelegentliche Wutausbrüche, die von der Umwelt mit Befremden aufgenommen werden. Dieser starken Grundschicht einer einst vorhandenen Vitalität muß ein einprägendes Erlebnis ei-

198

nen Riegel vorgeschoben haben. Sie ist die Folge von Erziehungsmethoden, die allzugroße Härte zeigten, und hat Selbstbehauptungskraft und Durchsetzungsvermögen erheblich gestört.

Unterdrückung bei gleichzeitiger Unfähigkeit, sich des Drucks zu entledigen, kann als Ursache des Bluthochdrucks angesehen werden. Gelingt es, wenn das Leiden sich nicht allzusehr manifestiert hat, die Aggressionen »locker« zu machen, so normalisiert sich der Blutdruck.

Wut und Blutdruck sind aufeinander bezogene Größen. Durch die Blutdrucksteigerung werden aggressive Kräfte für die motorische Entladung in der Muskulatur bereitgestellt. Wird der Wutaffekt verdrängt und kommt es dadurch nicht zur Entladung im Körper, bleibt der Grundkonflikt bestehen. Er wird so weit weggeschoben, daß die Wut nicht mehr als Wut erlebt wird, sie gärt unterschwellig, und es gibt kein Ventil. Somit bleibt die Blutdrucksteigerung bestehen, wird chronisch. Ein von der Natur sinnvoll ausgeklügelter Mechanismus gerät auf diese Weise in eine Sackgasse, wird sinnlos und pathologisch.

Grundsätzlich stellt sich der Körper in Notsituationen auf Kampf oder Flucht ein. Der Mensch muß sich besonders anstrengen, um sich entweder zu wehren oder zu fliehen. Aus diesem Grunde wird der Blutdruck erhöht, die Muskelspannung verstärkt und vermehrt Blutzucker bereitgestellt. Ist die Kampf- oder Fluchtsituation überwunden, normalisieren sich alle Prozesse wieder, Sympathikus und Parasympathikus wechseln in den Ruhezustand. Wenn Menschen allerdings nicht ihrer Wut entsprechend handeln, wenn die Wut sich nicht durch Weglaufen oder Angriff ausleben kann, wenn man sich nicht streitend auseinandersetzen kann, bleibt der Körper in Alarmbereitschaft, der Blutdruck bleibt oben.

Das zeigt deutlich, warum Hypertoniker nach außen so

ruhig und beherrscht wirken. Die innere Spannung ist ihnen kaum anzumerken. Möglicherweise haben sie als Kind lernen müssen, daß Aggression etwas »Böses« sei. Sie lernten brav und lieb zu sein und gerieten in ein Grundmuster, das sich letztlich gegen sie richtete.

Bei psychosomatischen Störungen spielt der Verdrängungsprozeß eine wichtige Rolle. Nach tiefenpsychologischer Auffassung bedeutet »verdrängen« etwas aus dem Bewußtsein entfernen. Vor allem jene Bewußtseinszustände, die man nicht verarbeiten kann, die unangenehm sind, werden weggedrückt. Wenn man beispielsweise seinen Chef gerne verprügeln würde, die Gesellschaft und der »Anstand« das aber nicht erlauben, dann wird dieser Gedanke und die an ihm »klebende« Wut weggeschoben. Unser Ich greift hemmend in das seelische Spontanverhalten ein, die Wut wird unerlebbar gemacht. Bedürfnisse, Wünsche, die von unserem Ich nicht akzeptiert werden können, die Konflikte auslösen, die Angst machen, werden weggedrängt.

Dazu gehören aggressive Regungen, »unerlaubte« sexuelle Wünsche, Besitzgier, Macht und Geltungsstreben. Hierher gehören auch von außen auf uns zukommende Gefährdungen und die damit verbundene Angst, die man nicht aushalten kann. Die Verdrängung ist ein grundlegender Abwehrvorgang. Abwehrmechanismen dienen dem Ich dazu, durch innere Triebansprüche oder äußere Gefahren verursachte Angst und Unlust abzuwehren.

Wut und Angst lassen den Blutdruck steigen. Wer einer vegetativen Erregung seiner Kampfes- oder Fluchtreaktion entgegenhandelt, wer seiner Wut keinen Ausdruck verleiht, sich nicht streitend auseinandersetzt, wer in den Rückzug geht, weil Kampf keinen Sinn ergibt, bei dem können sich die aufgestauten Energien nicht abladen.

Hoher Blutdruck kann demnach mit chronischer Erwartungsspannung von beherrschten Menschen zusammenhängen, die Folge davon ist Depression.

Depression – Stoffwechsel und Blutdruck

Ein konstant vorherrschender Bluthochdruck bringt Männer in einen Teufelskreis: Der unbehandelte Bluthochdruck führt zu Potenzstörungen, woran die Depression maßgeblich beteiligt ist. Auf der anderen Seite fördern blutdrucksenkende Medikamente ebenfalls Potenzstörungen. Da Stoffwechselprozesse fein aufeinander abgestimmt sind, kann man die Ursache dieser Störungen nicht mit Sicherheit diagnostizieren. Da die Depression aber nicht nur in Verbindung mit dem Bluthochdruck steht, sondern vor allem auch mit einem erhöhten Zuckerspiegel und erhöhten Cholesterinwerten, muß man annehmen, daß die Depression den Stoffwechsel beeinflußt.

Wenn wir von Risikofaktoren sprechen, dann darf man diese allerdings nicht isoliert betrachten. Der Mensch ist so gesund wie sein Gesamtstoffwechsel. Eigentlich dürfte man nicht von Herz- und Gefäßkrankheiten, sondern müßte eher von Symptomen einer Stoffwechselentgleisung sprechen.

Eine großangelegte Studie in New England ergab, daß blutdrucksenkende Medikamente die Lebensweise eines Menschen auf sehr unterschiedliche Weise beeinflussen können, weil auch diese Mittel unerwünschte Nebenwirkungen haben können.[66]

Als Nebenwirkungen zeigen sich Mundtrockenheit, Schlappheit und Müdigkeit, ein herabgesetztes Wahrnehmungsvermögen, Unzufriedenheit mit sich selbst und der persönlichen Arbeitsleistung. Das intellektuelle Interesse an der Umwelt läßt nach, das Interesse an der Sexualität schwindet ebenfalls, wie schon erwähnt. Das alles sind aber Symptome, wie sie auch bei Depressionen auftreten. Es scheint so, als würden die blutdrucksenkenden Medikamente verdrängte Depressionen wieder verstärken, sie sozusagen offenbarer machen.

Ein blutdruckgesunder Mensch hat in sich ständig ein Gefühl des Wohlbefindens, von körperlicher Aktivität, von einer Homöostase im seelischen Bereich. Seine intellektuellen Funktionen sind ausgewogen, und er hat ein gutes Sozialverhalten. Aber gerade diese Gefühle sind gestört, wenn der Blutdruck per Medikament gesenkt wird. So ist die Frage berechtigt, ob es sich beim Bluthochdruck um eine Krankheit handelt, die sich eigenständig, aufgrund von falscher Lebensweise, entwickelt hat, oder ob es sich um ein Symptom eines viel größeren Krankheitsgeschehens handelt.

Die Antwort der Mediziner auf diese Frage lautet etwa folgendermaßen: Wenn sie eine organische Ursache für eine Erkrankung erkennen, dann ist die Krankheit für sie nur ein Symptom. Ist die Ursache für Bluthochdruck eine über Depression entstandene Stoffwechselstörung, ist der Bluthochdruck eigentlich ein Symptom. Erkennen Ärzte keine Ursache, sprechen sie von einer Krankheit. Da Depression in den meisten Fällen nicht erkannt wird, spricht man auch beim Bluthochdruck meist von einer Krankheit. Man kann von den Ärzten nicht verlangen, daß sie alles wissen müssen. So sprechen sie dann auch manchmal von endokriner Hypertonie; diese Beschreibung gibt den Hinweis darauf, daß unser inneres Drüsensystem an der Entstehung der Krankheit stark beteiligt ist. In diesem Fall handelt es sich um steuernde und regulierende Organe, wie die Schilddrüse, die bei einer Erhöhung des Cholesterinspiegels mitspielen kann, wie bereits ausgeführt wurde. Die Streßhormone erzeugenden Nebennieren sind in diesem Fall ebenso involviert wie die Bauchspeicheldrüse. Diese steuernden Drüsen sind alle an der bei der Depression vorliegenden Entgleisung des Stoffwechsels beteiligt. Es handelt sich hier also um ein und dieselbe Sache, der man nur einen anderen Namen gegeben hat.

Es kann aber auch zu Organstörungen über den Dauerstreß kommen, so daß der Bluthochdruck sich nicht mehr ohne weiteres regulieren läßt. Gutartige Geschwülste können sich in den Nebennieren bilden, was sehr hohen Blutdruck verursacht. Diese Beobachtung ändert aber nichts an der Tatsache, daß solche Geschwülste über den Dauerstreß entstehen können.

Am Depressionsstoffwechsel sind – wie bereits gesagt – Noradrenalin (stammt aus dem Nebennierenmark), Dopamin und Serotonin beteiligt. Diese chemischen Botschafter, die an den Enden bestimmter Gehirnzellen abgesondert werden, um mit benachbarten Neuronen zu kommunizieren, scheinen sich bei Depressionen zu erschöpfen.

Die Arbeiten psychosomatisch orientierter Therapeuten zeigten, daß sich offensichtlich bei den Neurotransmittern im Gehirn Veränderungen einstellen, wenn der Patient die Sichtweise seines Lebens und seiner Probleme ändert. Wenn jemand gewohnheitsmäßig mit seinen Lebensschwierigkeiten so umgeht, daß er sie als furchtbar und jenseits jeglicher Kontrolle empfindet, scheinen der Noradrenalin-, Dopamin- und Serotoninspiegel zu sinken.[68] Darüber hinaus zeigt sich eine Fehlsteuerung der Hypothalamus-Hypophysen-Nebennieren-Achse, die bei depressiven Menschen einen hohen Kortisolspiegel aufweist. (Kortisol ist ein Streßhormon der Nebenniere). Untersuchungen lassen vermuten, daß die Probleme bei einem exzessiven Kortikotropin freisetzenden Faktor oder in einem im Hypothalamus erzeugten Hormon liegen.

Daß es einen Zusammenhang zwischen hohen Kortisolwerten und Depressionen gibt, wurde bereits gesagt.[69]
Was kann man nun gegen Bluthochdruck tun? Wie wir sehen konnten, bringen blutdrucksenkende Medikamente Nebenwirkungen mit sich. Gesenkt werden muß der Blutdruck aber um jeden Preis. Ich werde in den Kapiteln über Ernährung und Bewegung näher darauf eingehen. Aber jeder an Bluthochdruck Leidende kann sich einmal die Frage stellen: Was hat der Bluthochdruck mit meinem Leben zu tun?

Wem es gelingt, über eine psychosomatische Behandlung den inneren Druck loszuwerden, dem ist schon viel geholfen. Jeder Hypertoniker kann eine Menge selbst tun. Aber auch die medizinische Forschung muß sich neue Fragen stellen. Denn eines ist sicher, die gegenwärtigen Medikamente wirken am Symptom, nicht aber an der Ursache!

Wollen wir die Stoffwechselentgleisung der Herzkranken bessern, dann muß der über Depressionen gestörte Stoffwechsel in die Überlegungen mit einbezogen werden.

Eine der häufigsten Ursachen (neben der Depression) ist das Übergewicht. Aber das ist auch oft wieder eine Folge von Depression. Gelingt es den Hypertonikern, ihr Gewicht zu reduzieren, dann kann allein schon durch die Gewichtsreduzierung der Hochdruck sinken.

Bei der Ernährungsumstellung sind vor allem drei Punkte zu beachten:

1. Kochsalze müssen eingeschränkt werden.
2. Darüber hinaus sollte so wenig Kaffee wie möglich getrunken oder auf koffeinreduzierten Kaffee umgestiegen werden.
3. Auch Alkohol ist dem Hypertoniker nicht zuträglich.

Es gibt einen engen Zusammenhang zwischen Bluthochdruck und Diabetes. Jeder zweite Diabetiker leidet früher oder später an Durchblutungsstörungen der Herzkranzgefäße. Dadurch ist er zusätzlich infarktgefährdet. Hinzu kommt, daß diabetische Männer und Frauen – besonders wenn sie übergewichtig sind – weitaus häufiger unter Bluthochdruck leiden als Herzkranke ohne Diabetes. Aber gerade die Zuckerkrankheit ist mit der Depression am engsten verwoben.

9

Zucker vor verschlossenen Türen

Wut – Angst – Schmerz und der unstillbare Hunger

Die Zuckerkrankheit ist eine Erkrankung des gesamten Stoffwechsels. Einige Wissenschaftler gehen sogar so weit, daß sie Diabetes mellitus und Fettstoffwechselstörungen für ein und dieselbe Krankheit halten. Zucker ist maßgeblich am Herzinfarkt beteiligt und gilt als ein sehr ernstzunehmender Risikofaktor. Und dennoch: Zucker und Depression werden häufig nicht wahrgenommen. Die eher aufgeschlossene, extrovertierte Persönlichkeit bestimmter Zuckerkranker neigt unter Belastungen zur depressiven Reaktion.

Konflikte und Bedürfnisse jeder Art werden durch Essen befriedigt, was wiederum zur Fettsucht führen kann. Infolge der Gleichsetzung von Liebe und Essen entsteht bei Liebesentzug das emotionale Erleben eines Hungerzustandes. Trauer wird mit Kuchen kompensiert, und unverarbeitete Trauer wird zum Dauerhunger. Herzinfarktpatienten mit dem Risikofaktor Zucker leben ständig mit einem unbewußten psychischen Hungergefühl, das zu vielen kleinen Naschereien führt und damit den Stoffwechsel entgleisen läßt. Lebenslange unbewußte Ängste führen zur ständigen Kampf- oder Fluchtbereitschaft mit entsprechender Hyperglykämie, ohne daß je eine Abfuhr der Streßhormone erfolgt.

Wie die Cholesterinsenkung durch Medikamente von einer Zunahme der depressiven Gestörtheit begleitet ist, ist auch die Besserung des Diabetes durch medikamentöse Beeinflussung von ihr begleitet.

Nach der Meinung der meisten Ärzte gehört die Zuckerkrankheit zu den großen Risikofaktoren im Bereich der Herz- und Gefäßerkrankungen. Sie beruht auf einem Mangel an Insulin. Dieses Hormon wird in der Bauchspeicheldrüse gebildet. Der Mangel an Insulin führt zu einer Verminderung des Zuckerabbaus und gleichermaßen zu einer Erhöhung des Zuckergehalts im Blut und Gewebe.

Lang zurückliegende Untersuchungen kamen schon zu dem Schluß, daß es eine Verbindung zwischen dem Fluchtinstinkt, verbunden mit Angst, und dem Kampftrieb, der mit Wut und Aggression gekoppelt ist, gibt. Da Wut und Angst unter natürlichen Umweltbedingungen von Angreifen oder Weglaufen begleitet werden, benötigt der Organismus, um seine Muskeln in große Aktivitätsbereitschaft zu versetzen, Zucker. Darüber hinaus würde physischer Schmerz – und Kämpfen ist so gut wie sicher mit Schmerzen verbunden – möglicherweise noch größere Muskelanstrengungen provozieren. Unter Schmerzen steigern sich die Wut und die Anstrengungen des Körpers. Dazu braucht er noch mehr Zucker.

Walter B. Cannon schreibt: »Reize, die geeignet sind, Schmerzen hervorzurufen, führen einen Abfall des Blutdrucks herbei. Die Erhöhung des Blutdrucks, die normalerweise bei schmerzhaften Experimenten mit Tieren beobachtet wird, ist auf eine gleichzeitig eintretende psychische Verwirrung zurückzuführen. Es ist eine Relation zwischen Erkennen einer Möglichkeit zur Flucht und dem Grad der stimulierten Wirkung festzustellen. So würde der Schmerz, der im Körper selbst liegt oder in Verletzungen, bei denen ein Tier sicher ist, daß es durch Bewegung noch mehr Schmerzen empfinden würde, kaum zu einer Handlung führen. Andererseits zeigt das Verletzen und Antreiben von Tieren einmal mehr die erregende Wirkung von äußeren schmerzhaften Reizen.

Ebenso wie bei starken Emotionen kann die Wirkung zunächst lähmend sein, bis die nicht länger aufzuschiebende Notwendigkeit zur Handlung eintritt. So mag Terror zu tiefer Depression führen. Es ist egal, ob Mensch oder Tier durch Terror bis zur Verzweiflung getrieben werden. Sie antworten mit großen Kraftanstrengungen. Sie sind allerdings im allergrößten Maße gefährdet, weil der Zuckerspiegel bis ins Uferlose steigen kann.«[70]

Wenn man allgemein davon spricht, der Zuckerkranke hätte zu wenig Liebe bekommen, so ist das nur ein Teil der Wahrheit.

Zuckerkranke sind häufig Menschen, die nicht nur Kälte von seiten der Mutter erlebten, sie sind Menschen, die hart physisch gestraft wurden oder dazu verurteilt waren, hilflos zuzusehen, wie die Mutter physisch mißhandelt wurde. Unter starken körperlichen Schmerzen wurden sie zur Verzweiflung und in eine Depression getrieben. So nahm die frühkindliche Depression eine neue Form an und wurde zur »endogenen« Depression. Die Handlungsweise der Mutter treibt solche Kinder allmählich in ein Selbstbestrafungsmuster, das von den Betroffenen selbst nicht erkannt wird. So wie der Raucher unter psychischem Hunger leidet, lebt im Zuckerkranken ein Leben lang die ewige Verzweiflung als Folge körperlicher Bestrafungsschmerzen.

Vor Jahren hat man in einem Experiment Katzen festgebunden und sie in Wut und Rage gebracht, indem man ihnen Schmerzen zufügte. Allein das Festbinden ohne Zufügung von Schmerzen läßt den Zuckerspiegel proportional zu der ansteigenden Wut steigen. Kam dann noch der Schmerz hinzu, stieg der Blutzucker enorm an.

Man kann sich leicht vorstellen, was das für Kinder bedeutet, die ständig mit Schlägen bestraft werden. Die dauernde Angst vor neuen Schlägen läßt das Kampf-Flucht-Muster konstant weiterbestehen, so daß wir es sehr bald mit einem Diabetes vom Typ I zu tun bekommen können. Entsprechend kommt diese Diabetesform schon im Kindesalter und in der Jugend vor.

Diabetes ist – so betrachtet – eine Krankheit der Hoffnungslosigkeit. Der Diabetes mellitus Typ I manifestiert sich in der Regel bei Kindern und Jugendlichen.

Der Diabetes Typ II ist der Zuckertyp, der sich im Erwachsenenalter manifestiert. Langzeitstudien, die an der Cornell-University durchgeführt wurden, zeigten, daß sowohl das Auftreten als auch eine Verschlimmerung der Beschwerden mit einem Gefühl der Hilflosigkeit und Hoffnungslosigkeit verwoben waren.[71]

In der Streßsituation werden alle für das Überleben nötigen offensiven und defensiven Aktivitäten bereitgestellt. Körperlichen oder emotionalen schmerzlichen Erfahrungen folgen der Anstieg des Adrenalinspiegels und ein Anstieg des Blutzuckerspiegels.

Diese Reaktionen haben reflexartigen Charakter. Wie wir an anderer Stelle schon sehen konnten, sind sie nützlich und wichtig für den Organismus, da durch diese Reflexe die Kampf- und Fluchthormone bereitgestellt werden.

Der Nutzen ist eindeutig: Der Organismus erhält Energie zum Kämpfen oder Fliehen.

Wenn wir den Ärzten glauben dürfen, dann ist vor allem beim Altersdiabetes das Übergewicht verantwortlich für die Zuckerkrankheit. Daran wollen wir auch nicht rütteln. Aber es wird die Frage erlaubt sein: Was führt denn zum Übergewicht? Übermäßiges Essen allein?

Mit zunehmendem Alter verlangsamt sich der Stoffwechsel. Die Bauchspeicheldrüse erfüllt ihre »Pflicht« nicht

mehr ausreichend. Im Alter baut der Mensch ab, die Testo-
steron- und Östrogenproduktion nehmen ab. Wir berüh-
ren hier ein heißes Eisen. Denn tatsächlich sind schlechte
Ernährungsgewohnheiten maßgeblich am erhöhten Zuk-
kerspiegel beteiligt. Gleichzeitig erhöht Dauerstreß den
Blutzuckerspiegel. Es ist ratsam, sich an die Ärzte zu
halten, denn das Wissen allein um die psychischen Hintergründe genügt nicht, um den Zuckerspiegel zum Sinken zu
bringen. Ernährungsumstellung und viel Bewegung können von großem Nutzen sein, weil sich beispielsweise über
Bewegung (Kampf oder Flucht) eine Erhöhung des Zuk-
kerspiegels wieder abbaut.

Die Arbeit der Bauchspeicheldrüse

Wir kennen Hunger und Sattsein. Wenn wir satt sind,
werden die aufgenommenen Energien entweder für den
direkten Bedarf (Bewegung) oder zur Vorratsbildung verwertet. Beim hungrigen Menschen ist es umgekehrt. Wenn
er keine neue Nahrung zu sich nimmt, um den lebensnotwendigen Energiefluß zu erhalten, verwertet der Organismus die vorhandenen Fette und bildet Glukose aus Aminosäuren.
Auf der hormonellen Ebene sind diese beiden Zustände
durch die wechselseitige Wirkung zweier Bauchspeichel-
drüsenhormone gekennzeichnet. Das Insulin, mit dessen
Hilfe sich Glukose in Fettvorräte umformen läßt, ist das
Hormon des Energieüberflusses. Dagegen ist das Glukagon, das die Mobilisierung der Fette über die Neubildung
von Glukose ermöglicht, das Hormon des Energiemangels.
Hauptaufgabe des Insulins ist, den Zuckerhaushalt zu
kontrollieren. Es entsteht in der Bauchspeicheldrüse, die
quer im Oberbauch hinter unserem Magen liegt. Die

Bauchspeicheldrüse arbeitet mit exkretorischen – absondernden – und inkretorischen Drüsen. Sie ist also beides: ein endokrines sowie auch ein exokrines Organ. Exokrin stellt sie die Verdauungsenzyme her und führt sie über innere Gänge zum Dünndarm, wo die Enzyme bei der Verdauung mitwirken. Im gesamten Bauchspeicheldrüsenbereich liegen die »Langerhans-Inseln«. In ihnen werden die Hormone Insulin, Glukagon und Somatostatin erzeugt.

Glukagon spaltet die in der Leber deponierten Grundkörper der Kohlenhydrate auf. Somatostatin senkt den Blutzuckerspiegel und die Glukagon- und Insulinproduktion. Das zeigt deutlich, daß in der Bauchspeicheldrüse eine Kontrollfunktion ausgeübt wird, die für den Körper von Bedeutung ist. Insulin selbst kontrolliert unseren Zuckerhaushalt, gleichzeitig stimuliert es den Aufbau von Glykogen, einer Stärke aus tierischer Nahrung. Auch als Traubenzucker steuert es in Fettgewebe, Muskulatur und Leber und hemmt dadurch die Neubildung von Glukose in der Leber. Fast alle Kohlenhydrate und ein großer Teil des Proteins werden in Glukose umgewandelt. Was der Körper nicht sofort benötigt, speichert er vor allem in der Leber als Glykogen, das bei Bedarf wieder in Glykose umgewandelt wird. Steigt nun der Glukosespiegel im Blut, ist das für die Zellen das Signal, viel Insulin auszustoßen.[72] Zur Wirkungsweise des Insulins können wir sagen: Es fördert den Einstrom von Zucker in viele Körperzellen und damit wirkt es blutzuckersenkend. Außerdem hemmt es die Freisetzung von Fettsäuren aus den Fettvorräten des Körpers und schützt auch die Eiweißvorräte vor dem Abbau. Insulin hemmt die Zuckerneubildung, auch die auf Dauer so schädliche Zuckerneubildung aus Aminosäuren, und führt zu einer vermehrten Produktion von Eiweiß, Glykogen und Fett.[73]

Diabetes mellitus kommt also dadurch zustande, daß das Insulin die Körperzellen nicht mehr ausreichend mit Zucker versorgen kann. Die so entstehende Blutzuckererhöhung im Blut erreicht eine solche Konzentration, daß über die Nieren Zucker im Urin verlorengeht. Das ist üblicherweise erst dann der Fall, wenn die sogenannte Nierenschwelle mit einer Blutzuckerkonzentration von hundertsechzig bis hundertachtzig Milligramm pro Deziliter überschritten ist. Dieser Austritt von Zucker im Urin geht einher mit einem teilweise enormen Wasserverlust, da unsere Nieren sich anstrengen, die hohen Zuckerkonzentrationen zu verdünnen. Darum müssen Zuckerkranke so häufig Urin lassen. Die Folge davon ist Durst.

Insulin ist aber auch für den Fettstoffwechsel zuständig. Wie jeder weiß, wird überschüssiges Fett im Gewebe gespeichert, ebenso überschüssige Kohlenhydrate. Wenn wir sie »lagern«, werden sie zu Triglyzeridemolekülen. Insulin verhütet den Zerfall der Triglyzeride. Fehlt jedoch Insulin, dann verarbeitet die Leber sie und macht daraus Ketone. Das sind chemische Gruppierungen, die an Kohlenwasserstoffreste gebunden sind. Einen Teil der Ketone können die Muskeln verwerten, doch die restlichen sammeln sich im Körper an und stören dessen chemisches Gleichgewicht.[74]

Wir haben im Kapitel über die Blutfette erfahren, daß es nicht entscheidend ist, ob wir zuviel Cholesterin oder genauer, zuviel LDL haben, sondern ob wir genug HDL haben, das sich über Östrogen bei den Frauen und Testosteron bei den Männern beeinflussen läßt. Genauso verhält es sich mit dem Zucker. Wir haben nicht zuviel Zucker im Blut, wir haben einfach zuwenig Insulin! Der Insulinspiegel ist »niedergedrückt« durch die Depression. Die Bauchspeicheldrüse und die cholesterinregulierenden Hormone reagieren depressiv.

Zuckerkranke sollen wenig Kohlenhydrate zu sich nehmen. Manche übertreiben das aber und essen überhaupt keine, was neue Risikofaktoren schafft. Die Folge kann Unterzucker sein, und es kommt zur Übersäuerung des Organismus. In einem solchen Fall sollte man Traubenzucker zu sich nehmen, um bestimmte Gewebe und Zellen, die davon betroffen sind – wie Gehirn, Nerven, Blutzellen – mit dem lebensnotwendigen Brennstoff zu versorgen. Es ist unvernünftig und nicht zu empfehlen, auf Kohlenhydrate ganz zu verzichten. Sie sind ökonomisch wichtige Energiequellen für unseren Organismus. Vor allem unser Gehirn braucht Kohlenhydrate für seinen Stoffwechsel.

Grundsätzlich gilt für den Zuckerkranken, was für den Kranken mit Herz- und Gefäßleiden gilt: Diesen Menschen fehlt das Gefühl von Sicherheit und Geborgenheit. Die These psychosomatischen Denkens lautet: Körperliche Erkrankungen können unter anderem auch Ausdruck seelischer Störungen sein, oder anders gesagt: Seelische Störungen können im körperlichen Bereich als Krankheit auftreten.

Krankheit bedeutet einen »Leistungswandel« innerhalb der Organsysteme, den wir zunächst als funktionelle Störung erleben. Aber daraus wird dann eine echte »Betriebsstörung« mit langjährigen Leidenszeiten, in denen Bluthochzucker und Fettstoffwechselstörungen eine Rolle spielen.

Depressionen haben den Stoffwechsel verändert, der Stoffwechsel ändert die inneren Systeme, und am Ende kann es zur Betriebsstörung oder gar zum Betriebsstillstand kommen. Wollen wir verhindern, daß es dazu kommt, müssen wir den Betrieb nicht nur neu organisieren, sondern wir müssen die tatsächliche Ursache der Betriebsstörung ausfindig machen.

Es gibt eine eindeutige Beobachtung von psychosomatisch arbeitenden Ärzten. Wir finden bei Diabetikern regelmäßig eine depressive Persönlichkeitsstruktur vor. Am Anfang dieses Kapitels habe ich von Hilflosigkeit, Hoffnungslosigkeit, Verzweiflung, physischem und psychischem Schmerz gesprochen. Wer sich in der Kindheit Bestrafungssituationen hilflos ausgesetzt fühlte – es gab ja keinen, dem er sich anvertrauen konnte, niemand war da, der ihm in seiner Verzweiflung Hilfe anbot –, mußte den Weg in die Depression gehen.

Angst vor Strafe und der erhöhte Zuckerspiegel

Vergegenwärtigen wir uns noch einmal die Bestrafungssituation des Kindes: Unter dem Einfluß akuter Belastungsreize, etwa Angst vor Strafe, Schuldgefühlen und verborgener Wut, steigern sich psychische Erregungen. Dabei kommt es zu einer erhöhten Adrenalinausschüttung. Der Hypothalamus funkt SOS! Das bedingt zunächst eine kurzfristige Blutzuckersteigerung. Durch mittelbare Einflüsse stimuliert das Adrenalin den Hypophysenvorderlappen, über ACTH indirekt eine Ausschüttung von Glykosteroiden in den Nebennieren zu veranlassen.

Bauen sich nun Angst, Wut, Scham- und Schuldgefühle nicht ab, verursacht das Adrenalin eine langanhaltende, durch die glukoneogenetische Wirkung der Nebennierenhormone anhaltende Überzuckerung des Körpers.

Das zeigt deutlich: kein Diabetes ohne Störungen im Streßhormonhaushalt. Das Suchen nach einem organischen Faktor bei der Zuckerkrankheit ist sinn- und zwecklos, solange man die depressive Stoffwechselstörung außer acht läßt. Und diese wirkt auf die Bauchspeicheldrüse, auf das Insulin ein.

Wie sehr Zucker von der Grundstimmung abhängig ist, zeigt die Tatsache, daß der Zuckerspiegel durch Hypnose und die damit verbundenen Suggestionen sehr leicht zu beeinflussen ist. Suggeriert der Hypnotiseur dem Zuckerkranken Ruhe und Geborgenheit, sinkt der Zuckerspiegel. Auch das Gegenteil ist möglich: Per Suggestion hervorgerufene Erregungszustände können den Blutzucker steigen lassen.

Wenn Menschen unter Verlustängsten leiden, dann entweder durch direkten oder indirekten Verlust. Der indirekte Verlust zeigt sich in Form von emotionaler Vernachlässigung. Emotionale Vernachlässigung ist ein sich dem Zugriff entziehender leerer Begriff, aus dem einfachen Grund, da sie die Abwesenheit von etwas ist. Das ist der Grund, warum Menschen die Ursachen ihrer Depressionen so schwer erkennen können, vor allem Depressionsformen, die ein Leben lang bestanden haben: Was ursprünglich fehlte, ist die ständig vorhandene Gelegenheit, eine enge, bestätigende Bindung an einen Erwachsenen zu bilden und aufrechtzuerhalten, die dem Kind das Gefühl gibt, ein »besonderes«, einzigartiges und wertvolles Wesen zu sein.

Fehlt dem Kind diese Beziehung, so entwickelt es in bezug auf sich selbst und andere dumpfe, unsichere, verzerrte und inhaltsleere Gefühle. Es ist nur selten in der Lage, ein tragfähiges Selbstwertgefühl aufzubauen, und es kann auf andere und ihre Gefühle nur unzureichend reagieren.

Dadurch wird der Kontakt zu anderen oberflächlich und unergiebig. Das sind Grundlagen für Depressionen. Dem Erwachsenen fehlen Lust, Frohsinn, ausreichend Insulin und ausreichend Sexualhormone. Depressionen halten sie niedrig.

Jedes Kind braucht, von der frühesten Kindheit an und noch während der ganzen Jugendzeit, stetige Hilfe bei seinen Bemühungen, ein Mensch zu werden. Es muß das Gefühl haben, daß es jemandem etwas bedeutet, daß jemand »hinter ihm steht« und ihm bei seinen Bemühungen, »jemand zu sein«, den Rücken stärkt.

Irgendwann stellt sich dann die Frage: »Wer bin ich?«

Die Antwort darauf fällt dem Zuckerkranken schwer, in ihm haben sich Hilflosigkeit, Hoffnungslosigkeit und Verzweiflung schon in der Kindheit breitgemacht. Diese Kranken leben mit dem Gefühl: »Ich kenne zwar meinen Namen, meine Adresse und so weiter, ich weiß auch, daß ich einen Beruf ausübe oder ausgeübt habe, aber wer ich wirklich bin, das weiß ich nicht.«

Zu der Hilfs- und Hoffnungslosigkeit des Kindes kommt noch ein anderer Aspekt. Mütter, die sich Kindern gegenüber vernachlässigend verhalten, die ihre eigene Hilflosigkeit nicht zugeben können, reagieren ihre eigenen Ohnmachtsgefühle am Kind ab.

Solche Mütter strafen viel und hart. Die mütterliche Strafwut aber erfüllt das Kind mit einem Gefühl seiner »Schlechtigkeit«. Schließlich glaubt es selbst daran, daß es ständig eine »Tracht Prügel« braucht, weil es so schlecht sei. Als Erwachsener fühlt sich so ein Mensch ständig schuldig. Er fühlt sich auch dann schuldig, wenn er gar nichts getan hat.

Dieses Schuldgefühl tritt vor allem auf, wenn er etwas genießt, wie Rauchen, »gutes« Essen, eine »gute« Flasche Wein, Faulheit und Bequemlichkeit. Dieser Punkt ist wichtig, auch für die Beziehung zwischen Arzt und Patient.

Der Zuckerkranke hat ständig das Gefühl, etwas falsch gemacht zu haben. Wieder einmal »genascht« zu haben, sich falsch ernährt zu haben, und der Arzt rutscht unbewußt in die strafende Elternrolle hinein.

Der Zuckerkranke ist ein sich selbst bestrafender Mensch, diese Selbstbestrafung kann vielerlei Gestalt annehmen; etwa in Form von übermäßiger Arbeit (Leistungsstreben) oder in Form von exzessiver Liebessehnsucht mit dem Bewußtsein, daß nichts im Leben wirklich befriedigend ist. Der Kranke stopft sich voll mit Dingen, die seinen Zuckerspiegel nach oben schnellen lassen, oder er gerät in Streßsituationen, die ebenfalls das Blut »kochen« lassen.

Fragen wir uns, auf welche Weise Hilfs-, Hoffnungslosigkeit, Verzweiflung und Schuldgefühle krank machen, dann müssen wir erkennen, daß alle diese Gefühle einmünden in Resignation. Irgendwann hat der Zuckerkranke innerlich sich selbst aufgegeben. Es wird ein mühseliger, aber auch lohnender Weg sein, sich selbst wiederzufinden.

Es gibt so etwas wie »erlernte Hilflosigkeit«. Kein Mensch würde sich gerne als depressiv bezeichnen. Zu einer gelegentlichen Hilflosigkeit kann er eher stehen. Auf diese Weise hat das »Kind« einen Namen erhalten, und »man kann ja nichts dafür«, daß man so hilflos ist, die anderen sind eben stärker, gemeiner, durchsetzungsfähiger, eben anders. Worauf noch hoffen? Ich bin zucker- oder herzkrank, und das sind eben Erbkrankheiten, oder?

Diabetiker sind Menschen mit Schuldgefühlen. Und sie sind innerlich nervöse Menschen. Vor allem sind sie sehr am Essen interessiert. Ihre Hilflosigkeit und Niedergeschlagenheit sind offensichtlich. Bei Männern sinkt das Selbstwertgefühl noch weiter, wenn sie bemerken, daß sie Schwierigkeiten mit ihrer Potenz bekommen. Aufgrund des Zuckers wird der Penis nicht ausreichend mit Blut versorgt, die ständige Kampf- und Fluchtsituation verlangt jetzt etwas anderes vom Organismus. Zusätzlich verringert die Depression die Lust.

Es gibt klare Abgrenzungen zwischen dem Diabetiker vom Typ I und vom Typ II. Das gilt auch hinsichtlich der Persönlichkeitsstruktur. Jüngere Diabetiker sind ernsthaft und verschlossen, überempfindlich, schwer zu verstehen. Menschen mit Altersdiabetes zeigen sich nach außen aufgeschlossen und scheinbar umgangsgewandt. Hinter dieser Maske sind Reizbarkeit, Egozentrik und Launenhaftigkeit verborgen. Tritt man näher mit ihnen in Kontakt, dann findet man auch Hemmungen, Hilflosigkeit, mangelndes Selbstvertrauen, auch Neigung zur Selbstanklage. Sie reagieren wie Kinder nach dem Motto »alles oder nichts«. Zuckerkranke können enorm explosiv sein oder total gehemmt. Gemeinsam ist allen die Resignation. Essen spielt ein Leben lang eine große Rolle. Sie essen reichlich und gut. Aber dieses Essen hat etwas Zwanghaftes und Süchtiges an sich. Empfinden sie tatsächlich Lust, dann kommen Schuldgefühle hoch, als ob sie etwas Verbotenes täten; sie haben nicht gelernt, sich »Lust auf etwas« tatsächlich zuzugestehen. Erlebten sie sich doch von Kindheit an als »schlecht« und »nutzlos«. Die gierigen Verhaltensweisen des Altersdiabetikers lassen sich bis in die Kindheit hinein zurückverfolgen.

Seine »Freßattacken« sind von vielen Gefühlen begleitet. Über das Essen soll die Depression weggedrückt werden. Ihr Einge-»schränkt«-sein im Kontakt zu anderen läßt sie ebenfalls zum Kühlschrank gehen: Mit der Eßsucht wird Sehnsucht nach Geborgenheit und Sicherheit überbrückt, und gleichzeitig wird der Sexualtrieb übers Essen unterdrückt.

Das würde aber kaum jemand zugeben. Viel eher erfährt man: Zuckerkrankheit ist nun einmal eine Krankheit, die sich vererbt habe. Die Eltern seien auch schon starke Esser gewesen.

Bei dem Gedanken an Vererbung vergißt man allzuleicht,

daß die Persönlichkeitsstrukturen der Eltern denen ihrer Kinder in dem Sinne ähnlich sind, wie es schon im Volksmund heißt: »Der Apfel fällt nicht weit vom Stamm!«
Sind Fettsucht und Diabetes gekoppelt, heißt das, daß diese Menschen sehr schlecht in der Lage sind, mit ihrem Grundkonflikt in Kontakt zu kommen. Das bedeutet, daß unterschwellig Angst vorhanden ist. Das Essen weist hier auf uralte Verlustangst, Aggressionen, aber auch unterdrückte sexuelle Impulse hin.

Lust – Frust und der Mangel an süßem Leben

Echtes, genußvolles Essen ist mit Lust verbunden, begleitet von Vertrauen, Freude, Geborgenheit und Entspannung. Der Zuckerkranke kennt diese Gefühle beim Essen kaum, hinter seinem »Hunger« steht die Gier, zu kurz zu kommen. Und zu kurz gekommen ist er ja schon in sehr früher Zeit.
Auf der anderen Seite bietet das Essen die Möglichkeit, immer wieder auftretende Angst zu besänftigen. Aber der Befriedigung des Eßdranges fehlt es an eigentlicher Lust, weil sie immer auch Gefühle von Angst und Schuld mit sich bringt. Diese Gefühle beeinträchtigen die Freude am Essen. Aber auch Mißerfolge im Leben führen zu vermehrtem Konsum.
Vielen Patienten fällt ihre Unlust gegenüber der Sexualität auf. Dieser Libidoverlust ist nicht Folge des gestörten Stoffwechsels, sondern steht mit der Depression in direktem Zusammenhang.
Wenn Essen als Ersatz für Sexualität herhalten muß, folgen in der Regel noch stärkere Schuldgefühle, weil Diätempfehlungen des Arztes vernachlässigt werden, was dem Arzt zunächst verheimlicht wird. Da die Kranken wissen, daß

sie schwindeln, zeigen sich noch mehr Schuldgefühle, das verändert die Stoffwechsellage, und die Patienten empfinden die Zunahme des Zuckerspiegels dann insgeheim als Strafaktion. Alles, was in den Augen der Zuckerkranken nach Verlust aussieht, wird mit verstärkter Depression beantwortet.

Den Zusammenhang zwischen Depression und Zucker belegen die beobachteten Verhaltensweisen alleinstehender Menschen. Tagsüber, in der Gesellschaft von Arbeitskollegen, ist ihr Hunger wesentlich geringer. Aber am Abend, wenn sie alleine sind, nimmt er unermeßliche Formen an. Manche können kaum ins Bett gehen, ohne sich noch einmal »den Bauch vollzuschlagen«. Auch viele in Partnerschaft oder Ehe lebende Zuckerkranke essen lieber, anstatt sexuelle Liebe mit dem Partner zuzulassen. Manchmal können sie es nicht mehr, weil eine diabetesbedingte Impotenz sie unfähig macht, Sexualität zu leben. Bereits um die Wende vom 19. zum 20. Jahrhundert wußten Ärzte um die »Impotenz« der Diabetiker.

Wer schon in jungen Jahren an Diabetes leidet, der bekommt früher oder später Potenzprobleme. Sie nehmen im Alter zu und vor allem in der Zeit, in der der Mann in die »Wechseljahre« kommt.

Zuckerkranke Frauen leiden auch unter sexuellen Störungen, mangelnde Gefühlsbereitschaft wie Trockenheit in der Scheide sind ihre Not. Angst vor dem Schwinden des »Frauseins« nach den Wechseljahren verstärkt zusätzlich den Prozeß des Nachlassens von sexuellem Interesse.[75]

Auffallend ist, daß Frauen mit Diabetes höhere Blutfettwerte haben als Männer. Hier liegt eine der Erklärungen dafür, warum Herz- und Gefäßerkrankungen gerade bei Diabetikerinnen auffällig sind.

Sterilität und Störungen des Monatszyklus treten bei ihnen

häufiger auf als bei gesunden Frauen. Das Ausmaß ist davon abhängig, wie gut der Blutzuckerspiegel eingestellt ist.

Auffällig ist die Einstellung der Diabetiker zu ihren sexuellen Störungen. Während gesunde Menschen ihre Probleme meist nur unter emotionalem Druck schildern, sprechen sie freimütiger über ihr schwindendes Interesse an sexuellen Aktivitäten und über ihr geringes Vermögen. Sexuelles Desinteresse kann aber auch auf einen abgefallenen Testosteron- bzw. Östrogenspiegel hinweisen.

Zuckerkranke sind zu dick, das fällt überall auf, vor allem beim Diabetes Typ II: Wir können unser gesamtes Körperfett als ein einziges »Organ« betrachten. Es setzt sich vorwiegend an den Hüften, am Bauch, am Gesäß und den Oberschenkeln fest. Fettzellen sind nicht nur vollgefüllte Fettgefäße, sie sind ebenfalls so etwas wie chemische Labors.

Von den Nebennieren produziertes Adrenalin, das weder für die Herztätigkeit benötigt worden ist noch in die Leber oder Lunge gelangt ist, steuert unser Blutstrom direkt und auf kürzestem Wege zu einem Fetttropfen. Die Fettzelle wartet richtiggehend, da gibt es kein Entrinnen. Sobald das Adrenalin das als Vorsorgebedarf für schlechte Zeiten gespeicherte Fett erreicht, beginnt es mit dessen Rückverwandlung in Zucker. Das heißt, wenn wir in Wut geraten oder fliehen wollen, sind die nötigen Energiereserven nicht vorhanden.

Jeder kann sich vorstellen, was bei einem Menschen, der unter Dauerstreß steht, passiert. Bei ihm wird mehr Fett abgebaut, als Energie gebraucht wird. Deshalb müssen viele Menschen essen, wenn sie sich aufgeregt haben. Sie geben dem Körper über den Zucker das Fett zurück. Das Zuviel an Fett jedoch führt uns zum nächsten Risikofaktor, zum Übergewicht.

10

Das Roulette der Übergewichtigen

Der verlorene Körperkontakt

Wenn es ums Essen und Trinken geht, scheinen die meisten Menschen Experten zu sein. Aber recht selten wird der Blick über den eigenen Tellerrand gewagt. Meinungen und Vorurteile über die richtige Ernährung, auch im Sinne des Ver-»pflegens« von Körper und Seele, sind ähnlich zählebig wie die Fettzellen, die der eine oder andere mit sich herumschleppt. Wer sich ernsthaft mit Ernährung auseinandersetzt, kann nicht umhin, seine Ernährung umzustellen. Nicht immer ist das, was man von der Ernährungsfront hört, spaßig. Es ist nicht wie beim Käse, der schmeckt, obwohl er stinkt.

Der Appetit wird dennoch nicht vergehen, ebensowenig wie der Spaß, der entsteht, wenn man merkt, daß es auch andere schmackhafte und doch gesunde Wege gibt, die an die »Fleischtöpfe Roms« führen, als die gewohnten.

Man hört soviel darüber, daß dieses oder jenes Nahrungsmittel das Krankheitsrisiko erhöhe oder senke. Aber nicht jeder Salzkonsum zum Beispiel erhöht bei jedem Menschen den Blutdruck. Manchmal leben Fettleibige auch fröhlich länger als Normalgewichtige. Die Geschichte unserer Ernährung bleibt immer auch die Geschichte des einzelnen Menschen. Keiner kann sich mit dem anderen vergleichen.

Hunger und Appetit sind zwei Größen, die von der Psyche

beeinflußt werden. Ein bewußt und fröhlich eingenommenes Mahl schadet weniger als die gesündeste Kost, die widerwillig und lustlos runtergewürgt wird.

Wir leben in einer Zeit, in der die Menschen immer mehr Körperbewußtsein entwickeln. Überall kann man beobachten, daß der Körper an Bedeutung und Wert zunimmt. Daß es dabei auch zu Überschätzungen, Fehleinschätzungen und Irrtümern kommen kann, liegt auf der Hand. Wenn wir sagen, daß der Körper ins Bewußtsein zurückkehrt, heißt das nicht, daß er verlorengegangen war, man hatte ihm nur keine Beachtung geschenkt, einfach so getan, als sei er zweitrangig, etwas von uns Abgespaltenes: »Ich und mein Körper«, anstatt einfach nur »ich«. Der Körper wird als Besitz gesehen, den man pflegen kann wie das eigene Auto oder ebensogut auch vernachlässigen kann. Wenn man einen Körper hat, dann hat man auch eine Krankheit, statt sie nur zu spüren. In mir ist Krankheit, in mir sind Krankheitsprozesse, die es zu beachten gilt.

Viele Ärzte rechnen Übergewicht zu den Risikofaktoren. Dabei ist nicht bewiesen, daß das Übergewicht allein wirklich ein Risikofaktor ist. Es gibt genügend dicke Menschen, die nie am Herzen erkranken.

Adipositas, wie man fachsprachlich die Fett-»Sucht« nennt, bringt aber den Stoffwechsel derart durcheinander, daß das Krankheitsrisiko im veränderten Stoffwechsel liegt. Über eines täuschen sich die Übergewichtigen hinweg: Sie sind niemals einfach nur zu dick! Ihr Übergewicht weist vielmehr darauf hin, daß sie sich – unbewußt – »gewichtig« zeigen möchten. Keine Waage zeigt an, daß ein Mensch zu dick ist, sondern nur, daß er zu »schwer« ist! Schwer macht ihn die Depression, das werden wir an anderer Stelle noch deutlicher erfahren.

Tatsache aber ist: Etwa achtzig Prozent der Zuckerkranken oder der Patienten mit Fettstoffwechselstörungen sind

übergewichtig. Und fünfzig Prozent der Bluthochdruck-
patienten sind es ebenfalls. Übergewicht stellt nur dann ein
erhöhtes Krankheitsrisiko dar, wenn weitere Risikofaktoren hinzukommen.[76]

Gewicht bedeutet Ge-»Wichtigkeit« für den Betroffenen.
Man will nicht, wie in der Kindheit, übersehen werden.
Das sagt aber im Grunde nicht mehr aus als die Farbe der
Augen, die »Größe« oder das »Kleinsein« eines Menschen.
Wenn wir von innerem Gleich-»Gewicht« sprechen, dann
ist damit die Ausgewogenheit von Energien, Stoffwechsel
und Harmonie der Gefühle gemeint.

Übergewichtige haben ihr eigenes »Geheimnis« verloren,
sie halten etwas vor sich verborgen. Rein körperlich haben
sie das Gefühl für ihren körperlichen Energiehaushalt verloren. Tiere wissen meist, wann sie aufhören müssen zu
fressen, sie wissen, was ihnen guttut und was sie unbeweg-
lich macht.

Betrachten wir unseren Hunger als »Anlagenverwalter«
über etwa zehn bis fünfzehn Kilo Fett, das in den Fettzellen abgelagert ist, dann regt sich kein Mensch auf. Essen,
ohne darüber nachzudenken, was man und wieviel man
ißt, führt zwangsweise dazu, daß der »Anlagenverwalter«
schläft. Essen, ohne nachzudenken, was man und wieviel
man ißt, führt zwangsläufig dazu, dicker zu werden. Bei
den meisten beginnt das schon in der Kindheit. Essen statt
Liebe! Im frühen Kindesalter verlernte der Körper, daß
sich – Gott sei Dank, könnte man sagen – die Fettzellen
nicht teilen können. Denn später kann der Körper nur
noch vorhandene Fettzellen füllen. Das erklärt, warum nur
Menschen, die schon in der Kindheit zu einer entsprechenden Anzahl von Fettzellen gekommen sind, dick werden
können.[77]

In der ärztlichen Praxis läßt sich die Neigung zur Fettleibigkeit durch die Zahl der Fettzellen pro Kubikmillimeter

Gewebe und ihr durchschnittliches Volumen angeben. Dieser Index ist ein festliegendes Merkmal des Menschen. Eigentlich verhält sich unser Körper »weise«, wenn er ab einem bestimmten Gewicht nichts mehr hergibt. Der Körper reagiert bei Nahrungsdrosselung mit besserer Energieverwertung. Das tut er nicht, weil er uns das Leben schwermachen will, sondern weil es ihm darum geht, unser Überleben zu sichern. Genauso wie es für unser Gewicht einen Höchstwert gibt, den der Mensch nicht überschreitet, so gibt es auch einen Tiefstwert, der nur bei bestimmten Krankheiten unterschritten wird. Eine bessere Energieausbeute, gründlichere Nahrungsverwertung und geringere Wärmeverluste gleichen die unzulängliche Nahrungsaufnahme durch Diätkuren aus.

Auch für das Essen gelten Begriffe wie Input und Output. Gesundheit bedeutet in diesem Sinne, nur so viel zu essen, wie wir entsprechend unserem Bedarf auch verwerten können. Alles übrige wird nach einem uralten Programm aus der Zeit, als der Mensch noch in freier Natur lebte, auf »Halde« gelegt.

Das Wohlbefinden nach einem ausreichenden Essen – also nicht zuwenig und nicht zuviel – bedeutet, daß unser Körper uns sagt, daß wir den Verlust unserer Lebensenergie durch Aufnahme neuer Energie erhalten und verlängern.[78]

Das ist der eigentliche Sinn unseres Hungers. Alles, was wir zusätzlich an »Lust« und »Bewertung« mit auf die Waage bringen, läßt uns schwerwiegend werden. Und auch eine Depression ist eine »schwerwiegende« Sache.

Da vielen die Wahrnehmung für ihren Körper verlorenging, ist auch die Unterscheidung zwischen Appetit und Bedürfnis verlorengegangen. Was nützt uns schließlich der schönste Hunger, wenn wir keinen Appetit haben. Unsere Geruchs- und Geschmackssinne wollen zum Hungerspiel tanzen. Denn wenn wir etwas nicht »riechen« können, was uns nicht »schmeckt«, dann hat das etwas mit unserem Geschmack zu tun, und damit die richtige »Nase« dafür zu bekommen, was unser Körper gerade braucht. Jeder kennt das:

In manchen Zeiten verlangt es uns nach frischem Salat, zu anderen Zeiten lassen wir ihn »links« liegen. Unser Körper hat einen ganz anderen Bedarf. Der Hunger unterliegt dem Nahrungstrieb, der Appetit gehört in den Bereich des Begehrens. Wenn der Appetit nicht auf den Hunger hört, wenn er sich mit anderen Lüsten mischt, wenn Begehren und Lust sich verlagern, dann kommt es zu dem verhängnisvollen Teufelstanz. Dann tanzen Verlustangst und Hunger nach Liebe miteinander. Das Bedürfnis nach Zärtlichkeit und die gleichzeitige Abwehr davon gaukeln uns vor, wir hätten Hunger. Da diese in der Kindheit vermißten Gefühle im Leben nicht nachzuholen sind, aber auch nicht so leicht bereitstehen wie das Essen, werden wir erst »schwermütig« und dann »schwergewichtig«. Dahinter verbirgt sich der tiefere Wunsch, man möge uns nicht übersehen. Wir wünschen uns, daß wir wahrgenommen werden.

Der echte Körperhunger organisiert unser Bedürfnis, also unseren »Bedarf« nach Nährstoffen. Das tut er, indem der innere »Anlagenverwalter« Energiezufuhr und Energieverbrauch gegeneinander aufrechnet. Der Appetit aber kann unter Umständen der Narr in uns sein, der »Trickster«, wie C.G. Jung ihn nannte. Er läßt unsere Phantasie wie einen Motor anspringen und gaukelt uns die vielfältigsten Lüste vor. Das Tanzparkett, auf dem der Trickster seine Pirouetten vollführt, ist unser Gaumen. Dort werden die Geschmacksstoffe geprüft.

Der Narr sitzt aber auch gleichzeitig in unseren Augen, die bei der Nahrungsaufnahme ebenfalls mitreden wollen. Der ursprüngliche Sinn dieses Mitredens lag im Erkennen von gewohnten Nahrungsmitteln, die uns bisher nicht geschadet haben. Heute heißt es: Die Augen essen mit. Man könnte ebensogut sagen: der innere Narr ißt mit. Darüber hinaus prüft auch der Gaumen, ob uns etwas schmeckt.

Die Tatsache, daß die einen Nahrungsmittel uns Lust und Freude bereiten, andere Widerwillen in uns erzeugen, sagt uns noch lange nicht, warum das so ist. Wir müssen erneut in die Kindheit zurückgehen, um das zu verstehen.

Das Kind bekommt Reflexe mit, wenn es zur Welt kommt, die bei der Nahrungsaufnahme zwischen angenehm und unangenehm unterscheiden helfen. Mimik, die ebenfalls reflexartig ist, signalisiert der Mutter eine natürliche Vorliebe für bestimmte Dinge, oder auch umgekehrt. Es ist nicht schwer zu verstehen, daß eine warme Mutterbrust, gefüllt mit Muttermilch, in den meisten Fällen als angenehm empfunden wird, der kalte Schnuller jedoch Ablehnung hervorruft. Ein Kind wertet nicht, es hat nur Empfindungen dafür, was ihm guttut oder was ihm weniger bekommt. Gemischt sind diese Eindrücke mit seelischen Empfindungen.

Zwischen Mutter und Kind besteht darüber hinaus ein mimisches Rapportverhältnis. Macht die Mutter ein mürrisches Gesicht bei der Nahrungsweitergabe, egal ob Brust oder Flasche, so signalisiert das dem Säugling: Hier stimmt etwas nicht. Entweder beginnt das Kind unbewußt die

Nahrung abzulehnen, es übernimmt die Unlustgefühle der Mutter, und Nahrung wird zum ständigen Kampffeld in diesem Menschen. Essen – zuviel und zuwenig – kann so zum Machtinstrument werden. Das kann zu Bulimie oder Magersucht führen.

Man hat Säuglingen in Versuchen süße oder saure Tropfen auf die Zunge geträufelt und deren Reaktion beobachtet: Eine süße Lösung rief eine befriedigende Mimik hervor, brachte ein Lächeln in das Gesicht des Kindes und führte zu Saugbewegungen des Mundes. Bei der anderen Lösung kniff der Säugling die Lippen zusammen, zog die Nase kraus und zeigte offenkundig Widerwillen.[79] Unsere Geschmacksrezeptoren reagieren also schon von Geburt an. Sie sind gekoppelt und vernetzt mit dem Zentralnervensystem.

In unserem Gehirn gibt es ein sogenanntes Hungerzentrum. Seine Neuronengruppe liegt im Hypothalamus, der die unbewußten Körperprozesse überwacht. Sinkt der Blutzuckerspiegel, signalisiert der Körper, daß er Nachschub braucht. Sobald Magen und Darm eine gewisse Leere signalisieren, erfährt das Hungerzentrum davon. Über die gleichen Botenstoffe regt der Hypothalamus den Organismus an, stimuliert vorsorglich die Verdauungssäfte in Mund und Magen und informiert das Bewußtsein über den Bedarf an Nahrung.

Mütter und Großmütter streiten sich heute noch darüber, ob man einen Säugling nach einem Zeitplan oder nach Bedarf füttern soll. Und hier beginnt eine gefährliche Zeitbombe zu ticken, denn schon im Säuglingsalter verlernt der Mensch oft, sich nach seinem Bedarf Nahrung zuzuführen. Wer nach der Uhr ißt, der hat verlernt, auf seinen Magen zu hören, der klar sagt, wann wir Hunger haben und wie groß der Hunger ist.

Wenn der natürliche Hunger und der individuelle Hunger-

Sättigungs-Rhythmus schon beim Säugling in ein starkes Schema gepreßt wird, um das »Kind an Ordnung« zu gewöhnen, ist der Grundstein für ein unvermeidliches späteres Zwangsverhalten gelegt. Erwachsene zeigen dann Aggressionen gegen die Mitmenschen und gegen die soziale Ordnung. Viele Menschen können schon allein aus Hunger furchtbar wütend werden.

Hunger wird stark von der Psyche beeinflußt. Ein »normaler« Esser, der seine Maße und seinen Bedarf kennt, ißt, wenn er wirklich hungrig ist. Meist ist er mit dem Bewußtsein dabei, er genießt voller Freude und Lust und weiß dabei ganz genau, daß er, wenn er satt ist, aufhört. Satt sein bedeutet aber, daß man das Gefühl hat, genug zur Deckung des Energiebedarfs bekommen zu haben.

Andere werden erst »satt«, wenn sie das Gefühl haben, daß quantitativ und qualitativ der Magen voll ist, der Antrieb zum Essen ist oft nicht Hunger, sondern eher eine unbewußte Gier. Wer langsam essen kann, zulassen kann, daß es ihm schmeckt, und seine Grenzen kennt, der ernährt sich gesünder als einer, der sich vegetarisch den Bauch vollstopft. Die Geruchs- und Geschmacksstoffe des Essens sowie das Aussehen des Essens spielen ebenso eine Rolle.

Wenn man erst aufhören kann, wenn der Körper sein Höchstgewicht erreicht hat, dann schlüpft man unbewußt in die Märtyrerrolle des Diät-»Süchtigen«. Kaum sind die Pfunde runter, wird wieder gierig nach jedem sich anbietenden Eßbaren verlangt. Es wird diesen Menschen nicht klar, daß sie dem Rhythmus des Auf und Nieder folgen.

Hat der Mensch nun einmal zuviel Fett zugelegt, kann man leicht feststellen, daß sich die Fettzellen an unterschiedlichen Körperteilen festgesetzt haben.

Verantwortlich für die unterschiedliche Verteilung der Fettzellen sind sogenannte Alpharezeptoren. Das sind

Moleküle auf der Oberfläche von Fettzellen. Bei Frauen sitzen diese Alpharezeptoren mehr an Po und Oberschenkeln, die Männer haben sie am Bauch. Deshalb schleppen Männer sich mit einem Bauch herum, als seien sie »schwanger«, Frauen nehmen offensichtlich am Po mehr zu, auch die Oberschenkel werden ihnen zur »Last«. Männer wirken durch ihren Bauch nicht selten etwas weiblicher, und Frauen wollen über dicke Beine unbewußt demonstrieren, daß sie ihren »Mann« stehen können.

Die »Altlast«, die diese Rezeptoren anzeigen, stammt aus der menschlichen Vergangenheit. Bei den Frauen der Frühzeit dienten diese Fettzellen als Langzeitdepots für Schwangerschaft und Kinderaufzucht, während die Männer sich damals oft nur mit Hilfe ihres Bauchfetts durchs Leben schlagen konnten. Es war schnell zu aktivieren, wenn es um Kampf oder Flucht ging.

Hände weg von Crashkuren!

Der heutige Mensch muß sich weder mit Wolf noch Grislybär herumschlagen, muß weder fliehen noch angreifen. Heute muß er sich einfach plagen, seine Pfunde wieder loszuwerden. Da gibt es noch ein Dilemma: Gibt es doch so viele Ärzte, die sagen, Fettsucht habe nichts mit den Drüsen zu tun. Wir wollen ihnen nicht unterstellen, daß sie unwissend seien. Sie verhalten sich wie die drei Affen, die nicht sehen, nicht hören und nicht reden wollen.

Dabei weiß jeder, daß der Stoffwechsel bei Dicken langsamer ablaufen kann, was Fettsüchtigen soviel Mühe macht, das Fett wieder loszuwerden. Es ist schon eine endlose Qual, überschüssiges Fett loszuwerden. Kaum jemandem ist dabei bewußt, daß es darum geht, eine Altlast im doppelten Sinne loszuwerden. Gegen unser evolutionäres

Erbe können wir wenig tun. Die Altlast des Zu-kurz-gekommen-seins läßt sich ausgleichen. Verhaltensprogramme können per Entscheidung geändert werden.

Darüber hinaus: Quält man sich die Pfunde runter, kommen automatisch physiologische Prozesse in Gang. Aufgrund unseres Erbes aus der Frühzeit merkt der Körper nicht, daß es manchmal nur um wenige Kilo geht. Für ihn bedeutet Abnehmen Gefahr für den Gesamtorganismus. Wie soll er auch den Unterschied zwischen sogenannter Diät und der drohenden Gefahr des Verhungerns erkennen?

Genau aus diesem Grunde setzt er alle verfügbaren Mittel ein, er aktiviert seine Energiereserven in der Leber und in den Muskeln. Und jetzt beginnt ein Tanz des »Tricksters«: Die ersten stillen Reserven sind aus Zucker gebildet. An jedem Gramm Zucker, das der Körper von seiner Halde abbaut, hängen drei Gramm Wasser. Der Körper verliert also zunächst nur Flüssigkeit. Erst nach einigen Tagen geht es an das Fett. Nun gibt es neue Probleme. Nicht nur das Fett, auch die Muskeln können schrumpfen. Hier droht unter Umständen Gefahr für den Herzmuskel. Und weil nur mangelhafte Nahrung zugeführt wird, kommt das Streßhormon Noradrenalin aufs Parkett, denn der Organismus leidet unter Streß!

Nehmen wir über längere Zeit hindurch ab, steigt der Blutdruck an. Das kann man sich auch psychologisch vorstellen: Zuschauen, wie andere alles essen dürfen, selbst aber nichts zu bekommen, das macht ärgerlich. Diesen Ärger will man sich nicht eingestehen und drängt ihn weg. Eigentlich ist es zwar ein nutzvoller, aber auch ein widersinniger Kampf. Denn wenn wir den Risikofaktor Übergewicht ausschalten wollen, müssen wir abnehmen. Auf der anderen Seite fördert Noradrenalin wiederum die Einlagerung von Fettzellen. Und das ist ein ewiger Teufelskreis. Hinzu kommt, daß unser Stoffwechsel außer Takt gerät. Das führt dann genau zu dem, was wir verhindern möchten. Der Körper versucht, das verlorene Fett so schnell wie möglich zurückzuholen. Nach dem Abspecken beginnt also sofort wieder das Anhäufen der Fetthalde.[80]

Das erklärt, warum reine Fastenkuren, die häufig auch als gesundheitsfördernd angesehen werden, risikobeladen sind, sobald sie über längere Zeit gehen. Nichts gegen das Fasten; es hat viele nützliche Effekte. Aber ob der Organismus sich darüber freut? Für ihn entsteht der Eindruck des Verhungerns, und er dreht auf höchste Alarmstufe.

Für alle Dicken gilt: Hände weg von Crash- oder Hungerkuren! Wer abnehmen muß, der sollte nicht mehr als tausend Kalorien zu sich nehmen und gleichzeitig die Eßgewohnheiten ändern. Ohne diese Änderung klappt auf Dauer gar nichts. Man sollte lernen zu überprüfen, ob man Kalorienbomben einsparen kann. Wenn der große Hunger kommt, sollte man erst einmal ruhig in sich hineinhorchen und fragen, ob ein Apfel nicht gesünder wäre als eine Tafel Schokolade. Wichtig ist, auf einen ausgewogenen Energiehaushalt zu achten und nicht den Verlockungen des täglichen Überangebots zu erliegen. Die beste Schlankheitskur ist die, in der man lernt, richtig zu essen.

Eines ist allen Hungerkuren gemeinsam: Sie führen dem Körper zu wenig Energie zu. Etliche Diätvarianten sind einseitig, sie fordern den Verzicht auf bestimmte Nährstoffe und Nahrungsmittel; langsam wird das Wohlbefinden beeinträchtigt, es kommt zu vegetativen Störungen bis hin zur Verstärkung der Depression. Zum Schluß sind die Mangelerscheinungen da mit dem Resultat, daß das Immunsystem schlappmacht. Die Folge davon sind Infektionskrankheiten oder auch andere Krankheiten. Aus diesem Grund warnen die Ärzte auch vor der sogenannten Nulldiät, bei der die Energieversorgung des Organismus stark durch Zuckerneubildung aus körpereigenem Eiweiß aufrechterhalten wird. Die hohen Eiweißverluste machen die Sache bedenklich, da erst, wenn diese eingetreten sind, die Energiereserven aus den Fettdepots mobilisiert werden. Weil dieser Vorgang für Herz- und Kreislauf gefährlich werden, er Gichtanfälle und Nierensteinkoliken auslösen kann, sollte eine Nulldiät, wenn überhaupt, nur unter strenger ärztlicher Kontrolle durchgeführt werden.

Daneben gibt es Diäten, in denen der Verzehr von viel Fett empfohlen wird; in deren Folge kommt es aber leicht zu Gefäßverkalkung und Gicht. Dicke Menschen sind gesundheitlich gefährdet. Eine Zunahme des Körperfettes bedeutet zunächst eine Steigerung des Stoffwechsels. Atmung und Bewegung steuern den Sauerstoffverbrauch. Die Sauerstoffsättigung ist bei Fettsüchtigen durch den Umstand eingeschränkt, daß das Zwerchfell dieser Kranken permanent hochsteht und dadurch weniger Luft eingeatmet werden kann. Etwa ein Fünftel des durch den Lungenkreislauf gepumpten Blutes ist dann von der Sauerstoffaufnahme ausgeschlossen. Der Körper reagiert mit einer Zunahme der Herzfrequenz. Auch kommt es zu einem Anstieg der in unserem Körper kreisenden Blutmenge, die bei stark Übergewichtigen um ca. zwei Liter zunehmen kann, eine zusätzliche Kreislaufbelastung, die sich in der Erhöhung des Minuten- und Schlagvolumens des Herzens zeigt. Das Herz muß viel arbeiten!

Selbstsabotage durch Gier

Alle Süchte – und dazu gehören Eßsucht, Rauchsucht und die Alkoholsucht – haben einen Nenner. Dem Süchtigen fehlt es in Wahrheit an Liebe. Das zweite Wesen jeder Sucht ist: Echter Hunger und Durst machen nicht süchtig. Wenn wir lernen, daß Zucker und Alkohol in die Regale der

Kaufhäuser gehören und alle Nahrungsmittel und auch Zigaretten in den Regalen der Kaufhäuser verbleiben dürfen und nicht unbedingt konsumiert werden müssen, dann erkennen wir, daß es unsere Entscheidung ist, den Kauf aller überflüssigen Dinge zu meiden. Dabei bieten sich in den Kaufhäusern die Waren so schön an. Die Regale sind voll, man braucht nur zuzugreifen. Anschließend sind unsere Kühlschränke voll, und wieder ist es so einfach, zuzugreifen.

Kein Mensch auf der Welt zwingt uns diese Dinge auf. Wenn wir nur soviel kaufen, wie wir wirklich benötigen, dann sind die Kühlschränke nicht mehr übervoll. Und wenn wir dann noch nach unserem Magenhunger essen lernen, dann dürfte das Problem zu lösen sein.

Süchtige Menschen sind Neidhammel, eifersüchtige Zeitgenossen. Und neidische Menschen sabotieren sich selbst, um Sympathien zu erwerben. Wenn sie schließlich übergewichtig sind, lieben sie es, angefleht zu werden, ihre sinnlose Selbstzerstörung aufzugeben.

Es gibt nicht wenige Dicke, die sich in solchen Situationen bedrängt fühlen und dann erst recht drauflosessen. Sie meinen, den Frust wegschieben zu müssen. In Wirklichkeit liegt dem ganzen Vorgang ein Bestrafungsmuster zugrunde. So, wie sie einst bestraft wurden, wenn sie ihren Teller nicht aufaßen, so bestrafen sie jetzt ihrerseits ihre Umwelt, indem sie noch mehr in sich hineinstopfen.

Sie merken dabei nicht einmal, daß sie sich mit einem solchen Verhalten selbst zerstören. Das Fatale ist, daß sie sich gegen den inneren »Defekt« wehren, sie wollen nicht wahrhaben, daß etwas mit ihnen nicht in Ordnung sein könnte. Das Bitten und Flehen der anderen gibt ihnen im negativen Sinn das, was sie sich seit früher Kindheit wünschen: Aufmerksamkeit! Und das ist das Schäbige, was jeder Süchtige herausgefunden hat: Durch seine Selbstverstümmelung nimmt er eine Sonderstellung ein und hat Macht über andere.

Und kein Herzkranker, kein Zuckerkranker, kein Fettsüchtiger kann, solange er nicht erkennt, daß seine Erkrankung sich nicht auszahlt, von seiner Gewohnheit loskommen. Erst, wenn die Tür des Herzens ganz zugemacht ist, wenn der Herzinfarkt passiert ist, dann kann Einsicht ihn ändern.

Erst die Bypass-Operation »öffnet« das Herz wieder, das vor langen Jahren verschlossen wurde. Jetzt aber überfluten Depressionen, Angst und Wut erneut diesen Menschen. »Warum gerade ich?« lautet die Frage. »Bin ich nicht immer ›gut‹ gewesen?« Man hat doch keinem Menschen etwas getan. Einem Herzkranken, der immer schon mit unbewußter Angst gelebt hat, wird die Angst greifbarer. Er hat ja jetzt die Erfahrung gemacht, daß er sterblich ist. Vorher hat es nur sein Kopf gewußt.

Von vielen Menschen hören wir: »Ich dachte, ich hätte es geschafft. Im vergangenen Jahr habe ich doch so viel abgenommen. Jetzt habe ich mein altes Gewicht wieder.«

Drei Dinge müßte solch ein Mensch lernen:

1. Er müßte erkennen, was seinem Körper guttut.
2. Er könnte seine Haltung des »Gekränktseins« aufgeben lernen, seine Angst und Wut beachten lernen, und er könnte sich damit auseinandersetzen.
3. Seine »Machtposition« als Kranker könnte er aufgeben und andere nicht mehr manipulieren.

Wenn er an diesen Dingen nicht mehr festhalten würde, dann hätte er wieder Muße genug, sich seiner Lust zuzuwenden. Lust, Lebenslust, ist ein so reiches Feld, so unerschöpflich. Ein Mensch, der es gelernt hat, in seinem Leben Abschied zu nehmen von der Vergangenheit, lebt mit sich im reinen, lebt sein Lustpotential auf anderen Ebenen aus als gerade über das Essen und Trinken. Um Lust zulassen zu können, muß er bereit werden, Altes loszulassen, die Haltung des Gekränkten und Kranken aufgeben. Sie sind die Fesseln, die ihn an seinen »Schattenbaum« binden.

Nach meiner Erfahrung greift ein dicker Mensch jedesmal dann nach etwas Eßbarem, obwohl er keinen Hunger hat, wenn er einen schwierigen Moment überbrücken will: eine Angst, eine Wut, eine Traurigkeit, manchmal das Gefühl des Beleidigtseins oder das Gefühl des Verlassenseins.

Ein Mensch aber, der in sich Verlassenheitsgefühle erlebt, ist einer, der sich selbst verlassen hat. Für ihn gilt es nicht, einen Freund zu finden, sondern zuerst sich selbst zu finden.

Sein Begehren nach Eßbarem ist das Überdecken von dem, was ihn quält; es muß nicht einmal sein, daß er spürt, was ihm fehlt. Was ihm fehlt, ist Liebe. Die kann er aber nicht bekommen, solange er nicht mehr Verständnis für sich selbst entwickelt. Sobald der Selbstzerstörungstrieb aufhört und ein Betroffener spürt: »Ich muß einen anderen Umgang mit mir selbst finden«, beginnen sich die Türen des »inneren Gefängnisses« zu öffnen. Es wird kein leichter Weg sein, aber er ist begehbar.

Zwei Dinge sind für die Zukunft wichtig: Nur so viel essen, daß man nicht zunimmt. Das erreicht man nur, wenn man lediglich den Magenhunger stillt. Der andere Lernschritt heißt: Durch Bewegung kann ich nicht abnehmen. Wir können uns aber so viel bewegen, daß wir nicht zunehmen.

Die Entstehung von Fettspeicherzellen

Man findet bei Fettsüchtigen Herzerweiterungen, weil das Herz von einem Fettpanzer umgeben ist. Schlimmstenfalls wächst das Fett in den Herzmuskel hinein. Diese sogenannte Adipositas cordis führt zum Untergang aktiver Herzmuskelzellen.[81]

Geht es ums Gewicht, geht es in erster Linie um die Fettspeicherzellen. Man nennt sie Adipozyten. Sie entstehen aus spindelförmigen Vorläuferzellen. Man weiß zwar noch nicht genau, wie Fettzellen entstehen, aber man weiß schon, daß die Hormone Kortison und Kortisol, aber auch Insulin, Sexualhormone und Schilddrüsenhormone die Entwicklung beschleunigen.

Reift eine Vorläuferzelle zu einer Fettspeicherzelle, vollziehen sich auffällige Veränderungen in Gestalt und Biochemie. Die längliche Zelle wird rund, zugleich vollzieht sich ein Verschmelzungsprozeß, an dem mehrere hundert verschiedene Proteine bzw. Enzyme des Fettstoffwechsels beteiligt sind. Jede dieser Zellen ist ein mehr oder weniger großer Fetttropfen in einer Zellmembran. Ihre Aufnahmefähigkeit ist unvorstellbar. Fettzellen können bis zum Zehnfachen ihrer Normalgröße anschwellen. Ist das Depot randvoll, wird ein neues gebildet, das danach nur sehr langsam wieder verschwindet.

Wenn ein Mensch abnehmen will, dann sollte er wissen: Eine leere Fettzelle verschwindet nicht, sondern liegt auf Lauer, immer gierig bereit, neues Fett aufzunehmen. Das heißt, daß ein Mensch, der einmal sehr dick war, ständig Energieaufnahme und Energieabgabe kontrollieren muß. Er ist gezwungen, sehr bewußt darauf zu achten, was er ißt und wieviel er ißt. Somit ist der Mensch ein Gefangener seiner Fettzellen. Es gibt drei Typen von dicken Menschen: Die, die zu viele Adipozyten haben, die, die zu große, und die, die beides haben.

Was für den Motor eines Autos die Zündkerzen sind, das ist für unseren Körper die Schilddrüse. Ihre Hormone regulieren grundsätzlich die Geschwindigkeit, mit der aus der Nahrung Energie gewonnen und vom Organismus verbraucht wird. Weil ohne diese Schilddrüsenhormone der Stoffwechsel ebenso erlöschen würde wie eine Kerze, der man den Sauerstoff entzieht, nennt man diese kleine Drüse auch den »Blasebalg der inneren Verbrennung«. Ihre Aufgabe verrichtet sie nicht als Solist. Sie gibt den Takt für ein ganzes Orchester von Drüsen an.

Der Bedarf unseres Körpers an Schilddrüsenhormonen hängt von der Summe aller Stoffwechselaktivitäten sowie unserem Gewicht und Alter ab. Die Schilddrüse sorgt auch dafür, daß die am Morgen aufgenommene Nahrung rascher verstoffwechselt wird. Das heißt aber auch, daß sie nachts auf Sparflamme arbeitet. Spätmahlzeiten sind daher nicht zu empfehlen.

Bei Bedarf – und das vor allem in Streßsituationen – reagiert der Stoffwechsel augenblicklich. Der Streß gibt das Signal für Volldampf. Unser Lebensmotor gibt sozusagen Gas. Dieses Gasgeben bedeutet dann, daß der Zuckerspiegel hochschnellt, aber auch die Cholesterinwerte schießen in die Höhe.

Man könnte sagen, jeder sollte nach seiner Fasson glücklich werden. Und wenn jemand dick sein will, dann ist das immerhin seine Sache. Grundsätzlich stimmt das. Aber Fettsucht ist eine Erkrankung, die auch andere Erkrankungen nach sich ziehen kann. Fettsucht beeinflußt die Disposition zu einer ganzen Reihe chronischer Leiden, wie etwa Herzleiden, Bluthochdruck, Nierenkrankheiten und Diabetes mellitus.

Auffällig bei dicken Menschen sind auch wiederum die Depressionen. Und die Betroffenen sind nicht wegen ihres unförmigen Zustandes deprimiert, sondern Depressionen sind häufig die Ursache für eine Gewichtszunahme. Um Kummer zu bewältigen und die Depression wegzuschieben, greift man häufig zum Essen. Dicke wirken gelegentlich vergnügt, aber hier trügt der Schein, denn angesichts der Kränkungen, die ein solcher Mensch erlebt und nie verwunden hat, und vieler anderer Beeinträchtigungen, ist er nicht glücklich.

Wenn Menschen ängstlich, nervös oder depressiv sind, wählen sie in dem Versuch, mit diesen Gefühlen umzugehen, einen Ausweg: das Essen! Auffällig dabei ist die sogenannte »Kohlenhydratsucht«. In ihnen steckt ein starkes Verlangen nach Süßigkeiten, Schokolade, Kuchen. Was wir in Streßsituationen essen, birgt auf lange Sicht Gefahren in sich. Schleckereien mit hohem Fettgehalt, wie zum Beispiel Sahnetorten, können zu einer Schwächung des Immunsystems führen.[82]

Eine Kohlenhydratzufuhr unter Ausschluß von Proteinen kann einen Proteinmangel nach sich ziehen. Das kann zur Folge haben, daß die Fähigkeit der T-Zellen und Freßzellen, Krebszellen im Anfangsstadium zu zerstören, eingeschränkt ist. Warum essen so viele Leute Süßigkeiten, welchen Effekt haben sie auf ihr Leben?

Die Grundnahrungsstoffe

Kohlenhydrate machen müde und beruhigen. Diese Beruhigung tritt durch eine Erhöhung des Serotoninspiegels ein. Wie wir sehen werden, können wir auch bei Diätkuren nicht voll auf die Kohlenhydrate verzichten. Amerikanische Wissenschaftler haben herausgefunden, daß die im Hirn vorhandene Menge zweier wichtiger Neurotransmitter von der Ernährung abhängt. Der erste, das Serotonin, bildet sich aus Tryptophan, einer Aminosäure, die der Körper selbst nicht herstellt. Auch die Bildung eines zweiten Neurotransmitters – dem wir schon im Kapitel über das Rauchen begegnet sind –, des Azetylcholins als wichtigem Vermittler von Nervenreizen im Gehirn, hängt weitgehend davon ab, daß in der Nahrung Cholin vorhanden ist. Dieses Cholin kommt hauptsächlich im Lezithin, einem Bestandteil von Eiern, Sojabohnen und Leber, vor und variiert entsprechend der Menge, die man von diesen Nahrungsmitteln zu sich nimmt. Eier und Leber aber sind für Menschen mit hohem Cholesterinspiegel tabu. Die Umwandlung des Cholins in Azetylcholin läßt sich mit der Zufuhr von cholinhaltiger Nahrung korrigieren. Serotonin ist für Depressive wichtig, weil bei ihnen eine Störung im Serotonin- und Dopaminstoffwechsel vorliegt. Darum ist die totale Reduzierung von Kohlenhydraten ungesund für den Gehirnstoffwechsel.

Eiweiß, Fett und Kohlenhydrate sind nun einmal unsere Energielieferanten. Als reine Brennstofflieferanten sind diese drei Hauptnährstoffe entsprechend ihrem Brennwert sogar gegeneinander austauschbar. Für den Betriebsstoffwechsel ist es somit unerheblich, ob ihm mit der Nahrung nur Fett, nur Eiweiß oder nur Kohlenhydrate geliefert werden. Das ist aber nur scheinbar so. Die Austauschbarkeit der drei Grundnahrungsstoffe wird dadurch eingeschränkt, daß sie auch für den Baustoffwechsel, zum Aufbau körpereigener Substanzen benötigt werden.

Deshalb sind Eiweiß und Fett für uns unabhängig vom Energiebedarf essentiell, das heißt lebensnotwendig. Denn obwohl unser Gehirnstoffwechsel nur mit Kohlenhydratverbrennung funktioniert, kann der Mensch nur dann ohne Kohlenhydrate leben, wenn es der Körper selbst aus Körpereiweiß herstellt. Sich darauf zu verlassen, wäre aber nicht zu empfehlen. Denn Kohlenhydratmangel kann Depressionen verstärken.

Die Depressionen selbst haben einen erheblichen Einfluß auf unser Immunsystem. Bei Depressionen gibt es Veränderungen im Bereich der Lymphozyten sowie erniedrigte Sensibilität der Adrenalinrezeptoren. Sie sind an unserem

»Psychomotor« beteiligt, sind aber nicht von der Schwere der Depression abhängig. Wieder einmal stoßen wir auf »zu niedrig«. Was wir schon beim Blutzucker, bei den Fettstoffwechselstörungen sehen konnten, gibt es auch hier: ein »Zu-niedrig«. Depression heißt »Niederge-drückt«-sein. Das bedeutet: Der ganze Mensch und sein Stoffwechsel sind niedergedrückt. »Auch die Forscher der Psychoimmunologie sind daraufgekommen, daß es bei Verlusterlebnissen eine Schwächung des Immunsystems gibt. Abhängig vom zeitlichen Abstand zum Verlustereignis wurde eine erniedrigte Mitogenstimulierbarkeit der Lymphozyten bei Primaten und Menschen gefunden. Der Grad der depressiven Verstimmung wurde oft nicht berücksichtigt.«[83]

Für die Stabilität unseres Immunsystems, für die Aufrecht-erhaltung psychischer und physischer Gesundheit ist eine ausgewogene Ernährung lebensnotwendig. Der Mensch benötigt zu seinem Wachstum sowie zur Aufrechterhal-tung seiner geistigen und körperlichen Funktionseinheit im wesentlichen sechs Komponenten: Eiweiß, Kohlenhy-drate, Fette, Vitamine, Mineralien und Wasser. Depression und Mangelernährungszustände werden als Hauptursa-chen für Immundefizite angesehen. Die Wichtigkeit von Mineralstoffen und Vitaminen ist bekannt. Gerade für Herzkranke sind hohe Gaben an Magnesium von Bedeu-tung.

Häufig sind dicke Menschen, obgleich sie zuviel essen, unterernährt. Das kann an einem Vitaminmangel liegen, einer Hypovitaminose. Der Mangel an einem oder mehre-ren Vitaminen ist schwer zu diagnostizieren. Er ist aber bei einseitiger Ernährung – vor allem bei älteren Menschen – nicht selten. Eine Übervitaminversorgung hingegen gibt es nur bei Überdosierung fettlöslicher Vitamine, wie A und D und eventuell auch E.

Fette – die Lipide – setzen sich aus den gleichen chemischen Bausteinen zusammen wie Kohlenhydrate, unterscheiden sich jedoch voneinander in der Anordnung dieser Bausteine. Die Lipide bestehen hauptsächlich aus den Fettsäuren. Davon wiederum gibt es mehrere Klassen mit unterschiedlichem molekularen Aufbau.

Die sogenannten gesättigten Fettsäuren findet man in Fetten tierischen Ursprungs, auch in Milch und fast allen Milchprodukten. Die meisten Fette pflanzlicher Herkunft enthalten ungesättigte Fettsäuren. Wie die Kohlenhydrate, so genießen auch die Fette nicht gerade den besten Ruf bei den Ernährungsfachleuten. Vor allem in unserer westlichen Überflußgesellschaft, wo Fettleibigkeit zu einem Problem geworden ist, wird auf »Fett« allergisch reagiert.

Aber auch das ist wichtig: Ganz ohne Fette geht es nicht. Sie liefern nicht nur Energie, sondern sie helfen unserem Körper, bestimmte Vitamine aufzunehmen und schützen die inneren Organe vor Erschütterungen.

Über die erst in diesem Jahrhundert entdeckten Vitamine gibt es noch viel zu erforschen. Obwohl sie dem Körper keine Energie zuführen und auch nicht als Bausteine für die Synthese körpereigener Stoffe dienen, sind sie doch lebenswichtig.

Sie helfen dem Körper, die Nährstoffe, aus denen er körpereigene Verbindungen herstellen kann, richtig zu verwerten. Es gibt zwei Klassen von Vitaminen: die fettlöslichen und die wasserlöslichen. Zu den fettlöslichen, die im Körper gespeichert werden, gehören die Vitamine A, D, E und K. Die wasserlöslichen Vitamine – hierzu gehören Vitamin C und die Vitamine des B-Komplexes – werden bei Überfluß durch die Nieren ausgeschieden. Man kann sie daher gefahrlos in großen Mengen zu sich nehmen.

Mineralstoffe liefern wie die Vitamine keine Energie, aber sie wirken mit anderen Nährstoffen zusammen. Oft werden sie vom Körper in das Stütz- und Skelettsystem eingebaut; das Kalzium aus Milch und Käse härtet beispielsweise Zähne und Knochen. Das besonders in Fleisch und Leber, Eiern und Blattgemüse vorkommende Eisen sorgt für den Transport von Sauerstoff zu den Zellen. Der Körper benötigt hauptsächlich sechs verschiedene Mineralstoffe und etwa ein Dutzend Spurenelemente.

Die sogenannte orthomolekulare Medizin führte zu einem neuen Trend in der medizinischen Praxis. Demzufolge leisten Vitamine noch mehr, als – in den unbedingt erforderlichen Dosierungen – den Menschen am Leben zu erhalten. Zumindest einige von ihnen wirken in höherer Dosierung wie Medikamente, die bestimmten Erkrankungen vorbeugen oder deren Behandlung zumindest unterstützen können. Dasselbe gilt für die Mineralien und Spurenelemente.

Gerade das für Herzkranke wichtige Magnesium wird seit Jahrzehnten als lebenswichtiger Mineralstoff im Stoffwechsel der Zellen geschätzt. Heute wird es bei mehr als zwanzig Krankheiten eingesetzt.

Die Vielfalt seiner Wirkung beruht im wesentlichen auf dieser Eigenschaft: Magnesium ist ein natürlicher Kalziumantagonist. Als Gegenspieler des Kalziums verhindert es, daß Zellen mit diesem überlagert werden, was uns vor Krämpfen der Muskulatur sowie vor Rhythmusstörungen im Herzen bewahrt.

Wer operiert werden muß, der sollte vorher möglichst abnehmen. Man nimmt besser vor der Operation ab als nachher; hinterher ist der Körper zu geschwächt, außerdem benötigt er neue Energie, um sich zu erholen.

Der Speck muß in jedem Fall weg. Abmagern per Diät gilt als Patentrezept, um schnell wieder schlank zu werden.

Wer allerdings Enttäuschungen vermeiden möchte, sollte wissen, worauf er sich einläßt. Eine Diät ist kein Wundermittel, das auf Dauer die schlanke Linie garantiert, und nahezu alle Diäten beeinträchtigen das Wohlbefinden, manche Diäten bergen sogar Gesundheitsrisiken in sich.

11

Biologie der entstressenden Bewegung

Bewegung und Fitneß

Verbesserte Lebensqualität ist ein wesentliches Ziel für uns alle. Jeder möchte sein Leben ohne Einschränkungen genießen. Gesundheit sowie geistige und körperliche Leistungsfähigkeit sind dazu unabdingbare Voraussetzungen. Die Risiken und Chancen für unsere Gesundheit liegen heute nah beieinander. Zum einen wird die Gesundheit massiv bedroht durch die technisierte, bewegungsarme Umwelt, ungesunde Ernährung, Streß, Alkohol und Rauchen. Zum anderen bietet unsere Zivilisation in wachsendem Maß hervorragende Möglichkeiten, Gesundheit und Fitneß optimal zu pflegen und lebenslang zu erhalten.

Gerade für Menschen mit vorgeschädigtem Herzen sind die Informationen betreffs Ausdauertraining von besonderer Bedeutung, wissen sie doch häufig nicht, was sie sich noch zutrauen dürfen und wo ihre Leistungsgrenzen liegen.

Es geht um Überlebenskonsequenz. Eine Lebenswelt voller Maschinen, Rolltreppen und Lifts führt in die Bequemlichkeit. Der Gang von der Tiefgarage ins Büro ist oft die einzige tägliche physische Belastung. Doch unser Körper unterliegt immer noch den gleichen biologischen Gesetzen wie zu Beginn der Menschheitsgeschichte.

Wie wichtig es ist, den Körper zu bewegen, beweist ein Versuch am Kölner Institut für Kreislaufforschung und

Sportmedizin. Dort wurden gesunde Sportstudenten neun Tage lang zur absoluten Bettruhe verpflichtet. Die organische Leistungsfähigkeit sank bereits nach dieser kurzen Zeit um einundzwanzig Prozent.

Allerdings: Die Auffassung, daß Bewegungsarmut zu Herzerkrankungen führt, ist immer noch umstritten. Sicher ist nur, daß Bewegungsarmut weitere Risikofaktoren fördert. Sitzende Tätigkeit führt meist zu mehr Nikotinverbrauch, wenig Bewegung fördert das Übergewicht.

Die Gegensätze sind nicht zu übersehen: Die Anzahl vitaler, beweglicher, aktiver, alter Menschen steigt. Denen stehen die Dreißig- bis Vierzigjährigen gegenüber, die übergewichtig und träge ihren Blutdruck mit Medikamenten dämpfen und nicht mehr in der Lage sind, mit ihren Kindern Fußball zu spielen oder einen Berg zu besteigen.

Frühzeitiger Verfall ist auf ungesunde Lebensweise zurückzuführen. Untätigkeit, Schonung und das Vermeiden jeder körperlichen Anstrengung beeinflussen den körperlichen und geistigen Verfall entscheidend. Trägheit und Untätigkeit sind weitverbreitete Laster. Nichts tun ist immer leichter als aktiv sein.

Diese hemmende Passivität wird durch manches, was wir uns im Leben angewöhnen, verstärkt. Wenn der Tagesablauf von Essen, Sitzen, Autofahren bestimmt ist, dann kann man sich schwer davon lösen.

Dabei hat die Erfahrung gelehrt, daß diejenigen Menschen am ältesten geworden sind, die anhaltende und starke körperliche Betätigungen in frischer Luft ausübten. In früheren Jahren, als die Bauern noch hinter einem Pflug herlaufen mußten, kamen arteriosklerotische Folgekrankheiten sehr selten vor.

Systematische Untersuchungen, die die Wirkung körperlicher Tätigkeiten auf die Arteriosklerose prüften, gibt es schon lange. Vierzehn Langzeitstudien zum Einfluß der körperlichen Aktivität auf Erkrankungs- und Todesfälle durch Herzinfarkt zeigten mit einer einzigen Ausnahme eine deutliche Begünstigung der aktiven Gruppen auf. Zum Beispiel fand man bei sechstausendfünfhundert schwer arbeitenden Hafenarbeitern fünfundzwanzig Herzinfarkttodesfälle pro zehntausend Arbeitsjahren. Bei leichter Arbeit hingegen waren es neunundvierzig, also doppelt soviel.[84]

Genau wie falsche Eßgewohnheiten entwickelt sich Trägheit häufig schon in der Kindheit. Die kindlichen Entwicklungsphasen bedingen, daß jeder Entwicklungsschritt des Krabbelns, Fallens und tolpatschigen Umherwackelns individuell durchgemacht werden muß, um gehen zu lernen. Auch wenn es ererbte Verhaltensmuster gibt, brauchen doch das Laufen, Springen, Werfen und Fangen ihre Lernzeit.

Schon viele junge Menschen zeigen sich beim Ballspielen ungeschickt im Fangen und Werfen. Bereits in der Jugendzeit müssen sich diese Menschen doppelt anstrengen, weil sie in prägenden Jahren nie erfahren haben, wie man seinen Körper und seine Bewegungen koordiniert, ausbalanciert und trainiert. Das sind junge Menschen, mit denen als Kinder nicht gespielt wurde. Wenn Kindern derartige Vorbilder fehlen, können sie ihre Beine gerade zum Gehen und Laufen gebrauchen.

Elternschaft bedeutet nicht nur, die Kinder zu füttern, zu wickeln und schlafen zu legen, Elternschaft bedeutet, Vorbild zu sein in vielen Dingen. Wenn ein Mensch sich geschickt durchs Leben bewegen soll, dann muß er das von seinen Eltern gelernt haben.

Wenn Eltern Zeit für ihre Kinder haben, sich spielend mit ihnen auseinandersetzen, dann haben diese Kinder die Chance, sich gesund zu entwickeln. Wer sich einmal die Mühe macht, in einer Pause Kinder auf dem Schulhof zu beobachten, der kann sehen, daß einige in ihrer Bewegungsfreude geradezu ungestüm sind, und andere nur träge herumstehen. Lebensfreude und Bewegungsdrang gehören ebenso zusammen, wie Trägheit und Unlust. Die körperliche Trägheit wird auch in unseren Schulen gefördert, weil die Kinder lange Stunden »stillsitzen« müssen.

Warum sind Männer scheinbar körperlich bevorzugt? Das männliche Hormon Testosteron unterstützt, das weibliche Östrogen hemmt das Muskelwachstum.[85] Das ist der Grund.

Das einzige, was man Depressiven in ihrer Lähmung entgegensetzen kann, ist Bewegung aus – Lust. Es ist die Freude am Tun, die diesen Menschen fehlt. Schon an anderer Stelle habe ich gesagt: Es gilt nicht, die Depression wegzudrücken, sondern die Lust am Handeln zu fördern. Um in Form zu kommen ist Krafttraining völlig ungeeignet. Es gilt, Ausdauertraining, wie Laufen, Fahrradfahren, Skilanglaufen zu betreiben, und nicht, sich in Resignation und Untätigkeit zu begeben.

Jeder kennt die einsamen Läufer und Fahrradfahrer, die mit verbissenem, unlustigem Gesicht sich Leistungen abverlangen. Das ist Unsinn. Die Lust an der Bewegung entsteht am ehesten in der Gruppe.

Ich habe bewußt vom Laufen gesprochen und nicht vom Joggen, weil das Joggen in den Tod führen kann. Jogger, die ihren Sport bis zum Exzeß treiben, produzieren körpereigene Drogen, wie die Endorphine, die den Zusammenbruch herbeiführen können.

Endorphine sind körpereigene, schmerzblockierende Lipopeptide, die mit Opiatrezeptoren reagieren. Sie werden in den Nervenzellen gebildet und verursachen eine Euphorie bei körperlichen Höchstleistungen. Wieviel Leistung nötig ist, um eine Ausschüttung der Endorphine einzuleiten, ist individuell verschieden. Auch Untrainierte können eine Endorphinausschüttung bewerkstelligen. Allerdings bedürfen sie dazu einer körperlichen Leistung über eine gewisse Dauer.

Angeblich ist ein Viertelstundenlauf mit mindestens siebzig Prozent der maximalen Sauerstoffaufnahmekapazität nötig, damit es zu einer Endorphinausschüttung kommt. Sporttreibende Menschen, die ihre Leistungsgrenzen nicht kennen, reagieren zunächst mit Muskelschmerzen. Die Endorphine führen dazu, daß dieser Schmerz nicht gespürt wird. Darum möchte ich dringend vor Überbelastungen bei Herzerkrankungen warnen.[86]

Würden der einsame Jogger und der einsame Fahrradfahrer während ihres Trainings einen Herzinfarkt erleiden, wären sie allein, und niemand könnte ihnen helfen. Ausgerechnet jener Arzt, der in den USA das Joggen populär machte, starb im Alter von zweiundfünfzig Jahren während des Joggens an einem Herzinfarkt.[87]

Auch die modernen »Bewegungsmaschinen« können zur Gefahr werden. Ich bin gegen Bewegungsmaschinen jeglicher Art, auch gegen Ergometer. Ich muß allerdings zugeben, daß so ein Ergometer sich nach Herzinfarkt und Bypass-Operationen dahingehend – aber nur dahingehend – als recht nützlich erweist, weil es meßbare Leistungen anzeigt und dem Arzt Auskunft über die körperliche Leistungsfähigkeit gibt.

Außerdem zwingt dieses Training diejenigen, die sich vor

dem Eingriff um bewußte Bewegungen herumgedrückt haben, zur körperlichen Aktivität. Durch ausreichende körperliche Bewegung vergrößert sich das Blutvolumen, damit steigert sich die Blutversorgung der Muskeln. In der verbesserten Blutzufuhr und der damit einhergehenden Bildung von Blutgefäßen liegt der entscheidende Trainingseffekt für Herzkranke. Die Zustandsverbesserung bereits existierender Blutgefäße kann nur eine günstige Wirkung auf den Blutdruck haben.

Ausdauerbelastungen kommen einer richtigen Sauerstoffaufladung gleich, vor allem, wenn sie an der frischen Luft stattfinden. Sie sind ein Jungbrunnen für Gefäße und Stoffwechsel. Manche meinen, sie seien die beste Fettverbrennungsanlage; ich möchte einschränkend darauf hinweisen, daß das auch eine Sache des Alters ist. Wenn von Ausdauertraining gesprochen wird, dann gilt das immer für Menschen im jüngeren und mittleren Alter. Bewegung ist wichtig, aber sie vermag nicht alles.

Herzkranke sollten wissen, daß nach einigen Trainingswochen der Ruhepuls absinkt, ebenso wie der Belastungspuls. Ab dann erholen sie sich nach den Anstrengungen schneller. Das Schlagvolumen des Herzens vergrößert sich, die Kontraktionen des Herzens werden kräftiger, und der Herzmuskel wird intensiver durchblutet. Das Blut kommt sozusagen in Bewegung, das Risiko für Arteriosklerose nimmt nach Meinung der Fachleute ab. Alle Organe und die Muskulatur werden besser mit Blut versorgt. Der Austausch zwischen Sauerstoff und Kohlendioxyd in den Muskeln normalisiert sich wieder.

Bewegung bringt aber auch vor allem unser Kampf- und Fluchtsystem in Aktion. Viele Krankheiten entstehen, weil sich die Streßhormone im Körper stauen und es zu keinem Streßabbau kommt. Bewegung fördert ein verbessertes Selbstwertgefühl. Depressionen allein durch Bewegung vermindern zu können, daran wird wohl niemand recht glauben wollen. Ohne Wandlung des Traumas sind hier keine größeren Erfolge zu erzielen. Diabetikern ist Bewegungstraining dringendst anzuraten.

Cholesterin und Bewegungstraining? Eine strittige Frage. Dennoch: Die forschende Wissenschaft hat immer wieder belegen können, daß Abbau von Cholesterin durch Bewegung möglich ist. Dem möchte ich zustimmen, auch wenn es nicht in jedem Fall gilt.

Vergegenwärtigen wir uns: Depression ist Angst – und Wut.

Die Herzkranken und die Zuckerkranken mit ihren gebremsten Aggressionen und Ängsten sind allein schon aufgrund ihrer Depressionen zu träge, um den Körper in eine Bewegung größeren Ausmaßes zu versetzen, damit es tatsächlich zum Streßabbau kommen kann. Denn zu ihm gehört sehr viel Bewegung, so viel jedenfalls, daß Endorphine mit ins Spiel kommen können. Das bedeutet, daß man durch übergroßes Training gerade das erreicht, was verhindert werden soll. Um Depression durch Bewegung zu stoppen, ist es nötig, sich Bewegungsarten zuzuwenden, die es ermöglichen, der Wut oder der Angst Ausdruck zu verleihen. Aber gerade weil Depressive sich gelähmt, bewegungs- und antriebsarm empfinden, kommen sie gar nicht dazu, den Körper ausreichend zu trainieren.

Bewegung fordert Lust und Freude an der Bewegung, und erst dann ist sie auch sinn- und wertvoll. Die Lust an der

Bewegung bringt den größten Trainingseffekt! Aber wo die Lust herholen, wenn man schon als Kind nicht gelernt hat, Lust zu erleben, auszudrücken, sie für sich zu beanspruchen?

Bewegungsmangel und Herztätigkeit

Es ist bekannt, daß der Schongang die Herztätigkeit eines Menschen nicht fördert, sondern schwächt. Bewegungsmangel wirkt sich negativ auf die Herztätigkeit aus. Unter körperlicher Belastung und durch körperliches Dauertraining normalisieren und verbessern sich Stoffwechselstörungen. Es gibt keinen Zweifel, Bewegung muß sein. Doch unsere Zeit ist bewegungsarm.

Alles und jedes und jeder und alle beschäftigen sich heutzutage mit dem Thema Bewegung. Aber niemand kann dem Menschen das geben, was er braucht, nämlich die Zeit, um sich ausreichend auf natürliche Art und Weise zu bewegen.

Jetzt sind es wieder Maschinen, die uns in Bewegung bringen. Hochleistungsmaschinen in den Fitneßstudios sollen das ersetzen, was die Arbeitswelt reduziert hat: die menschliche Bewegung. Wann soll der Mensch sich einem solchen »Training« widmen können? Nachdem er acht Stunden lang gearbeitet hat, ist er müde. Den Abend braucht die Familie zum persönlichen Austausch.

Das Wochenende bietet ebenfalls kaum ausreichend Zeit, zumal jeder Mensch sich irgendwann auch sich selbst widmen muß. Er hat keine Möglichkeiten mehr, sich seinem inneren Rhythmus gemäß zu bewegen oder sich wirklich um sich kümmern zu können. Um seine Depressionen loszuwerden, benötigt er wenigstens einige Stunden in der Woche. Gegenwärtig spricht »Vater Staat« schon wieder von Arbeitszeitverlängerung. Eine feine Sache: Der Mensch zwischen Arbeitsplatz, Fitneßtraining und Fernseher, ständig unter Zeitdruck! Als Mensch entfremdet er sich mehr von sich selbst und hat kaum noch Zeit für sich, seine Familie, seine Umwelt. Keine Zeit, Lust zu empfinden, nur Zeit, um Energie zu laden, Arbeitskraft zu tanken, keine Zeit zu leben.

Maschinen machen den Menschen krank, Maschinen machen ihn gesund, Maschinen diagnostizieren, Maschinen trainieren, Maschinen therapieren den Menschen des Maschinenzeitalters.

Wie ein Kaufmann müssen wir Einnahmen und Ausgaben kontrollieren. Meist sind die Einnahmen höher als die Ausgaben. Maschinen geben uns nicht den Impuls, die Freude an der Bewegung. Wer schon einmal in einer Gruppe von Freunden ausgiebige Wanderungen oder Radtouren gemacht hat, der weiß, wovon ich spreche. Wir brauchen zur Bewegung die Gesellschaft mit anderen Menschen.

Längst ist uns neben den Bewegungsmöglichkeiten auch das Gemeinschaftsgefühl verlorengegangen. Gemeinschaft und Bewegung leben von der Lust. Solange Lust fehlt, so lange sind beide immer etwas, worum man lieber einen Bogen macht.

Was nützen alle wissenschaftlichen Erkenntnisse um die Notwendigkeit der Bewegung, wenn der Depressive sich am liebsten in der Ecke verkriechen möchte. Sein Bedürfnis ist, in Ruhe gelassen zu werden, nachdem ihn die Welt immer wieder enttäuscht hat. Kein noch so kluger Arzt wird ihm wirklich helfen können, bevor er selbst nicht bereit ist. »Aber ich will ja«, mögen viele sagen, und das stimmt sogar. Aber sie möchten, daß andere das für sie erledigen, der Arzt, der Heilpraktiker, der Psychotherapeut. Diese Menschen können allenfalls Helfer in der Not sein. Aber sie können nicht wirklich helfen, solange der Depressive sich nicht bemüht, seiner verlorengegangenen Lust auf die Spur zu kommen. Mit der Lust hat er sich selbst verloren, und so muß er sich zugleich auf die Suche machen, sich selbst zu finden – sich zu »bewegen«.

Bewegung darf nicht Zeitvertreib sein, sondern sollte wieder einen Sinn bekommen. Es hat sich eingebürgert, Bewegung überwiegend mit den »Augen des Sportlers« zu sehen, Bewegung als Leistung zu betrachten. Bewegung entspringt einem natürlichen Bedürfnis des Menschen. Sport und Leistungsstreben sind nicht selten Ehrgeizansprüche, die einer neurotischen Grundstruktur folgen. Bewegung ist notwendig, sie gehört zu unserem ureigenen Lebensprozeß. Die Frage lautet nur, müssen wir uns in diesem wichtigen Punkt dem Diktat der Industrie, der Wissenschaft, der Maschinen unterwerfen? Wir benötigen wieder einen natürlichen Lebensrhythmus, damit wir zu einer gesünderen Lebenshaltung kommen.

»Der Leib bewegt sich, und die Seele bekommt Flügel!« Aber der ganze Mensch kommt doch nur in »Bewegung«, wenn wir die Lust einladen, dabei zu sein. »Es bewegt mich« bedeutet, auch innerlich in Bewegung zu geraten. Das wäre die »Geheimformel« für den Hafen Gesundheit, den wir anlaufen möchten: innerlich wieder in Bewegung zu geraten, aus dem Gefühl der Erstarrung herauszuwachsen.

Bewegung hilft vor allem dem Herzkranken. Vier Handlungsweisen bewirken den Rückgang von Stenosen: Abstinenz vom Rauchen, maßvolle Ernährung, gezieltes Entspannungstraining[88] sowie regelmäßiges Ausdauertraining. Diese vier Handlungen wirken stark genug, um eine quantitativ nachweisbare Rückbildung der Koronarsklerose zu bewirken. Da in Streßsituationen die Streßreaktion nicht ausgelebt werden kann, ist es einleuchtend, daß Bewegung die Streßhormone ausschwemmen kann. Trotzdem gibt es genügend Patienten, denen nicht einmal Bewegung weiterhilft. Das ist verständlich, wenn wir bedenken, daß der Jäger der Frühzeit, also der Mensch, der sich in echten Kampf- und Fluchtsituationen befand, den Streß nur loswurde, weil er seine Affekte während der Bewegungen spürte. Er hatte Angst oder Wut und handelte entsprechend.

Wer schwach und elend auf dem Ergometer hockt, geschwächt durch eine gewaltige Herzoperation, der hat Angst und Wut. Dem verwundeten Jäger ließ man Zeit, sich zu erholen. Kaum hat der Mensch das Krankenbett verlassen, muß er schon wieder Leistung zeigen: Unlustig und geschwächt erwartet er den Zeitpunkt, bis der aktive Teil vorüber ist. Für ihn ergibt die Bewegung keinen Sinn. Lust kann dabei nicht aufkommen. Zumindest baut das den gewaltigen Operationsstreß nicht ab. Es sollte eine Zeit der Schonung sein, in der einfühlsame Gespräche »gesünder« sind als jedes Ergometer.

Wut und Angst müssen verständlich gemacht werden. Schließlich waren Bypass-Operierte während der Operation »klinisch tot«, nur von einer Herz-Lungen-Maschine am Leben gehalten. Hier braucht es »Training«. Für das Training auf dem Ergometer brauchen wir mehr Kraft, als zur Verfügung steht.

Wenn man als Gesunder einen Dauerlauf macht, dann spürt man, wie sich während der körperlichen Aktivitäten die Streßhormone abbauen. Genauso ergeht es dem Patienten in der Reha-Klinik, wenn er, während er emotionell geladen ist, auf einem Trampolin auf und nieder hüpft. Wenn Sie sich während der kraftvollen Bewegung des Abstoßens vom Boden ihrer Wut bewußt sind und die Emotion dabei durch noch kräftigeres Abstoßen der Beine herauslassen, dann bauen sich die Steroide ab. Aber was macht der Frischoperierte auf dem Ergometer? Daß der Körper nach Infarkt oder Bypass-Operation wieder fit und funktionsfähig gemacht werden muß, das leuchtet jedem ein. So soll die Zeit in der Reha-Klinik eine Zeit der Gesundung und Erholung sein, auch in dem Sinn, sich wieder fit zu machen. Danach, kaum wieder daheim, schläft der Bewegungsdrang bei den meisten wieder ein. Warum ist das so? Weiß doch jeder, wie ungemein wichtig Bewegung ist.

Wir sind eine Gesellschaft der Einsamen geworden, es macht einfach keinen Spaß, daheim einsam auf einem Ergometer zu sitzen und sich lust- und sinnlos abzustrampeln. Genauso geht es im Fitneßzentrum zu. Es gibt mittlerweile in der gesamten Bundesrepublik Fitneßzentren, die sich auf sogenannte Koronarprogramme eingestellt haben. Sie bieten herzkranken Patienten Trainingsmöglichkeiten an, die garantiert zur Verbesserung der körperlichen Leistungsfähigkeit führen. Trotzdem wird von dieser Möglichkeit wenig Gebrauch gemacht. Wer jemals ein Fitneßstudio betreten hat, der weiß, warum. Man gewinnt den Eindruck, in einem Klub der Einsamen zu sein. Jeder strampelt still und verbissen vor sich hin, Kontakte und Kommunikation gibt es wenig. Die Studios veranstalten auch Kontaktabende, bieten gesellschaftliche Veranstaltungen an, doch in seinem Trainingserlebnis ist jeder allein.

Bewegungsarmut und Depression

Herzkranke sind unterschwellig depressiv, nach Infarkt und Bypass-Operation sogar verstärkt. Auch Depressionen sind durch Energieverbrauch gekennzeichnet. Nach außen zeigen diese Menschen sich nicht selten kraftlos, und jeder, der Depressive kennt, wird das bestätigen können. Alles an diesen Kranken weist auf eine Verarmung hin.

Menge und Umfang der Bewegung sind vermindert. Depressive bewegen sich tatsächlich weniger als andere. Diese Reduktion ist deutlich sichtbar beim Schwerdepressiven, der fast nur herumsitzt. Aber selbst beim weniger Depressiven ist eine feststellbare Einschränkung der spontanen Bewegung zu beobachten. Soll Bewegung etwas in uns bewirken, muß sie spontan sein. Spontaneität und Depression schließen sich aus, Depression und Bewegung schließen sich aus. In Bewegung komme ich, wenn ich in Schwung komme, in Schwung komme ich, wenn ich meine innere Trägheit überwinde.

Depression ist ein tiefst innerliches Leiden, das nur tiefst innerlich angegangen werden kann. Auf lange Sicht wird sich der Betreffende nur selbst davon befreien können.

Sich den innerlichen Gegebenheiten zu stellen bedeutet, seine gekränkte Haltung aufzugeben und sich der Außenwelt zu stellen, sich Kontakte zu anderen Menschen zu suchen, sich Gruppen anzuschließen, anstatt alle seine Bewegungen mühsam allein und verkrampft durchzuführen. Nur jeder vierte Dauerläufer hat überhaupt Spaß am Laufen. Das ist eines der wichtigsten Ergebnisse einer mehrjährigen Forschungsarbeit mit dreihundert Läufern am Institut für Sportwissenschaften der Universität Tübingen.[89]

Mit anderen Worten: Ich muß mich selbst motivieren. Man sollte meinen, Herz- und Gefäßkranke hätten Motive genug. Haben sie auch, aber die Motive werden wieder verdrängt, auch darum, weil Lust und Freude fehlen, weil man sich auch in seinem Bewegungsdrang einsam fühlt. Darum kommen echte, stimulierende Motivationen kaum in »Bewegung«. Die Motive müssen von innen kommen.

Hier »liegt der Hund begraben«. Die Lust wächst aus der

inneren Überzeugung, und Überzeugung setzt immer eine Entscheidung voraus. Regelmäßige Bewegung baut Aggression ab, führt zu mehr Ausgeglichenheit. Bewegung unter Gleichgesinnten, vor denen allmählich die Angst verschwindet, erste Erfolge von Fitneß lassen zum Beispiel das Selbstvertrauen des Operierten steigen; in meinen Augen eine »gesunde Form der Wiedergeburt«.

Durch Veränderungen der inneren Einstellung kann man die äußere Welt verändern. Mein Appell an den Patienten: Lassen Sie sich ruhig Zeit dabei, und geben Sie irgendeinem Zwangsverhalten keinen Raum. Verbissenheit und das Gefühl, unter Zeitdruck zu stehen, schaden nur, weil sie die Spontaneität unterdrücken und bremsen und Spaß und Lust schon im Keim ersticken. Bewegung sollte nichts mit Zeitplanung mit einer Stoppuhr zu tun haben. Allein die Lust an der Bewegung wäre Motiv genug, viel Veränderung in Ihrem Leben zu bewirken.

Gesundheit hängt vor allem von einem ausgewogenen Verhältnis zwischen Streß und Erholung ab. Weder übermäßige Aktivität noch übermäßige Schonung tun dem erkrankten Menschen gut.[90] Diese Theorie vertritt Irv Dardik, ein anerkannter Gefäßchirurg, der unter anderem wichtige Erfindungen auf dem Gebiet der Bypass-Chirurgie machte.[91]

Sieben Jahre lang hatte er den Vorsitz des Olympischen Komitees der Vereinigten Staaten für Sportmedizin inne. Die Wahrscheinlichkeit einer Erkrankung – so Dardik – steigt um so mehr, je rigider, unflexibler und starrer das Energiemuster ausgeprägt ist. Chronischer Streß mit einem ständig überhöhten Energieverbrauch macht demnach genauso krank wie die relative Depression eines zu geringen Energieumsatzes. Für das Thema Bewegung bedeutet das: weder übermäßige Aktivität – erinnern wir uns an die Wirkung der Endorphine – noch übermäßige Schonung. Und damit wären wir an dem Punkt, warum Bewegung vielen Menschen zum Schaden gereicht. Sie muten sich zuviel zu, als gelte es, ums Leben zu laufen, oder sie schonen sich in übertriebener Art und Weise und schädigen damit ihr Herz genauso.

Gesundheit ist eben nicht nur körperliche Übung oder Entspannung, hängt nicht nur davon ab, was man ißt oder wie man schläft. Gesundheit resultiert daraus, wie diese Dinge miteinander »korrespondieren«, wie gut alle Kräfte zusammenwirken. Das ist es, worauf ich immer wieder hinwies: Homöostase, inneres Gleichgewicht aller Kräfte, ist die Basis für Gesundheit. Mit anderen Worten: ein natürlicher, tiefer Schlaf, ein Tagesablauf, der durch richtige Bewegungen den Körper müde macht, gesunde Ernährung und Hunger, der aus der vollbrachten Bewegung entsteht. Dem natürlichen Bewegungsdrang folgen natürlicher Magenhunger und am Abend ein Schlafbedürfnis, aus dem wohltuenden Gefühl heraus, sich genügend bewegt zu haben. Solange der Kranke – aber auch mancher Gesunde – Bewegung nur unter dem Begriff Sport sieht, folgt er einem Trend, der bald zum Zwang wird.

Wenn wir an Sport denken, dann meinen wir immer Leistung. Aber gerade das unausgewogene Leistungsstreben ist es, das den Stoffwechsel durcheinanderbringt. Leistung und Streß bei der Arbeit, Leistung und Streß in der Sexualität, auf Partys, bei Hungerkuren, beim Abgewöhnen vom Rauchen. Alles wird durch die Brille von Zwang und Leistung gesehen. Industrielles und technisches Zeitalter haben uns von unserem Eigenrhythmus, von unserer »Eigendrehung«, von uns selbst entfernt. Wollen wir uns – wie ich Depressiven immer wieder am Anfang einer Therapie rate – selbst finden, dann müssen wir unseren Eigenrhythmus, unsere »Eigendrehung« wiederfinden.

Durch hektische Aktivität, durch Leistungssport spalten

wir den Körper von allem übrigen ab. Aber Bewegungen im Zeitlupentempo zum Beispiel lassen Schmerzen – seelische Schmerzen, die im Körper stecken – spürbar werden, lassen neue Einstellungen zu sich selbst entdecken und erwecken die Lustgefühle.

Versuchen Sie einmal, eine Stunde im Kreis zu gehen, dabei ständig mit dem Fuß aufzustampfen und vor sich herzusagen: »Ich will nicht«, dann können Sie erfahren, wieviel Wut in Ihnen steckt, und sich hinterher erlöst fühlen.

Depressive sind nämlich Menschen, die sich nicht wollen, die anderen nicht wollen, die Arbeit nicht wollen, die Partnerschaft nicht wollen, weil sie als kleines Kind die Erfahrung gemacht haben, man wolle sie nicht! Dieses Muster haben sie längst internalisiert.

Sehr häufig müssen Kranke die positiven Körperempfindungen in sich neu erspüren lernen, begreifen, daß sie ihren Körper nur über physische Schmerzen empfunden haben. Ein Kind drückt, lange bevor es die Sprache lernt, seine Gefühle durch den Körper aus: Seine Sprache ist die Bewegung. Sein Lächeln ist spontan und voller Freude, sein Weinen ist ebenso spontan wie verzweifelt. Seine Wut ist auch voll da und sehr explosiv. Aber dann lernt es irgendwann durch sein Verhalten, sich zu »verkaufen«. Es hofft auf Liebe und tut alles, um Ablehnung zu vermeiden. Es beginnt, seine spontanen Bewegungen zu zügeln, imitiert statt dessen unbewußt die Bewegungen der Erwachsenen und übernimmt auch deren Einstellung dem Körper gegenüber. Immer folgt der Lebensrhythmus dem Prinzip der Unterwerfung. Überall stößt es auf Einschränkungen und Hemmungen.

In der Schule wird es stundenlang auf eine Bank gesetzt und soll stillhalten. Gefühle dürfen vielleicht noch im Kunstunterricht ausgedrückt werden. Selbst der Turnunterricht ist mehr auf Leistung ausgerichtet statt auf Spontaneität und Freude. Das Erlebnis der Bewegung wird auf ein bis zwei Stunden »Sport« pro Woche begrenzt. Spätestens im Alter von zehn Jahren hat das Kind verlernt, sich frei zu bewegen.

Als es noch kleiner war, ließ es seiner Neugierde und Spontaneität freien Lauf, zum Beispiel um sich nach einem Käfer hinunterzubeugen. Sein ganzer Körper beugte sich vor, um ihn von ganz nah betrachten zu können. Als Erwachsener sehen wir den Käfer nur noch mit den Augen, einer kleinen Bewegung unseres Kopfes.

Wir lächeln nur noch mit dem Mund, anstatt über den gesamten Körper Freude auszudrücken. Das Weinen wird hinuntergeschluckt, die Tränen versickern im Innern. Wut verwandelt sich in Spannung, die sich in der Herzgegend manifestiert, das Herz zu Stein werden läßt.

Geballte Fäuste dürfen nicht gezeigt werden. Herzkranke sind physisch ausdruckslos, die Gesten sind nur noch Schatten der Gefühle. Viele sind physisch tot, weil sie in sich erstarrt sind. Auf diese Weise verloren sie die Lust und die Freude an der Bewegung. Bewegung ist bei Erwachsenen intellektualisiert, ein Mittel zu einem bestimmten Zweck. Menschen, die anfangen, Bewegungen wieder spontan auszuführen, sich gefühlsmäßig hineinzubegeben, sind zunächst verblüfft, wenn ihnen bewußt wird, daß sie ihren Körper wie einen Sklaven unter der Knute ihres Geistes gehalten haben.

Ihr Geist kommt überhaupt nicht auf die Idee, daß der Körper eine eigene Integrität und eigene Bedürfnisse hat, die, wenn sie nicht erfüllt werden, zu einer Degeneration des Sklaven, zur Depression oder zur offenen Revolte und zur Arbeitsverweigerung des Körpers führen können.

Leben und Gefühl werden in der Bewegung ausgedrückt. Bewegung ist dem Menschen natürlich, und wenn sie fehlt, dann fehlt etwas ganz Wesentliches. Unnatürlich an unserem Leben ist die Unterdrückung des Gefühls, ebenso unnatürlich ist die Einschränkung der Aktivität. Durch offene Bewegung können wir unser Gefühlspotential erhöhen.

Menschen, die sich in Körpertherapien zum erstenmal »bewegen«, können gefühlsmäßig derart ergriffen werden, daß sie ganz überrascht sind, und sie spüren, daß es in ihnen etwas gibt, das sie nie kannten: Lust!

12

Die Lustunterdrückung

Gesundheit ist nicht Abwesenheit von Krankheit

Nach bisheriger Auffassung verstand man unter Gesundheit grundsätzlich die Abwesenheit von Krankheit. Die Erhaltung und Wiederherstellung von Gesundheit wurde den Ärzten überlassen. Allmählich aber beginnt sich eine neue Vorstellung von Gesundheit durchzusetzen.
Sie ist mit einem aktiveren Ansatz zur Verbesserung und Erhaltung des Gesamtbefindens verbunden. Diese neue Geisteshaltung bezieht sich nicht auf spezielle Behandlungsmethoden oder ein Geheimrezept für die Gesundheit, es geht um eine andere Lebensweise.
Man geht davon aus, daß Fortschritte in der Medizin, die man nicht unterbewerten darf, nicht ausreichen, die Gesundheit des einzelnen zu erhalten oder gar zu verbessern. Eher ist es so, daß die Parameter für Gesundheit von der Lebensweise und den vielen damit verbundenen Gewohnheiten abhängen, die bei der Ernährung beginnen, die sich über Bewegung ausdrücken und sich auch in der Art und Weise zeigen, wie jeder einzelne mit sich selbst umgeht.
Richtige Einstellung zur Gesundheit bedeutet nicht, daß Ärzte und der Medizinapparat abzulehnen sind. Gut geschultes Personal, Ärzte, Schwestern und Pfleger können uns bei der Bewältigung und Linderung von vielen gesundheitlichen Problemen helfend beistehen. Routineuntersu-

chungen gehören zu einer guten Gesundheitsvorsorge, um Krankheitsrisiken vermindern zu helfen. Die Integration gesundheitsfördernden Verhaltens in den Tagesabläufen ist aber die natürliche Ergänzung eines aktiven Lebensstiles. Gesunder Bewegungsdrang, verbunden mit Lust und Freude, Ernährung, die sich nach dem natürlichen Hunger ausrichtet, können das Risiko einer Herzerkrankung mindern. Depressionen nicht wieder verleugnen, sie nicht unterdrücken, sondern sich mehr dem Lustprinzip zuwenden, das kann zum gesundheitlichen Wohlbefinden beitragen.

Das Erreichen und Bewahren von gesundheitlichem Wohlbefinden ist mit ein paar notwendigen Überlegungen verbunden. Als erstes gilt es, den tatsächlichen Gesundheitszustand richtig einzuschätzen und festzustellen, welche Risikofaktoren uns für die Herzkrankheit anfällig machen.

Zudem ist es wichtig, die Risikofaktoren zu beurteilen und herauszufinden, wie wir sie abschaffen oder zumindest mildern können. Um uns richtig zu ernähren und in die passende Bewegung zu kommen, können wir uns dahingehend prüfen, was uns Spaß macht, was uns Lust verschaffen könnte.

Das Empfinden von Lust drückt sich aus in Empfindungen von angenehm und unangenehm. Aber es ist mehr. Wenn wir Lust-Unlust genauer untersuchen, dann stellen wir fest, daß es gerade diese Empfindungen sind, die dem Depressiven verlorengegangen sind.

Lust und Unlust bewegen sich entlang einer Achse, die durch Erregung und Beruhigung, Spannung und Lösung gekennzeichnet ist. Auch Hinwendung und Abwendung sind in Lust und Unlust enthalten. Unter diesem Gesichtspunkt sind depressive Menschen, die sich von der Welt, von ihren Mitmenschen abgewendet und nach innen zurückgezogen haben, zu verstehen. Lust und Unlust wollen sich über den Körper ausleben.

Das Gegensatzpaar Lust und Aversion gerät über das sympathische und parasympathische System in Bewegung. Lust kann begleitet sein von einer Verlangsamung des Pulses, niedrigem Blutdruck, ruhiger Atmung, einer Verengung der Pupillen und Ausschüttung verschiedener Hormone. All dies sind Zeichen dafür, daß unser parasympathisches System aktiv ist. Man empfindet Lust, fühlt sich wohl, weil weder Angriffs- noch Fluchtmuster angesprochen sind. Gefahr scheint nicht im Anzug.

Wenn ein Mensch einen Verlust erlitten hat, verfällt er in Verzweiflung. Innersekretorisch nimmt die Aktivität des Sympathikus zu, und das parasympathische System stellt seine Aktivität ein.

Wenn wir uns Verlusterlebnisse jeglicher Art vor Augen führen, so führt das Nachlassen des Verlustschmerzes noch nicht zu den Wohlgefühlen einer lustvollen Lebenszeit. Auch wenn ein Mensch keine physischen Schmerzen mehr empfindet, ist er deshalb noch nicht gesund. Ein Schmerz, den man lange und häufig genug spürt, läßt mit der Zeit in seiner Intensität nach. Aus dem Verständnis der Gewöhnung läßt sich erklären, warum Depressionen nicht nachlassen, obwohl Verlusterlebnisse längst ihre Aktualität verloren haben.

Es entsteht eine Art Als-ob-Situation, man hat sich an die depressiven Empfindungen von Gelähmtsein und Abwesenheit von Lust gewöhnt. Ein Säugling ist nicht in der Lage, seine Empfindungen von angenehm oder unangenehm zu beurteilen. Er gewöhnt sich an diesen Zustand, und der verstärkt sich allmählich, wenn das Kind das Wertesystem der Erwachsenen zu begreifen beginnt.

Über seine Depressionen ist es in ein Verhaltensmuster der sogenannten »Hab-acht-Stellung« geraten. Ein Kind kann zunächst nicht begreifen, was ihm »Gutes« oder »Schlechtes« widerfährt. Nur seine Erfahrung, was in ihm angenehme oder unangenehme Empfindungen auslöst, wird als Wirklichkeit erlebt. Das Kind reagiert mit Offenheit oder Verschließen, je nachdem, ob es etwas als angenehm oder als unangenehm erfährt. Dieses Reaktionsmuster liegt dem Verhalten von Herzkranken zugrunde, die sich freundlich und offen ihren Mitmenschen gegenüber zeigen können und sich zu anderen Zeiten total verschließen, wobei allerdings im Laufe des Lebens das Sichverschließen immer mehr überwiegt.

Wird einem Kind eine Erfahrung, die es nicht liebt, gewissermaßen aufgezwungen, mag es sich innerlich eine Weile dagegen wehren und lauthals protestieren. Aus dieser Erfahrung entwickeln sich zwei Reaktionsmuster, die wir ebenfalls beim Herzkranken finden. Manche sind gefügig und gehorsam geworden, wurden zu Leistungsmenschen, die alles tun, was man von ihnen verlangt. Dahinter steht die Angst, »wenn ich es nicht tue, muß ich wieder einen Verlust erleiden«. Setzen wir dieses Muster in die Arbeitswelt um, dann zeigt es sich in einer Art von zwanghaftem Fleiß, zwanghaftem Leistungsstreben. Der Motor dieser Haltung ist die Angst, den Arbeitsplatz zu verlieren und damit wieder von der Verlusterfahrung betroffen zu werden.

Ein zweites Reaktionsmuster zeigt Trotz und Bockigsein. Damit leben diese Kranken ständig unter Hochdruck, und das führt in den Bluthochdruck. Wer diesem Muster folgt, will seine Umwelt »zwingen«, bei ihm zu bleiben. Es entwickeln sich aus diesem Muster jene Menschen, die dominant und autoritär ihre Umwelt beherrschen wollen. Sie wollen ihre Mitmenschen manipulieren.

Alles, was Unlust erzeugt, bringt bei beiden Typen Unruhe. Ihre Körper wirken gespannt, sie scheinen ständig zum Sprung bereit. Ihre Gesichter wirken verschlossen, die

Unruhe zeigt sich auch im Gesicht, der Blick wendet sich ab, mit den Händen werden häufig abwehrende Bewegungen gemacht. Das alles läuft auf eins hinaus: Hinter der Angst stehen Schuldgefühle, verbunden mit der Angst, etwas falsch zu machen und dann zur Strafe eine »imaginäre« Verletzung oder einen Schmerz zu erleiden. Diese Abwehrhaltung wird unbewußt zur Gefahr für das eigene Leben, denn die ständige Verschlossenheit, die innere Spannung und das »Warten auf Gefahr« lassen den Organismus sich im ganzen verschließen – bis hin zum Herzinfarkt. Solche Menschen haben sich innerlich immer mehr verhärtet, und der Herzinfarkt macht am Ende die »letzte« Tür zu. Man hat sich ganz nach innen zurückgezogen, fühlt wenig, spürt kaum etwas. Was jetzt noch gespürt wird, ist dumpfes Niedergedrücktsein, ist die Depression.

Die Wahrnehmung der Lust

Um zu verstehen, warum manche Menschen echte Lust kaum erleben können, muß man sich anschauen, wie die erste Lust entsteht. Das erste Bedürfnis eines Kindes, kaum ist es geboren, ist die Urquelle Mutterbrust. Dieses Bedürfnis weckt Erregung in ihm. Alles, was es jetzt tut, läuft reflexartig ab. Der Säugling nimmt alles in den Mund, was für ihn erreichbar ist. Er kann auf der einen Seite die Erfahrung machen, daß die Mutterbrust etwas Warmes, Weiches, Angenehmes ist, er kann sich dabei satttrinken, er spürt die liebevolle Zuwendung der Mutter. Mit der Sättigung kommt das Wohlbehagen.
Die Mutter kann die Brust geben, doch die Gefühle der Mutter können kalt und abweisend sein. Auf diese Weise erlebt der Säugling Gefühle des Unbehagens, die wesentlich schlimmer sind, als wenn er statt der Brust die Flasche

bekommt. Nur die warme, sattmachende Mutterbrust, die mit Liebe und lustvoller Zuwendung verbunden ist, vermittelt Wohlbehagen. Und allein das führt zur ersten Lusterfahrung. Alles, was seine Spannung nicht herabsetzt, ihn also nicht zufriedenstellt, empfindet er als unangenehm; er verzieht die Miene und schreit.

Lust zulassen können ist also eine Erfahrungssache der ersten Lebenstage. Lust ist ein Lernweg über positive und negative Erfahrungen. Ein Säugling muß schreien, damit er, wenn die positive Entspannung ausbleibt, den Spannungsstau durch sein Schreien abbauen kann.

Häufig können meine Patienten mit der Frage nach ihren Bedürfnissen nichts anfangen. Bedürfnisse beziehen immer den Körper mit ein, weil Bedürfnisbefriedigung oder -nichtbefriedigung vegetative Prozesse nach sich zieht.

Wenn ein Kind frühe Erfahrungen macht, in denen die Entspannung ausbleibt, sich das Wohlbehagen nicht einstellen kann, dann entwickeln sich daraus jene Grundmuster, die Bedürfnisbefriedigung nicht zulassen. Ersatzgefühle werden geschaffen und vor allem Ersatzbefriedigungen. Das Rauchen ist eine solche Ersatzbefriedigung.

Durch Spannungsabfuhr, über Wohlbehagen, täuscht sich der Mensch Zufriedenheit vor. Bei jedem menschlichen Wesen und in jeder Altersstufe treten Bedürfnisse spontan auf. Vielen Kranken ist die Spontaneität verlorengegangen, weil sie sich längst in ihrer Bedürfnisbefriedigung betrogen fühlen.

Wenn ein Säugling Hunger hat und schreit, aber der Hunger nicht ge-»stillt« wird, ermattet sein ohnehin schon erschöpfter Organismus nach kurzer Zeit. Ein hungriges oder durstiges Kind hört irgendwann auf zu schreiben, als hätte es kein Bedürfnis mehr. Auf diese Weise wird Hunger zur schmerzhaften Erfahrung.

Hunger kann quälend werden, und absolutes Unbehagen,

Unlust stellen sich ein. Hier liegt die Wurzel zu Adipositas, zur Anorexia nervosa oder zur Bulimie. Auf der einen Seite hört das Kind auf, sich um Nahrung zu bemühen, es kann den Anreiz verlieren, überhaupt zu essen. Die Anzahl von Säuglingen, die aufgrund von Nahrungsverweigerung gestorben sind, ist gar nicht gering. Auch hier gibt es wieder zwei Reaktionsmuster: Man verweigert auf Lebenszeit den Hunger, man hebt in solchem Fall die Lusterwartung auf, oder man wird zum Zwangsesser, der alles in sich hineinstopft, was er bekommen kann.

Das Kind hat sein Bedürfnis abgespalten, das Gefühl für Hunger verloren. Der Hunger verlagert sich auf andere Ebenen. Starke Rauch- oder Trinkbedürfnisse können die Folge sein.

Das Kind hat einen Verlust erlitten, nämlich den Verlust des Zugangs zu seinen Bedürfnissen. Die Abspaltung von seinen Bedürfnissen führt zu einer Flucht nach innen, weil von der Außenwelt für die Befriedigung der Bedürfnisse nichts mehr erwartet wird. Die Flucht nach innen führt in die Depression.[92]

Es gibt genügend Mütter, die auf irgendeine Weise verhindern wollen, daß ihre Babys schreien. Der Schrei des Säuglings ist spontanes Verhalten. Zwang bewirkt allerdings in dieser Altersstufe ein echtes Trauma. Nämlich schon lange bevor ein Kind überhaupt sprechen lernt, wird seine spontane Äußerung unterdrückt. Ein solches Trauma führt damit nicht nur zu einer Entfremdung, sondern auch zum Abbau vitaler Rhythmen. Dadurch ist die spätere Entwicklung ernsthaft gefährdet. Wenn man ein Kind im oralen Stadium und auch noch später, wenn es schon sprechen kann, an der freien Äußerung hindert, ist es ein Leben lang außerstande, seine Lust- und Unlustgefühle zu äußern. Das sieht beim Erwachsenen dann so aus, daß er Schmerzen ebenso verschweigt wie seine Gefühle. Auf Fragen, wie

271

es ihm gehe, antwortet er mürrisch; er spürt die Signale seines Körpers nicht, weiß nicht, wann er wirklich Hunger hat, weiß nicht, wann sein Körper sich bewegen möchte.

Er wird zum Schweiger, der früh lernte, seine Bedürfnisse abzuspalten. Diese Urverletzung, die sein ganzes Sein gefährdet, bedingt einen zwangsläufigen Akt: Er muß sich in eine Krankheit hineinentwickeln. Spätere Traumatisierungen, die in einer Zeit entstehen, in denen das Kind sich verbal äußern kann, haben nicht die gewaltige Wirkung wie jene tiefen Verletzungen, die in der »nichtsprachlichen« Zeit des Menschen stattfinden.

Fragt man einen solchen Erwachsenen: »Warum sagst du nichts? Ich sehe doch, daß es dir schlecht geht«, bekommt man als Antwort höchstens ein Brummen zu hören. Dieser Mensch kann sich nicht artikulieren, weil er keine Chance hatte, das zu lernen. Kommen wir zur Eßerziehung – zum Eßzwang: Kinder werden gern – auch unter erzieherischen Zwangsmaßnahmen – genötigt, ihre Mahlzeiten nach der Uhr einzunehmen. Selten werden Kinder gefragt, ob sie wirklich Hunger haben; und so machen sie die Erfahrung, daß Essen nicht unbedingt etwas mit Hunger zu tun haben muß.

Auf diese Art und Weise verlieren die Kinder jeglichen Kontakt zu ihren körperlichen Bedürfnissen. Von dem angeordneten Essen nehmen sie dann wenig und schaffen sich »Ersatzhunger«, so daß sie sich zu einem späteren Zeitpunkt mit Süßigkeiten selbst »füttern«.

Der Erwachsene plündert später zu ungewöhnlichen Stunden den Kühlschrank. Obwohl er keinen Hunger hat, spürt er »Begehren« nach Nahrung. Er weiß nicht, daß der abgespaltene Hunger der Säuglingszeit ihn drängt. Dieser läßt sich niemals befriedigen; es ist nicht einfach, den Zwang im eigenen Verhalten zu erkennen.

Ein ähnlicher Zwang führt in die Bewegungsarmut, in die

Depression, verbunden mit dem Gefühl innerer Lähmung. Hier setzt die zweite Lustbremse ein. Unlust an der Bewegung entsteht unter anderem durch zu frühe Sauberkeitserziehung. Viele Mütter finden es toll, wenn sie ihre Kinder früh auf alles mögliche abrichten. Hier zeigt sich mehr Dressur als »Erziehung«. Nur individuelle Führung läßt Reifungsprozesse zu, und es gibt nichts Schädlicheres als Drill.

Man weiß heute, daß die Entwicklung des Zentralnervensystems nicht vor dem achtzehnten Monat abgeschlossen ist, meist dauert der Prozeß sogar bis zum dreißigsten Monat. Erst wenn das neuromuskuläre System vollkommen entwickelt ist, darf man mit der Sauberkeitserziehung beginnen, niemals aber früher. Denn vor diesem Zeitpunkt ist die hohe Spezialisierung der Nervenenden in den unteren Gliedmaßen, in der perinealen Hautregion im Gesäß und allgemein in den peripheren Bereichen, vor allem in Füßen und Händen, nicht abgeschlossen. Bevor die Reifung des Nervensystems in anatomischer und physiologischer Hinsicht nicht abgeschlossen ist, kann das Kind seine Motorik und die Fähigkeit, sie zu koordinieren, nicht selbst im freien Spiel als lustvollen Vorgang entdecken. Hier werden willentlich und spielerisch diejenigen Muskeln angespannt und entspannt, welche die Schließmuskeln und die Motorik allgemein steuern. Akzeptiert das Kind den Drill der Mutter, um sie nicht zu verärgern, so folgt es mehr dem suggestiv erzieherischen Einfluß der Mutter als dem in ihm angelegten Reifungsprozeß. Gerade weil viele Kinder schon Verlusterlebnisse hatten, passen sie sich an.

Statt seinem autonomen Reifeprozeß folgt es den Bedürfnissen des Erwachsenen und unterwirft sich. Das Verheerende daran ist, daß solche frühen Sauberkeitsdressuren Kinder schon sehr früh in ihrem Bewegungsdrang hemmen. Entsprechend sind sie in ihren Bewegungen schwerfällig, es fehlen ihnen die gewisse Anmut und Grazie, die Kinder zeigen, die sich ihrem inneren Reifeprozeß gemäß frei entwickeln dürfen. Sie sprechen schlecht, drücken sich nicht gut aus, schweigen oder kreischen, in allem sind sie ungeschickt. Sie werden zu einer Art von Robotern, von denen die Mütter meist sehr begeistert sind; sie manipulieren die Kinder durch Worte und Gesten, ohne in eine wechselseitige Beziehung mit ihnen zu treten.

Häufig werden diese Kinder in einem anderen Zimmer auf den Topf gesetzt. Dort fühlen sie sich wieder allein gelassen. Alte Verlustängste werden aktiviert.

Die weitere Entwicklung bleibt problematisch, weil diese Kinder – wie gesagt – in ihrem affektiven wie sprachlichen und psychomotorischen Reifeprozeß steckengeblieben sind.

Jedes Kind macht im Alter von zwei, drei oder vier Jahren eine Entwicklungsphase durch, in der es sich gegen die Mutter auflehnt. Diese Opposition begünstigt die Entstehung eines Ichs, das alles allein machen möchte, und sie fördert seine freie Entwicklung. Kinder aber, die eine verfrühte Sauberkeitserziehung »genossen« haben, drücken ihre Opposition im viszeralen und neuromuskulären Bereich aus.

Der Widerstand dieser Kinder richtet sich nämlich nicht gegen eine bestimmte Person, deren Argumenten es verbal begegnen kann. Aufgrund der gestörten Ichbildung, die sie in der Symbiose verharren läßt, können diese Kinder sich nicht im Ich- und Du-Bereich abgrenzen.

Diese Symbiose und die folgenden symbiotischen Bedürfnisse sind vor allem bei Herzkranken zu beobachten. Man hat den Eindruck, daß sie eines Tages nicht einen Ehepartner gewählt, sondern sich eine »Ersatzmutti« gesucht haben. Es fehlt die nötige Distanz zum Partner, es fehlt

Eigenleben. Das Leben wird durch die Augen des anderen betrachtet. Man kann »ohne den anderen« nicht leben. Dieser Umstand verstärkt die innerlich verleugnete, aber trotzdem immer vorhandene Verlustangst.

Kinder werden nicht nur zu früh zur Sauberkeit erzogen, sie sitzen auch zu lange »auf dem Topf«. Dadurch werden sie zu »Nesthockern« erzogen.

Als Erwachsene hocken sie dann vor ihren Schreibtischen, auf dem Fahrersitz ihres Autos, vor Computern, kurzum, sie bevorzugen sitzende Tätigkeiten, und am Abend »hokken« sie vor dem Fernseher.

Nicht nur die Industriegesellschaft, auch falsche Erziehung macht viele Menschen zu »Nesthockern«. Erziehung bestimmt die Sprache, die einer sprechen wird und dadurch auch spezifische Formen der Begriffe, des Denkens, des Reagierens, die innerhalb einer bestimmten Gesellschaft allen gemeinsam sind. Diese werden von den Begriffen und Reaktionen von Menschen, die in einer anderen Umgebung geboren sind, verschieden sein, sind also nicht Merkmale des Menschen als einer Gattung, sondern Kennzeichen einzelner Gruppen oder einzelner Menschen. Erziehung wird weitgehend die Richtung auch unserer Selbsterziehung bestimmen, die der aktivste Teil von Bewegung ist.[93]

Gebremste Motorik und Lustlosigkeit

Wer also schon in früher Kindheit in Motorik und Bewegungsdrang gebremst wurde, der wird als Erwachsener kaum Lust verspüren, sich viel zu bewegen. Auch Ausdauertraining zur Leistungssteigerung bringt den Menschen nicht in die Eigendrehung, in den Eigenrhythmus. Motorik muß neu eingeübt werden, und dafür eignen sich zum

Beispiel Bewegungstraining nach Feldenkrais und die Methoden der dynamischen Körpertherapie wesentlich besser. Es gilt, das eigene Bewegungsmuster wieder zu entdekken.

Wir folgen in unserem Bewegungsdrang weniger unserem biologischen Erbe als unseren Erfahrungsmustern. Wie wir uns bewegen, zeigt nicht nur die Art, wie wir erzogen wurden, uns zu bewegen, sondern drückt auch aus, was zu lernen wir willens und fähig waren, und es zeigt ebenso, wie wir seit »Kindesbeinen« bestimmte Lernschritte verweigert haben.

Als Säugling sind wir den Erziehungsmaßnahmen unserer Umwelt unterworfen. Nach dem Laufenlernen bestimmen wir teilweise selbst, was uns paßt, was wir wollen oder was wir ablehnen. Zwar bekommen wir Erziehungsangebote von der Außenwelt immer wieder verpaßt, aber nach der Zeit der Symbiose beginnen Kinder entweder Dinge anzunehmen, zu akzeptieren oder sie für sich abzulehnen, weil sie ihnen wesensfremd erscheinen. Wenn also die von außen kommende Erziehung zum Laufenlernen dem Kind zu früh angeboten wird, zu zwanghaft ist, dann entwickelt es zwangsläufig Widerstand dagegen, weil es spürt, daß sein Organismus für diesen Lernschritt noch nicht bereit ist.

Es lernt zwar das Laufen, aber ohne Lust, Spaß und Begeisterung. Zur Lust gehört die Begeisterung; »Begeisterung« bedeutet aber, eine Sache mit Freude zu verarbeiten, mit dem eigenen Geist, mit dem Wollen der eigenen Persönlichkeit hinter dem Handeln zu stehen, den gelernten Inhalt »geistig« in sich zu verarbeiten.

Ein gewaltiger Einbruch in das Lusterleben eines Kindes ist die Geburt eines Geschwisters. Betroffene Kinder verspüren »Gefahr«, wenn sie den Neuankömmling lieben sollen. Lieben wird aber von den Eltern verlangt. Das gilt vor allem, wenn nur etwa zwei bis vier Jahre zwischen beiden Geburten liegen. Lieben heißt ja, sich mit dem Liebesobjekt zu identifizieren. Die Versuchung, ein noch kleineres Kind zu lieben, welches das Selbstbild einer früheren Entwicklungsstufe darstellt, führt beim größeren Kind zu einer Regression auf die Phase, wo es selbst noch wenig entwickelt war. Darum wird das ältere Kind dem Neugeborenen die Liebe versagen, und es untersagt sich damit selbst ein aufkeimendes Lustgefühl.

Es entwickelt das Gefühl, daß das Neugeborene eine Gefahr für seine Existenz darstellt. Es war von Vorteil für das erstgeborene Kind gewesen, sich mit Lust beim Lieben mit der Mutter zu identifizieren. Die Tatsache, daß ein neues, kleineres Kind nun da ist, bedingt einen weiteren Entwicklungsschritt des älteren Kindes.

Nicht nur, daß sich dem Geschwister gegenüber Lust und Liebe nicht einstellen, es spürt auch die Gefahr von Liebesverlust. Denn jetzt ist ein Wesen hinzugekommen, das die ganze Aufmerksamkeit der Mutter bekommt, eine Aufmerksamkeit, die ihm zuvor allein gegolten hatte: eine der Quellen für Verlustängste, die später zu schaffen machen.

Schaffen es die Eltern nicht, hier regulierend einzugreifen, dann erlebt das erstgeborene Kind statt Lust das Gefühl, daß Liebe gefährlich sei. Das kann zum Grundgefühl werden und sich in einer späteren Partnerschaft als ständige Verlustangst definieren.

Das ältere Kind entwickelt also nun eine Haltung, ein Gefühl, es müsse sich gegen das jüngere verteidigen, es angreifen oder gar »verachten«, zumindest aber ignorieren. Auch wird es nach Mitteln und Wegen suchen, sich gegen die von dem jüngeren Geschwister ausgehende Gefahr, die es zur Rückentwicklung verleitet, zu verteidigen, oder es wird ihr erliegen.

Mit dem Geschwister wird zugleich die Eifersucht geboren. Der Kern jeder Eifersucht ist Verlustangst. Das erstgeborene Kind sondert sich ab, fühlt sich unverstanden, wird bockig, ist gegen alles und jedes; in Wirklichkeit ist es gegen den Neuankömmling. Es zieht sich – von den Eltern unbemerkt – innerlich zurück, macht zu, beginnt »sein Herz zu verschließen«. Diese Grundhaltung wird beibehalten. Der Endpunkt ist das totale Zumachen, der Herzinfarkt.

Wenn wir Lebensrhythmen betrachten, dann scheint alles so abzulaufen, als ob jeder Mensch schon vom Tag der Empfängnis an zur Entfaltung seiner genetischen Anlagen bestimmt sei. Damit ist gesagt, daß die anziehenden und abstoßenden Kräfte kontinuierlich auf ihre Entspannung hinwirken. Das stellt den eigentlichen Sinn von Entfaltung dar, ob es sich um die Entfaltung beim Kind handelt oder um die Entfaltung eines Erwachsenen während einer Psychotherapie. Und gerade für Herzkranke ist es wichtig, den Rhythmus zwischen Spannung und Entspannung in sich neu zu beleben.

Den Rhythmus von Spannung und Entspannung neu beleben

Das Gefühl des Wohlbefindens, der biologischen Lust – die sich sowohl physiologisch als auch psychologisch auswirkt – ist an unsere Existenz in dem Sinne gebunden, daß alles das, was der Entfaltung unserer Existenz förderlich ist, von Lust begleitet wird. Ist dieses Wohlbefinden in Frage gestellt, breitet sich Unlust aus.

Unlust entsteht immer dann, wenn unsere Handlungen im Gegensatz zu den natürlichen Gesetzen des Lebens, des Wachstums, der Entwicklung und der Fruchtbarkeit stehen. Das erstgeborene Kind, das seine Liebe dem Neuankömmling verweigert, handelt nicht nur »bockig«, sein Zerstörungsdrang richtet sich zwar gegen den Neuankömmling, aber es befürchtet, die Liebe der Eltern ganz zu verlieren. Also spielt es nach außen sein Spiel: »Ich will lieb sein.« Da dies aber keine echte, überzeugende Entscheidung ist, bleiben Eifersucht, Verlustangst und Zerstörungsdrang bestehen und richten sich letztlich gegen es selbst.

Wenn ein Erwachsener an diesen Zeitpunkt seines Lebens denkt, verspürt er das Gefühl, er hätte den ersten härteren Schlag seines Lebens bei der Geburt des Bruders oder der Schwester einstecken müssen. Schuld daran war die Mutter, die sich dem anderen Kind zuwendete. Schuld daran war auch das Neugeborene, das ihm die Mutter »stahl«! Diese Grundhaltung wird dieser Mensch beibehalten.

Immer sind die anderen »schuld«, nur er selbst nicht. Es fällt ihm schwer, zu verstehen, daß er in der Liebesverweigerung, durch sein »Bockig-werden«, sich selbst den größten Schaden zugefügt hat. Er hat den Grundstein für einen möglichen späteren Herzinfarkt gelegt. Er hat einen Reifeprozeß verweigert, in dem er grundsätzlich Liebe – über die Geschwisterliebe – hätte lernen und im Austausch mit dem anderen Kind zu einer positiven Lebenshaltung hätte kommen können.

Statt dessen ging er ins Konkurrenzverhalten und hoffte, über diesen Weg die Liebe der Mutter »zurückzuverdienen«. Das ist die vorrangige Haltung aller Herzinfarktpatienten: über Leistung Anerkennung holen – bei gleichzeitiger Verlustangst. So muß Leistung ständig gesteigert werden, weil sie keine wirkliche Befriedigung, keine echte Lust verschafft. Der Mensch überfordert sich selbst auf diese Weise und bereitet sich ständig Enttäuschungen, macht

innerlich immer mehr zu, bis der Herzinfarkt unausweich-
lich wird.

Von Kindheit an entwickelt sich ein Grundmuster des
Kummers. Der Mensch wird zum Leidenden. Gerade bei
Herzkranken finden wir häufig das Gefühl von Kummer.
Beim Kummer handelt es sich um einen Affektstau von
enormer Dichte. Kummer tritt auf, wenn bestimmte nega-
tive Erlebnisse immer wieder auftauchen. Wenn ein
Mensch beispielsweise unter Versagensangst leidet, wird er
in seinem Leben immer wieder Situationen anziehen, die
diese Verlustangst aktivieren. Enttäuschung, Versagen,
Verlust und Schmerz: das sind die Hintergründe des Kum-
mers. Kummer ist aber immer an realen oder phantasierten
Verlust gebunden. Es gibt bestimmte Hauptauslöser für
Kummer.

Nummer eins: Wenn ein Kind weint und über sein Weinen
etwas ausdrücken will, von den Eltern deshalb aber gestraft
oder gescholten wird, macht es die Erfahrung, daß es
seinen Kummer – sein »Herzweh« – nicht zeigen darf, und
es drängt alles nach innen. Das Weinen dieses Kindes wird
sozusagen abgewürgt und kommt in vielen Fällen nicht
mehr zum Vorschein. Dabei ist gerade das Weinen ein
streßabbauendes Verhalten; denn in den geweinten Tränen
befinden sich überschüssige Streßhormone.

Nummer zwei: Ein Kind hat Kummer, es weint, es wird
mit einer Situation nicht fertig, die Eltern reagieren lediglich mit Trost; sie versuchen, das kummermachende Erlebnis wegzuloben; auf diese Weise wird dem Kind aber die
Möglichkeit der wirklichen »Herzensaussprache« verweigert. In solchen Situationen braucht das Kind ein echtes,
konkretes Hilfsangebot statt Trost.

Hilfestellung von seiten der Eltern führt zu der Erfahrung:
sie helfen mir, stehen mir bei, ich kann mich auf sie verlassen. Mit dem lediglichen Trösten wird das kummerauslö-

sende Erlebnis übertüncht, und das Kind wird sich als Erwachsener weigern, über seine Probleme zu sprechen.

Ein Grund, warum Männer kaum in Psychotherapie gehen. Man hat sie in ihrem persönlichen Ausdruck gebremst: »Ein Junge weint eben nicht.« (Auch Mädchen dürfen manchmal nicht weinen.)

Als Erwachsene können sie kaum noch glauben, daß jemand ihnen wirklich zuhören würde. Kummer ist immer mit Unlust verbunden, und ein solcher Mensch muß neu lernen, Vertrauen zu sich selbst, zu anderen zu fassen. Wenn er begriffen hat, daß die Welt auch noch ein anderes Gesicht hat, daß er den Kummer aussprechen kann, wird er aus seiner Depression herauswachsen.

Wer Kummer hat, der hat auch Zorn. Wer als Kind verlernt hat, Aggressionen auszudrücken, dem geht auch die Fähigkeit verloren, Kummer auszudrücken. Die Entwicklung der Aggression und der Lust verlaufen beim Kind parallel. Ich sagte schon, unterbindet man bei Kindern den Aggressionstrieb, wird gleichzeitig der Lusttrieb weggedrückt. Deshalb sind aggressionsgehemmte Menschen auch gleichzeitig gebremste Menschen, die keinerlei Lustgefühl äußern können.

Wenn ein Kind schon sehr früh Kummer erlebt, wenn es vor allem immer wieder Kummer erlebt, wenn darüber hinaus schon frühe Verlustängste vorhanden sind, dann verbünden sich Kummer und Verlustangst. In der Folge wird es sich total anpassen oder gar unterwerfen. Herzkranke sind immer sehr angepaßte Menschen, die über das Spiel »Ich will lieb sein«, über Leistung bei gleichzeitiger, häufig vorkommender Unterwerfung ihr Ich aufgeben. Darum ist es so wichtig, daß Herzkranke ihr Ich wiederentdecken und es stärken.

Gram ist ein weiterer Faktor, der eine larvierte Depression auslösen kann. In dem Begriff larvierte Depression steckt das Wort »Larve«. Jemand versteckt etwas vor sich selber. Oder jemand versteckt sich selbst, er hat sein Ich vor sich selbst verborgen, er hat sich »verpuppt«, eingewoben. Auch definiert die Larve oder Maske ein »Narrengehabe«. Der Mensch hält sich selbst zum Narren in dem Sinne: »Das habt ihr nun, seht nur, wie ihr damit zurechtkommt, wenn ich tot bin.« Die Narretei liegt darin, daß er nicht erkennt, daß er mit seiner Einstellung nicht anderen Schaden zufügt, sondern sich selbst. Er hat sich »aus dem Leben herausgenommen«.

Während Kummer eher von Schmerz und Aggression Begleiter ist, ist der Gram eher ein Trauerverhalten, der bei einem echten Verlust auftritt. Gram begräbt etwas »still im Herzen«. Man könnte sagen: Ein Verstorbener, Geschiedener oder sonstwie Gegangener wird nicht auf dem Friedhof begraben, sondern im Herzen.

Gram hat noch einen Aspekt: das Schuldgefühl. Wenn Kinder früh ein Elternteil oder ein Geschwister durch Tod verlieren, entsteht in ihnen häufig ein Schuldgefühl, das auf der Vorstellung beruht, hätte ich mich anders verhalten, wäre der andere nicht gegangen. Es ist das gleiche Schuldgefühl, bei dem man sich mit »Asche« bewirft, wenn es Trennungen oder Scheidungen gegeben hat. Wenn Dinge einmal geschehen sind, kann man sie nicht mehr rückgängig machen. So läuft die Gram-Achse hauptsächlich über negative Wertungen über sich selbst ab, im Sinne von: »Hätte ich doch ...« oder: »Hätte ich nicht ...«.[94]

All das und einiges mehr sind Folgen von Lustverleugnung und Lustverdrängung oder gar von der Unfähigkeit, jemals im Leben Lust entwickelt haben zu können. Sie sind die mit der Narrenkappe versehenen Teufel der Depression.

Lust ist genau das Gegenteil. Lust bedeutet, sich wohl fühlen, Freude empfinden, lachen können, vor Übermut in die Luft springen«. Lust ist häufig mit einem verstärkten

Bewegungsdrang verbunden, mit dem Gefühl von Kraft und Lebensbejahung: »Ich könnte heute Bäume ausreißen!«

Depression ist mehr als Angst. Es werden viele Emotionen ausgelöst, und es gibt Möglichkeiten für Konflikte in den dynamischen Beziehungen zwischen Emotionen. Die an Depressionen beteiligten Emotionen sind Kummer, Zorn, Ekel, Geringschätzung, Gram. Sie werden sowohl gegenüber dem eigenen Selbst geäußert als auch gegenüber anderen. Professor Wieland Machleidt von der Klinik und Poliklinik für Neurologie und Psychiatrie der Universität Köln hat die einzelnen Elemente der an den Depressionen beteiligten Emotionen meßbar gemacht.[95] In größeren Versuchsreihen wurden die Teilnehmer – Männer und Frauen – an ein EEG angeschlossen. Die Versuchspersonen sollten dann besonders konflikthafte und freudige Ereignisse ihres Lebens aufschreiben: von heftigen Familienstreitigkeiten bis hin zu tiefen Demütigungen und Beleidigungen, von Vergewaltigungen bis hin zum Lottogewinn, von beruflichen Erfolgserlebnissen bis hin zur Geburt des Wunschkindes. Die Versuchspersonen wurden aufgefordert, ein besonders unangenehmes Erlebnis wirklichkeitsnah nachzuerleben.

»Vergegenwärtigen Sie sich diese Szene nochmals. Warten Sie, bis Sie ein klares Bild vor Augen haben. Spüren Sie, wie weh es Ihnen damals tat«, sagte der Versuchsleiter. Genau dann, wenn die emotionale Beteiligung am größten schien, wurde auf ein Signal hin diese Stelle auf dem EEG markiert. Ergebnis dieser Arbeit war: Die aufgetretenen Gefühle gehen mit typischen, immer wiederkehrenden EEG-Mustern einher. Unabhängig von der einzelnen Person und Situation treten stets die gleichen Merkmale auf. Eindeutig kennzeichnen sich bestimmte Hirnstrombilder für Neugier, Angst, Aggression, Trauer und Freude. Jedes von ihnen hinterläßt charakteristische Spuren in einer oder mehreren der vier Frequenzbereiche, die ein EEG erfaßt, im Bereich der Alpha- (acht bis vierzehn Hertz), Beta- (vierzehn bis dreißig Hertz), Theta- (vier bis sieben Hertz) oder Delta-Wellen (eins bis vier Hertz).

Jedes Gefühl ist auf fünf Elemente zurückführbar. Die Forscher sehen in diesen fünf seelischen Zuständen »elementare«, nicht weiter zerlegbare Grundgefühle: Aus ihnen setzen sich alle sonstigen emotionalen Befindlichkeiten zusammen. Sorge ist demnach eine Mischung aus Neugierde und Angst. In Eifersucht vereinigen sich eine hungrige, eine ängstliche und eine zornige Komponente. Die Meßergebnisse der Forscher bestätigen diese Aussagen. Bei Mischgefühlen treten im EEG sogenannte »Interferenzmuster« auf, die sich aus den Mustern der Grundgefühle zusammensetzen. Sie lassen die zugrundeliegenden Gefühle nicht deutlich erkennen. Das heißt, die hirnphysiologische Messung der fünf grundlegenden Emotionen könnte das menschliche Gefühlsleben überhaupt erschließen.

Bezogen auf unsere larvierte (maskierte) Depression könnte das heißen: Der Verlassene, der meint, vergeben, bewältigt und sich befreit zu haben, steckt womöglich noch voller unterdrückter Aggressionen. Befragt man Herzkranke nach solchen Erlebnissen, dann hört man häufig: »Längst alles vergeben und vergessen.« Das glauben sie auch so, sie spüren ihre Verleugnung nicht, sie ist ihnen kaum bewußt.

Mit der EEG-Messung von Grundgefühlen eröffnen sich neue Perspektiven für die Erforschung, Diagnostik und Behandlung psychischer Krankheiten. Derartige Messungen geben dem Therapeuten einen Vorsprung. Er muß die verleugneten Grundgefühle nicht in jahrelanger Kleinarbeit freilegen, sondern kann von Gegebenheiten ausgehen,

die vorhanden sind. Der Patient kann über einen therapeu-
tischen Prozeß lernen, alte Emotionen »freizugeben«,
Platz zu machen für Interesse, Neugierde, Lust, Begehren,
Freude. Denn so lassen sich Depressionen angehen: durch
das Sich-öffnen für die lebenserhaltenden und lebensför-
dernden Emotionen.

Um Depressionen hergeben zu können, müssen Patienten
Erlebnisse, wie das Grauen des Frontsoldaten, den Ekel
der Vergewaltigung, die Verlustangst, nochmals bewußt
spüren, um sie ohne Verleugnung oder Verdrängung zu
verarbeiten.

Depressive Menschen sind an der Welt nicht sehr interessiert, nichts macht sie neugierig. Lust, echte Lebenslust
und Begehren können kaum noch auftreten. Depressive
Menschen sind, was ihr Gefühlsleben anbelangt, »tot«.
Statt einer dumpfen Gefühlslosigkeit ständig »Audienz zu
gewähren«, könnte der Geist nun beginnen, sich wieder für
das Leben mit seiner Lebendigkeit und Lebensfreude, seiner Lust und seinem Begehren zu interessieren.

Neugierde und Interesse beleben die Lust

Die sogenannte Interesse-Erregung ist die am häufigsten
erlebte positive Emotion. Sie liefert Motivationen zum
Lernen, für die Entwicklung von Fähigkeiten und ist der
Grundbaustein für Kreativität. Ein Mensch, der Interesse
zeigt, ist aufmerksam, neugierig und voller Faszination.
Häufig ist das Feld für Interesse schon beim Kleinkind zu
klein bemessen. Nur wo Eltern Spiel und »Welt-Erkun-
den« zulassen, kann sich Interesse beim Kind entwickeln.
Neugierige, abenteuerlustige Eltern nähren mit viel größerer Wahrscheinlichkeit starke Interesse-Kognition-Orien-
tierungen bei ihren Kindern als jene Eltern, die durch neue

Formen und Ideen beunruhigt werden und ihr Kind dazu erziehen, nach feststehenden Meinungen und Dogmen zu leben. Eltern können durch ihre Handlungen und Worte die Neugierde und das Erkundungsverhalten ihrer Kinder entweder fördern oder behindern. Einem Kind die Freiheit geben zu spielen, sich an Vorstellung und Phantasie zu erfreuen und sich frei zwischen der realen und der imaginären Welt hin und her zu bewegen, hat einen starken Einfluß auf die Entwicklung. Depressive hatten diese Freiheit nicht. Das Versäumte gilt es nachzuholen, den verpaßten Lernschritt nachzuvollziehen. Interesse bedeutet, etwas Neues zulassen können und gleichermaßen vom Alten lassen können.

Ohne Interesse gibt es keine Lust, keine Neugierde, kein Begehren, keine Freude. Interesse ist immer Triebverstärker. Schließlich spielt Interesse eine bedeutende Rolle für die Entwicklung von Kompetenzen und Fertigkeiten, vor allem die Intelligenz wird durch Interesse gefördert. Um Interesse zu zeigen, brauchen wir die Neugierde. Neugierde und Verwunderung gehören zusammen.

Die Neugierde ist eines der wichtigsten Gefühle des Menschen. Auf etwas neugierig sein, auf einen Menschen, eine Arbeit, eine Reise, das kann zum Gegenpol der Depression werden. Die Neu-»Gier« trägt den Begriff des Begehrens in sich. Wir sind begierig darauf, etwas Neues zu erfahren, zu sehen, zu hören, zu schmecken, zu riechen, lebendige und ungelebte Dinge neu zu erfahren, neu zu definieren. Stellen Sie sich vor, Sie hatten ein Leben lang den Wunsch, Mexiko zu er-»leben«. Immer haben Sie den Wunsch zurückgestellt, ihn sich versagt. Aber jetzt haben Sie sich entschieden, diese Reise zu machen. Was da alles Neues in Sie einströmen kann!

Neugierde hat also auch damit zu tun, Wünsche und Bedürfnisse zuzulassen, sich deren Erfüllung zu erlauben.

286

Oder anders gesagt: Erlauben Sie sich doch einfach einmal, all die Dinge, die Ihnen Ihre Eltern verboten hatten, und behandeln Sie sich selbst fortan nicht mehr so, wie Ihre Eltern Sie behandelt haben.

Auch zwischen Neugierde, Interesse und Angst besteht ein Zusammenhang. Für viele Menschen ist Wunscherfüllung gleichbedeutend mit Schuldgefühl. Sollten Sie Schuldgefühle haben, dann fragen Sie sich, worin besteht meine vermeintliche Schuld? Die Schuldgefühle sind die großen Verhinderer von Lust und Lebensfreude.

Depressive sind ohne Hoffnung. Hoffnung ist eine der vier grundlegenden Emotionen, die Verhalten auslösen und steuern. Hoffnung ist die Erwartung, die sich auf das Erreichen eines Zieles richtet. Depressive haben keine Hoffnung mehr, weil sie keine konkreten Ziele haben. Und darin liegt das Übel der Depression.

Wer kein Interesse an irgend etwas hat, dem sind Gefühle von Neugierde fremd. Wer die Neugier nicht kennt, der hat auch keine Hoffnung. Depressive brauchen konkrete Lebensziele statt Resignation. In ihnen lebt das unbestimmte Gefühl, daß ja doch alles keinen Sinn mehr habe. Und Menschen, die bereits einen Herzinfarkt erlitten haben, ist »alle Hoffnung davongeschwommen«.

Sie erleben sich als Kranke, als Menschen zweiter Klasse, die zu nichts mehr zu gebrauchen sind. Es ist aber weniger ihr Organismus, der nicht mehr mitmacht, als ihr Geist. Sie werten sich ab, ohne ihre Grenzen zu kennen, und resignieren.

Manche Krankheiten sind nicht mehr zu heilen, aber die Einstellung zur Krankheit und zu sich selbst läßt sich beeinflussen. Wer sich, gemessen an seinem realen Gesundheitszustand, neue Ziele setzen kann, der hat wieder Hoffnung. Wer wieder Hoffnung hat, in dem erwachen Interesse und Neugier.

Was einem Herzkranken Angst macht, ist nicht mehr allein die Verlustangst. Herzkranke haben in sich das Gefühl, einen Verlust an Freiheit und verschiedenen Lebensmöglichkeiten erlitten zu haben. Sie meinen, ihr Herz erlaube dieses und jenes nicht mehr. Dabei ist es ihr Geist, der sie derart einschränkt. Die Angst, nicht zu überleben, bestimmt ihr Leben. Dabei wird niemand auf der Welt überleben. Jeder Mensch wird sterben. Aber die Angst, nichts mehr zu können, nicht mehr leistungsfähig zu sein, nicht mehr anerkannt zu werden, läßt den Tod früher kommen. Wer sich trotz seines Krankheitserlebnisses freuen kann, der ist auf dem Wege, gesünder zu leben als je zuvor. Kein Mensch kann sich ohne Unterbrechung freuen. Aber ohne Interesse, ohne Neugierde, ohne Lebenslust ist Freude nicht möglich. Damit es kein Mißverständnis gibt: Freude ist nicht Essen, Trinken, Sexualität; sie kann diese Aktivitäten höchstens begleiten. Auch ist sie kein sekundärer Trieb, der auf diesen Tätigkeiten beruht. Freude ist nicht dasselbe wie Empfindung. Freude ist gekennzeichnet durch das Gefühl von Selbstvertrauen und Bedeutsamkeit. Freude hat auch etwas mit Aktivität zu tun, deshalb können bestimmte Bewegungsarten Freude bringen.

Was man schlechthin als aktive Freude bezeichnet, ist eine Kombination von Erregung und Freude in Interaktion mit dem kognitiven und dem motorischen System. Viele Kinder wurden in ihrer Motorik eingeschränkt, und damit wurde auch ihre Fähigkeit, Freude zu empfinden unterdrückt. Freude ist ein Lernprozeß ebenso wie die Lust. Wenn wir unsere Aufmerksamkeit wieder auf die Freude statt auf die Depression lenken, dann kann sie wie ein kleines Pflänzchen zu wachsen beginnen.

Freude macht sich häufig an den kleinen Dingen fest. Also lenken Sie Ihre Aufmerksamkeit darauf, nehmen Sie die kleinen Freuden des Lebens wahr! Wo steht geschrieben, daß ein Herzkranker sich nicht freuen darf? Freude öffnet das Herz, und darum ist Freude der beste Gesundmacher für Herzkranke. Freude ist auch gekennzeichnet durch Öffnung des Herzens für andere. Wer sein Herz vor anderen verschließt, der wird sich kaum freuen können und hat kaum Chancen, jemals aus seiner Depression herauszukommen. Freude mit anderen führt zu Vertrauen zu anderen. Freude kann sich in überschwenglichen Ausbrüchen zeigen, sie kann aber auch still und leise sein. Sie kann ebenso mit den Tränen der Dankbarkeit gefüllt sein wie mit dem lauten Lachen der Befreiung.

Herzkrank sein bedeutet noch lange nicht, aufzuhören zu leben. Wer sich selbst »Lebenserlaubnis« erteilen kann, wer entscheidungsfähig ist für Lebenslust, für Interesse, Neugierde und Freude, der hat sein Leben wieder in die Hände genommen. Und wenn er neugierig genug auf das Leben ist, dann hat ihm das Leben noch sehr viel zu bieten.

Autoren- und Quellenverzeichnis

1 Reinwein, D./Benken, G.: Klinische Endokrinologie. Schattauer, Stuttgart 1992, S. 408.

2 Spitz, René: Vom Säugling bis zum Kleinkind. Klett-Cotta, Stuttgart 1980, S. 53 ff.

3 Riemann, Fritz: Grundformen der Angst. Ernst Reinhardt, München 1991, S. 9.

4 Schettler, Gotthart: Der Mensch ist so alt wie seine Gefäße. Piper, München/Zürich 1984.

5 Malouvier, Dominique: Herzinfarkt. Econ, Düsseldorf 1988, S. 26.

6 Zeitschrift der Deutschen Herzstiftung, Heft 19, 1991, S. 12.

7 Luban-Plozza, B.: Der psychosomatische Kranke in der Praxis. Springer, Berlin 1985, S. 17.

8 Hallhuber, Carola (Hg.): Vor und nach Bypass-Operation oder Ballondilatation. Trias, Stuttgart, o. J., S. 56, 65.

9 Riemann, Fritz: Grundformen der Angst. Ernst Reinhardt, München 1991, S. 15.

10 Sroka, Knuth: Herzkrank. Rasch und Röhrig, Hamburg/Zürich, 1987, S. 90 ff.

11 Wolf, Stewart: »Psychosocial Forces in Myocardial Interaction and Sudden Death«. In Circulation (Nachtrag 4), Jg. 4–40, 1969, S. 74 ff.

12 Bowlby, John: Trennung – Psychische Schäden als Folge der Trennung von Mutter und Kind. Kindler, München 1976, S. 379.

13 Luban-Plozza, B.: Der psychosomatische Kranke in der Praxis. Springer, Berlin 1986, S. 43.

14 Ludwig, Karl-Heinz: Kardiovaskuläre Hyperreaktivität und Depression. Springer, Berlin 1986, S. 43 ff.

15 Stunkard, Albert J.: The Pain of Obesity. Palo Alto, California, 1976, S. 17 ff.

16 Miketta, Gaby: Netzwerk Mensch. Trias, Stuttgart 1991, S. 148.

17 Lief, A. C. (Hg.): The common sense psychiatric of Dr. Adolf Meyer. New York 1948, S. 419 ff.

18 Blair, Justice: Who gets sick. Jeremy P. Tarcher Inc., Los Angeles 1988, S. 34 ff., 60.

19 Bodanis, David: The Body-Book. Little Browie and Company, Boston/Toronto 1984, S. 61.

20 Grünn, Hans: Die innere Heilkraft. Econ, Düsseldorf 1990, S. 193.

21 McClelland, D. C./Ross, G./Patel, V.: »The effect of an academic examination on salivary norepinepfrine and immunoglobin levels«. In Journal of Human Stress 1985, 11 (2) 52 ff.

22 Bodanis, David: The Body-Book. Little Browie and Company, Boston/Toronto 1984, S. 231 ff.

23 Ärztliche Praxis, Nr. 37 vom 7. 5. 91: »88 Jahre alt, Herz gesund, Cholesterin normal«.

24 Miketta, Gaby: Netzwerk Mensch. Trias, Stuttgart 1991, S. 58.

25 Vincent, Jean-Didier: Biologie des Passion. Editions Odile Jakob/Seuil, Paris 1986, S. 15.

26 Leibold, Gerhard: Risikofaktor Cholesterin. Econ, Düsseldorf 1985, S. 14.

27 Zeitschrift der deutschen Herzstiftung, Heft 19, 1991, S. 16.

28 »Was soll man noch glauben?« Natur und Gesundheit. Schattauer, Stuttgart 1991, 4, 119 f.

29 Tietze, Henry G.: Jetzt hab ich's satt. Herder, Freiburg 1980, S. 81.

30 Reindell, Achim: »Stoffwechsel«. In Psychologie des 20. Jahrhunderts, Bd. IX, Ergebnisse für die Medizin. Kindler, Zürich 1979, S. 471 f.

31 Ärztliche Praxis, Nr. 98 vom 8. 12. 90, S. 19.

32 Ärztliche Praxis, Nr. 103/104 vom 29. 12. 90, S. 11. (Brit. Med. J. 301, 1990, 309).

33 Smith, George, Abteilung für Epidemiologie an der Londoner School of Hygiene. In British Medical Journal, Bd. 304, 1992, S. 431.

34 Miettinen, Tatu, Medizinische Fakultät der Universität von Helsinki/Finnland. In JAMA, Bd. 266, 1991, S. 1225.

35 »Herzinfarkt trotz Blutentfettung«. In Süddeutsche Zeitung 17./18. 7. 92.

36 Neubauer, Manfred/Jürgensen, Ortrud: »Hormonale Erkrankungen«. In Psychologie des 20. Jahrhunderts, Bd. IX, Ergebnisse für die Medizin. Kindler 1979, S. 484.

37 Teichmann/Wieland/Brockerhoff: Sexualhormone, Arteriosklerose und Fettstoffwechsel der Frau. Wissenschaftliche Verlagsgesellschaft, Stuttgart 1989, S. 40, 98.

38 Hassler, Marianne: Androgynie. Dr. C. J. Hogrefe, Göttingen 1990, S. 38.

39 Restak, Richard H.: Geist, Gehirn und Psyche. Umschau, Frankfurt/M. 1981, S. 153 ff.

40 Miketta, Gaby: Netzwerk Mensch. Trias, Stuttgart 1991, S. 49 f., 59, 65, 71, 152.

41 Malsbury, Charles W.: »Regulation des Sexualverhaltens durch hormonelle und neurale Mechanismen«. In Psychologie des 20. Jahrhunderts, Bd. VI, Lorenz und die Folgen. Kindler, München 1979, S. 943 ff.

42 Diem, Konrad/Lentner, Cornelius: Wissenschaftliche Tabellen. Documenta Geigy Wehr.

43 Heissig, Norbert: Innere Medizin in der ärztlichen Praxis. (Verlag unbekannt).

44 Nöcker, Josef: Physiologie der Leibesübungen. Enke, Stuttgart 1980, S. 49.

45 Kropiunigg, U.: Psyche und Immunsystem. Springer, Wien 1990, S. 72 ff.

46 Kaschka, Wolfgang P./Aschauer, Harald N.: Psychoimmunologie. Thieme, Stuttgart 1990, S. 20, 54.

47 Meir/Stampfer/Hennekens: Havard Hochschule für Medizin. In Journal of the American Medical Association.

48 British Medical Journal (Ausgabe vom 4. Juli 1992).

49 Medical Tribune, 4/91.

50 Cooper, Kenneth H./Gey, George O./Bottenberg, Robert A.: »Auswirkungen des Zigarettenrauchens auf die Ausdauerleistung«. In Journal of the American Medical Association, Bd. 203, No. 3, 1968, S. 123 ff.

51 Remington, Patrick L.: In Journal of the American Medical Association, Bd. 253, No. 20, Mai 1985, S. 1975 ff.

52 Medicine News. In Cosmopolitan 5/91 (an die amerikanische Studie selbst kam ich leider nicht heran).

53 Joffres, M./Reed, D. M./Nomura, A.M.Y.: »Psychosocial process and cancer incidence among Japanese men in Hawaii«. In American Journal of Epidemiology, 121 (4), 1985, S. 488 ff.

54 Malouvier, Dominique: Herzinfarkt. Econ, Düsseldorf 1988, S. 47.

55 Tölle, R./Buchkremer, G.: Zigarettenrauchen. Springer, 1974, S. 34 f.

56 Kloba, J.: »Rauchentwöhnung durch Sojaeiweiß«. In Zeitschrift Herz und Gefäße, 11 (10) 1991, S. 544.

57 Blair, Justice: Who gets sick. Jeremy P. Tarcher Inc., Los Angeles 1988, S. 122 f.

58 Ockene, Judith K. et al.: »Verhältnis psychischer Faktoren zur Änderung des Rauchverhaltens bei einem Interventionsprogramm«. In Preventive Medicine, Bd. II, No. I, 1982, S. 13 ff.

59 Russel, M. A. H.: »Kommentare«. In Geo B. Gori und Fred G. Bock (Hg.): Eine sichere Zigarette. Cold Spring Harbour Laboratory 1980, S. 296.

60 Auerbach/Castelli/Cahon: In Medical World News, Bd. 24, No. 10, S. 43 ff., 1983.

61 Kaschka, Wolfgang P./Aschauer, Harald N.: Psychoimmunologie. Thieme 1990, S. 64.

62 Wolff, Hanns Peter: Sprechstunde Bluthochdruck. Gräfe und Unzer, München 1986, S. 25.

63 Grassi/Pomidossi/Gregorinil/Bartinieri/Parati/Ferrari: »Effects of blood pressure measurement by the doctor on a patient's blood pressure and heart rate«, Lancet, 2 (8352), 1985, S. 695 ff.

64 Fachzeitschrift (USA) Hypertension, Bd. 20, 1992, S. 340.

65 Herrmann, J. M./Rassek, M./Schäfer, N./Schmidt, Th. H. und v. Uexküll, Th.: »Essentielle Hypertonie«. In Uexküll, Th. v. (Hg.) Lehrbuch der Psychosomatischen Medizin. Urban und Schwarzenberg, München 1981, S. 595 ff.

66 Dreher, H.: »American Heart Association considers Stress«. In Advances, 2 (3), S. 47 ff.

67 »The Effect of Antihypertensive Therapy on the Quality of Life«. In New England Journal of Medicine, 1989.

68 Franklin, J.: The mind fixers. Baltimore Evening Sun reprint Series, Juli 1984.

69 Turkington, C.: »Endorphines: Natural Opiates confer pain, pleasure, immunity«. In APA Monitor, 19, 1985.

70 Cannon, Walter B.: Bodily Changes in Pain, Hunger, Fear and Rage. Charles T. Branford Company, Boston 1975.

71 Hinkle, L. E./Wolf, S.: »A Summary of experimental evidence relating life stress to diabetes mellitus.« In Journal of Mount Sinai Hospital, 19 (4) S. 537 ff.

72 Vollmer, Helga: Jungbrunnen Hormone. Ehrenwirth, München 1992, S. 24.

73 Mehnert, Helmut: Der Mensch ist so gesund wie sein Stoffwechsel. Weltbild, München 1991, S. 139.

74 Vollmer, Helga: Jungbrunnen Hormone. Ehrenwirth, München 1992, S. 25.

75 Tietze, Henry G.: Blockierte Liebe. Heyne, München 1992.

76 Malouvier, Dominique: Herzinfarkt. Econ, Düsseldorf 1988, S. 61.

77 Vincent, Jean-Didier: Biologie des Begehrens. Rowohlt, Reinbek 1980.

78 Brillat-Savarin: Physiologie des Geschmacks. Reclam, Leipzig o. J.

79 Steiner, J.-E.: »The Gusto-Facial Response: Observation on Normal and Anencephatic Newborn Infants«. In J. F. Bosmas (Hg.): 4th Symposium on oral Sensation and Perception. US-Government Printing Office, Washington 1973.

80 Peter Moosleitners interessantes Magazin, Heft 8/91, S. 42.

81 Schettler, Gotthard: Der Mensch ist so jung wie seine Gefäße. Piper, München 1982, S. 112.

82 Simone, C. B.: Cancer and nutrition. New York 1982.

83 Kaschka, Wolfgang P./Aschauer, Harald N. (Hg.): Psychoimmunologie: Georg Thieme, Stuttgart 1990, S. 160 f.

84 Schettler, Gotthard: Der Mensch ist so jung wie seine Gefäße. Piper, München 1982, S. 103.

85 Becher, Jochen: »Fitneß wird uns in die Wiege gelegt«. In PM-Perspektive Fitneß, 91/002, S. 29.

86 Gehri, Beate: »Laufen, bis das High kommt«. In Süddeutsche Zeitung, Nr. 262, 1992, S. 34.

87 Krutoff, Leo: Nie zu alt, um jung zu sein. Econ, Düsseldorf 1986, S. 51.

88 Tietze, Henry G.: Organsprache von A–Z. Knaur, München 1993.

89 Fabritius, Dieter: »So besiegen Sie den inneren Schweinehund«. In PM-Perspektive Fitneß 1989, S. 55 ff.

90 Tietze, Henry G.: Organsprache von A–Z. Knaur, München 1993.

91 Dardik, Irv: »Unified Theory of Superresonant Waves«. In Energy, New York, Bd. 24, No. 11, 1991.

92 Dolto, Francoise: Über das Begehren. Klett-Cotta, Stuttgart 1988, S. 28.

93 Feldenkrais, Moshé: Bewußtheit durch Bewegung. Insel, Frankfurt/Main 1968, S. 19.

94 Bowlby, John: Verlust, Treue und Depression. Kindler, München 1976, S. 372.

95 Machleidt, W./Gutjahr, L./Mügge, A.: Grundgefühle. Springer, Berlin 1989.

Ausgewählte Literatur

Asper, Kathrin: Verlassenheit und Selbstentfremdung. Walter, Olten, Freiburg 1987.

Beutel, Manfred: Bewältigungsprozesse bei chronischen Krankheiten. Edition Medizin, Weinheim 1988.

Birkmayer, Walther: Depression. Deutscher Ärzte Verlag, Köln 1977.

Blair, Justice: Who Gets Sick. Jeremy P. Tarcher Inc., Los Angeles 1988.

Bodanis, David: The Body Book. Little, Browie and Company, Boston, Toronto 1984.

Bowlby, John: Trennungen. Kindler, München 1976.
– Verlust, Trauer, Depression. Kindler, München 1976.

Cannon, Walter B.: Wut, Hunger, Angst und Schmerz. Urban und Schwarzenberg, München 1975.

Brillat-Savarin: Physiologie des Geschmacks. Reclam, Leipzig o. J.

Cremerius, Johannes: Zur Theorie und Praxis der psychosomatischen Medizin. Suhrkamp, Frankfurt/M. 1978.

Condrau, Gion/Grassmann, Marlis: Das verletzte Herz. Kreuz, Zürich 1989.

Cooper, Kenneth H.: Bewegungstraining. Fischer, Frankfurt/Main 1970.

Dally, Ann: Die Macht unserer Mütter. Klett-Cotta, Stuttgart 1979.

Dolto, Françoise: Über das Begehren. Klett-Cotta, Stuttgart 1988.

Eccles, John C.: Die Psyche des Menschen. Piper, München 1990.

Emrich, Helmut: Psychophysiologische Grundlagen der Psychiatrie und Psychosomatik. Hans Huber, Bern 1983.

Feldenkrais, Moshé: Bewußtheit durch Bewegung. Insel, Frankfurt/Main 1968.

Ferguson, Tom: Das Gesundheitsbuch für Raucher. Rowohlt, Reinbek 1989.

Findeisen, Diether G. R./Pickenhain, Lothar: Immunantwort und Psyche. Wissenschaftliche Verlagsanstalt, Stuttgart 1990.

Flach, Frederic: Depression als Lebenschance. Rowohlt, Reinbek 1975.

Friczewski, Franz: Sozialökologie des Herzinfarkts. Wissenschaftszentrum Berlin für Sozialforschung WZB, Berlin 1988.

Grünn, Hans: Die innere Heilkraft. Econ, Düsseldorf 1990.

Hallhuber, Carola (Hg.): Vor und nach Bypass-Operation oder Ballondilatation. Ein Patientenbuch der deutschen Herzstiftung e. V. o. J.

Hassler, Marianne: Androgynie. Dr. C. J. Hogrefe, Göttingen 1990.

Herrmann, J. M./Rassek, M./Schäfer, N./Schmidt, Th. H. und Uexküll, Th. v.: Essentielle Hypertonie. In Uexküll Th. v. (Hg.): Lehrbuch der Psychosomatischen Medizin. Urban und Schwarzenberg, München 1981.

Hirschmann, Jane R./Munter, Carol H.: Schluß mit den Diätkuren. Kabel, Hamburg 1988.

Huth, Almuth und Werner: Sprechstunde Depression. Gräfe und Unzer, München 1990.

Jzard, Carroll E.: Die Emotionen des Menschen. Beltz, Weinheim 1981.

Juchheim, Jürgen K./Poschet, Jutta: Immun. BLV, München 1989.

Jung, K.: Erfolge kurklinischer und ambulanter Rehabilitation nach Herzinfarkt. Schwarzeck, München 1980.

Juli, Dietmar/Engelbrecht-Greve, Maren: Streßverhalten ändern lernen. Rowohlt, Reinbek 1978.

Kaschka, Wolfgang P./Aschauer, Harald N.: Psychoimmunologie. Georg Thieme, Stuttgart 1990

Kielholz, Paul: Diagnose und Therapie der Depression für den Praktiker. J. F. Lehmann, München 1971.

Kropiunigg, U.: Psyche und Immunsystem. Springer, Wien 1990.

Krutoff, Leo: Keine Angst vor dem Altern. Perimed, Erlangen 1981.
– Nie zu alt, um jung zu sein. Econ, Düsseldorf 1986.

Ladwig, Karl Heinz: Kardiovaskuläre Hyperreaktivität und Depression. Springer, Berlin 1986.

Lange-Ernst, Maria E.: Bluthochdruck. Goldmann, München 1992.

Lederer, William J./Jackson, Don D.: Ehe als Lernprozeß. J. Pfeiffer, München 1972.

Leibold, Gerhard: Risikofaktor Cholesterin. Econ, Düsseldorf 1989.

Lohmann, Hans: Krankheit oder Entfremdungen. Thieme, Stuttgart 1978.

Lowen, Alexander: Depression. Kösel, Kempten 1978.

– Liebe, Sex und Dein Herz. Kösel, Kempten 1989.

Luban-Plozza, B./Knaack, Lothar/Dickhaut, Hans H.: Der Arzt als Arznei. Deutscher Ärzte Verlag, Köln 1990.

Luban-Plozza, B./Pöldinger, W./Kröger, F.: Der psychosomatisch Kranke in der Praxis. Springer, Berlin 1979.

Ludwig, Karl-Heinz: Kardiovaskuläre Hyperreaktivität und Depression. Springer, Berlin 1986.

Lynch, James J.: Das gebrochene Herz. Rowohlt, Reinbek 1979.

Machleidt, W./Gutjahr, L./Mügge, A.: Grundgefühle. Springer, Berlin 1989.

Malouvier, Dominique: Herzinfarkt. Econ, Düsseldorf 1988

Mehnert, Hellmut: Der Mensch ist so gesund wie sein Stoffwechsel. Weltbild, Augsburg 1991.

– Stoffwechselkrankheiten. Thieme, Stuttgart 1990.

Meichenbaum, Donald: Intervention bei Streß. Hans Huber, Bern 1985.

Miketta, Gaby: Netzwerk Mensch. Trias, Stuttgart 1991.

Nilsson, Lennart: Eine Reise durch den Körper. Rasch und Röhring, Hamburg 1987.

Nöcker, Josef: Physiologie der Leibesübungen. Enke, Stuttgart 1980.

Perry, Susan/Dawson, Jim: Chronobiologie. Ariston, Genf 1990.

Pflugbeil, Karl: Vital Plus. Herbig, München 1990.

Reinwein, D./Benker, G.: Checkliste Endokrinologie und Stoffwechsel. Thieme, Stuttgart 1982.

Restak, Richard M.: Geist, Gehirn und Psyche. Umschau, Frankfurt/Main 1979.

Riemann, Fritz: Grundformen der Angst. Ernst Reinhardt, München 1991.

Rüger, U./Blomert, A. F./Förster, W.: Coping. Vandenhoeck & Ruprecht, Göttingen, 1990.

Schettler, Gotthard: Der Mensch ist so jung wie seine Gefäße. Piper, München 1982.

Schlierf, Günter/Oster, Peter/Mordasini, Rubino: Diagnostik und Therapie der Fettstoffwechselstörungen. Thieme, Stuttgart 1982.

Singer, Kurt: Kränkung und krank sein. Piper, München 1988.

Singer-Kaplan, Helen: Hemmungen der Lust. Enke, Stuttgart 1981.

Sroka, Knut: Herzkrank. Rasch und Röhring, Hamburg 1987.

Spitz, René: Vom Säugling bis zum Kleinkind. Klett-Cotta, Stuttgart 1980.

Tölle, R./Buchkremer, G.: Zigarettenrauchen. Springer, Berlin 1989.

Teichmann/Wieland/Brockerhoft: Sexualhormone, Arteriosklerose und Fettstoffwechsel der Frau. Wissenschaftliche Verlagsgesellschaft, Stuttgart 1989.

Tietze, Henry G.: Blockierte Liebe. Heyne, München 1992.

– Entschlüsselte Organsprache. Knaur, München 1987.

– Jetzt hab ich's satt. Herder, Freiburg 1980.

– Organsprache von A–Z. Knaur, München 1993.

Vester, Frederic: Phänomen Streß. dtv, Stuttgart 1978.

Vincent, Jean-Didier: Biologie des Begehrens. Rowohlt, Reinbek 1990.

Vollmer, Helga: Jungbrunnen Hormone. Ehrenwirth, München 1992.

Wildlöcher, Daniel: Die Depression. Piper, München 1983.

Wolff, Hanns-Peter: Sprechstunde Bluthochdruck. Gräfe und Unzer, München 1986.

Glossar

erstellt von Gerhild Gerlich

ACTH: Abkürzung für adrenocorticotropes Hormon (Kortikotropin). Ein Hormon des Hypophysenvorderlappens. Es regelt Synthese und Ausschüttung der Nebennierenrindenhormone.

ADH: Abkürzung für antidiuretisches Hormon, auch Vasopressin (Adiuretin); ein Hypothalamushormon, das im Hypophysenhinterlappen gespeichert wird – dient der Harnkonzentration.

Adrenalin: Auch Epinephrin. Ein Hormon des Nebennierenmarks; ein gefäßwirksames Katecholamin. Ist wie Noradrenalin chemische Überträgersubstanz (Neurotransmitter) von Nervenreizen im sympathischen Teil des vegetativen Nervensystems. Wird aus dem Nebennierenmark freigesetzt und bei Streß und gesteigerter körperlicher Aktivität vermehrt ausgeschieden. Ist ein Gegenspieler des Insulins und macht Zucker unmittelbar verfügbar, um eine sofortige Leistungssteigerung zu ermöglichen.

Adrenerges System: Bezeichnung für die Gesamtheit der vegetativen Nervenfasern des sympathischen Nervensystems (Sympathikus), die bei der Erregungsübertragung Noradrenalin und Adrenalin als Neurotransmitter freisetzen.

Adrenozeptoren: Bezeichnung für die Katecholamine Noradrenalin und Adrenalin bindenden Membranrezeptoren der Zielorgane des vegetativen Nervensystems, unterschieden in Alpha- und Betarezeptoren. Durch sie werden auch bestimmte Arzneimittel gebunden, die den Katecholaminen analoge Wirkung haben oder aber als Antagonisten die Rezeptoren blockieren.

Agonist: Eine durch Besetzung eines Membranrezeptors wirksame physiologische Substanz bzw. ein Arzneimittel.

Alpharezeptoren: Bezeichnung für adrenerge Rezeptoren, die auf Adrenalin und andere Katecholamine (als physiologische Agonisten) ansprechen. Sie werden nach dem Ort und dem Effekt ihrer Wirksamkeit in α_1- und α_2-Adrenozeptoren unterschieden. Sie finden sich an sympathischen Faserenden wie an Azetylcholin freisetzenden parasympathischen Nervenfaserenden.

Alpha- und Betarezeptorenblocker: Bezeichnung für die Substanzen, die das Geschehen und die Wirkung adrenerger Neurotransmitter des sympathischen Nervensystems (Noradrenalin und Adrenalin) hemmen.

Aminosäuren: Die wichtigsten Bausteine der Eiweiße (Proteine). Aminosäuren werden zum Teil im Körper gebildet.

Anaklitische Depression: Die extreme Form des Hospitalismus bei Säuglingen und Kleinkindern.

Angina pectoris: Anfallsweise auftretende Herzbeschwerden, vom Gefühl der Enge begleitet …

Angiographie: Darstellung der Blut- oder Lymphgefäße auf dem Röntgenbild nach Füllung mit Kontrastmitteln.

ANP/ANF: Abkürzung für atriales natriuretisches Hormon, Faktor, Peptid. Ein in Zellen der Herzvorhöfe synthetisiertes und gespeichertes Peptid, das vermutlich durch volumenbedingte Vorhofdehnung in das Blut freigesetzt wird. Zielorgane sind Niere und Blutgefäße.

Antagonist: Gegenspieler, Widersacher.

Antikörper: Sind individuelle Immunstoffe, die sich nach dem Kontakt mit bestimmten Krankheitserregern bilden, die sie bei späterem Wiederauftreten gezielt bekämpfen können.

Arginin: Ist eine bedingt essentielle Aminosäure und ist in allen Eiweißen enthalten.

Arterielles System: Die Gesamtheit der Blutgefäße (Arterien), die das mit Sauerstoff angereicherte Blut aus dem Herzen wegführen und verteilen. Die kleinsten Arterien heißen Arteriolen, sie gehen in die Kapillaren (Haargefäße) über.

Azetylcholin: Der sogenannte Vagusstoff ist ein biogenes Amin (auch in Pflanzen) und ein Gewebshormon. Ist als Überträgersubstanz (Neurotransmitter) für Nervenimpulse in den parasympathischen Nerven des vegetativen Nervensystems und an den motorischen Endplatten der Muskelzellen (Nerven-Muskel-Synapsen) wirksam. Die dem Azetylcholin entsprechende Trägersubstanz der sympathischen Nervenfasern des vegetativen Nervensystems sind Noradrenalin und Adrenalin. Azetylcholin wirkt in kleinsten Mengen durch Erweiterung der Blutgefäße kurzfristig blutdrucksenkend und verlangsamt den Herzschlag. Seine Wirkung resultiert aus seiner Bindung an Rezeptoren.

Betaendorphin: Ein »endogenes Morphin«, ein körpereigenes opioides Peptid des ZNS. Endorphine wirken vor allem antagonistisch auf die von Katecholaminen dominierten Systeme der Streßreaktion.

Betarezeptoren: Bezeichnung für adrenerge Rezeptoren, die auf Noradrenalin, Adrenalin und andere Katecholamine und auf adrenerge Arzneimittel ansprechen, jedoch mit unterschiedlicher Wirksamkeit in verschiedenen Organsystemen. Je nach ausgelöstem Effekt werden sie als β1- und β2-Rezeptoren unterschieden.

Biosynthese: Ist der Auf- und Umbau körpereigener Stoffe.

Bypass: Umleitung der Blutbahn …

Cholesterin: Ist ein nur in geringem Maß ernährungsbedingtes Produkt. Es stellt die Vorstufe der Gallensäure und der Steroidhormone dar; ist besonders angereichert in Nebennieren, Hirn (10% der Trockensubstanz), Haut, Erythrozyten usw. Man unterscheidet exogenes und endogenes Cholesterin. Die Aufnahme in Zellen erfolgt durch Bindung an Membranrezeptoren.

Cholinerges System: Bezeichnung für die Gesamtheit der vegetativen Nervenfasern, an deren Endigungen (evtl. auch Verlauf) Azetylcholin gebildet und von innen als Überträgerstoff (Neurotransmitter) freigesetzt wird.

Cholinozeptoren: Sind Membranrezeptoren für Azetylcholin und seine Agonisten. Die Rezeptoren an den Synapsen des Parasympathikus werden wegen Auslösung muskariner Wirkungen als m-Cholinozeptoren oder Muskarin-Rezeptoren (werden auch durch Muskarin, ein Gift des Fliegenpilzes, aktiviert) bezeichnet. Die Rezeptoren der postganglionären Fasern des Sympathikus und der motorischen Endplatten werden wegen Auslösung nikotinähnlicher Wirkungen als n-Cholinozeptoren oder Nikotin-Rezeptoren bezeichnet.

Cholinozeptorenblocker: Bezeichnung für Substanzen, die blockierende Wirkung gegenüber Cholinozeptoren haben, sogenannte Ganglienblocker und Muskelrelaxanzien.

CRF: Abkürzung für Corticotrop(h)in-Releasing-Faktor (Kortikoliberin); im Hypothalamus gebildetes Peptid, das im Hypophysenhinterlappen ACTH freisetzt.

Cystein: Ist eine α-Aminosäure und Proteinbaustein. Ein Zuviel kann am Herzinfarkt wesentlich beteiligt sein.

Depression: Das Herabgedrücktsein ...

Deprivation: Beraubung, Mangel, Verlust, die fehlende Zuwendung der Mutter, der Liebesentzug.

Diastole: Die rhythmische Erweiterung (im Gegensatz zur Systole = Zusammenziehung) des Herzens oder seiner Abschnitte.

Diuretikum: Ein harntreibendes Mittel.

Dopamin: Chemisch gesehen ist es ein Katecholamin. Seine Wirkung resultiert aus seiner Bindung an Rezeptoren (Dopaminrezeptoren) und kann durch Dopaminrezeptorenblocker (Neuroleptika) aufgehoben werden. Dieses biogene Amin wird im Gehirn gebildet. Es ist als Neurotransmitter von Nervenreizen im ZNS (Zentralnervensystem) im Gehirn an der zentralen Kontrolle der Motorik beteiligt und wirkt persönlichkeitsprägend.

Dopaminrezeptoren: Bezeichnung für die Dopamin bindenden Membranrezeptoren der Zielorgane des Zentralnervensystems (limbisches System).

EEG: Abkürzung für Elektroenzephalogramm, das Hirnstromkurvenbild. Die Aufzeichnung der bioelektrischen Impulse, die von der Hirnrinde erzeugt werden (Gehirnwellen), erfolgt durch sogenannte Elektroenzephalographen.

EKG: Abkürzung für Elektrokardiogramm, die Aufzeichnung des Verlaufs der Aktionsströme des Herzens, das Herzstrombild.

Endorphine: Körpereigene Peptide, die Effekte hervorrufen, die denen des Morphins ähnlich sind und über spezifische Rezeptoren die Schmerzleitung und -verarbeitung beeinflussen. Sie werden unter akutem Streß und starken Schmerzen ausgeschüttet. Sie greifen regulierend auch in das Immunsystem ein. Endorphinrezeptoren wurden auf Immunzellen (T-Lymphozyten) gefunden. Dort wirken sie bremsend.

GABA: Abkürzung für Gammaaminobuttersäure.

Gammaaminobuttersäure: Ist eine Piperidinsäure, ein pflanzlicher Naturstoff, beim Menschen ein Stoffwechselprodukt (Umwandlungsprodukt) der Glutaminsäure. Sie entfaltet an ZNS-Synapsen blockierende Wirkung und ist somit ein hemmender (inhibitorischer) Neurotransmitter, der auch in Nahrungsmitteln vorkommt und erregungshemmend wirkt. Ihre Bildung erfolgt vor allem im Gehirn.

Ganglion: Der Nervenknoten, eine Anhäufung von Nervenzellen.

Globulin: Sammelbegriff für eine Gruppe Eiweiße, zu denen die meisten Proteine in Zellen und Körperflüssigkeiten gehören.

Glukose: Der Traubenzucker, der Hauptenergielieferant aller lebenden Zellen. Vor allem können die Gehirnzellen ohne eine konstante Zufuhr von Glukose nicht funktionieren.

Glutamat: Eine nicht essentielle Aminosäure. Sie wird im Körper, vor allem im Gehirn, hergestellt; kommt natürlich vor in Peptiden und Proteinen, in Milch- und Getreideprodukten. Sie ist ein reaktionsfähiges Stoffwechselprodukt. Glutamat wirkt im Gehirn ausschließlich als »exzitatorischer« (erregender) Neurotransmitter. Zuviel Glutaminsäure kann Nervenzellen durch Erregung zerstören. Sie kann durch ein Enzym in den Neurotransmitter Gammaaminobuttersäure umgewandelt werden. Therapeutisch läßt sich Glutaminsäure zur Erhöhung der geistigen Leistungsfähigkeit verwenden. Glutamat wird vielen Nahrungsmitteln zugesetzt, wirkt auf das Verhalten, Herz- und Kreislaufsystem.

Glutamin: Ist eine α-Aminosäure und Proteinbaustein.

GnRH (GRH bzw. GRF): Abkürzung für Gonadotropin-Releasing-Hormon (bzw. -Faktor). Dieses Neurosekret wird im Hypothalamus gebildet, gelangt in den Hypophysenvorderlappen und löst dort die Abgabe von Gonadotropinen aus (Voraussetzung für normale weibliche und männliche Entwicklung).

Granulozyten: Die der Infektionsabwehr dienenden weißen Blutzellen (Leukozyten). Sie nehmen Fremdkörper, Bakterien, Pilze oder zerstörtes Gewebe auf und töten Keime ab.

Herzneurose: Die Organneurose des Herzens, mit körperlich belastungsunabhängigen Mißempfindungen von Schmerz bis Schlaflosigkeit.

Herzrhythmusstörungen: Sind Veränderungen des normalen Herzrhythmus, bedingt durch Störungen der Reizbildung oder der Reizleitung. Sie können Herzschmerzen auslösen.

Homöostase: Der »gleichbleibende Zustand«, die Aufrechterhaltung des sogenannten »inneren Milieus« (Gleichgewichtszustand) des Körpers mit Hilfe von Regelsystemen.

Homozystein: Eine schwefelartige Aminosäure, die nur intrazellulär vorkommt.

Hormone: Sind Produkte der endokrinen Drüsen, welche direkt in den Blutstrom übertreten und weit vom Ort ihres Ursprungs wirksam werden. Heute kennt man dreißig Hormone von acht verschiedenen Drüsen. Sie sind in sehr kleinen Mengen hochwirksam und dienen als Regulatoren.

Hypertonie: Die Erhöhung des Blutdrucks über den Normwert.

Hypophyse: Haselnußgroße Hirnanhangdrüse am Boden des Zwischenhirns. Ein inkretorisches, verschiedene (Hypophysen-)Hormone produzierendes bzw. die Hypothalamushormone speicherndes und über den großen Blutkreislauf in den Körperkreislauf abgebendes Organ. Sie besteht aus zwei genetisch, morphologisch und funktionell verschiedenen Hauptteilen Hypophysenvorderlappen (Adenohypophyse) und Hypophysenhinterlappen (Neurohypophyse) und ist mit dem Hypothalamus verbunden.

Hypophysenhormone: Proteo- bzw. Peptidhormone der Hypophyse. 1. Die im Vorderlappen produzierten sechs Hormone Somatotropin oder Wachstumshormon, Kortikotropin/ACTH, Thyreotropin, zwei gonadotrope Hormone (follikelstimulierendes Hormon = FSH und luteinisierendes Hormon = LH) und Prolaktin. Die letzten drei regen die Funktion von exokrinen Drüsen an, die ihre Sekrete nach außen ausscheiden. 2. Im Hinterlappen werden die Hypothalamushormone Vasopressin/ADH und Oxytozin gespeichert. Die Sekretion der sechs Vorderlappenhormone wird durch Releasing- und Inhibiting-Hormone bzw. -Faktoren des Hypothalamus gesteuert.

Hypophysen-Zwischenhirn-System: Bezeichnung für den funktionellen Zusammenhang zwischen Hypothalamus und Hypophyse; Hormonbildungsorte und Transportwege.

Hypothalamus: Der »unterhalb des Thalamus« gelegene Teil des Zwischenhirns. Es ist der »Sitz« der emotionalen Funktionen und die Schaltzentrale für das vegetative Nervensystem. Sie beherbergt die Zentren für die Regulation von Wasser- und Fettstoffwechsel, Körpertemperatur, Nahrungsaufnahme, Streß-, Wach- und Schlafmechanismus, Blutdruck und Atmung, Sexualität und Schweißsekretion. Die verschiedenen Kerne des Hypothalamus erhalten Afferenzen (Informationen) und besitzen Efferenzen (Erregungen). Die »großzelligen Kerne« produzieren die (Hypothalamus-)Hormone, die als Neurosekrete (Neurohormone) in den Hypophysenhinterlappen abgegeben, dort gespeichert und direkt ins Blut ausgeschieden werden. Im »kleinzelligen Kern« werden die Releasing-Hormone und Inhibiting-Hormone bzw. -Faktoren gebildet, die in den Hypophysenvorderlappen gelangen und seine Hormonproduktion stimulieren bzw. hemmen.

Hypothalamushormone: Die Hormone Oxytozin und Vasopressin/ADH sowie die Releasing- und Inhibiting-Hormone bzw. -Faktoren, von denen Thyreotropin-, Gonadotropin-, ACTH- und Wachstumshormon-Releasing-Hormone definiert sind. Der Hemmfaktor für das Wachstumshormon Somatotropin ist Somatostatin; der Hemmfaktor für den Prolaktin-Inhibiting-Faktor ist Dopamin.

Individuation: Nach C. G. Jung die Reifung des Menschen zur selbständigen Persönlichkeit; die Selbstfindung.

Inhibiting-Faktoren: Auch Inhibiting-Hormone genannt (IH bzw. IF); sind im Hypothalamus gebildete Polypeptide, die als »negative«, hemmende Faktoren des entsprechenden stimulierenden Releasing-Hormons (RH) die Hormonproduktion hemmen.

Insulin: Senkt den Blutzucker und fördert den Transport von Glukose, die Aufnahme von Eiweißbausteinen in die Körperzellen, den Aufbau von körpereigenem Eiweiß, d. h., das Insulin hat »anabole« Wirkung. Die direkten Gegenspieler des Insulins sind die Hormone

Adrenalin, Kortisol, Glukagon und das Wachstumshormon.

Immunsystem: Das System, das die angeborene oder erworbene Unempfänglichkeit für Krankheitserreger oder deren Giftstoffe bewirkt.

Kammerflimmern: Eine Erregungsleitungsstörung, eine unkoordinierte Herzmuskeltätigkeit, die von einer Kammer ausgeht. Durch festgesetzte eigenständige Erregungen kleinster Herzabschnitte wird das Herz pumpunfähig.

Katecholamine: Eine Gruppenbezeichnung für die Amine Noradrenalin, Adrenalin, Dopamin und deren Derivate. Die Katecholamine stammen alle von der essentiellen Aminosäure Tyrosin ab, die durch die Bluthirnschranke transportiert wird. Sie wirken als Neurotransmitter des Sympathikus und als Hormone.

Koronarerkrankung: Herzkranzgefäßerkrankung.

Koronarien: Herzkranzgefäße, die Blutgefäße, die den Herzmuskel mit Blut versorgen.

Kortikosteroide: Etwa fünfzig in der Nebennierenrinde unter ACTH-Steuerung aus dem Hormon Progesteron gebildete Steroidhormone. Kortikosteroide bremsen u. a. die Immunreaktion und wirken somit hemmend bei allergischen Prozessen.

Kortikotropin: Auch Adrenokortikotropin/ACTH; ein Peptidhormon; wird im Hypophysenvorderlappen gebildet. Wirkt auf die Nebennierenrinde, häuft u. a. Cholesterin an, hält Kortisol im Gewebe fest, steigert die Insulinproduktion. Seine Konzentration ist u. a. bei Streß erhöht.

Kortisol: Ein Hydrokortison, ein natürliches, auch halbsynthetisch herstellbares Hormon der Nebennierenrinde. Seine Sekretion wird angeregt durch Kortikotropin

(ACTH). Die Biosynthese des Streßhormons erfolgt über Cholesterin und Progesteron.

LH: Abkürzung für luteinisierendes Hormon (gonadotropes Hormon oder Gonadotropin); ein nicht geschlechtsspezifisches Proteohormon (Hypophysenhormon), das u. a. das Wachstum der Keimdrüsen fördert.

LH-RH: Abkürzung für LH-Releasing-Hormon.

Limbisches System: Das Randgebiet zwischen Großhirn und Gehirnstamm, das die hormonale Steuerung und das vegetative Nervensystem beeinflußt. Eine Art zentrales Regulationsgebiet aller vegetativen Vorgänge. Wahrscheinlich sind hier unsere emotionalen Muster anatomisch verankert.

Lipide: Sammelbezeichnung für Fette und fettähnliche Stoffe.

Lipidsenker: Stoffe, die den Fettstoffwechsel oder Fettresorption beeinflussen und so zur Senkung erhöhter Blutfettwerte führen.

Lymphgewebe: Die Lymphe, beim Menschen aus Plasma und freien Zellen bestehend, die durch Lymphgefäße dem Blutkreislauf zugeführt wird. Die Lymphe enthält die gleichen chemischen Bestandteile wie das Blut, aber in anderen Mengenverhältnissen. Sie dient der Zell- und Gewebsernährung und dem Transport der Lymphozyten von den Bildungsorten in das Blut. Die Lymphe spielt eine bedeutende Rolle bei der Entschlackung/Entgiftung des Körpers und innerhalb des Immunsystems.

Lymphozyten: Lymphzellen, weiße Blutkörperchen, die in den Lymphknoten gebildet werden. Als »immunkompetente Zellen« dienen sie der Immunität und besitzen die Fähigkeit zu spezifischen Reaktionen auf ein Antigen. Es gibt verschiedene Lymphozyten-Typen: B-Lymphozyten, die antikörperproduzierenden Plasma-

oder Gedächtniszellen, sie speichern die Information über ein bestimmtes Antigen; T-Lymphozyten, die als »Killer-Lymphozyten« befähigt sind, körperfremde Zellen zu zerstören; »Supressor-Lymphozyten« können Immunreaktionen unterdrücken; »Helfer-Zellen« wirken bei der Antikörperbildung mit.

Makrophagen: Freßzellen. Langlebige, aus Blutmonozyten hervorgehende, bewegliche Zellen, die zur aktiven Aufnahme belebter und unbelebter Partikel oder zur Eliminierung von Fremdelementen wie Makroorganismen, Blutzellen oder Gewebstrümmern befähigt sind.

Membran: Die Schicht biologischer Strukturen mit impulsleitender Funktion.

Membranrezeptor: Eine besondere Molekülgruppierung der Zellmembran, die Transmitter (Neurotransmitter, Opiate, Hormone usw.) aufnimmt.

Metabolit: Die Substanz, deren Vorhandensein für den Ablauf der Stoffwechselprozesse unentbehrlich ist, z. B. Hormone, Enzyme, Vitamine.

Monoklonaler Antikörper: Ein von einem Zellklon(-gesamtheit) produzierter Antikörper.

Monozyt: Die größte weiße Blutzelle

Motorische (neuromuskuläre) Endplatte: Eine plattenförmig ausgedehnte Verbindungszone zwischen Nerven- und Muskelfaser, die der Erregungsübertragung dient. Sie ist eine besondere Form der Synapse. Hier wird Azetylcholin freigesetzt.

Nebennieren: Sind »Doppelorgane«. Man unterscheidet Rinde und Mark. Das Mark produziert Noradrenalin und Adrenalin, die auf das sympathische Nervensystem wirken. Zellen dieses Systems finden sich im Hypothalamus und im Rückenmark sowie in einer Kette (Grenz-

312

strang), die an den Seiten der Wirbelsäule entlangläuft. Die Nerven ziehen zum Herzen und den Blutgefäßen. An ihren Enden wird Noradrenalin als Neurotransmitter freigesetzt. Noradrenalin stellt uns auf Kampf- und Fluchtreaktion ein. (Adrenalin ist weniger wirksam als Noradrenalin.) Die Rinde bildet eine Reihe lebenswichtiger Hormone, z. B. das Hydrokortison und das Aldosteron.

Nervensystem: Ein aus erregungsleitenden und erregbaren Organen aufgebautes koordiniertes Organsystem, das Reize des Körperinnern und der Außenwelt aufnimmt und an die Zielorgane wie Muskeln und Drüsen weiterleitet, wodurch eine zweckentsprechende Körperreaktion ausgelöst wird. Das Nervensystem wird morphologisch und funktionell unterteilt in das zerebrospinale und das vegetative Nervensystem. Ersteres setzt sich zusammen aus dem Zentralnervensystem (ZNS), bestehend aus Gehirn und Rückenmark, und dem peripheren Nervensystem, das die Gesamtheit aller Hirn- und Rückenmarksnerven samt ihren Verzweigungen umfaßt. Das vegetative bzw. autonome Nervensystem dagegen ist dem Willen nicht unterworfen. Es gliedert sich in einen sympathischen und parasympathischen Anteil bzw. in den Sympathikus und Parasympathikus, die eine antagonistische und/oder komplementäre Wirkung ausüben. Es ist zuständig für die Regelung der inneren Lebensvorgänge (Aufrechterhaltung der Homöostase) und deren Anpassung an die Erfordernisse der Umwelt. Es versorgt vor allem Blutgefäße, Eingeweide und Drüsen. Zum sympathischen Nervensystem gehören alle im Hypothalamus (Zwischenhirn) gelegenen übergeordneten vegetativen Zentren, die Wasserhaushalt, Kohlenhydratstoffwechsel, Körpertemperatur, Sexualität und auf dem Umweg über die Hypophyse (Hirnanhangdrüse) das Wachstum regeln. Das gesamte vegetative Nervensystem ist eng verbunden mit allen übrigen Teilen des Nervensystems, die auch animalisches Nervensystem genannt werden. Alle efferenten vegetativen Fasern werden – im Gegensatz zu den afferenten, viszerosensiblen (eingeweidesensiblen) – zwischen ZNS und Zielorganen umgeschaltet. Alle präganglionären Fasern sind cholinerg, die postganglionären des Parasympathikus sind auch cholinerg, die des Sympathikus sind adrenerg (außer einigen). In der Regel benutzen sie Leitschienen, die Arterien und Spinalnerven. Das Vegetativum sorgt nicht nur für den zweckmäßigen Ablauf aller unbewußten Lebensvorgänge, es ist auch das Bindeglied zwischen Leib und Seele.

Neurohormone: Sind Substanzen mit hormonaler Wirksamkeit; die im Hypothalamus gebildeten Releasing- und Inhibiting-Hormone sowie Oxytozin und Vasopressin/ADH, Gewebshormone aus Nervensubstanz, Neuropeptide und Neurotransmitter.

Neuron: Die Nervenzelle, auch Neurozyt oder Ganglienzelle genannt.

Neuropeptide: Körpereigene opioide Peptide wie Endorphine, im weiteren Sinne Neurohormone; werden nur bei besonderer Beanspruchung in großem Umfang aktiviert.

Neurose: Partielle Störung des Verhaltens und Erlebens sowie körperlicher Funktionen und Befindlichkeiten ohne organische Ursache.

Neurotransmitter: Ein Überträgerstoff, der an Nervenendigungen gebildet, gespeichert und freigesetzt wird und Impulse auf chemischem Weg weiterleitet. Solche Überträgersubstanzen sind Azetylcholin, die Katecholamine Noradrenalin, Adrenalin und Dopamin, die biogenen

Amine Serotonin und Histamin, die Aminosäuren Glutaminsäure (Glutamat) und ihr Umwandlungsprodukt Gammaaminobuttersäure. Die letzten vier genannten Neurotransmitter kommen auch in Nahrungsmitteln vor.

Nitroglyzerin: Ein Sprengöl, eine Flüssigkeit, die in der Medizin als gefäßerweiterndes Arzneimittel verwendet wird, speziell bei Angina pectoris.

Noradrenalin: Auch Norepinephrin ist ein Hormon des Nebennierenmarks, das als Streßantwort ausgeschüttet wird. Es ist ein gefäßwirksames Katecholamin, das als Neurotransmitter im Sympathikus des vegetativen Nervensystems fungiert. Seine Wirkung resultiert aus seiner Bindungsfähigkeit an Rezeptoren. Sie ist beeinflußbar durch sogenannte Hemmer. Bei zu wenig Noradrenalin wird unser Lust- und Belohnungssystem im Gehirn nicht ausreichend stimuliert, was dazu führt, daß der Mensch in seiner Aktivität ziellos ist und nach immer neuen Reizen sucht. Zuviel Noradrenalin macht sich u. a. durch Übererregung und Herzklopfen bemerkbar. Es wirkt stimmungsaufhellend. Noradrenalin ist eine Vorstufe des Adrenalin.

Parasympathikus: Der parasympathische Teil des vegetativen Nervensystems.

Peptid: Eine chemische Verbindung aus zu (Eiweiß-)Ketten verknüpften Aminosäuren.

Peptidhormon: Peptid mit Hormonwirkung; neben Insulin, Glukagon, Gastrin, Angiotensin usw. vor allem auch die Hypophysen- und Zwischenhirn-Hormone.

Peripherie; peripher: Der äußere Körperbereich, fern dem Zentrum (d.s. zentrales Nervensystem, Herz und herznaher Kreislauf); zur Körperfläche hin.

Perkutane transluminale koronare Angioplastie (PTCA):

Sie dient der Dehnung von Verengungen der Herz-kranzgefäße...

Postganglionäre Nervenfaser: Ist im vegetativen Nervensystem die von einem peripheren Ganglion (Nervenknoten) kommende und am Zielorgan endende Faser.

Präganglionäre Nervenfaser: Die vom ZNS ausgehende und mit Nervenzellen peripherer vegetativer Ganglien (Nervenknoten) verbundene Faser.

Präsynaptische/postsynaptische Membran: Ist die Membran, die vor bzw. hinter einer Synapse liegt.

Prolaktin: Ein leutropes Hormon (LTH), ein Hormon des Hypophysenvorderlappens, das die Ausschüttung des Hormons Progesteron anregt und auf die milchproduzierenden Gewebe der Brustdrüsen einwirkt.

Proteine: Sind Eiweiße, Eiweißkörper, organische Naturstoffe, die in allen Lebewesen verbreitet sind. Sie nehmen in der lebenden Substanz – Organismus – eine zentrale Rolle ein. Eiweiß besteht aus Polypeptidketten, die durch eine Vielzahl von Aminosäuren gebildet werden. Zu den einfachen Eiweißen gehören Albumine und Globuline, zu den zusammengesetzten Eiweißen – Proteine genannt – gehören Hämoglobin, die Lipoprotoide mit ihren verschiedenartigen Lipidanteilen. Eiweiße werden auch nach ihrer Funktion eingeteilt als Enzyme (Hämoglobin, Hämocyanin usw.), Antikörper und Komplement (Serumbestandteil, der die spezifische Wirkung eines Antikörpers bestimmt) des Immunisierungsapparates, Abwehrproteine, Toxine (Pilz- und Bakteriengifte) und Strukturproteine (Zellwände und -hüllen).

Psychoneuroimmunologie: Ist ein neues Gebiet der Medizin. Es beschäftigt sich mit den Wechselwirkungen der seelischen und körperlichen Vorgänge im Hinblick auf die Wechselwirkungen von Immun- und Nervensystem.

Releasing-Hormone: Auch Releasing-Faktoren genannt (RH/RF), sind vom Hypothalamus produzierte Neurohormone, die über Nerven und den großen Blutkreislauf in die Hypophyse gelangen und dort als »Freigabefaktoren« die Bildung bzw. Freigabe bestimmter durch sie regulierter Hypophysenhormone stimulieren.

Rezeptor(en): (meist Plural). Das Ende einer Nervenfaser oder spezialisierten Zelle in der Haut und in den inneren Organen zur Aufnahme von Reizen.

Risikofaktor: Der Umstand, der eine besondere Gesundheitsgefährdung begründet.

Schock: Eine Erschütterung, ein erschütterungsbedingtes Versagen, globales komplexes Kreislaufversagen.

Serotonin: Ein Gewebshormon, das überall im Gehirn, besonders aber im Hypothalamus vorkommt. Es wirkt als Neurotransmitter im limbischen System des Gehirns (Zentralnervensystem) und in den sympathischen Nervenfasern des vegetativen Systems. Serotonin regelt Körpertemperatur, Schlaf und Empfindung, aber auch den Appetit und vor allem den Hunger auf Kohlenhydrate und wirkt somit auch auf die Insulinausschüttung. Es reduziert außerdem die Ausschüttung von Kortisol und Wachstumshormon. Serotonin kommt auch in Nahrungsmitteln vor.

Sinusknoten: Das Zentrum im rechten Herzvorhof, das die Herzschlagfolge bestimmt.

Somatostatin: Inhibiting-Faktor (SRIF) für Somatotropin; senkt u. a. den Blutzuckerspiegel und hemmt die Glukagon- und Insulin-Sekretion, steuert die Ausschüttung des Wachstumshormons, das u. a. ein Stimulator für Blutzuckeranstieg ist.

Spinalnerven: Die Rückenmarksnerven.

Steroide: Bezeichnung für eine Stoffklasse, darunter Sterine wie Cholesterin, Geschlechtshormone, Nebennierenhormone, Herzglykoside, D-Vitamine. Auch eine Kurzbezeichnung für Kortikosteroide.

STH: Abkürzung für somatotropes Hormon bzw. Somatotropin (Wachstumshormon).

Stoffwechsel: Die Gesamtheit der chemischen Umsetzungen im Körper.

Streß: Zustand erhöhter Aktivität des Endokriniums und des Vegetativums; die »Wut im Bauch«.

Sympathikus: Auch der sympathische Teil des vegetativen bzw. autonomen Nervensystems genannt. Der Sympathikus bewirkt energiefreisetzende Abbaufunktionen des Körpers. Sein Gegenspieler, der Parasympathikus, bewirkt Aufbau, Energieeinsparung und ist in Erholungsphasen aktiv.

Sympathisch-adrenerges System: Bezeichnet die Gesamtheit der vegetativen Nervenfasern im Sympathikus, die Noradrenalin und Adrenalin als Neurotransmitter freisetzen.

Synapse: Verbindungsstelle zwischen zwei Nervenzellen.

Thalamus: Der »Sehhügel«. Die Seitenwände des Zwischenhirns bilden den Thalamus, eine Anhäufung grauer Substanz, die Sammelstelle für die Sinnessysteme (außer Geruchssinn), eine Umschaltstation für die aus der Peripherie einströmenden Erregungen, die zur Großhirnrinde weitergeleitet werden. Der Thalamus ist das »Tor zum Bewußtsein«.

THDOC: Abkürzung für Tetrahydrokortisol.

Thymusdrüse. Die innere Brustdrüse (hinter dem Brustbein), die bis Pubertätsbeginn wächst und sich dann allmählich in einen Fettkörper umwandelt. Der Thymus hat eine zentrale Funktion im immunologischen

Geschehen. Im klassischen Altertum wurde er als Sitz des Gemüts angesehen.

Triglyzeride: Eine Lipidunterklasse. Sie bilden das Depotfett (vgl. endogenes Cholesterin).

Tryptophan: Eine essentielle Aminosäure, ein Eiweißbaustein; beeinflußt die Bildung und den Abbau von Serotonin; ist ein essentieller Metabolit und am Stoffwechsel der Vitamine B_1, B_2 und B_6 beteiligt. Tryptophan kommt in allen gängigen Nahrungsmitteln vor und ist die einzige Aminosäure, die von der Insulinaktivität nicht erfaßt wird. Der Körper kann Tryptophan nicht selbst zusammenstellen, er muß es mit der Nahrung aufnehmen.

Tyrosin: Natürliche, aromatische Aminosäure, ein Eiweißbaustein, ein Metabolit u. a. für Katecholamine. Tyrosin ist der Grundbaustein für Dopamin, Noradrenalin und Adrenalin.

Vagus: Der Nervus vagus, der X. Gehirnnerv, bildet mit seinem Gegenspieler, dem Sympathikus, das vegetative Nervensystem. Der Vagusstoff ist das Azetylcholin.

Vasopressin: (ADH), ein artspezifisches Neurohormon, das im Hypothalamus produziert, in die Hypophyse abgegeben und gespeichert wird.

Vegetativum: Sympathisches und parasympathisches Nervensystem. Vegetatives Nervensystem, bestehend aus Sympathikus und Parasympathikus.

Zelle: Die kleinste lebensfähige Einheit des Tier- und Pflanzenreichs. Sie ist ein sich selbst regulierendes offenes, mit seiner Umgebung durch permanenten Stoffaustausch in einem Fließgleichgewicht stehendes System mit eigenem Stoffwechsel, Vermehrungsfähigkeit und gerichteter Erregbarkeit.

Zwischenhirn: Leitet vor allem motorische Impulse von

höheren Integrationszentren am Hirnstamm abwärts. Das Dach ist primär Sehzentrum. Die Seitenwände des Zwischenhirns bilden den Thalamus mit Epi- und Hypothalamus.